CONTRA LAS NORMAS

Un amor ingobernable

@ADRIANA_FREIXA

Libro publicado el 10 de junio de 2022.
Portada e ilustraciones de: Marina Daineko

Advertencia:

Este libro contiene descripciones que pueden herir la sensibilidad de algunas personas. Se recomienda cautela.

BANDA SONORA:

Escucha las canciones de este libro en Spotify:
"Demasiadas Mujeres" - C. Tangana
"A tu vera" - Lola Flores
"Bam Bam" - Camila Cabello y Ed Sheeran
"Las Solteras" - Lola Indigo
"Detox" - Natalie Perez
"MAMIII" - Becky G, Karol G
"Naughty Girl" - Queen Herby
"Mayores" - Becky G, Bad Bunny
"Con mis manos" - Bebe
"KESI" - Camilo, Shawn Mendes
"Que me coma el Tigre" - Lola Flores
"Sin Pijama" - Becky G, Natti Natasha
"Para no verte más"- La Mosca Tse-Tse
"abcdefu" -Gayle
"Ingobernable" - C. Tangana, Gipsy Kings, Nicolás Reyes
"Comerte Entera" - C.Tangana, Toquinho
"Never be the same" - Camila Cabello
"Tú me dejaste de querer" - C. Tangana, Niño de Elche, La Húngara
"Espinita" - Lola Flores
"Can't help falling in love" - Elvis Presley
"Agüita e Coco" - Kany García

Los derechos de las canciones pertenecen a sus autores.

*"Cuando yo digo las mentiras,
las convierto en verdad"*
Lola Flores

*A mi marido, mis hijos,
mis hermanas y mi perro.
Todos se van a leer el mismo
número de páginas de este libro.
Y los quiero con todo mi corazón,
a pesar de ello.*

1.

un mal día para conocerme

Sábado, 4 de diciembre

Anita

¡Un pijama! Eso me ha dicho que llevo puesto. Tendrá narices.

Llevo solamente dos minutos hablando con este chaval y ya tengo tres cosas claras:

1. Es un imbécil.
2. Él no lo sabe.
3. Ha elegido un mal día para cruzarse conmigo.

¿Por qué estoy perdiendo el tiempo con él? Buena pregunta. La culpa la tiene una maldita carta. Sí, en plena era de *Whatsapp*, *Instagram*, *TikTok* y demás, aún no nos libramos de ellas.

Por lo visto, el cartero de mi nuevo barrio tiene dislexia *buzonil* —sí, eso me lo he inventado. El caso, es que siempre acabo con correo que no es mío. Me mudé aquí hace solo tres semanas y es la quinta vez que tengo que devolverle sus cartas a otro vecino.

Esta mañana, por supuesto, mi cartero favorito ha dejado otra carta equivocada en mi buzón. Hoy es un sobre naranja, bastante grande, para el 8C, a nombre de Luque Gil. Mi piso es el 8B, así que me toca de nuevo hacer de cartera. *Santa paciencia...*

Mi plan era dejar este sobre en el buzón correspondiente, pero me he olvidado de hacerlo al subir del bar. Faltaban solo cinco minutos para empezar una reunión online con mi jefe cuando he escuchado el ruido de muebles moviéndose en el piso de al lado.

El 8C.

Si quería ser capaz de escuchar algo en mi videollamada, tenía que ir a pedir que parasen de hacer tanto ruido. De paso, he decidido llevar la carta conmigo.

Antes de salir de casa, como siempre, me he querido mirar al espejo... pero no he comprado uno aún. Tengo la manía de comprobar que estoy bien antes de enfrentarme al mundo exterior. La culpa la tiene mi melena extremadamente rebelde. Yo me rehago el moño unas veinte veces al día y, aún así, mi pelo indomable siempre se escapa.

A falta de espejo, he deducido que mi imagen es lamentable, sin necesidad de pruebas gráficas. Puedo imaginar que llevo una melena propia de una sintecho, ojeras marcadas a fuego, venas rojas donde debería estar lo blanco del ojo... ¿La verdad? No tengo energías para conseguir que todo eso me preocupe con la mañana que llevo.

Cuando me he dirigido a la puerta del 8C, nunca me hubiera imaginado la conversación tan surrealista que me esperaba. Especialmente, viniendo de un chaval de una inmobiliaria.

Al llegar, lo primero que he visto es el cartel de 'Se Vende' por encima de la mirilla. *"Por favor, Señor, no permitas que se mude una familia modelo a mi lado"*, he pensado para mí misma antes de tocar el timbre.

Nadie ha respondido a mi llamada, pero como la puerta estaba entreabierta y tenía prisa por llegar a mi reunión, he decidido pasar.

Al entrar, el piso me ha olido a cerrado y a humedad, a pesar de que las ventanas estaban abiertas. El tufo me ha revuelto el estómago. En el salón hay mucha luz y las ventanas están abiertas, pero una estantería de madera de roble ocupa toda una pared y hace parecer oscuro el espacio. Los suelos rugosos de cerámica me dan frío solo de verlos.

La casa tiene la decoración propia de una mujer que ha vivido demasiado tiempo sola y ha acumulado demasiados recuerdos. Hace dos semanas que la señora Gloria, la dueña de este piso, murió. Yo solo la conocí el día que vino a darme la bienvenida al edificio. Me contó que no tenía familia aquí; solo un hermano que vive en Nueva York.

Me pregunto si algún día él vendrá a recoger sus pertenencias. Es tan triste pensar que todos sus recuerdos están ahora en manos de una inmobiliaria.

Inevitablemente, me hace plantearme mi vida… *¿acabaré yo así?*

Al llegar al salón, en lugar de la señora Gloria con su elegante permanente de color crema, me he encontrado con un niñato con traje moviendo sus muebles. Su corbata verde es del mismo color que sus ojos… y también del color corporativo de la inmobiliaria que vende el piso.

—Hola. ¿Eres Luque Gil? —le he preguntado, mientras sostenía el sobre en mis manos. No he podido evitar fijarme en el tocador antiguo que está moviendo.

Este apartamento es mucho más grande que el mío y tiene el doble de ventanas. La agente inmobiliaria que me enseñó mi estudio hace un mes me aseguró que es tan pequeño porque es la mitad de este otro piso. Claramente, quien hizo el reparto no entendía lo que un 50% significa.

—No, bonita, se pronuncia *Luke. Luke… Hill* —me ha corregido el niñato de pronto, con perfecto acento americano, impostando la voz para que le entienda—. Las señoras mayores me llaman Luque y no les digo nada, pero estoy seguro que tú aún puedes pronunciar *Luke* en inglés.

Por si no lo he dicho aún, tengo 38 jodidos años, no ochenta, y un niñato me acaba de comparar con una anciana. No, hoy no es el día de tocarme las narices. De hecho, probablemente es el PEOR día de la historia para hacerlo.

Este chaval ha empezado jugando con fuego. Además, ¿me ha llamado *bonita*? ¡Puaj!

Decido sonreír educadamente, pero mis palabras amenazan con ser el principio de mi particular versión de "Un día de furia".

—*Bonito*, yo he recibido una carta a nombre de Luque... Gil. —Esa última "g" ha sonado tan forzada que es más bien una "j". He querido dejarle claro que no es el único que sabe pronunciar.

Me ha quitado el sobre de las manos y ha abierto la carta, sin disculparse. *¡Impertinente!* ¿Deberíamos darle las gracias por la lección de inglés completamente injustificada —e innecesaria— y la actitud podrida que tiene? Aparentemente, sí.

Por su aspecto, no me extrañaría que esté acostumbrado a que las mujeres coman de su mano con solo lanzarles una miradita tierna. Es tan evidentemente atractivo que es imposible que él no sepa que lo es. Supongo que ese traje se lo habrán dado en la inmobiliaria, pero definitivamente en él no parece un uniforme.

Sin embargo, ni con un traje puede disimular su juventud. Tiene cara de gamberro. Sus cejas, incluso en reposo, están arqueadas. Es como un chiquillo con ganas de jugar. O como el demonio. No lo tengo muy claro.

Lo siento, pero sus ojos claros no van a tener ningún efecto en mí. Conmigo ha dado con hueso. Odio a su maldita generación. Y en concreto, él me ha caído mal incluso antes de verle. Sí, eso es posible.

La culpa la tiene su olor. ¿Sabes esas personas que viven rodeadas de una nube de perfume que lo envuelve todo? Detesto eso. Parece que quieran invadir el espacio olfativo. Marcar todo lo que les rodea, como una forma de poder. El aroma de Luque o Luke, o como se llame, me revuelve el estómago al mezclarse con el tufo a cerrado del piso.

Me recuerda al instante a otra persona que también vive rodeado de una nube de perfume: mi maldito jefe, al que detesto, pero ahora más que nunca necesito mi trabajo de mierda.

De hecho, no tener que ir al trabajo hoy y no tener que verlo —ni a él ni a nadie— es la única parte buena de mi día.

Hoy me ha tocado trabajar desde casa. Sí, de nuevo. Es la tercera vez que un técnico tiene que venir a comprobar la instalación de mi wifi y, como las dos veces anteriores, llega tarde. Tendré que conectarme a una videollamada usando los datos de mi teléfono. Estamos a día cuatro y ya estoy casi al final de mi cuota mensual... de datos y de paciencia.

—Venía a darte la carta y a decirte que tengo una reunión. No hagas ruido. —Confieso que me ha gustado que eso último haya sonado como una amenaza y no como una petición.

—Pues yo necesito mover muebles. Voy hacer *staging* al piso.

Inspiro antes de responder. Querría inhalar un poquito de paz mental, pero solo consigo volver a oler como apesta la casa y la mezcla de ese tufo con su perfume y me da hasta angustia.

Staging. Por supuesto. ¿Por qué no decorar, reorganizar el espacio, redistribuir los muebles...? ¡Vamos a decirlo en inglés y que suene más importante, claro que sí! *Maldita generación incapaz de decir dos palabras sin soltar una en otro idioma.*

El tal Luke —si es que ese es su nombre real, y no un apodo de *TikTok*— tiene aspecto un poco de guiri, pero su acento es local. Me atrevería a decir que tiene más acento español que yo. Definitivamente, no necesita decir "*staging*".

—Tengo una reunión en el piso de al lado. ¿Podrías *decorar* —he dicho, haciendo una pausa exagerada para poner énfasis en el verbo en nuestro idioma— en silencio?

—Voy a necesitar hacer ruido tarde o temprano — ha respondido.

—Solo necesito una hora.

—¿Cuándo es esa reunión? —ha preguntado.

—Ahora mismo.

—¿Y vas a ir así...? —Con un dedo acusador incluido—. ¿En pijama?

Ahí —justo ahí— ha sido donde mi paciencia ha superado la cuota este mes. El maldito *Luque Gil* es mi gota que colma el vaso.

Todo este día está siendo una maldita broma de mal gusto. Empezando por la paloma que se ha cagado en mi mano esta mañana (ahora pienso que ojalá hubiera tenido diarrea, pero hubiera acertado en el sobre que me ha traído aquí). Encima, una vecina me ha felicitado porque eso trae buena suerte. *¿Dónde? ¡¿En los metaversos de los que todo el mundo habla últimamente y yo no entiendo?!*

Con ella me he callado por respeto a los mayores, pero sintiéndolo mucho este chaval me va a oír.

Sí, he dormido con esta ropa hoy, pero técnicamente es un chándal. Me queda bastante grande porque he perdido mucho peso en las últimas semanas. No sé ni cuánto porque aún no tengo cosas tan básicas como una triste báscula que me amargue (más) el día.

Lo que sí sé es que soy incapaz de comer porque hay una idea que me da arcadas constantes: mi ex me ha dejado por su secretaria. Ella tiene 22 años. Yo —lo recuerdo por si acaso— casi cuarenta. *Sí, a mí también me duele que haya sido tan cliché.*

Ella es la responsable de que odie a su generación: Susana.

De hecho, hoy iba a ver a mi ex por primera vez desde que me dejó. Él a mí, sí.

Sin embargo, hace apenas dos horas me ha cancelado el plan sin motivo. Eso sí, su chica, la *influencer rompehogares*, acaba de publicar un vídeo con él en el centro comercial para que lo vean sus 20.000 seguidores. Y él sale saludando. *Ma-ra-vi-lla.*

Me enferma imaginarme a mi ex como su perrito faldero en los probadores. No me he molestado ni en responder a su mensaje. Más bien he estampado el móvil contra un cojín (sí, porque no me puedo permitir romperlo y quedarme sin internet).

Definitivamente, hoy no necesito que nadie venga a hundirme más. Especialmente, un agente inmobiliario con un ego desmedido al que simplemente he venido a entregarle una JODIDA. CARTA. EQUIVOCADA.

—¡Esto es un chándal! ¡No un pijama! —respondo cogiéndome la tela del pecho y meneándola, como si el movimiento fuera a demostrarle que tengo razón—.

Tú estás moviendo muebles con traje y corbata. ¡¿Acaso eso tiene más sentido para ti?!

Parece entender que no estoy de broma, así que levanta sus manos en son de paz.

—No quiero problemas. ¿Quieres una hora? Perfecto. Empiezo a mover muebles en 59 minutos — se mira el reloj. Por la pinta, solo puede ser falso o caro de narices. Con el sueldo de un agente inmobiliario, supongo que es lo primero.

—No necesito más tiempo. Gracias, *Luque* —le digo con tono falsamente cordial y reconozco que añado ese nombre al final solo para fastidiarle.

—Luke —insiste—. ¿Y tú eres...?

—No necesitas saberlo. Cuando la casa se venda, no nos veremos más, pero si vas a *decorar* —insisto en el verbo en español—, deberías saber que ese tocador que has puesto delante de la ventana va a quitarle luz a la habitación. De nada por el consejo gratis, *bonito*.

Me parece ver que sonríe al escuchar eso, pero antes de que pueda responderme, me giro y vuelvo a mi piso rápidamente. La reunión ya debe haber empezado y no quiero llegar tarde. Necesito ponerme una blusa decente y peinarme un poco antes de ver a mi maldito jefe. Y que conste que no, no lo hago por lo que ha dicho el tal *Luque*.

Lo que menos esperaba yo entonces es que esa misma noche iba a haber una fiesta en el piso de al lado. Y que mi nuevo amigo *Luque* iba a ser el anfitrión.

2.

tramposo

Luke

Un cartel de 'Se Vende'. Eso me he encontrado al llegar hoy a casa de mi pobre tía.

Mi plan era venir con mis padres y recoger juntos sus pertenencias, pero ellos han cancelado su vuelo a última hora. Simplemente, han contactado con una inmobiliaria que ha puesto este cartel en la entrada. Son de gran ayuda, como siempre.

Apenas había aterrizado cuando he recibido un mensaje de mi amigo Brian: "Esta noche fiesta. Tú pones la casa". Espero que el *jet lag* me permita aguantar despierto. En menos de cinco horas, él ha traído un *DJ*, organizado una barra libre y hasta alquilado un *photobooth*. Todo eso en un piso de poco más de cien metros cuadrados.

No entiendo cómo ha conseguido todo eso, y menos tan rápido, pero no me sorprende de Brian. Bueno, quizás me pregunto cómo ha podido subir esa tabla de mezclas enorme en el minúsculo ascensor de esta finca antigua, pero prefiero no preguntar.

—¡Cuánto tiempo sin venir a este piso, hermano! —me comenta Brian, que siempre me llama así, a pesar de que no somos familia, o no de sangre, al menos—. ¡Qué grandes recuerdos! Necesitamos documentar todo para *TikTok*. ¡Es un momento épico! ¡El hijo pródigo vuelve al hogar! ¿Podemos quitar los cuadros de las paredes?

—Haz lo que quieras —cedo ante sus peticiones, aunque me da miedo lo que eso puede significar—, pero a mí no me saques en ningún vídeo, ¿vale?

—¡Claro que no! Te he echado tanto de menos, tío. ¡Necesito a mi hermano conmigo!

Puede que Brian sea solamente mi amigo, pero ese título, en mi caso, no lo tiene cualquiera. Significa para mí mucho más que compartir un apellido.

Mi madre siempre me ha dicho: "Quien entra por tu puerta y no te jode es porque no puede, *darling*". Como imaginarás, ella es puro amor.

Sin embargo, yo procuro no olvidar sus palabras. Brian es mi única excepción. Él, y supongo que el capullo de su hermano pequeño, son lo más parecido que tengo a una familia. La mía está demasiado ocupada en otros asuntos para comportarse como tal.

Confío en Brian más que en nadie. No importa el tiempo que pasemos sin vernos porque tenemos historia. Hemos pasado todos los veranos juntos desde que éramos unos críos y más borracheras de las que puedo recordar. La mitad de ellas en el instituto, cuando vine a pasar dos años a España.

Nuestro contador de mujeres conquistadas debería pasar a los anales de la historia de la humanidad.

Los dos tenemos estilos bastante distintos. Supongo que hemos ido evolucionando por separado los últimos años. Brian ahora parece sacado de un videoclip de reguetón, con sus pantalones ajustados y camisas de colores vivos. Yo nunca he tenido su gracia moviéndome o su don de montar una fiesta en menos de dos horas, pero tengo guardados otros ases bajo la manga.

La llamada de Brian en redes sociales ha tenido éxito y mi apartamento —el de mi tía, en realidad— reúne a la flor y nata de la ciudad. Es un auténtico *buffet libre* de modelos, actrices y cantantes. También jóvenes CEOs. Así es la agenda de Brian, al fin y al cabo.

De mis años en España, he aprendido que las mujeres aquí son muy distintas a las de Estados Unidos. Me gusta eso. Allí, el juego del *dating* es peligroso. Especialmente para tipos como yo. Las chicas esperan a que las invites a tres citas antes de plantearse tener sexo contigo y, después de eso, ellas imaginan que por fin han encontrado a su futuro marido. Son auténticas cazadoras.

Hace tiempo renuncié a participar en esos juegos. Me niego a meterme voluntariamente ahí. Además, me parece mísero que una mujer acepte que la inviten a tres citas a cambio de acostarse con un tío.

Sin embargo, las españolas juegan con otras normas. Eso lo hace todo mucho más divertido.

La fiesta está animándose. Suena "Demasiadas Mujeres", de C. Tangana. Me encanta ese artista y su música me recuerda por qué me gusta tanto este país. Esta noche se ha acercado a mí Vega, una chica preciosa de 23 añitos, rubia, con unos labios rojos carnosos que prácticamente piden que alguien venga a morderlos.

Sin importar si estoy aquí o en Nueva York —donde vivo—, mi estrategia con las chicas siempre es la misma: no mostrar demasiado interés. Todo el mundo muere por recibir atención. Si les niegas su mayor deseo, harán lo que sea por conseguirlo.

Ligar es un juego. Me divierte. Lo mío, al fin y al cabo, son las trampas. Para muchas mujeres conquistarme es un reto. Algunas revistas me han llamado "el soltero de oro" de Nueva York. No tengo intención de dejar de serlo, pero sí evito volver a salir en prensa.

Sin embargo, Vega no tiene ni idea de quién soy. En mi ciudad soy relativamente famoso —muy a mi pesar—, pero aquí nadie me conoce. Eso me encanta.

Yo no necesito la fama para conseguir una chica. Ella puede ver mi aspecto, mi traje, mi reloj... Es la erótica del poder, supongo. Mi familia puede escribir una tesis sobre ello.

—Tienes un piso muy bonito, Luke —apunta Vega con voz melosa. Lleva un buen rato intentando crear conversación sin mucho éxito.

—Gracias Taylor —respondo sin mucho interés.

—Me llamo Vega. Te lo he dicho antes, ¿eh?

—Lo sé, pero me recuerdas a Taylor Swift.

Ella se sorprende al oír eso. En realidad, no hay que ser muy avispado para adivinar que una chica rubia que se pinta los labios en ese tono de rojo sueña con ser Taylor.

—¿En serio? Yo soy cantante, ¿sabes?

¡Oh! Sorpresa.

Mientras Vega o Vera me cuenta algo sobre una maqueta que está preparando, yo observo la sala. Este viaje me está dando una idea. España sería el lugar perfecto para lanzar un proyecto que llevo perfilando dos años. Desgraciadamente, no cuento con el apoyo de la junta de Ayamonte Comunicación; o lo que es lo mismo, la empresa de mi familia que lidera mi padre.

Sin embargo, con los contactos de Brian aquí, estoy seguro de que podría dar a conocer mi proyecto fácilmente. De hecho, en la fiesta hay varias personas que podrían estar interesadas en participar. Repaso la sala con la mirada mientras Vega me cuenta algo sobre sus aficiones musicales.

—¿Me has escuchado? —me pregunta ella de repente.

—Sí. Estoy seguro que cantas muy bien, Vera —devuelvo mi vista hacia ella y por primera vez en la noche me concentro en lo que me dice.

—Me llamo Vega, Luke.

—Lo sé, pero tú me confundes.

Sonríe y empiezo mi juego. Es hora de darle lo que desea. Solo tengo que acercarme a ella y acariciar su mejilla suavemente. Quizás rozar su labio inferior con mi pulgar, pero no más que eso.

Solamente la dejo hablar, prestándole toda la atención que hasta ahora no le he dado. Ella busca mis ojos, y yo miro su boca. Sabe lo que estoy pensando, pero no cuándo me voy a lanzar. Cada vez estoy más cerca, y eso la intimida; pero no se aparta. Pobrecita, ha perdido este juego antes de empezar. Poco a poco, se queda sin ideas. No es capaz de aguantar la presión del silencio. Va a venir ella a mí. Lo tengo comprobado. Hasta podría cronometrarla.

3, 2, 1… Vega cierra los ojos, abre la boca y… De fondo, veo a mi vecina, la que no quiere decirme su nombre. Parece cabreada. Otra vez. *Fuck*.

∞∞∞∞∞

Hay más de treinta personas en esta casa y no se ve atestada. Decorar, o hacer *staging*, no es lo mío, pero poner todos los muebles hacia las paredes ha convertido el espacio en más diáfano. Después de horas aireando y quitando antigüedades de las estanterías, la casa se ve algo menos recargada.

El *DJ* es increíble, la bebida corre sin límite y yo estoy con mi doble de Taylor Swift favorita aplicando mi plan infalible de conquista. ¿Sabes lo que no pega en la escena que te acabo de describir? Fácil: una vecina cabreada.

—¿Qué coño haces aquí? —pregunto, levantándome y abandonando a Vera (*¿o era Vega?*) en cuanto la veo aparecer.

—Esto es una comunidad de vecinos, *Luque*. No puedes hacer una fiesta hasta las tantas.

—Son solo las once, señora. Además, no es una fiesta, es… una reunión de amigos.

Sé que llamarle "señora" le va a doler, pero no puedo evitarlo. Tengo que devolvérsela. Sigue llamándome *Luque*, la muy pelma.

—Es una fiesta. Si no la acabas, voy a tener que denunciarte a la comunidad —me amenaza mi nueva vecina, colocando sus brazos en jarra sobre las caderas—. ¿Qué música está sonando? ¿Es flamenco? ¿Qué canción es? —dice de pronto.

Increíble. *¿Se está apuntando a mi fiesta?* Sé perfectamente qué tema está sonando. Es mi artista favorito, pero no me voy a molestar en responder. Todos nos están mirando. Tengo que llevármela de aquí.

—Ven conmigo —la cojo del brazo. Puedo ver cómo le molesta que la esté tocando para dirigirla al rellano.

—¿Qué problema tienes? ¿Estoy fastidiando el *glamour* de tu fiesta? —pregunta chulesca.

—No, ahora vas muy bien vestida. Ya son las once de la noche, entiendo por qué llevas puesto el pijama —respondo fríamente.

—¡Sigue siendo un chándal, chaval! ¿Necesitas que te haga un video de *TikTok* para explicarte la diferencia?

No puedo evitar sonreír con eso. A veces me dicen que parezco más joven de lo que soy, pero chaval es una exageración. Evidentemente, yo le caigo muy mal, pero no entiendo muy bien el por qué.

—Mira, esto es lo que vamos a hacer. Tú tenías una reunión hoy y yo he esperado para mover los muebles. Eso de ahí dentro, aunque a ti no te lo parezca, es trabajo para mí —justifico—. Dame una hora.

—Estabas ligando con una modelo. ¿Cómo es eso trabajar, exactamente?

—De hecho, es cantante —aclaro—, y a veces hay que mezclar negocios con placer.

—¡*Puaj*! —Su expresión no deja duda: me aborrece.

—Una hora —insisto.

—59 minutos. *Tic-toc, tic-toc.* Y no me refiero a la *app* de vídeos —me aclara señalando un reloj inexistente en su muñeca antes de irse de nuevo a su piso—. Ni un minuto más o llamo a la policía.

Joder, quien sea que acabe viviendo en este piso, va a tener una vecina con carácter.

3.

para ti no tengo nombre

Día siguiente. Domingo, 5 de diciembre

Me gustan las baldosas de cerámica antiguas. Creo que las del bar de la esquina de mi casa son las más bonitas que yo he visto jamás. Son una jodida obra de arte y la gente las pisa sin apenas apreciarlas. A veces me identifico con ellas.

Solo he tenido tres parejas en mi vida: Javi, que se enrolló con mi mejor amiga a mis espaldas; Raúl, que me pidió empezar como una relación abierta y no la quiso cerrar jamás; y luego vino mi ex, que me engañó, lo perdoné y ahora me ha dejado por su secretaria.

Una rata, una cucaracha y una sabandija. Si mi historial amoroso fuera un currículum, no me contrataría ni yo. ¿Y sabes qué tienen todos en común? Que yo los elegí. El problema, claramente, soy yo. Confié en ellos. Esa es mi gran equivocación: dejarme pisotear como estas baldosas. Sé que hay una lección en todo eso, pero aún estoy aprendiéndola.

Bajo a este bar cada día. Es luminoso y, normalmente, bastante tranquilo. No solo vengo aquí porque aún no he podido comprar una triste cafetera, sino porque ahora vivo sola. Necesito que alguien vea que sigo viva a diario. Max, el camarero, es mi testigo. El precio de mi café incluye un pago por sus servicios como detector de mi supervivencia.

Pregunta real: ¿Cómo lo hace la gente que se separa para independizarse? Yo he tenido que pagar con mis ahorros inexistentes un mes de alquiler por adelantado, un depósito y, en algún momento, debería empezar a amueblar una casa completa. Me quedan 352 euros en la cuenta. En negativo. 354, si cuento el café de hoy.

Siempre me ha gustado el color rojo, pero verlo en números me da bastante miedo.

Desde la ventana del bar *Amarcord* descubrí por primera vez que me he mudado a un barrio de jubilados y turistas. Gente de paso o a punto de morir. *Mi nueva vida es una santa maravilla y mejora por momentos.*

Los fines de semana —como hoy, que es domingo —, me siento en un rincón al lado de esta ventana a leer mis revistas de viajes. Soñar es gratis y es lo único que me puedo permitir. Además, me hace sentir un poco menos sola tomarme aquí el café y ver a gente paseando (insisto en lo de "un poco").

El camarero me prepara un café con leche, sin siquiera preguntarme qué quiero tomar. Anoche me pareció verlo en la fiesta. Quizás por eso hoy tiene ojeras. Sin embargo, cuando me ve, saca su mejor sonrisa. Enseguida trae mi bebida caliente en una mano y un cruasán que definitivamente no he pedido en la otra.

—A este dulce invita la casa por ser la mujer más guapa que ha entrado en toda la mañana —apunta en tono ligón.

Tengo que contenerme para no soltar una carcajada. *¿He dicho ya que no estoy en mi mejor momento, no?* A Max no le importa mi aspecto. El gen conquistador es demasiado fuerte en este chico, que lamentablemente tiene solo veinte añitos.

He visto ya alguna vez a la dueña del bar echarle broncas por ir regalando dulces a todas las chicas que entran. Definitivamente, Max no tiene remedio.

—Te lo voy a pagar —aclaro.

—Tú puedes pagarme cuando quieras... con tu número de teléfono, *mami* —responde guiñándome un ojo.

Me va a sentar mal el cruasán por esa última palabra. Literalmente, podría ser su mami. Y ni siquiera sería menor de edad al parirle. *Joder, qué vieja me siento.*

Max es tan torpe ligando que siempre que lo veo me da entre risa y pena. El pobre es una víctima de su generación. Cuando el bar está tranquilo, se entretiene mirando vídeos de *TikTok* y, desgraciadamente, ha descubierto ahí a los grandes gurús del ligue.

Vivimos en tiempos muy extraños.

Anoche, cuando lo vi en la fiesta, me hizo hasta gracia. Por fin estaba en un sitio donde poder aplicar sus técnicas y frases infalibles. Lamentablemente, mi camarero favorito ha elegido malas compañías. El tal Luque parece algo mayor que él y no es inofensivo como Max; es de peor calaña.

Seguro que pensó que era divertido hacer pasar el apartamento de la pobre señora Gloria como suyo e invitar a sus amigos a un sarao para ligarse a modelos. Más allá de la fiesta —que no deja de ser una travesura—, lo que me molesta es lo engreído que es. Me enferma acordarme de sus aires de superioridad, acusándome de ir en pijama o explicándome cómo pronunciar su nombre.

Cuando lo vi anoche en la fiesta con aquella chica fue como ver un documental de naturaleza salvaje. Él parecía un tigre y ella un conejito. Cuando aparecí yo, él estaba a punto de devorarla. Sus intenciones quedaban totalmente claras en su mirada, enmarcada por sus cejas endemoniadas, pero entonces me vio y vino a por mí. No con el mismo interés, obviamente. Aunque yo soy zorra vieja y ya no me asusta un cachorro de tigretón.

Al menos, cumplió con su palabra, y a las 11.30 no hubo más fiesta. Excepto la que se montaron él y, supongo, la chica *conejito* más tarde, cuando volvieron a casa a las tantas, y me desvelaron toda la noche con sus gemidos. No pude salvarla, a juzgar por los ruidos que oí a través de la pared de mi habitación.

Ya casi he acabado mi café y estoy lista para irme del bar cuando puedo ver al rufián en cuestión saliendo de nuestro edificio. Parece que se dirige hacia aquí. Tomo rápidamente el último trago para escaparme enseguida. Lo último que necesito es otro encuentro con él que me amargue el fin de semana.

Creo que él viene con otras ideas porque, en cuanto me ve a través de la ventana, sonríe y me saluda desde la calle.

No puedo irme inmediatamente, pero sí puedo empezar a recoger.

Al entrar, Luke le pide a Max un té matcha para llevar y, sin preguntar, se sienta a mi lado a esperar; pero antes de hacerlo, se abre la americana con una seguridad que resulta jodidamente sexi. *Puaj.*

Supongo que tendrá pisos que enseñar hoy y por eso lleva otra vez traje. Incluso en domingo.

Antes de todo eso, un pensamiento cruza mi mente: ha pedido un té matcha. *Bebidas verdes para desayunar. Qué ascazo de generación.*

—Hola vecina —me saluda él con una sonrisa.

—Veo que hoy estás de buen humor, *Luque.* Te diría que me sorprende, pero la habitación donde "dormiste" —le explico creando comillas en el aire— anoche está al lado de la mía. He ido de invitada a tu fiesta privada.

Su sonrisa de orgullo delata lo mucho que siente haberme desvelado. Su expresión ganadora grita a los cuatro vientos: "Tengo todo en esta vida y mi camino es el éxito". Me pregunto si mi aspecto expresa exactamente lo contrario, algo como: "Voy navegando a la deriva y el agua no deja de entrar en mi barco".

—Espero que disfrutaras de lo que escucharas — acompaña su gesto triunfador con un movimiento de cejas y un repaso a mi aspecto. Sí, yo sigo en chándal.

—La agencia te va a pillar tarde o temprano, ¿lo sabes, no? La familia de la señora Gloria se va a enterar.

—¿La familia de… mi tía Gloria, dices? —me pregunta.

Creo que hasta la sangre se me cae a los pies al escuchar eso.

—¡¿Era tu tía?! —repito sorprendida.

De pronto, caigo en mi error: Luke es un nombre americano. La señora Gloria me explicó que tenía un hermano en Nueva York.

Por un segundo, me siento mal por cómo lo he tratado hasta ahora, pero también estoy bastante decepcionada con la genética. *¿Cómo puede la dulce señora Gloria estar emparentada con semejante niñato?*

—Perdón. Sentí mucho lo de… tu tía. Cuando vi el cartel de 'Se Vende' me imaginé que… —Empiezo a decir para justificarme, pero no sé ni cómo seguir.

—¡¿Creías que trabajo en una inmobiliaria?! —alcanza a decir, partiéndose de risa—.   ¿En serio piensas que puedo permitirme este traje con el sueldo de un agente?

¿Se puede ser más hortera que ir diciendo que tu ropa es cara?

—Bueno, nadie me había dicho que iba a venir un sobrino suyo. —Pongo las palmas de mis manos hacia arriba para buscar comprensión por su parte.

—¿Todos tus vecinos te informan de quién viene a sus casas?

—No. Claro que no —respondo a la defensiva cerrando mis manos de nuevo y formando dos puños de pura indignación.

Definitivamente, me cae mal. No me importa que no sea un agente inmobiliario. Es un incordio. Además, algo en su historia no me cuadra. Juraría que el apellido de la señora Gloria no era Hill ni Gil. *¿Me está engañando?*

—Entonces tú vives en Nueva York, ¿no? —le pregunto recordando lo poco que sé de mi difunta vecina.

—Sí. Llegué ayer mismo de Brooklyn.

—¿Y cómo juntaste a tanta gente en una fiesta si acabas de llegar? —insisto.

—Tengo contactos.

—¿Contactos? —añado sospechosa.

—¿Qué pasa, te faltan amigos, vecina? A lo mejor si te quitaras el pijama de vez en cuando —dice mirando mi ropa de hoy— y fueras amable con la gente...

—¿Qué? ¡Yo no llevo PIJAMA! —exclamo con rabia.

—Dilo más alto, anda. Seguro que a todo el bar le interesa saber que duermes desnuda —dice guiñándome un ojo—. A lo mejor así haces amigos.

Claramente, él disfruta de esta charla. Yo, definitivamente, no.

—¡*Bufff*! —resoplo casi gruñendo—. ¿Eres siempre tan insoportable?

Decido coger mis cosas para irme cuanto antes.

—¿Ya te vas, vecina?

No sé por qué, pero me molesta el tono con el que dice esa última palabra.

—No me llamo "vecina".

—Es que no me has dicho aún tu nombre, *chica que no lleva pijama.*

Su sonrisa y sus cejas malévolas me dejan claro que esto es un juego para él. Desgraciadamente, en momentos como este, maldigo mi nombre. Sé que si le digo Anita me tachara de infantil —me pasa a menudo— y Annie, aunque es mi nombre oficial, solo me lo llamaba mi padre. Prefiero quedarme como dueña de lo que callo en lugar de esclava de lo que diga.

—¿Sabes qué? Para ti no tengo nombre. Espero que vendas pronto ese piso, *Luque.* Quien sea que venga va a ser mejor vecino que tú.

Cojo mis cosas y me dirijo a la puerta, pero antes de salir, le sugiero a Max en voz alta —para que me oiga Luke— que si se le cae un escupitajo en ese té matcha no sería un drama. "A tus órdenes siempre", me responde él. Por una vez, aprecio su galantería, aunque sea aprendida en *TikTok.*

4.

yulea. solo yulea

Tres semanas después. Viernes 24 de diciembre

"**P**on esa puta canción una sola vez más y te juro que llamo a la policía".

Con esa frase conocí por primera vez a mi vecina del 8A, Yulea. Sí, su nombre es raro, pero luego hablamos de eso.

Ella es el mejor regalo de Navidad que nunca jamás pedí.

Yulea apareció en mi casa sin que nadie la invitara a las once de la noche de un 24 de diciembre. Cuando entreabrí la puerta para ver quién estaba al otro lado aporreándola, ella pasó sin pedir permiso y tomó mi altavoz como rehén con la única mano que le dejaba libre el móvil.

Puede parecer una medida extrema, pero visto en retrospectiva, a lo mejor yo la provoqué.

∞∞∞∞

Cuando mi ex me dejó, yo no toqué fondo; yo me rebocé en él. Hice la croqueta en un barrizal de pena, angustia, soledad, miedo y rabia. Sobre todo, lo último. Sí, porque él no solo me dejó; directamente me echó de mi vida.

Nuestra casa era técnicamente suya. Nuestros amigos; también de él. Nuestro trabajo; su territorio. Y yo, como una imbécil, no me había dado cuenta de todo eso hasta que me dejó. Por otra. Un modelo más nuevo y mejor.

Técnicamente, debería hablar de mi extrabajo. Sí, porque me han despedido por faltar demasiado a la oficina. Te animo a intentar hacer habitable un piso completamente vacío sin perder días laborales y sin dinero en la cuenta. Buena suerte.

Ni siquiera les discutí que no me dieran finiquito. Me hicieron un favor echándome. Ese curro me estaba matando en vida.

Quise celebrar mi bendita suerte abriendo una botella de *Sauvignon Blanc* para emborracharme. Era el vino favorito de Carlos. *¿Había dicho ya el nombre del innombrable?* Cuando lo fui a probar, el regusto amargo casi me hace vomitar.

Entonces tuve un pensamiento absurdo. Completamente ridículo.

Había pasado quince años tomando un jodido vino que ni siquiera me gustaba y no me había dado cuenta.

¡¿CÓMO COÑO NO ME HABÍA DADO CUENTA ANTES?!

En medio de esa crisis existencial, yo llevaba días escuchando a Lola Flores. Me recreé en "A tu vera". La letra me hablaba de Carlos y de lo ciega que fui; pero el compás no era para él. Ese lo marcaba para el único que me ha querido realmente en mi vida: mi padre. La Faraona era su favorita.

Lo echaba de menos tanto que dolía como una herida abierta, a pesar de haber pasado ya más de quince años desde que murió. *¿Es normal a los casi cuarenta necesitar a tu padre?* A mí me pasa. Y cuando todo se hunde a mi alrededor es cuando más lo extraño.

Visto en retrospectiva, a lo mejor esa canción no es muy normal para poner cientos de veces a todo volumen en un edificio de vecinos. Entiendo que Yulea viniese a mi puerta y me amenazara con llamar a la policía.

Soy incapaz de recordar exactamente qué llevaba ella puesto el día que la conocí. Eran tantos elementos sin sentido que sería imposible describirlos todos. Lo que más me llamó la atención fueron sus gafas de sol amarillas colocadas justo por encima de sus cejas a las once de la noche; sus imposibles uñas con dibujos, cada una de un color; la cinta brillante que colgaba de su móvil y su melena, teñida de blanco de mitad para abajo. *¿Quién lleva el pelo de ese color voluntariamente?*

Yulea era un calco de Susana, la amante de Carlos. La detesté instintivamente. Sí, ella no me había hecho nada… además de venir a robarme el altavoz.

—Mira, tú no me conoces de nada. No sabes por lo que estoy pasando. Si te molesta mi música, me pondré cascos, pero vete —le advertí.

Me miró por un segundo y se negó.

—No. Tú te vienes conmigo —replicó—. Me niego a que vuelvas a escuchar esa canción. Ni con cascos.

Lola es una grande. Me dolió esa falta de respeto. Por eso, le respondí como lo hice, supongo.

—Tú representas todo lo que odio en este mundo…—Sí, esas fueron mis palabras, propias de una mujer chiflada, pero no me dejó ni acabar la frase. Su respuesta, de hecho, me descolocó.

—Créeme, tú también representas todo lo que yo no soporto.

—¡¿Yo?! —pregunté exhalando de pura incredulidad.

—Sí, pero vamos a solucionarlo —resolvió antes de empezar a empujarme hacia la puerta y agarrando mi abrigo, aún con mi altavoz y su móvil en las manos—. ¿Eso es tequila? Cógelo.

No sé cómo me convenció de acompañarla a la azotea esa noche —yo ni sabía que teníamos una. Supongo que tener mi altavoz como rehén bajo su brazo le daba ventaja en la negociación.

Allí arriba, nos sentamos en dos sillas plegables viendo los tejados de todos los edificios que nos rodeaban. El vaho era helado, pero el tequila nos hizo olvidar la temperatura. Yulea sacó, como quien hace un truco de magia, un porro de su sujetador.

En esa azotea de baldosas rojas, fumando el primer porro que yo había visto en años, ella se presentó como "Yulea. Solo Yulea. Como Zendaya, ¿sabes? Mi nombre es mi marca", insistió.

¿Quién es Zendaya, me preguntas a mí? Ni idea. Tardó meses en decirme que su nombre real es Eva, por cierto. Es casi un secreto de Estado.

Yo le conté lo único en lo que podía pensar: mi historia de desamor. Ella me respondió que tiene casi un millón de seguidores en *TikTok*. *Sí, empezamos muy mal.*

No sé por qué le confesé que acababa de descubrir que, después de quince años tomándolo, en realidad no me gusta el vino blanco... y ella respondió entre risas: "Eso sí que es una gran putada".

Unas caladas más tarde, yo me atreví a decirle que me sentía sola y que no creía tener ni un solo amigo de verdad en todo el mundo. Y ella me dijo que, a veces, ella también se sentía así.

Por algún motivo que aún no logro entender, Yulea me cogió la mano. Esa noche decidió que juntas íbamos a dejar de estar solas. También me hizo prometerle que no iba a lamentarme ni un minuto más por mi ex. La luz de la luna y las antenas parabólicas que probablemente ya no sirvan para nada fueron nuestros testigos en esa azotea.

Al final de la noche, apenas nos quedaba tequila.

—No puedes escuchar esa canción más, *love*. ¿Te das cuenta? —me preguntó.

Ella pensó que se la dedicaba a Carlos. No quise corregirla. Solo asentí.

—Solo hay una forma aceptable de salir de una ruptura y es como una jodida diosa. Como Camila Cabello —me dijo. Y yo no sabía de quién me hablaba otra vez—. Esta es la única canción que deberías repetirte ahora mismo —añadió antes de ponerla en mi altavoz: "Bam Bam".

Yo no la conocía, pero esa canción fue el primer regalo de muchos que Yulea me ha hecho.

La puso a todo volumen en la azotea. Yo no me sabía la letra, pero la cantamos juntas forzando los pulmones para hacer ruido. Meneamos el culo y la cintura como si alguna de las dos supiéramos bailar salsa realmente. Nos dio igual despertar a medio vecindario. No nos importaba ni el frío. Era nuestra fiesta. Ahora yo estaba "a su vera" y ella a la mía. Ese era el último día que las dos íbamos a estar solas.

Eran las dos de la madrugada. Ya era Navidad.

Fue la mejor noche de toda mi puta vida. Yo no lo sabía, pero llevaba 38 años esperando a conocerla. Ella es la hermana que no sabía que el destino me iba a regalar. El amor más grande de mi vida. Para siempre. Nosotras dos contra el mundo.

5.

un crío

Nueva York. Viernes 24 de diciembre

¿**T**e he contado ya que mi madre me dice que "quien entra por la puerta y no te jode es porque no puede"? Pues esa frase, en mi caso, incluye hasta a mi padre. Especialmente, creo, se refiere a él.

Mi padre sabe que algún día yo seré el principal responsable de esta empresa. Es, al fin y al cabo, un negocio familiar; pero se está esforzando en que herede un pescado podrido. Exactamente a eso me huele el plan que acaba de presentar para cerrar el año ante nuestros accionistas.

Permíteme que te lo resuma:

1. Darle más poder a las viejas glorias (de las que ya tendríamos que haber prescindido hace años).

2. Apostar más por un modelo desfasado y demasiado caro de mantener.

3. Invertir más recursos, a pesar de que cada vez tenemos menos beneficios.

Y como guinda del pastel: continuar con su campaña de desprestigio de todas mis ideas.

—Luke eres demasiado ingenuo. Es mejor que apostemos por lo que sabemos que funciona. Tu plan es propio de tu juventud, pero en el mundo real no se sostiene. Cuando lleves unos años más en el negocio, lo entenderás.

¿Más años? A diferencia de otras personas, yo nací sabiendo cuál iba a ser mi trabajo toda la vida. Mi abuelo es quien me lo enseñó. Desde que recuerdo, él me traía aquí cada tarde para que yo aprendiera el negocio.

Puede que otros llevaran a sus nietos a jugar al parque, pero mi abuelo me llevaba a su despacho y me hablaba de quienes eran nuestra competencia y de cómo aprender de ellos; de decisiones estratégicas, de tendencias... Llevo aquí prácticamente desde que nací. Y no hubiese cambiado las tardes en su oficina por nada del mundo.

—No son ideas ingenuas; son tendencias. El mercado está cambiando y nosotros nos quedamos atrás. No podemos permitírnoslo, especialmente con el nivel de gastos que tenemos y un margen de beneficios cada vez más pequeño —recuerdo.

—Por eso tenemos que ofrecer lo que ya sabemos que funciona. Ahora más que nunca. Señores —dice mi padre ignorándome y dirigiéndose a la junta—, este es nuestro caballo ganador —señala a su presentación—. Obviamente, para llevar a cabo este plan necesitaremos una inversión inicial. Probablemente tardemos en ver los beneficios, pero a largo plazo, será la salvación de nuestra empresa sin duda.

Perfecto. Más financiación. Más deuda. Y menos beneficios. *Un plan redondo.*

Sé que su plan se aprobará. La mayoría de los miembros de la junta son amigos suyos y a todos les ha convencido de que yo soy "solamente un crío" que no está preparado para asumir un rol más importante dentro de la corporación.

Poco importa que los dos tengamos el mismo porcentaje de acciones. Él tiene a la junta de su lado.

Mi fama de *soltero de oro* no me ha ayudado a ganar credibilidad. Hace años entendí que salir con chicas famosas era un error. Ya nunca lo hago. Sigo pasándomelo bien, pero ahora soy mucho más discreto. Sin embargo, mi fama es difícil de olvidar para ellos.

Mi futuro depende literalmente de conseguirlo. Necesito convencer a la junta de que no soy el *playboy* que ven en mí. Sé perfectamente cómo funciona este negocio. Y sé que si no lo logro, pronto me quedaré sin una empresa que poder salvar.

La única forma de hacerlo es con números. Resultados. Eso necesito. Pero aquí nadie me va a dejar probar que mis ideas funcionan. Por eso necesito lanzar mi proyecto en España. Técnicamente, no puedo hacer algo así. Sería competencia desleal, pero a mí me gusta jugar con trampas. Es mi especialidad.

Tener un piso allí me permitirá ir y volver sin llamar la atención. Solo espero sobrevivir a mi vecina del infierno.

6.

"Si usted me conoce basado en lo que yo era hace un año, usted ya no me conoce. Mi evolución es constante. Permítame presentarme de nuevo".

Oscar Wilde, El retrato de Dorian Gray

capítulo 1 de la nueva anita
Cuatro meses después

Permíteme presentarme de nuevo.

Me miro al espejo y me cuesta reconocerme. Hace medio año mi armario era una mezcla de tonos grises, beige y pastel. Blusas sedosas que combinaban con cárdigans y pantalones de vestir de colores suaves. Si quería parecer un poco más atrevida, me ponía unos tejanos oscuros ajustados. Puede que hasta unas cuñas a media altura. Vivía la vida loca, lo sé.

Hoy llevo un vestido corto, rojo y de cuero con volantes en el bajo y aperturas en los costados, mostrando mi cintura. La tela hace pequeños ruidos cuando ando. Me gusta eso; me recuerda que está ahí. Está tan pegado a mi piel que siento que es el disfraz de una superheroína. Y esa última palabra no es casualidad, porque ponerme este traje es mi droga; aunque yo me siento más bien una villana con él.

Lo acompañan unas sandalias rojas que se enlazan a mi tobillo como sexo atado con hebillas. Y mi melena suelta, echada a un lado. Ahora, soy pelirroja. Me río yo de la pavisosa que era, siempre con un moño intentando sujetar mi pelo indomable.

La rebelde no era mi melena... resulta que era yo.

¿Sabes cómo he pasado del moño —o de estar hasta el ídem— a la melena al viento? Hay dos responsables. El primero, aunque ni quiero hablar de él, es mi ex.

5.500 días a su lado. Y no es que yo sea mucho de contar, pero por algún motivo ahora me suena mejor eso que admitir que perdí quince años a su lado. No iba a sumar ni un solo segundo más.

Me costó aceptarlo. Sí, porque cuando tienes treinta y muchos años y llevas 5.500 días con la misma persona imaginas que lo vuestro es para siempre; pero resulta que solo yo pensaba eso.

Hoy él vive con su secretaria en nuestra casa. Duermen en la cama que compramos juntos. Probablemente se revuelcan cada noche en las sábanas que un día —en otra vida— yo compré. Que las disfruten.

Quizás suene cruel, pero el único sentimiento que tengo hoy por Carlos es el deseo de que pille una buena gonorrea. Y ella también.

Desde que él me hizo el favor de dejarme, yo me mudé a este piso. Pequeño, pero mío. Con mi gata con la que él nunca se llevó bien. Con mis consoladores que ya no escondo para nadie. Con mis cientos de cosas que Carlos detestaría. Solo por eso, yo las adoro. Nunca había podido tener un espacio completamente a mi gusto antes de irme de su maldita casa y ahora me encanta.

Me costó un tiempo entenderlo, pero soy más feliz soltera. Ya no lavo calzoncillos de nadie. Tampoco los recojo de justo al lado del cesto de la colada —¡¿tanto costaba meterlos dentro, joder?!. No hay pelos de barba en mis desagües. Ya no tengo que recordar a un adulto que se corte las condenadas uñas de los pies cuando me raspa con sus zarpas en medio de la noche. Ni tengo que soportar las caras de mi queridísima ex suegra cada maldito domingo.

En esta casa siempre me corro, sin excepción, a veces más de una vez. Ya nunca finjo mis orgasmos. Eso, te lo aseguro, no lo voy a volver a hacer. Mi nueva televisión no conoce qué es el fútbol. Únicamente yo decido cómo gasto mi dinero. En mis altavoces ahora suena "Detox" de Natalie Perez. Sí, porque yo me he desintoxicado de Carlos. Por primera vez soy la dueña de MI vida.

He visto el Sol en la palabra soltería. Estar sola ha traído luz a mi vida.

La segunda y verdadera responsable de mi nueva actitud ha sido Yulea. Ella es el motivo de que hoy yo ya no tenga un "armario *blah*" —así lo llamó ella cuando intentó buscarme algo que ponerme para acompañarla a un evento por primera vez. Fue ella quien me animó a probarme este vestido rojo de cuero.

Este es mi disfraz de caza. No, no hablo de la de *Jara y Sedal*. Déjame que te explique eso un poco mejor.

7.

metamorfosis

Viernes, 8 de abril

¿Sabes qué pasa cuando llevas quince años fingiendo la gran mayoría de tus orgasmos? Que conseguir placer escala rápidamente en tu lista de prioridades.

Me había aburrido tanto durante 5.500 días con Carlos —hombre sin pasión, al menos, conmigo— que tenía demasiadas fantasías por cumplir: lo quería salvaje, despreocupado, casual, sin amor, con un desconocido, sin reglas, sin pudor... Quería probarlo todo.

Se acabó la chica buena.

He regalado tanto amor sin recibir nada a cambio que ya no me queda nada en el pecho por dar. Tengo el corazón hueco... pero no frío. Un deseo reprimido durante años arde en él.

Ahora hago realidad las fantasías que tenía cuando me acostaba con Carlos. Sí, lo reconozco: yo solía pensar en otros. Mi cuerpo le era fiel, pero mi mente siempre fue una zona más gris... *¿Lo siento, pero no lo siento?*

Es difícil desear a alguien que te rechaza una y otra vez en la cama. Odiaba su casto beso de buenas noches antes de apagar la luz. Su forma de darse la vuelta para dormir de espaldas a mí. Él me quería, decía y yo creía sus palabras; a pesar de que su cuerpo me demostraba cada noche lo contrario.

Los consoladores —que Carlos no quería ni ver— me ayudaron a acallar un vacío que crecía en mí; pero ahora necesito gritar. Muy MUY fuerte.

Júzgame si quieres, pero he sobrevivido a una travesía por el desierto y ahora quiero bebérmelo todo. Yul dice que estoy "reclamando mi propia sexualidad". El verbo no me puede parecer más adecuado.

La noche que me puse mi vestido de cuero rojo por primera vez volví a casa acompañada. Nunca había estado con otro después de Carlos. Sinceramente, fue fácil dar el paso. Me moría de ganas de vengarme de él por su aventura con Susana. Quería, al menos, igualar nuestro marcador.

Quizás me he venido arriba con mi espíritu vengativo últimamente. ¡Ups!

Sinceramente, fue extraño estar de nuevo con alguien por primera vez. Julio no era Carlos. Su olor. Su piel. Los sitios donde le gustaba besarme. Su pelo rizado era raro para mis manos acostumbradas a otro tacto. Después de tanto tiempo en pareja, una parte de mí sentía que estaba haciendo algo malo… pero descubrí que me excitaba esa idea. Ese vestido fue para mí como meterme en la piel de una zorra. Al fin y al cabo, es de cuero, ¿no?

Lo que más me extrañó esa noche no fueron los besos o el sexo; fue que Julio se fijara en mí. Había olvidado cómo era eso.

Jugar a sostener las miradas, tontear con un roce disimulado, la emoción del primer beso, un susurro que te hace cosquillas en el oído… Me encanta todo eso. Tanto, que me he enganchado a ese juego. Sí, lo reconozco; me he vuelto adicta.

No a Julio, no. De él nunca más supe. Me pidió el teléfono, pero yo le dije las dos letras más poderosas que existen: NO. Lo eché de mi cama sin piedad. *¿Para qué iba a darle mi número si no iba a quedarme esperando su llamada?*

Son las reglas.

Sí, las normas para cazar que Yul me ha enseñado. Nuestro mayor secreto. Ella me dio una guía que me permitió volver a encontrar mi camino cuando estaba completamente perdida. Sí, puede que yo le saque diez años de edad a ella; pero te aseguro que soy yo quien aprende cada día a su lado.

Me ha enseñado muchas cosas. Algunas tontas, como hacer videos en *TikTok* sin necesidad de invocar al diablo. Otras más importantes, como unas reglas para sobrevivir como soltera.

"Cuando sales a ligar, Annie, el mundo es una jungla —me advirtió antes de poner en mis manos el libro que ha cambiado mi vida—; tienes que conocer las normas para poder saltártelas, sino vas a volver a acabar mal. A partir de ahora, las reglas las pones tú, *love*".

∞∞∞∞

La palabra que más se repite en ese manual tiene solo dos letras: "NO".

Decirlo parece fácil. Debería ser sencillo, pero yo tuve que aprender a hacerlo. Desde que empecé a negarme a ciertas cosas, mi vida ha cambiado por completo. Cada fin de semana se ha convertido en un reto.

A lo que hacemos juntas de fiesta, Yul lo llama "salir a cazar". Sin embargo, nosotras nunca nos quedamos con las presas. Tan solo jugamos una noche con ellos. Nunca más que eso. NO. Así es como nosotras nos saltamos las reglas. Nos quedamos solo lo mejor. Lo aburrido se lo pueden quedar otras.

Mi compañera de caza tiene una canción favorita cuando es nuestra hora. "Las Solteras" de Lola Índigo. Siempre consigue que el *DJ* nos la ponga. Al principio no me gustaba, pero le he cogido cariño al tema. Sí, porque me recuerda que somos más listas que el maldito sistema. Nosotras ponemos nuestras reglas. En lugar de aceptar las de otros.

Solo necesitamos escuchar las primeras notas de esa canción. Yul y yo nos miramos la una a la otra. Nos sonreímos. Las dos sabemos que la caza ha comenzado. Empieza nuestra *putivuelta*.

Lo nuestro no se estudia en las escuelas, pero te aseguro que hacemos arte. Yul dice que yo soy *cuadriculadita* porque no creo en el aura, los *chakras* ni en los aceites esenciales, pero hay algo que sí he visto con mis ojos: cuando ella y yo salimos de fiesta puedes sentir fuegos artificiales a nuestros pies. Cuando estamos juntas de caza dominamos la sala.

Somos dos zorras buscando a un corderito que llevarnos a la boca. La revista Jara y Sedal debería dedicarnos un jodido artículo algún día. Hacemos poesía cinegética.

Definitivamente, ya no soy la Anita que era hace unos meses cuando toqué fondo. He hecho una auténtica metamorfosis. Mis tacones me dan alas, como a las mariposas... pero también colmillos como a una zorra.

8.

una espía en la mirilla

Sábado, 8 de abril

El problema de hacer un proyecto a escondidas de tu propia empresa —¿o debería decir familia?— es que necesitas capital exterior. Para conseguirlo, yo dependo del único loco que creo que me lo puede prestar: Ron Boadilla.

Él es Miami. No puedo describirlo de otra manera. Fiesta, lujo, dinero, cócteles horteras, chicas, bailes, disfrutar y drogas de diseño. En ese u en otro orden. Es un misterio cómo tiene energía para tener dos hijos, tres ex mujeres, una novia distinta cada mes y ser dueño de varias empresas.

Conocí a Ron hace años. Mi estilo de vida entonces era otro. A veces, se me atraganta su forma de ser, pero necesito su dinero si quiero abrir oficinas aquí. En los últimos meses he estado avanzando en mi proyecto y tengo un equipo que funciona, pero necesito darles unas oficinas. Y, sobre todo, no puedo seguir costeando eternamente los gastos con mi propia cuenta.

"Luke, estoy deseando hacer negocios en Marbella", me dice Ron, y ni me molesto en decirle que las oficinas no vamos a abrirlas en Málaga. Lo conozco bien. Solo necesito traerlo aquí y mostrarle que España es el sitio donde quiere invertir su dinero. Sé exactamente cómo hacerlo.

Por fin, Ron va a venir. Llevo meses esperando este momento. Llegará esta noche desde Miami y necesito tenerlo todo listo para cuando él aterrice. Tengo el plan perfecto para recibirlo. Brian va a organizar una fiesta en el piso de mi tía. Lo tiene todo pensado.

Solo necesitamos que mi amigo despliegue sus encantos para convencer a mi vecina de que nos deje hacerla en paz.

Aún recuerdo cómo de cabreada se puso con la última fiesta que hicimos. Sí, han pasado meses, pero no suele pasarme que una mujer se niegue a decirme su nombre o que tenga ese carácter. Algo así es difícil de olvidar.

Por eso necesito a Brian. Su encanto es innegable. Es evidente que yo le caí muy mal, pero a mi amigo no se va a poder resistir.

De hecho, tendríamos que haber ido a hablar con ella ayer directamente, pero Brian me convenció de ir a un evento con varios contactos suyos.

De esa fiesta volvimos acompañados de Vicky y Avery, dos modelos americanas que están aquí por trabajo. Las dos me reconocieron enseguida y fue difícil escaparnos. La conversación con ellas toda la noche ha sido tan excitante como mirar a una pecera vacía.

Después del evento, ellas insistieron en venir a mi piso y hasta quisieron quedarse a pasar la noche. Odio las despedidas por la mañana. Siempre son incómodas.

—¿Me llamarás? —ha preguntado Vicky esta mañana cogiéndome del brazo antes de meterse en el ascensor.

Claramente, ella no entiende las reglas del juego. La magia está en despedirse creando deseo de más; no suplicando repetir pronto.

—No olvides que te espera un taxi abajo. —He desviado su pregunta.

—Llámame, ¿eh? No seas malo, Luke —Su beso en los labios lo acompaña con una caricia a mi paquete. Sutil debe ser su apellido, sí.

Casi puedo escuchar a mi madre en mi mente diciendo: "nunca te fíes de una mujer". Sinceramente, no puedo evitar pensar que Vicky lleva peligro escrito en la cara.

Mi madre expresa su cariño en forma de advertencias. Repite constantemente cosas como: "las mujeres primero miran la cartera y luego al hombre que la lleva, cariño. Eso es así. Quien te diga lo contrario, te miente". Si tuviera un dólar por cada vez que me ha advertido de las *cazamaridos*, tendría mucho más dinero del que realmente tengo.

Puede que un día el grupo Ayamonte hiciera rica a mi familia, pero hoy no estamos lejos de la quiebra. Y yo estoy invirtiendo demasiado capital en mi nuevo proyecto aquí. Por eso necesito convencer a Ron hoy. Tiene que ser una noche perfecta.

Lo que menos me esperaba, después de despedirme de Vicky por fin en el ascensor, era encontrar a mi vecina favorita espiándome por la mirilla.

Parece que no solo yo me acuerdo de ella.

9.

kryptanita

Unas horas antes. Viernes, 7 de abril

¿Te he explicado ya que soy una zorra? Pues, además, soy una con suerte. He conseguido un trabajo demasiado bueno para ser real. ¿El único gaje? Que me van a echar en cualquier momento.

—¿Se puede ser más *Anita cuadriculadita* que tú? No conozco a nadie que numere sus cremas de noche —dice Yul cotilleando mi tocador sin abandonar su móvil, como siempre.

No es la primera vez que ella me llama así. Siempre se ríe cuando vamos al súper y yo aparezco con mi lista de la compra basada en mi menú semanal. Sí, ella y yo nos partimos la compra. El mundo está hecho para parejas, pero nosotras nos vamos a saltar el sistema. Esa es nuestra especialidad.

O más bien la de Yul. La mía es intentar volver a planificar mi vida (sin éxito).

Esta semana, ella ha tenido que alquilar su piso a unos turistas para llegar a fin de mes. Así que por unos días mi pequeño estudio acogerá a tres mujeres poderosas: ella, mi gata Bohemia y yo. Me hace feliz tenerla conmigo unos días, aunque el motivo sea su incapacidad de administrarse.

—A mi edad, mantenerse medio bien es un trabajo de media jornada —le explico, a propósito de su comentario—. Además, últimamente me siento vieja. En el trabajo todo el mundo parece entender todo tan fácil... Yo soy como una impostora de juventud. Las cremas y el maquillaje son parte de mi estafa.

—Annie, ¿quieres parar con eso? Tú no eres vieja. A los ochenta, puede que sí, pero a los 38, definitivamente no. Me niego.

—Ya me lo dirás tú cuando llegues...

—Cuando tenga 38 no serán los nuevos veinte; serán los nuevos 38, porque todo el mundo querrá tenerlos. La gente va a desear ser tan sabia como yo. Ya verás.

No puedo evitar reírme con eso. La seguridad con la que vive su vida es maravillosa.

Ella podría convencer a cualquiera de las ideas más absurdas. Como a mí, que me animó a abrir hace meses una cuenta en *TikTok*. A mí no me gusta salir en fotos y vídeos, pero Yul insistió en que eso no es un problema. "Serás misteriosa. No mostrarás nunca tu cara, pero sí tu mundo", sentenció. Y así nació mi otro yo: KryptAnita. "Solo KryptAnita", puntualizó.

Según ella, si yo quería encontrar un nuevo empleo, no podía buscar entre los anuncios; tenía que mostrarme al mundo y hacer que las ofertas llegaran a mí. Como no tenía nada mejor que hacer, empecé a hacer vídeos acompañando a Yul a fiestas y eventos. Hablaba de todas las tendencias que descubro con ella y a la gente le gustó eso.

Creo que así es como he conseguido mi trabajo... en una revista de modernos. *¡Ja!* Yo. Sí, la enemiga mortal de su propia wifi. Debería sentirme mal por aceptar una posición para la que no estoy cualificada, pero a mi edad y con mi currículum conseguir un trabajo creativo usando mi cámara es un regalo del destino. No pienso rechazarlo voluntariamente.

A pesar de que ha empezado hablándome ella a mí, Yul está entretenida con su teléfono, para variar. Yo creo que trabaja siempre que está despierta, aunque no tengo muy claro de qué. La banda sonora de su vida son sus uñas acrílicas repicando contra la pantalla de su *iPhone*. Yo ya me he acostumbrado a que esté comprobando sus redes sociales cada vez que la miro y sé que, a su manera, me escucha, así que sigo hablando, pero me miro al espejo.

—Tengo que usar muchas cremas, pero no estoy tan mal —me digo a mí misma, recolocándome el pecho en el sujetador—. Tengo las tetas en mi sitio a los 38. Eso no lo puede decir todo el mundo. Ojalá pudiera decir lo mismo de mi culo —me giro para mirarlo y resoplo.

—Annie, escúchame. —Yulea deja el teléfono en la mesa.

Oh oh. En las raras ocasiones en las que Yul aparta su móvil de las manos, la temo. Sinceramente, agradezco que tenga algo con lo que entretenerse normalmente. Su mente es tan intensa que recibir toda su atención es abrumador.

—Criticarte a ti misma y a tu cuerpo sí que es de vieja. —Se acerca aún más a mí y me dice muy seriamente las siguientes palabras—. Tú eres la jodida KryptAnita, ¿me oyes? Yo te puse el nombre. Si Taylor Swift puede cantar que se siente como una chica de 22 sin tenerlos, tú también. —De pronto, me agarra el culo con toda su mano y me lo estruja—. Y este culazo tuyo es poesía, *love*. Ya lo quisieran las Kardashian. Belleza real. ¡Llévalo con orgullo, coño! —Esa "ñ" la marca con rabia, y después me da un beso sonoro en la mejilla.

Y así es la Yulea que me fascina, para bien o para mal. En su esencia. Creo que nadie me mira con mejores ojos en el mundo que ella.

Yo crecí pensando que la "belleza real" era ser una *Barbie*. A mí me puedes hablar de que la celulitis es bella, pero mi cabeza sabe demasiado bien que Claudia Schiffer no tenía. Sí, porque me pasé horas viendo sus fotografías en las revistas desde que era una mocosa. Esas imágenes no se borran tan fácil.

Sin embargo, desde que conocí a Yul, estoy empezando a apreciar otra belleza. Ni ella ni yo somos supermodelos. La diferencia es que a mí eso siempre me ha hecho sentir poca cosa; y ella hace gala de ser distinta.

Yul es preciosa a su manera. Alguien podría pensar que su cuerpo no es perfecto, pero ella es simplemente única y eso, en realidad, es mejor. Creo que ese es el secreto por el que las marcas se pelean por enviarle ropa, complementos y cosmética. Su seguridad en sí misma es sexi y eso vende.

Yo nunca llegaré a tener su capacidad arrolladora de creer que mi cuerpo es prácticamente un regalo para el mundo, aunque quizás estoy llegando a un punto de neutralidad que no me disgusta. *¿De eso se trata, no?* De apreciar lo que tienes, aunque a veces no puedas evitar querer algo mejor.

Eso mismo quiero hacer con mi edad. Puede que ya no tenga veinte años, pero empiezo a pensar que mis 38 no están tan mal. Quiero disfrutarlos tanto como pueda, aunque a veces la sombra de los cuarenta que se acercan me dé pánico.

Poco a poco, gracias a lo que Carlos me ha ido devolviendo mensualmente de nuestra hipoteca (y mi nuevo sueldo, claro), he ido dando color a mi armario y a mi vida. Mi ropero ya no es *blah*, pero la estrella sigue siendo ese vestido rojo de cuero que Yul me animó a probarme un día.

No es solo un disfraz de caza para mí. Con él volví a ver a una Anita que pensé que ya no existía; con sus volantes que llaman a mi amor por el flamenco y con un rojo encendido que es definitivamente mi color.

Precisamente por eso decidí teñirme de pelirroja. La naturaleza me había relegado a un castaño simplón, pero yo nací con una melena roja ardiente. Era mi hora de recuperarla. También me he cortado el pelo a ras de la barbilla. Ya ni me llega para hacerme un moño. La libertad le sienta bien a mi cabello. Y a mí.

Al mirarme, me doy cuenta de algo:

—¿Sabes? A lo mejor deberíamos pensar mejor mi nombre de *TikTok*. Me llamo como la kryptonita, pero claramente, mi color es el rojo, no el verde —digo moviendo mi melena.

Yulea sonríe, pero no parece contrariada.

—Te olvidas de que yo soy un genio, *love*. ¡Precisamente, esa es la gracia de tu nombre! Normalmente, la kryptonita es verde, pero se pone roja cuando está cambiando. Entonces es cuando se vuelve impredecible y peligrosa de verdad. Lo sé porque salí con un *fan boy*. No preguntes —zanja la conversación y se sienta en el sillón.

No estaría mal saber qué es un *fan boy*, pero me muerdo la lengua porque en ese mismo momento recibo un par de mensajes de mi editor. Me pide más cambios en mi último video. *Joder*.

—Lo de sentirse joven está bien como filosofía, pero de verdad que no sé si valgo para mi nuevo trabajo. Míralo, por favor. ¿Tú lo ves tan mal? —Le muestro mi último vídeo en mi móvil.

Yulea me observa como quien ve el dibujo de un niño pequeño. Alguien que no sabe qué está haciendo mal y resulta adorable.

—*Anita cuadriculadita*. Así tendría que haberte llamado —bromea—. Esto parece el material para una reunión de empresa. ¡Suéltate esa melena pelirroja que tienes!

Parecer profesional, por lo visto, ya no se lleva.

Después de ver juntas *First Dates* y decidir que jamás caeremos en la trampa de las citas, nos vamos a dormir. Por un segundo, antes de cerrar los ojos imagino mi vida siempre así: con ella a mi lado. Hace tiempo que ya no me siento sola.

Yul y yo tenemos grandes planes de futuro. Especialmente, para cuando nos jubilemos. Seguiremos las dos solteras, probablemente viviremos en una residencia de ancianos. Yo llegaré antes, por supuesto, pero ella dice que volverá a poner de moda ser vieja cuando le toque. *Sí, solo se ocurre a ella.*

"Robaremos las pastillas más divertidas y nos ligaremos a los enfermeros más guapos, ya verás", me dice Yul. "Y seremos unas viejas divinas que contarán las mejores historias", le respondo yo.

Esa idea loca me hace ridículamente feliz.

∞∞∞∞

A la una de la madrugada, Yul y yo nos despertamos por el ruido. Viene del piso de al lado.

—Annie, ¿tú estás escuchando eso, no? —me pregunta ella partiéndose de risa—. ¡Vaya fiesta se traen!

Ella se ríe, pero yo no puedo. Reconozco esos gemidos.

—"Eso", me temo, es nuestro vecino Luke.

Pensaba que después de tantos meses, ya no le veríamos más. Me equivocaba.

10.

mentirosa

Sábado, 8 de abril

Anoche apenas pude dormir. Después de darle unos golpes a la pared, Luke y su chica se callaron, pero seguimos escuchando el marco de la cama repicando un buen rato. Yul se partía de risa con la escena. Ella —mujer afortunada— nunca coincidió con nuestro vecino hace cuatro meses. Yo aún podía recordar lo desagradable que fue conmigo.

Al menos, hoy nos espera un buen día. Después de desayunar, iremos a hacernos una manicura gratis que Yul nos ha conseguido. Imagino que esta noche ella querrá salir de caza a alguno de sus eventos.

Cuando estamos a punto de empezar a desayunar, escuchamos ruidos en el rellano. Yul sale corriendo a comprobar qué pasa a través de la mirilla. Imagino que quiere ver a Luke, después del espectáculo auditivo que nos dio anoche. Yo caí rendida a las tantas, y he tenido un jodido sueño húmedo acordándome de la mirada endemoniada de Luke. *Sí, así funciona mi vagina traidora.*

—Yul, ¡¿quieres parar?! —le pido—. ¿Desde cuándo eres una vecina cotilla?

—Venga, Annie. Tenemos un vecino ligón —argumenta mirando por la mirilla—. Y no me habías dicho que está muy bueno —me mira, pero no respondo. Solamente tomo un sorbo de mi café y desvío la mirada—. Esto es lo más interesante que ha pasado en este edificio de viejos en… ¿nunca? ¡Guau! Está con dos chicas, rubias. Parecen modelos —me explica observando aún por la mirilla.

—¡¿Dos?! No me lo creo. ¡¿Ha hecho un trío en la casa de su difunta tía?! —digo incrédula empujando a mi amiga para comprobar con mis ojos si es cierto.

Sí, he mirado*. Ha sido un segundo. No más. Pero tenía que verlo. ¿Quién no quiere echar un vistazo cuando le dicen que un vecino ha hecho un trío? Soy humana y un poco curiosa, lo acepto.

———

* *Por favor, no me recuerdes en el futuro que he sido yo la que he puesto un ojo en esa mirilla porque yo lo negaré siempre.*

———

—¿Te imaginas la cara de la pobre señora Gloria si se entera? —pregunta Yul partiéndose de risa.

Las dos nos reírnos de lo absurdo de la situación, pero ella no aparta la vista de la mirilla.

—Tiene un amigo con él. Madre mía. Se parece al actor Álex González, pero con una sonrisa, en vez de parecer cabreado. —Se cubre la boca con las dos manos sin apartar la vista de la mirilla y sin, por supuesto, soltar su móvil.

—Lo que faltaba. Se nos va a llenar el edificio de guapitos veintitantos—me lamento.

—¡Oh, oh! Creo que me han visto —me dice apartándose de la puerta.

—¡¿Qué?! —le pregunto con preocupación. Un hilo de tensión se forma en mi nuca al instante.

De repente, se escuchan unos golpes. Están llamando a mi puerta. Instintivamente, miro qué llevo puesto. Esta vez sí que estoy en pijama. *Joder*. Llevo un pantalón corto ancho y un top de tirantes viejo. Lo he lavado tantas veces que la tela es prácticamente transparente. Ni siquiera es un conjunto. Voy a matar a Yul. No puedo dejar que Luke me vea así después de cómo acabamos la última vez que le vi.

Hago el gesto universal de silencio e intento aparentar que no hay nadie en casa. Con un poco de suerte, se irá.

—Te he visto espiando por la mirilla, *vecina* —dice entonces Luke desde el otro lado de la puerta.

Joder, joder, joder.

De nuevo, vuelve a tocar la puerta con los nudillos. Yul se parte de risa en silencio y me mira como una chiquilla a la que le han pillado haciendo una trastada.

¡¿Por qué me pasa esto a mí?!

Decido ir corriendo —procurando no hacer ruido con mis pasos— al baño, me bajo los tirantes de la camiseta, envuelvo mi cuerpo con una toalla, y me hago una especie de turbante rápido en la cabeza con otra.

Con mi improvisado disfraz, vuelvo sigilosa, pero veloz, a la puerta. Le pido a Yulea que se aparte para que no la vean. Respiro profundo y empiezo mi función.

—Buenos días. *¿Emmm… Luque, no?* Me has pillado en la ducha —le saludo casualmente y procuro cerrar la puerta detrás de mí.

Joder, ¿está más guapo aún que la última vez? ¡Puaj!

Me responde con una sonrisa pícara que cubre con su mano. Es tan atractivo que me molesta que me parezca sexi ese gesto.

Está con su amigo y tengo claro que algo se traen entre manos. Luke hoy no lleva traje, sino unos pantalones chinos estrechos de color gris y unas zapatillas blancas, pero sigue pareciendo demasiado formal con una camisa oscura ajustada.

—Mentir a un vecino está muy mal, ¿sabes? ¿No tienes televisión y tienes que espiarme por la mirilla para entretenerte?

—No sé de qué me hablas. Estoy muy entretenida en realidad. He podido seguir toda la noche tus acrobacias nocturnas. Si vienes más a menudo, voy a tener que pasarte la factura de los tapones de los oídos.

—Pues yo no he escuchado nada desde tu habitación, *vecina*. ¿Qué raro, no?

—¿Querías algo o solo llamabas para fastidiarme la mañana, *Luque*? —le pregunto, aún ignorando a su amigo, que parece muy entretenido con nuestra pequeña batalla dialéctica.

—En realidad, sí quería algo. Te presento a mi amigo Brian —anuncia señalándole.

Yul tiene razón. Definitivamente, ese chico es un regalo para los ojos. Moreno, igual de alto que Luke, pero definitivamente más maduro. Lleva una camisa de colores ajustada y unos pantalones oscuros que le marcan unas piernas musculadas. Tiene un estilo muy latino. La debilidad de mi amiga. Todo en él grita peligro.

Juntos, estos dos son el motivo por el que las mujeres tenemos que ir con cuidado al salir de fiesta. Son dos jugadores que pueden convencerte de que te abras de piernas con solo chasquear sus dedos. Mi escudo de zorra se activa al instante. No necesito mi disfraz.

Por algún motivo, Brian lleva puestas gafas de sol. *¿Le molestarán los fluorescentes del rellano?* Solo conozco a otra persona que no se separa de sus gafas de sol desde que se despierta: Yul. En ella ya no me asusta, pero tengo claro que estos dos ocultan algo.

—Hola Brian —le saludo sin demostrar demasiado interés.

—¡Hola! ¡Yo me llamo Yulea! —se apunta de pronto ella, saliendo de detrás de mi puerta.

—¡Yulea, bonito nombre! —asegura Luke sonriéndole, pero fijando su mirada en mí—. ¿Sois amigas?

—No —respondo yo instintivamente. He aprendido demasiado bien a decir esa palabra.

—¡Claro que sí! —aclara ella, mirándome como si estuviera loca.

—Interesante —apunta Luke.

—Yulea vive aquí en el 8A. Es nuestra vecina —aclaro señalando a su puerta—. Se está quedando conmigo unos días —zanjo yo, mirando a Luke.

En ese momento, me interesa más lo que tenga que contarnos Brian y su sonrisa de anuncio, así que le presto atención. Algo en él me resulta familiar y es inevitable que me caiga mejor que su amigo.

—Nosotros veníamos a contaros una idea —explica él—. Se me ha ocurrido hacer esta noche una pequeña reunión de amigos en casa de Luke. Estaríais invitadas las dos, por supuesto, pero mi amigo me ha dicho que su vecina no le deja.

—¿Que yo qué? Ni que yo fuera su madre —respondo devolviendo una mirada asesina a Luke.

—¿A qué hora venimos? —pregunta Yul ignorándome.

—A las nueve estaría bien —sugiere Brian—. Tú no serás Yulea, Yulea, ¿no?

En ese punto, mi amiga y Brian empiezan a hablar en un idioma que yo ni comprendo. Ella está encantada de encontrarse con uno de sus seguidores en carne y hueso. Especialmente, uno así de atractivo. No parece importarle en absoluto estar en pijama en medio del rellano. Al menos, su camisón es bonito y sobre todo, más decente que el mío. Afortunadamente, el mío sigue debajo de la toalla.

En un momento, los turistas que están quedándose en el piso de Yul salen a la puerta a ver qué pasa. Brian se pone a hablar con ellos en chino (creo) y ahí sí que ya no me entero de nada. Luke aprovecha para molestarme de nuevo.

—¿Vendrás a la fiesta? Si quieres podemos hacerla de pijamas... —apunta con ganas de chincharme.

—Veo que sigues siendo tan pesado como la última vez que viniste —observo—. ¿No estabas vendiendo tu piso? ¿Cuál es el problema, exactamente? ¿Aún apesta a ti y nadie quiere acercarse a menos de cien metros?

En realidad, desde aquí huele jodidamente bien. Demasiado bien. Es solo que me molesta que sea un olor tan abrumador.

—¿No te gusta mi perfume?

—Me molesta que nos niegues la libertad de no olerlo desde que aterrizas en el país hasta que te vas. ¿Cuánto perfume te pones? ¿Una botella al día?

Su media sonrisa ofendida es aún más condenadamente sexi que la completa. *Basta.*

—¿Me vas a decir hoy tu nombre, vecina? —cambia de tema.

Los turistas se van, pero un repartidor aparece por las escaleras con un paquete para el noveno piso. *¡¿Me va a pillar todo el barrio en toalla hoy?!* Empiezo a estar realmente incómoda aquí.

—¿Para qué quieres saber mi nombre si no voy a ir a tu fiesta, *Luque*? —pregunto.

—Sí vendrás. No vas a dejar sola a tu amiga, ¿no? —apunta lanzando una mirada hacia Brian y Yul, que siguen hablando entre risas.

—No voy a ir —respondo rotunda.

—¿Si no te interesa, por qué estabas mirando por ese agujero? —Señala la mirilla con un gesto.

—No he sido yo. Ha sido Yulea —aclaro.

—¿Y tú nunca mientes, verdad?

—No.

—¿Entonces es verdad que estabas en la ducha…?

—Por supuesto. —Aprieto fuerte mi toalla sobre mi pecho.

Le entiendo susurrar para sí mismo en inglés algo como "lo está pidiendo ella solita". Entonces, en un gesto rápido, tira de la toalla que está cubriendo mi cabeza como un turbante. Instantáneamente, al ir a sujetarme el pelo, mi toalla se descoloca, exponiendo parte de mi camiseta, que —recuerdo— es demasiado transparente. Tengo que correr para taparme el pecho con el brazo.

—¡*Mmmmm!* —expresa sorprendido al ver mi pelo —. ¿Ahora eres pelirroja?

—Siempre lo he sido —aclaro.

—¿Y mentirosa —pregunta— también has sido siempre?

—Yo. NO. Estaba. Mirando. Por. La. Mirilla —insisto, haciendo hincapié en cada palabra y sujetando aún mis toallas como puedo.

—¿Seguro, Anita?

—Espera. ¿Cómo sabes tú mi nombre? —le pregunto.

—Lo he visto en la placa de tu buzón, *red*.

—Enhorabuena, detective. Caso resuelto. —Me recoloco la toalla y sujeto la otra con la mano .

—¿Vendrás a mi fiesta, mentirosa?

—Espera sentado, Luque. No iré.

—¿Te apellidas Smith y no sabes decir "Luke"?

—Sí que sé, pero no me da la gana —le respondo cortante.

En ese momento, suena su teléfono, que lleva en la mano. Puedo ver el nombre *"Sexy Vicky"* escrito en la pantalla y una foto de perfil de una rubia con labios hinchados, bastante provocativa. En la imagen no se ve nada específico, pero está claramente desnuda.

"¿Ves? No te va a faltar entretenimiento. Ni notarás que no estoy", le explico señalando a su teléfono. Aprovecho su despiste para coger a Yulea del brazo y meternos a las dos de nuevo en mi apartamento.

"¡Nos vemos a las nueve!", se despide Brian.

"¡No se te ocurra no venir, *red!*", añade Luke con una sonrisa.

¡Ja! Espero que tenga sillas en ese piso para esperar sentado. Yo no pienso ir.

11.

la visita de 'my man'

No sé por qué he tenido que enzarzarme con ella. El plan era sencillo. Lo habíamos hablado la noche anterior. No tenía fisuras. Brian invitaría a Anita a la fiesta porque, evidentemente, yo no le caí bien cuando la conocí. El encanto de mi amigo es pura magia; no iba a poder decir que no.

Así nos asegurábamos no tener que acabar a las 11.30 de nuevo. Sencillo, ¿no? Pero mi vecina ha tenido que provocarme. He sabido que estaba engañándome con esa toalla desde el principio. No entiendo por qué tiene que ser tan cabezota.

Reconozco que cuando vi su nombre escrito en el buzón ayer, sentí como si hubiera metido un gol al equipo contrario. Anita Smith. Un nombre raro, como todo en ella.

Me desconcierta esa mujer. No entiendo nada de lo que hace. Como llevar ropa holgada cuando claramente tiene un cuerpo muy femenino. Ha sido un segundo, pero la visión de sus tetas debajo de ese pijama viejo me ha dejado claro que las tiene preciosas. ¿O por qué lleva el pelo en un moño o tapado con una toalla cuando lo tiene tan jodidamente sexi?

Tenía que ser pelirroja. Mi debilidad...

No sé por qué pero esta noche no puedo dejar de mirar a la puerta esperando que ella aparezca. Puede que quiera seguir peleándome con ella porque me divierte provocarla, pero creo que también me preocupa cómo puede venir a arruinar mi fiesta. Hoy nada puede fallar. Ron vendrá en cualquier momento. Sin su apoyo no podré avanzar en mi proyecto y probablemente me arruine.

En los últimos meses he logrado dar los primeros pasos. Puedo demostrar con pruebas que gustamos a nuestro público. También tengo una presentación sobre indicadores económicos que explican por qué tiene sentido empezar este proyecto aquí; pero a Ron todo eso no le va a interesar. Lo único que necesito enseñarle es lo sexi del país con una gran fiesta y Brian es el mejor organizándolas.

El piso de mi tía es el sitio ideal. Céntrico, espacioso y privado. Tenemos buena música, el alcohol está corriendo sin límite. Imagino que las drogas también, pero yo no formo parte de eso. Necesito mi mente en plenas facultades, especialmente esta noche.

Brian y Ron se conocieron hace años en Nueva York. Brian viene mucho a visitarme y tiene varios clientes en Manhattan.

Mi amigo se define a sí mismo como un "conector". Yo me imagino que debe ser parecido a ser un relaciones públicas o un organizador de eventos, pero él insiste en que su trabajo va más allá. En cualquier caso, aunque es un misterio para mí cómo lo hace, se gana muy bien la vida con ello.

La noche que coincidimos los tres en mi ciudad, acabamos en una fiesta en el Hotel *Standard*. Las ventanas de ese edificio están diseñadas para que los turistas que van a visitar *The High Line Park* puedan ver lo que pasa dentro de las habitaciones. Es como La Meca de los *voyeurs*.

Yo cerré mis cortinas esa noche porque temo salir en la prensa de nuevo, pero me consta que Brian y Ron las dejaron abiertas. Así son las noches de fiesta con él. Bastante raras, pero siempre memorables.

Recibo un mensaje confirmando que su avión ha aterrizado por fin, aunque con retraso. No sé ni cuánta gente hay en mi casa ahora mismo. ¿Cuarenta? ¿Cincuenta, quizás? Hasta Vicky y unas amigas suyas se han apuntado, a pesar de que ni Brian ni yo las hemos invitado. He maldecido mi suerte al verlas entrar por la puerta. Sabía que era peligrosa.

Mi nueva vecina, Yulea, ha llegado poco después de las nueve y está entendiéndose con Brian en la zona de las bebidas. *¿Llegará Anita más tarde? ¿Por qué tiene que ser tan terca?*

Estoy seguro de que mañana me va a dar la brasa con esta "pequeña reunión de amigos" de más de cincuenta personas, pero espero que eso sea una vez pasada la fiesta. De hecho, es casi medianoche, así que hemos sobrevivido a la hora maldita. ¿Por qué no puedo dejar de pensar en ella? Ni idea, pero cuando por fin llega Ron, intento concentrarme solamente en él.

—¡Ron, *my man*! ¿Cómo ha ido el vuelo? —le pregunto al verlo entrar por la puerta.

—¡Demasiado! —responde. Esa, básicamente, es su palabra para todo. La odio.

—¿Te acuerdas de Brian, no? —aporto señalando a mi amigo—. Déjame tus maletas y él te acompaña a pedir algo de beber. Llegas tarde, así que tendrás que correr para coger el ritmo —añado.

—¡Ron! —exclama exaltado Brian, que probablemente sí ha tomado algo más que alcohol esta noche—. *The man, the legend...* ¡Ven conmigo! En quince minutos tenemos un reservado en un local que te va a hacer volar la cabeza.

Cojo las maletas de Ron y me dirijo a una habitación para guardarlas. Entonces la veo. Tardo exactamente un segundo en ser consciente de que me va a traer problemas.

Anita.

Mi mirada hace instintivamente un barrido de abajo arriba, empezando por unas sandalias rojas que se ajustan a sus tobillos y que piden sexo con solo mirarlas. Me duele apartar la vista de ellas, pero subo por sus interminables piernas que brillan como si hubiera estado todo el día en la playa. Encima de ellas está mi peor enemigo: un vestido de cuero rojo como el fuego acabado en un bajo de volantes.

Tengo dos debilidades en esta vida: las faldas de volantes y los frutos secos. Me dan más miedo las primeras, a pesar de que los segundos podrían matarme.

Ese vestido corto, con aperturas en los costados, expone la piel de su cintura desnuda y acaba en una falda que se mueve con cada paso que da, dejando imaginar lo fácil que sería levantársela para follar contra todas y cada una de las paredes de la casa.

Tengo que tragar saliva antes de seguir subiendo y encontrarme con su melena pelirroja cortada a ras de su mandíbula. Ese pelo deja su cuello al descubierto, pidiendo que alguien lo muerda. Aunque sus labios rojos, a conjunto con el vestido, también reclaman una boca sobre ellos.

Anita, mi vecina —la del pijama y el moño— no solo ha venido a la fiesta. Se ha vestido para tener sexo esta noche. No me cabe la menor duda. Y no me importaría en absoluto ayudarla a conseguir su objetivo. Con esa mala leche, tiene que ser un espectáculo en la cama.

—¿Por fin te vas, *Luque*? —me pregunta al verme.

Tengo que hacer un esfuerzo para recordar que llevo las maletas de Ron en la mano.

—Pensaba que ya no vendrías, *Smith*. Estas maletas son de… —evito entrar en detalles— un contacto. De trabajo.

—No he venido por *tu* fiesta. Me han dicho que estamos a punto de salir hacia un local, *Gil*.

Esa *G* de Gil suena tan española en su boca que casi me da un orgasmo auditivo al escucharla. *Provocadora*.

—¿Tu jefe te tiene de mozo de las maletas? Ya me cae bien —apunta chulesca.

No puedo evitar sonreír, aunque me duele en el orgullo ese comentario. Dejo el equipaje de Ron a un lado, procurando no perderlo de vista.

—*Red*, yo soy mi propio jefe. —Normalmente decir algo así me gana atención.

—Si tú le estás llevando sus maletas, créeme, su jefe no eres —me responde sin darle más importancia.

Me fastidia pensarlo así, pero tiene razón. Dependo de él. *Grrr*.

Normalmente, las mujeres me reconocen por las revistas o por mi empresa. Mi aspecto les impresiona. Puedo hablarles de alguna de las estrellas de Hollywood que he conocido en nuestras galas. Mis historias suelen provocar fascinación, pero no quiero relacionarme con los Ayamonte aquí.

Siempre procuro no hablar demasiado de mi nuevo proyecto en fiestas. Nunca sabes quién puede estar escuchando. Sé que Vicky está aquí y ella sabe quien soy. Sin entrar demasiado en detalles, le cuento algunas de mis ideas para mi proyecto. Quiero impresionarla. No sé por qué, pero quiero hacerlo.

—¡*Buff*! Hablas mucho hoy, *Gil*. ¿Por qué no le cuentas todo eso a tus seguidores de *TikTok*? Seguro que les encanta —dice alejándose—. Voy a ver a mi amiga.

Por algún motivo, me siento torpe. Mi técnica de ignorarla no va a funcionar con ella porque está claro que me detesta. *¿Son imaginaciones mías o es ella quien está jugando conmigo?*

Cuando vuelvo de llevar las maletas de Ron a la habitación, él y Brian se acercan a saludarla y veo claramente como el primero ha pensado exactamente lo mismo que yo cuando la he visto entrar por la puerta.

La sutileza no es la principal virtud de Ron. Le da dos besos a Annie para saludarla, y ese momento le sirve para acortar distancias y no volver a alargarlas. Acompaña ese gesto apoyando una mano en la cintura de ella... y parece olvidar que tiene que sacarla de nuevo de ahí.

Cuando Ron se propone conseguir una chica no hay quien le pare. Es un tiburón. Lo he visto hacerlo cientos de veces. *Fuck*.

12.

unas horas antes… unas después

Te preguntarás por qué he ido a la maldita fiesta de Luke, ¿no? Para que me entiendas, tengo que explicarte qué ha pasado hace tan solo unas horas.

Yul me ha pedido miles de veces que la acompañe porque se ha encaprichado de Brian (no la juzgo porque es un caramelito). Durante las dos horas en las que nos hemos hecho una manicura y pedicura, ha trabajado todos sus argumentos apelando a mis peores emociones:

> **Culpa**: "¿De verdad no vas a acompañarme? ¿Con todo lo que yo he hecho por ti?".

> **Tristeza**: "Sabes que la señora Gloria no querría que tratáramos así a su sobrino…".

Miedo: "Siento decírtelo, pero no vas a ser joven toda la vida. Una invitación así no pasa cada día".

Ira: "¡¿Por qué tienes que ser tan terca, Annie?! ¡Solo es una fiesta! ¿Por qué no puedes cruzar tu puerta y venir conmigo? ¡No estamos ni a un metro de distancia!"

Por último, y creo que en parte por desesperación, ha recurrido a la lujuria. *¿Es eso un sentimiento? Ni idea.* Creo que Yul habría apelado hasta a mi sentido del deber cívico esta tarde si hubiera ayudado a convencerme.

—Sabes que si vienes, Luke estará más que encantado de entretenerte en la fiesta. Tenéis mucha química.

—Sí, somos como unos Mentos y una Coca Cola. Juntarnos es mala idea.

—¿Has oído alguna vez lo bueno que es el *hate sex*? *Sexo por odio*, en lugar de por amor. Enemigos que se convierten en amantes —añade—, como en las películas. ¡Oh! Lo que yo daría por tener un poco de eso con Brian... Tengo debilidad por un hombre que puede llevar una camisa así de ajustada sin parecer un hortera. Seguro que sabe bailar bien —ha asegurado ella, danzando con su móvil pegado al corazón, como si pudiera imaginarse la escena.

Yo entiendo que le guste Brian, de verdad, pero Yul se está olvidando de todas nuestras normas con esto. Además, yo me siento completamente fuera de lugar en una fiesta de veinteañeros. Se lo he intentado explicar, pero ha sido aún peor.

—Annie, tú no has vivido tus veinte. Tienes derecho a disfrutarlos de nuevo —ha defendido.

Me mata pensar que, en parte, tiene razón. Cuando conocí a Carlos, él me deslumbró. Yo estaba aún en la universidad y él venía a buscarme con su BMW rojo después de clase. Él era un hombre, y yo, en muchos sentidos, aún una niña. Para mí, él fue mi primer amor adulto. Y cuando estás en una ciudad nueva y un chico tan guapo (y bastante más mayor que tú) se fija en ti, caes. Con todo el equipo. Yo me enamoré hasta las trancas.

¿El problema? Él era ya un hombre y yo envejecí a su ritmo. Al año de estar juntos, Carlos me propuso que nos fuéramos a vivir a la casa que él había comprado. Pasar de una residencia estudiantil de chicas a vivir en una urbanización entonces me pareció un cuento de hadas, pero a mí me salió más bien historia de terror.

—Sí, he perdido mucho tiempo con Carlos, pero también he estado recuperándolo últimamente. De hecho, si quieres salir de caza esta noche, soy toda tuya. Podemos ir a cualquier sitio, menos a una fiesta donde voy a ser la más vieja con diferencia, por favor —le he pedido.

—¡Annie, eres una *ageist*! Discriminar a la gente por su edad es injusto.

—¡La víctima aquí de esa discriminación soy yo, Yul! —he reivindicado.

—No, soy yo, que quiero que vengas conmigo y te niegas a hacerlo por un motivo ridículo.

En realidad, he dicho una pequeña mentira. Por supuesto que yo también noto la química que hay entre Luke y yo. No sé por qué, pero él despierta algo en mí: ira. *¿Es eso química o solo pecado capital?*

Cada vez que me mira con sus ojos claros enmarcados por esas cejas endemoniadas necesito pelearme con él. No puedo evitarlo. Nunca me había pasado eso antes. Por eso, intento a toda costa huir de él.

Si estoy en la misma sala sé que no voy a poder evitar mirarlo. Es imposible no querer echarle un vistazo. Todo él es una maldita trampa visual. Pero yo tengo unas normas básicas sobre tipos con los que NO acostarme:

1. Los menores de treinta.

2. Los *playboys* con un ego tan grande que traspasa los metaversos (sí, Yul me ha explicado qué son).

3. Los vecinos que puedo encontrarme cuando menos espero en la escalera (especialmente si me llaman *red*, mentirosa, vecina...).

Luke es un pleno al triple de malas ideas. Y va contra todas las reglas: las mías y las de Yul (aunque parece que hoy ella las ignora). Por no mencionar las normas morales. No sé su edad, pero sí que yo soy bastante más mayor que él. Aunque a Carlos eso no pareció importarle con Susana, a la que le dobla los años. *¡Puaj!*

Dejando todo eso de lado, si algo he aprendido en los últimos meses es que no quiero problemas con los hombres y mi vecino, claramente, es peligroso.

¿El único —pequeño— problema? Escucharle a través de la pared anoche me hizo tener un sueño.

Uno MUY caliente. Pero yo no puedo controlar lo que pasa en mi cabeza mientras estoy dormida. Soy humana. No he podido olvidar sus malditas cejas y esos hoyuelos marcados a fuego incluso meses después. Los deseos de mi cuerpo, por lo visto, toman el volante por las noches. A traición.

Nunca antes había tenido una fantasía así. Desde luego, no con Carlos.

Fue una visión tan intensa que no pude evitar recrearme en el placer. En mi sueño, él venía a mi puerta y me pedía un poco de sal. *¿Todo normal entre vecinos, verdad?* El único problema es que, para variar, yo quería pelear con él. Iba a buscarla, pero me negaba a dársela. Entonces, él me cogía el brazo que tenía libre y empezaba a lamerlo. Después me pedía que le echara sal para comérsela sobre mi piel. Era tan sensual imaginarme su lengua sobre mí, acariciándome lentamente.

Luego seguía subiendo con besos hasta llegar a mi oreja y me susurraba en el oído todo lo que quería hacerme en un tono de voz jodidamente sexual. Me pongo nerviosa solo de pensar en cómo me cogía del cuello y empezaba a besarme lentamente, aún agarrándome con fuerza. Poco a poco nuestras bocas iban calentándose a medida que sus manos empezaban a explorar mi cuerpo. Se sentía tan prohibido estar con alguien mucho más joven que yo. Tan condenadamente atractivo. Tan apasionado…

En mi sueño, la mano de Luke se colaba dentro de mis braguitas y con esa sola sensación, yo me he despertado completamente exaltada. Vergonzosamente mojada. El jodido Luke no ha necesitado ni tocarme de verdad para darme un orgasmo.

Puede que una parte de mí —de la que reniego— crea que follar con mi vecino sería excitante, pero la mujer de casi cuarenta años que también soy sabe que está terminantemente prohibido fuera del reino de Morfeo.

Me remito a mí misma a las antedichas normas 1, 2 y 3. Esas son motivo más que suficiente para no querer ir a la maldita fiesta.

Me he despedido de Yul en la puerta de mi casa. Sin nada que hacer, me he sentado en mi sillón verde kriptonita. Me encanta que sea de ese color. Sé que Carlos lo odiaría y quizás por eso yo lo amo más. De inmediato, mi gata Bohemia ha venido a reclamar cariño restregándose contra mi pierna.

Enseguida me he dado cuenta de que había demasiado ruido como para leer o intentar ver una película. Así que, como una auténtica kamikaze, he escrito en el buscador de *Tiktok* el nombre de Susana —sí, la amante de Carlos. Hace días que no miraba su perfil. Sabía que tendría, por lo menos, cincuenta videos nuevos. Siempre me da miedo que algún día me pille, pero tiene más de 20.000 seguidores. Nunca sabrá que la espío.

Entonces, he visto la imagen responsable de que esta noche yo esté de camino a la fiesta de Luke.

En un segundo, mi cuerpo ha cambiado de temperatura de frío a calor y después hasta el temple ha dejado de existir para mí. Susana ha compartido un vídeo donde se ve su mano con un anillo de diamantes. Es un pedrusco solitario redondo acompañado de una banda llena de brillantes. El movimiento hace que suelte destellos constantes. El texto dice solamente "Sí, quiero".

Carlos le ha pedido matrimonio. Le ha comprado un anillo. A ella, sí.

Mi boca se abre de la indignación sin que pueda evitarlo, y se queda así; incapaz de volver a cerrarse.

A pesar del ruido que viene de la fiesta en el piso de al lado, yo no oigo nada en mi comedor. El *shock* es silencioso. El sonido desaparece y te envuelve la nada. Conozco bien la sensación. La tuve cuando descubrí los mensajes de Carlos con Susana. De pronto, las arcadas hacen que hasta el aire se te atragante. Descubres una rabia que ni sabías que tenías dentro. La ira de no entender nada lo consume todo.

Susana ha anunciado en redes sociales su compromiso a 20.000 desconocidos y Carlos ni siquiera me ha dicho nada. Algunas de mis cosas aún siguen en su maldita casa.

Me quedo sentada en el sillón procesando la noticia sin ser capaz de reaccionar de ninguna manera. Con mi boca aún abierta.

No sé cuánto tiempo estoy así, pero un mensaje de Yul hace temblar mi móvil, que sigue en mi mano, y me saca un poco de mi *shock*. Es un audio. Toco el botón, aún temblando. "¡Annie, mueve el culo y vente! Aquí debe haber sesenta personas y no todos tienen veinte años. Dice Brian que en media hora salimos hacia un local brutal. Se llama *Indómita*. Te quiero aquí en menos de diez minutos. Te espero para salir".

No hace falta que insista. No puedo estar sola en este momento. Yul me salvó una vez viniendo a buscarme, pero he aprendido mucho desde entonces. Hoy voy a ser yo quien salga a buscarla a ella; aunque esté en la maldita fiesta de Luke.

Antes de salir, voy a la cocina, cojo mi tequila. Empiezo el ritual: me lamo la muñeca, echo encima un puñado de sal y dejo que mi lengua la saboree. Después de eso, me tomo un trago a morro de la botella. Muy fina, lo sé. Cuando me pongo visceral, pierdo las formas.

El fuego del licor es exactamente lo que pide mi cuerpo. Decido poner "Mamiii" de Becky G en mi altavoz, compitiendo con la música del piso de al lado. Necesito conectar con mi zorra interior esta noche.

Yo no soy de bebidas combinadas. Ni de vino o cerveza. Eso lo bebía con Carlos, pero ya no soy la misma. Una parte de mí que ahora ya no puedo acallar necesita algo más fuerte. Tequila directo al corazón para sanarlo.

Mientras el licor templa la lava que corre por mis venas pienso en que ha pasado casi medio año desde que Carlos me dejó. Aún ni he tenido el valor de decirle a mi madre que nos hemos separado, pero él ya se ha prometido con otra. Es completamente ridículo. Se acabó. Ya no puede hacerme más daño. No voy a permitírselo.

Sin querer pensar más, me dirijo a mi mesilla de noche y saco mi ropa interior más sexi. Definitivamente, voy a necesitarla esta noche. En el cajón, me encuentro el libro de Yulea. "Reglas para cazar un marido: trucos probados para conquistar al hombre ideal". Me acuerdo del día que me las dio. Consejos de viejas. Eso me ofreció mi amiga, la moderna. Es pura ironía.

"Annie, ligar es un juego tan viejo como la vida. Las normas son siempre las mismas, pero hay muchos tramposos ahí fuera. Tú y yo tenemos que conocerlas bien para poder saltárnoslas. Vamos a poner nuestras propias reglas, *love*. Nadie nos va a cazar a ti y a mí", me explicó.

Ella puede ignorar las normas hoy, pero yo no estoy dispuesta a hacerlo. Ni hoy ni nunca. Nadie me va a volver a engañar como lo hizo Carlos. Los hombres se han reído suficiente de mí ya. Ahora me toca a mí pasármelo bien con ellos. Sin piedad.

Mi melena recién teñida arde con ganas; tengo una manicura perfecta y medio armario lleno de ropa digna de una zorra, aunque esta noche solo me vale mi vestido rojo. Me voy de caza a un coto desconocido. Necesito mi disfraz.

13.

huyendo de vicky

Al salir de mi apartamento, mis nuevas vecinas han aceptado encantadas compartir taxi con Ron y Brian. Yo los he seguido un poco más tarde en otro coche con Vicky y algunos amigos suyos. Irónicamente, intentar ignorarla ha hecho que ella tenga incluso más interés en mí. *Qué cruz...*

El trayecto se me ha hecho eterno. De hecho, cuando hemos llegado todo el mundo estaba ya dentro. Por suerte, tenemos un reservado que Brian nos ha conseguido en el *Indómita*, el nuevo local de moda de la ciudad. Apenas ha abierto hace una semana y ya hay lista de espera hasta el siguiente año.

Al entrar, me recibe el humo de la pista de baile y cientos de luces alargadas en tonos fucsias y rojas que se concentran en la pista central y se mueven al ritmo de la música por toda la sala. Suena "Naughty girl" de Qveen Herby.

El local es enorme, pero localizo a Anita enseguida. Está, por supuesto, en medio de la pista. Subida a un podio con su amiga. No sé cómo lo hace, pero las luces juegan a seguir los bandeos de sus caderas. Está bailando con descaro, como si la letra de la música estuviera escrita para ella. Ron está babeando a sus pies, y de vez en cuando bromea con Brian, que no se ha separado de Yulea en toda la noche.

No es el vestido de Anita lo que me tiene fuera de juego, no. Yo estoy acostumbrado a estar con chicas preciosas con ropa sexi. Lo que me hace incapaz de dejar de mirarla es su actitud. Normalmente, las mujeres se sienten intimidadas por mi éxito y mi físico, pero ella parece inmune. Aún peor: creo que yo le parezco poca cosa. Me ve como un jodido crío.

Veo a Ron acercarse poco a poco a ella, mientras ella sigue bailando y moviendo sus volantes, hipnotizándome con ellos. Va a ser una pequeña tortura observar como la noche avanza y él cumple su objetivo con ella.

No me gusta estar en medio de una discoteca. Me expone demasiado. Yo soy de mantenerme en las sombras, de jugar desde las esquinas. Es demasiado arriesgado ir ahí. No quiero que nadie me reconozca. Desde aquí, al menos, puedo vigilar a Anita sin que ella me vea.

—¿Has recibido mi llamada hoy? —me pregunta Vicky en inglés de pronto, sacándome del embrujo de volantes de Anita.

Vicky es preciosa. Tiene unos ojos azules tan claros que parecen casi blancos. Su figura de modelo es espectacular. Lleva un vestido de lentejuelas minúsculo y muy sexi, pero yo no puedo prestarle atención. Mi mirada esta noche pertenece a esa mujer de rojo que ni me ha visto entrar al local.

Por supuesto que he visto la llamada de Vicky, por cierto. Ha elegido el peor momento para hacerla. Justo cuando estaba convenciendo a Anita de venir a la fiesta. Y no entiendo ni cómo ella tiene mi teléfono. Ha tenido que grabar su número en mi agenda de algún modo. En todo caso, decido que hablar con ella es mejor que seguir mirando a mi vecina como un pervertido, aunque ese vestido me está llamando con cada movimiento y mis ojos no parecen capaces de ignorarlo.

—Sí, la he visto. También la foto. ¿Cómo lo has hecho, Vicky?

—¿Te ha gustado la sorpresa? —dice coqueta—. Quería que pudieras acordarte de mí.

—Me has dejado sin palabras —le aseguro, aunque más bien estoy asustado de ella.

Vicky es peligrosa. No me cabe la menor duda. Va a usar cualquier truco en el manual para que nos vayamos de aquí juntos esta noche, pero mi objetivo es otro.

Insistente como pocas, ella sigue hablándome de su último trabajo para no sé qué marca de ropa, pero mis ojos están pegados a la cadera de Anita. Concretamente, en la mano de Ron sobre ella.

Lo más desesperante es que no solo yo la estoy observando. Ella también me lanza miradas, de reojo, sonriendo, aún con Ron demasiado cerca de su culo. Está jugando. Cuando la veo apartarse de él, no quiero perder mi oportunidad de seguirla.

Me disculpo con Vicky diciéndole que necesito ir al baño.

—Aún no me acostumbro a verte sin tus pijamas, *red* —digo al acercarme a Anita.

—¿No te gusta mi vestido? —me pregunta con cara de inocente, pero no voy a caer en regalarle un piropo. Ella no tiene ni un pelo de ingenua.

No respondo, solo me acerco a ella y en ese momento descubro que su olor le pega a la perfección. Una chica buena huele a flores o a frutas dulces. Ella no es eso. Lleva un perfume cítrico y algo ahumado. Es como una mandarina madura, que tiene su punto justo de acidez. Su aroma se cuela en mi nariz y se niega a abandonarme. Nunca había estado tan cerca de ella antes y ahora no puedo apartarme de nuevo. Es adictivo.

—Te he visto con Ron —digo de pronto.

—¿Tu jefe? Sí, es muy simpático —responde, mirando hacia él y dirigiendo un dedo a la entrada de su boca como si estuviera pensando qué quiere hacer con él.

—Ya te he dicho que no es mi jefe —insisto y me coloco delante de ella para que deje de buscarlo con la mirada—. Él no te gusta.

—¿Quién dice que no? —Me mira desafiante y pronto aparta los ojos para volver a buscar a Ron.

Me acerco más a ella para reclamar su atención.

—Dime, *mujer de rojo*, ¿por qué me mirabas a mí cuando bailabas con él? —pregunto en su oído.

—En realidad —empieza a explicarme apartándose— estaba observando a la pobre chica que te acompaña. ¿No es la misma rubia que estaba esta mañana en tu casa?

—¿No decías que no has estado mirando por la mirilla, mentirosa? —le susurro en su oído porque la música es ensordecedora y porque necesito olerla de nuevo.

No responde. Solo me sonríe, pero su mirada sigue desafiándome. Está jugando y sabe que la he pillado. Por fin. La primera batalla ganada esta noche. Tengo que aprovecharla.

—Si te pregunto una cosa, ¿me dirás la verdad o vas a volver a mentir? —le planteo.

—No —ofrece, demostrando desinterés.

Esa pregunta no se responde con sí o no. Resoplo indignado soltando aire por la nariz. Es buena jugando a esto. Tengo que reconocerlo. Si quiero captar su atención, tengo que soltar la artillería pesada.

Sin mediar palabra, Anita se aleja de mí y va a la barra del bar. Vuelvo a acercarme a ella, por detrás y pongo una mano en su cintura para poder acercarme de nuevo a su oído con mi boca.

—Dime Smith, ¿alguna vez te has acostado con un vecino?

Puedo ver su sonrisa contenida. No la puede ocultar ni estando de espaldas. Sé perfectamente lo que un gesto así significa. Quiere hacerme creer que no le ha hecho gracia.

—No —repite, cambiando su expresión a desafiante.

—Entonces será la primera vez para los dos. ¿Nos vamos de aquí?

He rozado mi boca con su oreja deliberadamente cuando le he dicho eso. Quería volver a provocarla, pero ha sido mala idea. No he podido evitar recrearme de nuevo en ese aroma que parece emanar de su pelo. *Joder, qué bien huele...*

De pronto, ella se aparta de mí como si hubiera dicho algo ridículo o más bien prohibido. Se da la vuelta, poniendo su espalda contra la barra.

—Tengo principios, ¿sabes? —Su respiración agitada me dice lo contrario, pero ella redobla su negativa—. Yo no follo con menores de treinta y tú debes tener... ¿qué, 25? —Me reta con su mirada.

—¿Centímetros? Más o menos —respondo pícaro guiñándole un ojo.

—¡*Puaj*! —exclama molesta—. Dime que no has aprendido esa frase en *TikTok*, por favor. ¿O eres de los que ligan enviando *fotopollas*? Para tu información, no estoy interesada. Gracias.

—¿Estás segura de que no echarías ni un vistazo, *red*? ¿O solo te gusta darme repasos escondida detrás de una mirilla? —Me acerco un poco más.

—Sigue soñando, *Luque*, anda. Lo siento, pero tú no eres mi tipo. A mí me gustan más mayores. Yo soy... demasiada mujer para ti. Pero seguro que a tus amigas modelos se les derriten las neuronas si les miras con esos ojitos claros. —Levanta ligeramente la cabeza, plantándome cara. Retándome.

—¿Y a ti no, verdad? ¡Qué mentirosa eres! Si no te gustan mis ojos, ¿por qué no puedes dejar de mirarlos? —No puedo evitar sonreír al ver como ella desvía la mirada de repente. Aprovecho para ganar un pequeño punto. Me acerco aún más—. Cuéntame, ¿qué más te gusta de mí, *red*? —No responde, así que le doy un par de ideas—. ¿Mi culo? ¿Mi traje?

—¿A quién no le gusta un hombre que no entiende que existe ropa para el fin de semana? Mira, *Gil*, si estás buscando a alguien que alimente tu ego, te equivocas de persona.

¡Ouch! Es una bruja, pero no puedo evitar que me encante pelearme con ella. Y no me pienso rendir.

—No te gusta mi traje, ¿eh? Pues a mí sí me gusta tu vestido, pero me gustaría más ver qué esconde debajo... —susurro a su oído, poniendo una mano en su cintura. En la barra del bar la música no está tan alta. No necesito acercarme. Solo quiero volver a olerla y notar su piel en mi boca.

Cuando estoy a punto de lanzarme a besar su cuello, Anita habla de nuevo.

—Qué pena que te vayas a quedar con las ganas, *Luque*. Mira quién viene por ahí —sonríe al decírmelo—. Creo que a ella sí le gusta tu traje. ¡Menuda suerte la tuya! —apunta irónica.

De repente, Vicky se acerca con cara de pocos amigos y se coloca entre Anita y yo. "¿Dónde te habías metido, Luke? Te estaba buscando. Quiero presentarte a esos amigos que te he dicho antes", protesta mientras mi vecina favorita aprovecha el momento de confusión para irse, dejándome aún más hipnotizado de lo que ya estaba. Tengo que morderme el labio inferior por la rabia de que se haya escapado. Mis ojos la persiguen mientras oigo a Vicky de fondo.

Antes de volver al centro de la pista, puedo verla mandándome en la distancia un beso poniendo la mano en sus labios y sonriendo pícara. Se da la vuelta guiñándome un ojo de lado. No solo me está ganando en mi propio juego, está regodeándose. Maldita vecina. Es una mala bruja con una falda volantes.

14.

perreando con mayores

Ron, el jefe (o no) de Luke, va a ser mi *kleenex* esta noche. Usar y tirar. Va a ser perfecto para secarme las lágrimas que NO voy a dedicar a Carlos. Puede que ser una cazadora no sea muy ecológico, pero créeme, funciona.

Es bastante atractivo. Moreno y fuerte. Por como actúa, tiene más pinta de tener dinero que de tener amigos, pero ese no es mi problema. Para lo que lo quiero esta noche, me sirve. Además, es algo más mayor que yo. Eso siempre es bueno. No sé si eso habla bien de mí, pero lo cierto es que me da seguridad sentirme joven por comparación.

Luke y yo hemos hablado varias veces esta noche. Me ha hecho tanta gracia ver su cara al verme aparecer en su fiesta. Si de pronto hubiera descubierto que soy *Wonder Woman* debajo de mi pijama no hubiera estado más sorprendido. Sí, he cambiado mucho en los últimos meses. Ya no queda ni rastro de la Anita *blah* que un día fui. Él, probablemente, me conoció en mi peor momento.

Sin embargo, Luke sigue llevando sus mismos trajes. Hoy lleva uno gris claro con una camisa tan blanca como su sonrisa, entreabierta en el pecho. Se ha quitado la americana y por primera vez he podido apreciar su culo en todo su esplendor. En mi sueño no lo tenía más delicioso que en la realidad. Hoy tiene un aire de guiri que me resulta divertido.

Reconozco que me lo paso bien con él. Si tuviera unos años más y no fuera mi vecino, supongo que no me importaría darle una oportunidad al *hate sex*, como dice Yulea, pero yo hoy necesito un hombre de verdad, no un chaval.

Ron ha estado toda la noche disfrutando de que yo me haga la escurridiza. Las normas de Yulea no fallan. Cada vez que él se acerca, yo encuentro un motivo para tener que alejarme de nuevo al poco rato. Siempre dejarle con ganas de más, como dicen las reglas.

Hemos estado bailando un buen rato bajo la atenta mirada de Luke. Reconozco que me he recreado perreando con Ron al ritmo de "Mayores" de Becky G solo para ver cómo reaccionaba. Sí, se la he pedido yo al *DJ*. Ver su cara de frustración ha sido una maravilla. Mi zorra interior no puede evitar disfrutar de este juego.

Siendo sincera, Ron me parece bastante excéntrico, pero sabe bailar y eso siempre es buena señal. Puede que hoy esté un poco distraída con Luke y no esté dándole una oportunidad. Es demasiado divertido ver cómo mi vecino se pasa la noche escondiéndose de su amiga rubia. Podría ir a echarle un cable, pero no puedo permitirme ser la Anita buena. Esta noche soy una cazadora.

Sin darme cuenta, Ron empieza a restregar su paquete abiertamente contra mi culo en la pista y entiendo que es mi momento de escaparme de nuevo. Necesito otro tequila, así que me acerco a la barra para pedirlo. Nunca dejo que nadie me invite a las bebidas.

Esa es una de las normas de caza que yo nunca sigo. El libro dice que dejarse invitar hace sentir a algunos hombres más poderosos y tú ganas una bebida. No hay nada ni nadie que me pueda hacer aceptar eso. Yo, con mi traje de cuero, soy la heroína de mi historia. Yo tengo el poder. Ningún hombre va a pagar ni un céntimo creyendo que eso le iba a dar derecho a exigir nada a cambio.

De pronto, Luke aparece a mi lado sin darme tiempo a llamar al camarero.

—Vámonos de aquí, *red* —me suplica.

—¿Y deshacerte tan pronto de tu rubia? Parece que le gustas. —No puedo evitar bromear.

—A mí no me interesa ella y a ti tampoco te gusta Ron. Reconócelo, *Smith*.

—*Gil*… —empiezo a responderle.

—Llámame Luke —reclama.

—No me llames *Smith* y no te llamaré *Gil*.

—¿Siempre eres tan cabezota? —pregunta.

—¿Acaso no te gusta que lo sea? —replico, acercándome a él.

—Estás jugando conmigo, ¿verdad? —dice arrimándose a mí, pero desviando la mirada hacia Ron, para comprobar si nos mira.

No puedo evitar sonreír al comprobar que tiene miedo de que su jefe (o lo que sea) nos vea. He encontrado su debilidad, pero está claro que él también parece saber la mía: su cuerpo. Desde tan cerca, puedo notarlo rozando el mío. El cuero de mi vestido no ayuda a mis calores cuando apenas deja un centímetro de distancia entre nosotros.

En cuanto se aproxima a mí, reconozco su olor a crema de afeitado y perfume. Le acompaña siempre. Es cargante, sí, pero no puedes ignorarlo. Una vez entras en su nube, es difícil apartarse. *¿Hay algo mejor que el aroma de un hombre recién duchado?* Luke huele a enebro y salvia. A bosque. A uno tentador y peligroso.

—¿Qué te pasa, *Gil*? ¿Te da miedo que nos vea Ron? —pregunto con mi mejor sonrisa maliciosa.

—¿Te importa a ti, Smith? —me devuelve la cuestión, acercando sus labios a los míos sin apartar la mirada.

Sin decirlo, los dos empezamos un pulso con los ojos y los labios.

No sé cuánto aguantamos, solo sé que yo gano porque él no puede evitar desviar la mirada y comprobar si Ron sigue distraído.

Joder, qué maravilla es sentir la adrenalina de haber sido más fuerte que él en esta pequeña batalla.

—¿Tú nunca respondes a las preguntas, *baby*? ¿Vas a venir conmigo o no? —insiste, poniendo su mano sobre mi pierna, justo por debajo de mi culo.

Sus labios siguen rozándose con los míos, sin llegar a besarme. La presión de su mano sobre mi muslo me hace perder la respiración por un segundo. Imágenes de mi sueño vienen a mi mente y sé que estoy perdiendo una batalla. Tengo que luchar.

—¿*Baby*? —le pregunto conteniendo un gemido de placer por el simple roce de su mano.

Vecina, mentirosa, mujer de rojo, *red*... me ha llamado de todo, pero el último mote que ha elegido no puede ser más irónico.

En realidad, no sé cómo consigo concentrarme en seguir hablando. Todos mis receptores sensoriales están concentrados en el roce de nuestras bocas y, sobre todo, en su mano posada en el final de mi culo. Si sigue subiendo con ella, me va a salir humo de entre las piernas.

Luke está prácticamente estrujando mi piel sin llegar a hacerlo y yo subo mi pierna instintivamente para dejarle mejor acceso. Casi puedo sentir su aliento entrando en mis pulmones cada vez que habla. El ambiente está muy cargado. Su cadera avanza hacia mí y no tengo dudas de lo que quiere. Noto claramente que está preparado y no le faltan ganas. Mi cuerpo traidor ha cedido, pero mi mente sigue luchando.

—Deja ya de resistirte, *baby*... —repite—. No ha nacido quien me gane a este juego.

Tengo que bajarle los humos. Urgentemente. Me quedo mirándole dulcemente y él responde con su mejor sonrisa de triunfo.

—Puede que sí haya nacido, ¿sabes? Incluso antes que tú, *baby*. Espero que se te den mejor tus negocios que ligar, *jefe*. —Me aparto antes de quemarme en sus manos.

—Tarde o temprano vas a caer, pelirroja.

—No estás acostumbrado a que te digan que no, ¿eh? Es un honor ser la primera.

—Vas a venir a mi puerta a buscarme esta noche. Me pensaré si te la abro.

—Lo siento, ya tengo planes. De hecho, te recomiendo que uses tapones. No soy una amante silenciosa y esta noche sí me vas a oír desde tu habitación.

—Serás... —Niega con la cabeza, mientras se muerde el labio inferior con media sonrisa.

—¿... zorra? Ni te lo imaginas. —Me alejo con un nuevo chute de adrenalina tras la batalla.

Antes de tomar distancia, puedo ver la frustración en la cara de Luke, pero no es solo eso, también veo la emoción por la competición que hemos empezado.

Acabamos de dar los primeros pasos de un camino peligroso. Puedo sentir mi piel palpitando con la tensión sexual que emanamos al estar juntos.

No entiendo qué es lo que me está impulsando a tratarle tan mal, pero ahora mismo es lo único que me está haciendo sentir mejor. Cuando hablo con Luke no me acuerdo del maldito anillo de Susana. No quiero pensar en esa imagen que no se borra de mi cabeza.

Necesito un tequila. Después de eso, tengo que irme. Con Ron. A mi casa. Cuanto antes.

15.

embrujo de volantes

Milagrosamente, he conseguido escapar de Vicky. He visto tres llamadas perdidas suyas al llegar a casa, así que he hecho lo único que tiene sentido: bloquear su teléfono. Espero que esa indirecta sí la capte.

Son las tres de la mañana y no me quedan fuerzas para enfrentarme a lo que parece el escenario tras una estampida en el piso de mi tía. Mañana tendré que volver a poner todo en orden. Al menos, la noche ha sido un éxito. Ron se lo ha pasado bien y yo me he ido a dormir aliviado por no oír ningún ruido desde la habitación.

Seguramente Anita exagera cuando habla de la acústica entre nuestros apartamentos. Pronto descubro que no. En cuanto llega al rellano con Ron, los oigo y prácticamente puedo entender sus diálogos.

Intento ponerme una almohada encima de la cabeza. Aún así los escucho. No es que sean escandalosos o que las paredes de la finca antigua sean demasiado finas… No, están en mi cabeza. Imagino los gemidos de Anita y se mezclan con imágenes de sus piernas moviéndose en la pista, de sus sandalias de tacón atadas al tobillo que yo no le dejaría quitarse para hacerle el amor, de los volantes de su falda que no paraban de moverse dejando casi adivinar que llevaba ropa interior sexi debajo… *Fuck*.

Sin plantearme las consecuencias de mis acciones, decido que es el momento de dar un toque personal a esta casa. *Al fin y al cabo, ahora es mía, ¿no?* Lo primero que voy a hacer es colgar un cuadro en la habitación. En la pared que une el apartamento de mi tía con el de Anita. Espero que el ruido no le fastidie la fiesta.

¡Ups!

Anita tarda medio minuto en venir a tocar mi timbre. A juzgar por la efusividad con la que aprieta el botón, está muy cabreada. *¿Está mal que eso me guste?* Cuando abro la puerta, la encuentro vestida con un batín de seda y encaje. Quiero adivinar si aún lleva ropa interior debajo, pero está tapándose con los dos brazos.

—Hola, Anita. ¿Te lo has pensado mejor y vienes a pasar la noche conmigo? —me apoyo en el marco de mi puerta—. Sabía que acabarías viniendo.

Yo llevo solamente unos calzoncillos. Confío en que la imagen de mi cuerpo la afecte, como a mí me ha perturbado su vestido. *Bingo*. Puedo ver como su mirada me hace un repaso rápido antes de volver a mi cara.

—¿Estás martilleando la pared que da a mi habitación a las tres de la mañana? —pregunta muy cabreada.

—Perdona. ¿Estabas durmiendo? —respondo queriendo sonar inocente.

—Querías cortarnos el rollo —insiste.

—No sé de qué me hablas —intento disimular, pero se me escapa la risa—. Tú también le diste golpes a mi pared ayer, ¿no? —justifico.

—Acabas de empezar una guerra —apunta recolocándose la bata—. Espero que lo sepas.

—Estoy deseando pelear contigo, Smith —admito, acercándome a ella.

—¡Cómprate un pijama, anda! —me responde con cara de disgusto.

—Me he puesto calzoncillos para no asustarte. Te aseguro que duermo completamente desnudo.

—Espero que mañana te acuerdes de que esta guerra la has empezado tú. Buenas noches, *Gil* —se despide entrando de nuevo a su casa y amenazándome con un dedo en todo momento.

Quizás he perdido una batalla, pero al menos, ella ha dejado de llamarme Luque. Odio ese nombre. Es el de mi padre. No quiero tener nada que ver con él.

En cambio, su forma de pronunciar la "g" de Gil me vuelve loco. Es mi particular punto G auditivo. Estoy deseando que esa guerra que me ha prometido me deje oír muchos nuevos sonidos de su boca. Gemidos, gritos y jadeos, concretamente.

En cuanto a Ron... Me quedan un par de días para convencerle de que España está llena de diversión y mujeres. Puede tener la que él quiera. Cualquiera, menos Anita. Ella ahora es mi reto personal.

16.

vamos a la guerra

Luke ha elegido a la persona equivocada para empezar una guerra. Tengo miles de ideas para fastidiarle, aunque no sé aún por dónde empezar. A veces mi vena vengativa me asusta incluso a mí.

Después del episodio de celos vecinales ridículo de anoche, Ron cogió sus maletas del apartamento de Luke y se fue a su hotel. Ha prometido que me llamará. Desgraciadamente para él, yo le he dado el teléfono de mi pizzería favorita. Es el único número que me sé de memoria. Espero que la chica que responde a los pedidos se ría un rato con los mensajes que le envíe Ron. Yo no voy a quedarme esperándolos.

No es mi culpa. Son las normas: "Nunca des tu teléfono".

Realmente, la química con Ron no fue nada del otro mundo. Debo reconocer que anoche me puso bastante más nerviosa ver a Luke en calzoncillos en el rellano que los juegos previos con magreos con su jefe (o lo que sea Ron).

A lo mejor mis voces al llegar a casa fueron un poco exageradas... ¿Estaba provocando a Luke? No. Sí. *Culpable culpable culpable.*

Solo espero que él no notase que le eché un buen vistazo a su paquete en los bóxers grises que llevaba cuando fui a tocar su timbre. *¿Existe algo más sexi que unos calzoncillos de ese color?* Pude adivinar sin esforzarme un auténtico *Empire State Building* ahí metido. Mi salud mental y mis hormonas me preocupan.

Lo de los edificios, por cierto, empezó como una broma entre Yul y yo. Es una norma que yo me inventé. *Sí, sí, tengo un problema con las reglas. Me gusta autoimponérmelas.* Esta, en concreto, empezó por practicidad: ¿Cuál es la mejor forma de asegurarte que no vuelves a ver al rollo de una noche? Ligar con turistas.

Empecé con Adom, el egipcio. Después vino Pierre, el parisino, a quien Yul y yo apodamos cariñosamente la *Tour Eiffel* por el tamaño de su pene. Después de él, decidí visitar la torre de Pisa con Fabrizio (¿o era Francesco?). Luego vino un berlinés. Nunca entendí su nombre, pero yo le llamaba Karl y a él parecía gustarle. El alemán dejó en vergüenza comparativa las construcciones arquitectónicas francesas e italianas... y desde entonces torres más altas han caído.

Mi pasaporte sexual es una maravilla. Lo mío, claramente, es visitar edificios del mundo. *¿Me gusta el Empire State Building?* Puede que sí, pero es mala idea. Y por algún motivo creo que me pone más jugar a torturarlo.

Yo aún seguía en la cama, pensando en si debería ponerme a freír sardinas enfocando a la rejilla de ventilación que comparten nuestros pisos, cuando ha sonado el timbre de mi puerta.

Sorprendentemente, al otro lado de la mirilla, he encontrado a Luke, aún en calzoncillos. Me ha recordado al jodido Dani Martin. El cantante de El Canto del Loco. Mi amor de la adolescencia. Por el que yo empapelé mi carpeta en el instituto. Con esa mandíbula marcada, sus ojos claros y el pelo rubio que siempre lleva revuelto, como si acabara de estar retozando. *Joder, podría al menos no ser tan sexi a primera hora de la mañana.*

Yo esperaba que en algún momento viniera a pedirme perdón por la exhibición ridícula de celos de anoche, pero no parece venir a disculparse a juzgar por la cara de enfado que trae.

—¿Anita, le has dado un número falso a Ron? —pregunta en cuanto abro la puerta.

—Buenos días a ti también, *Luque*. No te reconozco de día y sin traje —bromeo, para que baje un poco los humos.

—¿Le has dado un teléfono de una pizzería a Ron? Respóndeme —insiste molesto.

—Sí, ¿cuál es el problema? —pregunto. Ayer se pasó la noche pidiendo que me fuera con él y dejara plantado a Ron, ¿y hoy me viene con estas?

—¡Que está enfadado y eso no es bueno para mi proyecto! —me responde visiblemente cabreado.

—¿No dices que no es tu jefe? Ignóralo. Como voy a hacer ahora mismo yo contigo —ilustro cerrando mi puerta.

—¿Esto es tu guerra? ¿Por eso lo has hecho? ¿Para fastidiarme? —Pone una mano en mi puerta para detenerme.

—No te des tanta importancia. Yo pensaba en algo como mancharte la ropa tendida o algo así. Lo de Ron no tiene nada que ver. —Pongo los ojos en blanco para demostrarle que es ridículo que piense eso.

—Tú lo has pedido. ¿Querías guerra? La vas a tener.

Y así se ha ido a su casa, sin darme opción a responder. Debe estar muy cabreado porque ni se ha dado cuenta de que hoy sí llevo puesto un pijama, por primera vez desde que le conocí.

∞∞∞∞∞

Yul ha llegado a casa pasadas las diez de la mañana, vestida con una sonrisa que solo el buen sexo puede dejar. Brian y ella no se separaron anoche.

—¡¿Has pasado la noche entera con él?! —le pregunto incrédula—. ¡¿Qué pasa con tus normas, Yul?!

—Ha sido maravilloso, Annie. Fuimos a su casa en la playa, hablamos, reímos… Hemos hecho el amor en su terraza con el sonido de las olas y bajo las estrellas, puestos de eme.

—Drogas con un desconocido. ¡¿En qué estoy fallando contigo?!

Se ríe, pero no me responde.

—Ha sido espectacular. Cuando me ha dicho que quería despertarse a mi lado... ¡¿Cómo iba a decirle que no?! Además, he pensado que volverías a casa acompañada. No quería fastidiarte la fiesta. Y mi piso sigue ocupado.

—Al menos, no le habrás dado tu teléfono, ¿no? —aludo a otra de las normas.

—A ver, si ya me sigue en *TikTok* y en mi canal de *Youtube*. ¿Qué daño hace que además me pueda enviar un mensaje?

Yul ha enviado todas sus normas al garete, claramente. Intento no preocuparme por ella. Es más lista de lo que parece. Estoy segura de que se le pasará.

Después de ducharse y cambiarse rápidamente, hemos bajado juntas a tomar el café al *Amarcord*. De camino al bar, como siempre, recojo mi correo. No puedo ni acabar de abrir la puertecilla del buzón. Empieza a salir por los lados una especie de líquido viscoso parecido a la miel, aunque huele distinto. Yul se lo acerca a la nariz.

—¿Esto es… sirope de arce?

—No me lo creo —reacciono con enfado—. Ha tenido que ser Luke.

—¿Por qué iba a ponerte este mejunje en el buzón? —pregunta ella.

—Estamos en una especie de guerra. Cree que le di anoche un teléfono falso a Ron para fastidiarle.

—¿Lo hiciste?

—Puede que sí, pero Luke se dedicó a colgar cuadros a las tres de la mañana para interrumpirnos mientras... —no acabo la frase porque hay una vecina de unos ochenta años que nos mira en el portal—. ¿Sabes qué? Es una larga historia.

—¿No quiso que te acostaras con Ron? Ayer Luke te hacía ojitos, ¿lo viste, no? —sigue interrogándome con malicia en su tono, aunque en voz más baja porque tenemos una testigo.

—Tengo las manos pringosas y el sirope se está cayendo al suelo. ¿Podemos concentrarnos en eso? —le suplico.

—Claro, tonta.

Yul responde eso, pero entonces se acerca a mi oído mientras yo saco unas toallitas de mi bolso y me susurra sonriendo *"sexo por odio, Annie..."*. Yo no quiero pensar en eso. Tengo un problema mayor. Mi maldito vecino ha hecho su primer movimiento en esta guerra y yo aún estoy decidiendo cómo responderle.

No voy a darle la satisfacción a Luke de saber que he encontrado su broma. Limpio el exterior del buzón con toallitas que llevo en el bolso. Arreglaré el desastre más tarde, cuando él no me pueda ver.

Cuando por fin salimos del edificio, nos chocamos con un maravilloso karma. Tiene forma de pareja de señoras cargando panfletos en sus manos. Testigos de Jehová. He encontrado mi venganza sin habérmelo propuesto.

—Hola, ¿tienes un minuto? —me preguntan.

—En realidad, no puedo hablar. Mi… marido… no quiere, ¿saben? —improviso—. Nosotros éramos Testigos de Jehová, pero él ha perdido la fe. Últimamente no para de salir de fiesta. No sé si me atrevo a pedirles algo… Ahora mismo él está en casa. Si pudieran visitarlo e interceder por mí… Vivimos en el 8C.

Las dos mujeres me aseguran que tendrán una extensa charla con él y que le ayudarán a volver a la misión de servir a la organización unificada de Jehová. Me quedo mucho más tranquila al saber eso. No puedo esperar a volver a casa después del café con Yul. Ya casi no me molesta que mi buzón aún esté lleno de sirope de arce.

17.

juego sucio

He escuchado las risas de Anita y Yulea por el ascensor antes de que llegaran al rellano. Tenían que venir justamente cuando yo estoy sacando las basuras de la fiesta de anoche. Se creen muy graciosas. He tardado casi una hora en deshacerme de las buenas señoras que han insistido en que debo vivir mi vida para hacer la voluntad de Dios y no la mía propia, especialmente sin atender a los ruegos de mi "mujer"... Anita.

Me pregunto si ya ha abierto el buzón o simplemente no quiere darme el gusto de saber que lo ha visto. Sin embargo, ella sí parece saber que yo he estado con sus "amigas" y me lo deja claro al verme en el rellano.

—Buenas días otra vez, Luque. ¿La basura no la sacas en traje? —bromea conteniendo la risa—. Se te ve inspirado hoy. Espiritual, incluso.

No quiero darle la satisfacción de decirle que me ha fastidiado su broma.

—Está siendo una mañana muy gratificante. Gracias por preguntar, mujercita —le respondo.

Es mi hora de devolvérsela. El sirope de arce ha sido una tontería, pero ella ha subido el listón. Se me ocurren miles de formas para fastidiarla. Especialmente por teléfono, pero no tengo su móvil. *¿Tendrá Brian el teléfono de Yulea?* Puedo empezar por ahí...

∞∞∞∞

Mi proyecto en España, *AM*, empieza a coger forma. Hoy me he reunido con mi mano derecha aquí. Conocí a Sebastián en Nueva York cuando trabajamos juntos hace un par de años en la empresa de mi familia, Ayamonte. Nos entendimos bastante bien juntos, pero mi padre no le daba suficiente libertad creativa y decidió volverse a España. Para mí, eso ha sido una suerte. Sé que es un buen profesional y está de mi parte.

Ha hecho un trabajo excepcional con *AM* estos primeros meses. Ahora me toca a mí conseguir anunciantes y el capital para poder abrir oficinas.

Los números de la corporación Ayamonte en Estados Unidos son cada vez peores. No me extraña. La propuesta de mi padre empieza a dar resultados. Y son nefastos.

Mi idea de gestión es diametralmente opuesta a la suya. Si *AM* funciona, aplicaré mis ideas a todo nuestro grupo. Sé que la junta me dejará asumir el control y hacer los cambios que desesperadamente necesitamos si les muestro resultados. Solo eso puede decantar la balanza a mi favor en una votación contra mi padre.

Ron se fue hace dos días sin darme una respuesta clara. Yo he estado reuniéndome con posibles colaboradores y definiendo estrategias con Sebastián. En medio de todo eso, reconozco que también he dedicado bastante tiempo a otro plan. Algo que me cuesta alejar de mi mente.

Esta mañana he salido de la ferretería con diez llaves y diez llaveros con etiquetas. Los he emparejado y he escrito en todos ellos el teléfono de Anita, el que me ha proporcionado Yulea cuando le he contado lo que tramaba.

Mi plan ha sido dejar las llaves con su teléfono "perdidas" en la calle. Al encontrarlas, imagino, unos buenos samaritanos contactarán por teléfono con mi vecina para devolvérselas. Sé que esta broma no la va a poder ignorar, como ha hecho con el buzón.

Después de colocar estratégicamente las llaves en distintos puntos del barrio, mi plan ha tardado exactamente una hora en hacer reaccionar a Anita. Se ha presentado en la puerta de mi casa, apretando mi timbre como si su dedo se hubiera quedado enganchado a él.

¿Me gusta cabrearla? Más de lo normal.

—Qué placer verte por aquí, *red* —la saludo conteniendo una sonrisa.

—¿Cómo has conseguido mi número? —pregunta directa.

—Ya te dije que tengo contactos —mi mirada le deja claro que no le voy a explicar más.

—Te has pasado. Hasta ahora he jugado limpio. Prepárate, Gil —me apunta con el dedo amenazante.

—¡¿Limpio, dices?! Me hiciste un *bombing* con Testigos de Jehová. ¡Tardé casi una hora en conseguir que se fueran de mi casa! Me dijeron que estaba coartando la libertad religiosa de mi mujer.

Reprime una sonrisa al oírme quejarme y casi me siento mal por la situación a la que hemos llegado por... *¿por qué?* No consigo recordar cómo hemos llegado a esto.

—¡Tú me llenaste el buzón de sirope! ¿Sabes lo que cuesta quitarlo? Después de limpiarlo dos veces, esta mañana aún se quedaban pegadas las cartas.

—Lo siento —me disculpo sincero.

—No. Te has pasado. Yo no te he dicho ni mi nombre y tú le has dado MI TELÉFONO, que tampoco te he dado —recalca—, a desconocidos.

—Tú le diste un número falso a mi jefe después de dejarle con un calentón —recuerdo.

—¿Por culpa de quién pasó eso? —dice ella, imitándome, martilleando con su mano una pared invisible.

—Si no me hubieras estado provocando toda la noche... —argumento.

—¿Perdón? ¿Eres un cavernícola? Una mujer puede bailar sin ser una invitación a nada. ¿Cuál es tu problema? ¿Nadie te ha dicho que no antes?

—¿Pretendes que me crea que tú no querías nada esa noche? —Me aproximo a ella.

—Te dije claramente que no follo con menores de treinta —responde acortando distancias, pero amenazante.

—Lo dijiste, pero no en serio, ¿verdad? —Me acerco aún más a ella, porque espero que eso la haga flaquear.

—¡¿Tengo pinta de estar de broma?! —exclama muy enfadada sin alejarse—. No sé cómo te voy a devolver lo del teléfono, pero lo voy a hacer y después de eso, me retiro. No quiero saber más de ti, *Luque*. ¿Entendido? —Vuelve a amenazarme con el dedo.

—¿Te gusta tener la última palabra, Smith?

—Mucho —reconoce.

—¡Qué casualidad! A mí también. —Estamos tan cerca que podría besarla con solo proponérmelo.

—¡*Grrrrr*! —grita desesperada y se aleja de pronto.

Mi vecina favorita se ha cabreado y mucho. Admito que dar su teléfono a desconocidos ha sido un golpe bajo, pero se la debía por Ron y por los Testigos de Jehová.

Una parte de mí está disfrutando nuestra pequeña guerra, aunque empieza a preocuparme cómo va a acabar nuestro juego.

18.

guerra abierta

Tardé cinco minutos en conseguir el teléfono de Luke. Me lo dio Yul. Sí, mi amiga traidora que me vendió al enemigo. Hace días que ella está en Londres, por cierto.

Qué pinta ella en tierras inglesas, te preguntarás. Está acompañando a Brian a una fiesta. Algo completamente normal cuando hace un total de un día y medio que conoces a alguien. *Definitivamente, ha perdido la cabeza.*

Volviendo a España, aquí mis últimos días solo pueden definirse como una "guerra abierta". El enemigo: Luque Gil.

Una vez tuve su teléfono, pedí varios presupuestos online dejando el número de Luke como única forma de contacto. Me sentí especialmente orgullosa del formulario que rellené con sus datos pidiendo un pastel con una foto de un micropene.

Los dos pasamos a saber que teníamos nuestros teléfonos. Estábamos en un terreno nuevo. Luke dio el primer paso enviándome un mensaje.

Luke: Hola, *red*.

Anita: No sé quién eres. Te equivocas.

Luke: ¿No tienes mi teléfono ni nada que ver con un presupuesto para un lote al por mayor de 500 pijamas? Mentirosa.

Anita: Oh, sí. Te guardo ahora mismo en mi agenda. ¿Te llamabas Luque Gil, no?

Luke: ¡*Grrrr*!

Al darme cuenta de que estaba sonriendo al leer ese mensaje, tiré el teléfono de mi mano como si tuviera la peste. NO. Yo no quería tontear con él. No me gustaban sus mensajes.

Sin embargo, el muy ruín no me dejó ignorarle mucho rato. Al día siguiente me cortó el agua. Estaba en plena ducha cuando oí el inequívoco sonido de las tuberías retumbando por la falta de líquido. Sabía quién era el responsable, pero no podía salir con el pelo aún enjabonado, así que le envié un mensaje.

Anita: No tiene gracia. Por favor, ¿puedes volver a abrir el agua? [emoticonos de enfado]

Luke: No sé de qué me hablas, pero mi llave de paso está en el rellano. ¿A lo mejor me he confundido y he cerrado la tuya? [gif de sonrisa maléfica]

Anita: Eres el peor vecino de la historia.

Luke: Podemos parar todo esto ahora mismo, si tú quieres.

Anita: ¿Y que ganes tú? Ni hablar.

Salí de casa con una toalla enrollada al cuerpo, con el pelo aún mojado y medio enjabonado. Lo encontré sonriente en nuestro rellano.

—Esta vez sí estabas duchándote, ¿eh? Cantas muy bien, por cierto. Aunque he tenido que buscar esa canción que escuchabas. La letra es... interesante.

Tardé un segundo en recordar que estaba escuchando "Con mis manos" de Bebe. *Joder, solo me faltaba que me pillara con el Satisfyer entre las piernas.*

—¿¡Me has espiado por la ventana!?

—No es mi culpa que tu cuarto de baño dé al patio de vecinos y que te dejes la ventana abierta. En realidad, pensaba que estabas haciendo un *show* para mí, Smith —se defendió.

—¿Para ti? En tus sueños, *Gil*.

—En mis sueños estamos en la ducha, pero tú no cantas —apuntó él con total naturalidad—, aunque te aseguro que te oyen todos los vecinos —añadió entonces susurrando en mi oído.

Maldito Luke con su maldita voz ronca.

—Abre la llave de paso —le ordené, porque no conseguía alcanzarla, especialmente mientras sujetaba mi toalla con una mano. Además, necesitaba huir de él. Con urgencia.

—¿No llegas, Anita? Si me lo pides bien te puedo ayudar —respondió él, acariciando la llave con su mano, sin dificultad—. Usa las palabras mágicas si quieres tener agua de nuevo... aunque no sé si prefiero que te quedes aquí. Me gusta verte cabreada y húmeda.

—Ja, ja. Muy gracioso, *Gil* —casi me hice un esguince pronunciando esa última *G*. Quería fastidiarle y no parecía conseguirlo.

—¿Quién dice que estoy de broma, *red*? —Puedo notar como su mirada acelera mi pulso.

¿Cuándo habíamos pasado de guerra a flirteo sin filtros de nuevo?

—Abre la llave.

—Aún necesito escuchar la palabra mágica.

—Por favor —dije a regañadientes.

—Por favor... Luke —añadió él, reclamando que le llamara por su nombre.

No me preguntes por qué, pero eso no podía hacerlo. Era una batalla que llevaba demasiado tiempo lidiando.

—¿Sabes qué? Creo que tengo botellas de agua en casa. Me apañaré —resolví.

Él abrió la llave de paso.

—¿Hacemos una tregua? —ofreció.

—Si quieres que pare, no sigas provocándome —le advertí antes de entrar en mi piso.

Esa misma tarde, coincidimos en el rellano de nuevo. Los dos salíamos de casa a la vez.

—¡*Ugh!* —exageré mi disgusto al ver su cara nada más abrir mi puerta—. Dime que no estabas esperando a salir para coincidir conmigo.

—Podría decir lo mismo. Hemos salido a la vez —aseguró él, llamando al ascensor—. ¿Ya estás planeando tu venganza, *love*?

Así solo me llama Yulea. Es la única con derecho a usar esa palabra conmigo.

—Créeme, yo no soy tu *"love"*. De amor, entre nosotros, no hay nada. Como mucho, odio, pero es más bien indiferencia —le aclaré y él sonrió con aires de suficiencia en respuesta.

—¿Por eso llevas días jugando conmigo? ¿Porque te doy igual, no? Amor u odio, *baby*. Tú eliges. Hace tiempo que los dos dejamos atrás la indiferencia.

—Tampoco. Soy. Tu. *Baby*… —Mi dedo acusador dejó claro que no estaba bromeando.

Al llegar al ascensor, Luke me cedió el paso, pero yo no me fío de él, así que nos quedamos esperando a ver quién de los dos pasaba primero. Finalmente, lo hizo él. En cuanto estuvimos los dos dentro pude ver la mirada de caza de Luke. Supe en ese momento que había entrado voluntariamente en terreno peligroso.

—Dime… ¿vas a mentirme otra vez y negar que has estado pensando en cómo sería follar juntos? —me preguntó usando su mejor voz de sexo y acercándose a mí peligrosamente en ese minúsculo ascensor. La puerta aún no se había cerrado porque ninguno de los dos se había acordado de tocar ningún botón—. Yo te aseguro que sí lo he imaginado. Muchas veces.

Luke ganaba terreno dejándome atrapada contra los botones del ascensor. Sus ojos desde tan cerca eran imponentes. Creo que me hipnotizó porque me sentí incapaz de mover ni un solo músculo por un instante.

¿Había pensado en cómo sería acostarme con él? *La pregunta más bien era si lograba dejar de pensar en ello...*

Por un instante, pude notar a mi cuerpo queriendo dejarse llevar. La mirada de Luke sobre mi boca era demasiado tentadora. No pude evitar morderme el labio. En parte para contenerme... pero sobre todo para provocarlo. Sí, porque una parte de mí no podía olvidar que estábamos en una guerra y que era mi turno de responder.

—¿Pensar en follar juntos...? —repetí sus palabras —. No sé... La verdad es que... —empecé a decir— no puedo engañarte... —seguí hablando mientras disimuladamente apretaba varios botones del ascensor por detrás de mi espalda— desde hace unos días no sé qué me está pasando... —dije misteriosa, justo a tiempo de escaparme antes de que la puerta del ascensor se cerrase— ¡pero me gusta más bajar por las escaleras!

Sonreí de emoción al saberme ganadora de esa batalla. No me juzgues. Tengo 38 años y llevo días metida en una guerra propia de adolescente con mi vecino veinteañero. Bajar ocho pisos andando es la menor tontería que he hecho esta semana.

Justo al cerrarse las puertas del ascensor, pude escucharle decir: "¿Qué te pasa, Smith? ¿No te ibas a saber controlar si te encerrabas aquí conmigo?". Cuando llegué a la planta baja, él seguía en el cuarto piso. Lo sentí como otra victoria para mí.

Se la debía.

Desde hacía un par de días, Luke había conseguido conectarse al *bluetooth* de mi altavoz y me ponía canciones ridículas en momentos aleatorios. ¿La que más parecía gustarle? "Kesi" de Camilo y Shawn Mendes. Me niego a reconocer que me imagino su voz cuando el segundo de ellos canta en inglés.

Lamentablemente, él no tenía altavoces (o yo no los supe encontrar), así que no podía responderle. Lo intenté, créeme, pero el maldito *bluetooth* es superior a mí. No lo entiendo. Es mi enemigo. Eso y la wifi.

Estaba segura de que una guerra musical la hubiera ganado yo. Le podía hundir en el fango con mis conocimientos musicales de cuatro décadas casi completas, pero él seguía poniéndome canciones. Retándome. Y yo no lograba encontrar sus altavoces.

Hace unos meses, tampoco era capaz de entender cómo funcionaba *TikTok*, pero me había espabilado. Si Yul hubiera estado aquí, ella me ayudaría, pero su viaje se ha alargado hasta el viernes. Casi una semana entera con Brian. *Increíble.*

Pensé en lo que ella me diría ahora mismo. Algo en la línea de: "*Annie, tú eres la jodida KryptAnita. Tú has podido entender Tiktok, un 'app' diseñada por el demonio. Un 'bluetooth' no te va a detener*"... Bueno, no me diría exactamente eso, pero el espíritu estaba ahí.

Si quería devolvérsela a Luke, necesitaba entender el maldito *bluetooth*; pero localicé los altavoces de medio barrio sin dar con el suyo y diría que Luke se dio cuenta, porque ayer encontré un dispositivo que se llamaba "Es este, *hacker*". *Maldito.*

Tardé un minuto en enviarle la canción "Que me coma el tigre" de Lola Flores. Era una elección poco ortodoxa, pero escuchar a la Faraona siempre es buena idea. En mi casa siempre sonaba y me encantaba. Y él me respondió con un mensaje.

Luke: Si no encontrabas mi altavoz, solo tenías que preguntar, Lola.

En el fondo, me hace mucha gracia su insistencia. Me lo paso bien con nuestros juegos, aunque nunca se lo admitiría a él. Apenas me lo quiero reconocer a mí misma.

Sin embargo, hoy le hubiera matado cuando, de nuevo, me ha puesto una canción en medio de una reunión con mi editor. "Sin Pijama" de Becky G y Natti Natasha. He querido fundirme de la vergüenza cuando ha empezado a sonar.

Él estaba anunciándome que mañana a las diez, por primera vez desde que me contrató, quiere que nos reunamos en persona.

He apagado mi altavoz a la velocidad del rayo y, por supuesto, le he dicho que estaba disponible para vernos. Por fin voy a conocerlo y tener un poco de normalidad en mi situación laboral. Quizás en persona nos entendamos mejor que *online*. Los últimos meses han sido duros.

Diría que por fin mis contenidos empiezan a tener respuesta. De hecho, anteayer publiqué un video sobre "sexo por odio" y ha tenido bastante éxito. *Supongo que estoy inspirada... ¿Qué puedo decir?*

En mi cama anoche estuve tentada de usar el número de teléfono de Luke para escribirle un mensaje y celebrar el éxito de mi artículo con un orgasmo con mucho odio. *¿Me preocupa mi salud mental? Solo ligeramente.*

No, no se me olvida que Luke es mi particular fruto prohibido, pero últimamente necesito recordarme mis propias normas bastante a menudo.

De hecho, me las he apuntado por si se me olvidan en pleno calentón.

1. Nunca con menores de treinta.

2. No con niñatos creídos con demasiado ego.

3. Jamás con alguien que puedes encontrarte de nuevo en el rellano en cualquier momento.

Verlas, leerlas y repetirlas me da fuerza y claridad mental. No puedo querer nada con él. Va contra las normas.

Ya estoy a punto de irme a dormir cuando empiezo a escuchar gemidos desde el piso de Luke.

¡¿Se ha traído una chica a casa?!

Pienso eso con la boca abierta, pero sintiendo absolutamente nada de celos. Ni un ápice. Me da igual lo que estés pensando, mi respuesta sigue siendo NO. Porque es muy sencillo no estar celosa de alguien que definitivamente no te gusta. Pero eso no significa que piense quedarme de brazos cruzados. Lo que me gusta es el reto, no Luke.

¿Él creía que hasta ahora estábamos en guerra? No sabe lo que le espera.

19.

apagón

Me parece normal que ligue. Es guapo, soltero y joven. No espero otra cosa. Sin embargo, estamos en una guerra y él me cortó el rollo cuando yo estuve con Ron. Tengo que devolvérsela. Y tengo una idea.

¿Es infantil? Sí.

¿Es ridícula? Probablemente también.

¿Hago esto por celos?

¿Dejamos ya de jugar a este juego de preguntas?

Me he puesto un camisón que me compré la semana pasada con el dinero que Carlos me devuelve de la hipoteca. Sí, utilizo la mayoría de lo que me ingresa para comprarme ropa sexi y sería una pena que nadie la vea, además de mi gata.

He decidido que voy a salir a tocar el timbre de Luke y esconderme tras mi puerta para ver su reacción. Solo eso. Bueno, quizás abra la puerta, pero solo porque estoy deseando ver la cara que pone cuando me vea con esto puesto. Si él puede provocarme con sus calzoncillos, yo también puedo hacerle lo mismo a él. Nada más que eso.

Sí, porque si yo no puedo dejar de pensar en él con sus malditos bóxers grises, a él este camisón rojo le va a perseguir hasta en sueños. Como que me llamo Annie Smith. Pero justo cuando estoy a punto de salir para cumplir con mi plan, hay un apagón en mi piso.

Compruebo por la ventana que hay luz en la calle.

¿Es solo mi piso? Maldito Luke. ¿Cómo lo ha hecho? ¿No está con una chica?

Me dirijo a la puerta muy cabreada. Para mi sorpresa, al llegar al rellano, coincido con él y los dos decimos a la vez: "¡¿Has sido tú?!".

Se ha ido la luz en todo el edificio. Es evidente, porque la luz de emergencia del rellano es la única que aún funciona. No podemos evitar sonreír al ver que los dos hemos pensado lo mismo.

Incluso con la poca claridad que nos proporciona la luz de emergencias, puedo apreciar que Luke solo lleva unos calzoncillos. Otra vez. Me alegro de llevar un camisón rematadamente sexi. Su mirada que va directa a mi piel desnuda le delata.

Mentiría si yo dijera que yo no estoy ojeando su cuerpo. Intento mantener una mirada neutral, pero sus músculos parecen tener una fuerza gravitacional sobre mis ojos.

—Bonito pijama. ¿Ahora te pones eso para dormir, Smith?

—¿Qué pasa, te gusta más mi chándal?

—Sí, tengo fantasías con él —bromea... *o eso espero*—. Me gusta que te hayas puesto eso para venir a verme —se acerca hasta donde yo estoy.

—Tienes tanta imaginación. —Busco sus ojos en la oscuridad para que vea que no me acobarda su proximidad, pero él apoya su antebrazo en el marco de mi puerta para ganar terreno.

—Y tú eres tan mentirosa, *red*. —Su voz ronca hace que eso suene bien. Incluso en plena oscuridad puedo ver esa sonrisa que saca a pasear cuando nos estamos peleando y se lo está pasando bien.

—¿Tu amiga no te estará echando de menos? —Caigo de pronto.

—Estoy solo.

—¡¿Estabas viendo porno?! —pregunto con la boca abierta.

—No, estaba intentando ponerte celosa... y diría que lo he conseguido. Y esto te lo has puesto para venir a verme, *love*... —Toca mi tirante para referirse a mi camisón.

—Para estar "celosa" —aclaro dibujando las comillas en el aire que esa palabra ha salido de su boca y no de la mía—, primero tendrías que gustarme. ¿Y quieres dejar de llamarme *love*, *red*, *hacker*, vecina o lo que sea que se te ocurra en ese momento? Ya sabes mi nombre. Úsalo.

—Lo puedo usar en una frase. "Anita, vas a pasar la noche conmigo".

—*"Luque* espero que tengas buenas noches" —replico dándome media vuelta.

Sí, me doy media vuelta y hasta pongo la mano en el pomo de la puerta… pero me vuelvo para mirarle. A él y a sus pectorales. Sí, joder, soy humana. Que me arresten. Si lo hacen, tengo un atenuante: su olor desde tan cerca afecta a mi capacidad de sinapsis entre neuronas.

—¿Por qué te resistes tanto, *red*? Sabes que te voy a decir *Kesi kesi kesi…* —tararea imitando la canción que ha puesto en mis altavoces varias veces, arrimándose a mí y empezando a bailar, pero yo no le sigo—. ¿Qué pasa, que solo bailas flamenco? Tienes un gusto musical peculiar, Lola Flores.

—¿No te gusta mi música? ¡Qué problema! A mí tampoco me gustan muchas cosas de ti.

—¿Qué cosas…? —Su curiosidad es evidente.

—Que eres un creído, un pomposo y vas de guapito por la vida.

—Pues tú eres una cabezota y una mentirosa que se niega a aceptar que está loquita por mí.

—Yo no te he preguntado qué pensabas de mí. De hecho, será mejor que ni pienses en mí —sentencio.

—¿Acaso no piensas tú en mí, *red*?

Realmente, no lo soporto. No tenemos absolutamente nada en común, pero por algún motivo que no entiendo no puedo dejar de pelear con él.

—Si sigues haciéndote la dura vamos a perder la oportunidad, ¿sabes? Pasado mañana sale mi vuelo y no sé si volveré. —Sigue presionándome con su cercanía.

—¡Oh! ¡¿Por fin te vas?! —pregunto con exagerada emoción.

Me da pena atisbar el fin de nuestra guerra. Me gusta nuestro juego, aunque no se lo admitiría nunca a él. Ni a mí.

—... y tú me vas a echar mucho de menos, pelirroja. Te gusta demasiado pelearte conmigo.

Será engreído.

—Alguien te tiene que recordar lo creído que eres de vez en cuando. —Intento apartarme, pero no tengo mucho margen entre su cuerpo y la puerta de mi casa.

—¿Has oído hablar del "sexo por odio", *love*? —me susurra al oído y me provoca un escalofrío.

De pronto, su dedo pasa a acariciar el tirante de mi camisón. Es un lazo. Me lo deshace como una provocación. Quiere que me cabree.

No puedo negar la tensión entre mis piernas cada vez que Luke me toca o me provoca; o esa sensación en mi estómago cada vez que estamos tan cerca como ahora. Voy a echar de menos retarlo para que me mire con esas cejas traviesas suyas...

Quiero aferrarme a mi orgullo y a mis reglas. 1, 2 y 3. Me las recuerdo mentalmente. No tiene treinta, me cae mal y es mi vecino. Aunque la tercera ya no aplica porque el domingo se va y quizás no vuelva, ¿no?

No respondo. Sobre todo porque no quiero que vuelva a llamarme mentirosa, pero no puedo reconocer la verdad. Hice todo un videorreportaje pensando en cómo sería tener sexo cabreada con él entre mis piernas. De hecho, mi jefe me ha vuelto a pedir miles de cambios en la siguiente propuesta. *No me vendría nada mal tener una forma fácil de canalizar mis frustración ahora mismo...*

Su dedo en el hombro me está quemando y no contento con eso, su otra mano ha avanzado hacia mi cintura por encima de la tela de mi camisón sedoso. Su roce es como un fuego salvaje. Empieza en un punto, pero las sensaciones se extienden por todo el bosque que es mi piel sin manera de controlarlo.

Me acerca a él con su mano justo encima de mi culo y no puedo evitar gemir de puro placer. Después de eso, mi respiración empieza a sonar forzada. La suya es más intensa. Mi boca está tan cerca de su piel que prácticamente le podría besar el cuello sin proponérmelo, pero me niego a dar el paso. Mis manos tiemblan del deseo, pero no lo toco. Me aferro a mi pomo como un salvavidas. *No voy a caer. No voy a caer...*

Pasan unos segundos demasiado cortos en los que nuestras pieles se rozan y su olor lo envuelve todo. Mi piel palpita con la fuerza que me empuja hacia él; es más intensa cuando estamos así de cerca. Pero yo me mantengo estoica.

—En fin —dice él de pronto apartándose—. Es una lástima. Tendré que volver a mi video. —Se aleja y me deja paralizada, con la boca abierta y la respiración aún entrecortada.

¡¿Va a irse y me va a dejar así?!

Intento recordar mis normas. Solo 1 y 2. *¿Y a quién le importa que no tenga treinta años, realmente?* No es como si mi vagina tuviera un segurata pidiendo el carné en la puerta. Técnicamente, solo sería saltarse una norma, y sí, me sigue pareciendo un niñato presuntuoso, pero eso es perfecto para odiarnos mientras follamos, ¿no?

Resoplo.

—Espera —al decir eso, no puedo evitar taparme la boca a mí misma. Esa palabra me sale como un susurro y suena a súplica... muy a mi pesar. *Qué castigo es sentir deseo a veces...*

Luke se gira rápidamente. Incluso sin luz puedo ver su sonrisa triunfadora y sus malditos hoyuelos. Si tuviera fuerzas, me gustaría borrarlos de un plumazo.

—Tengo normas —advierto.

—¿Normas?

—Sí. Tres, de momento —improviso, porque solo se me ocurren dos y la tercera me la inventaré por el camino. Al fin y al cabo, se me dan bien las listas. Me dan seguridad.

—Cuéntame —parece interesado en lo que tengo que proponerle. Se acerca de nuevo.

—Si hacemos esto —explico vagamente—, te mato si me quedo a medias. Tú no te corres si yo no me corro.

Me he acostumbrado ya a la falta de luz y puedo ver como sonríe con cara de autosuficiencia, poniendo los ojos en blanco como si hubiese dicho una tontería.

—Te prometo que mañana te vas a acordar de mí cuando aún te tiemblen las piernas, *red* —apunta acercándose a mi oreja para besarla, ignorando que aún no he explicado todas mis normas.

—Espera. Dos condiciones más —le recuerdo apartándome un poco. Tener a Luke comiéndome la oreja no me deja concentrarme y no voy a poder inventar así la tercera norma.

—Me gusta cuando te pones mandona —asegura poniendo sus manos en mi cintura.

—Cada uno duerme en su cama. Esto es solo sexo. Esta noche —apunto como segunda condición.

—Estamos de acuerdo —afirma, sin oponer resistencia, mientras acaricia mi cuerpo por encima del camisón sedoso.

—Y la tercera: esto es sexo por odio. Tú no me gustas. Yo no te gusto. No soy tu *"love"* y mañana ni nos conocemos, ¿entendido? —Espero que mi dedo acusador le deje claro que voy en serio—. Si vuelves por aquí, no vengas a llamarme. No me interesa volver a verte.

—Como quieras, pelirroja, pero vas a ser tú la que vas a querer más —me mira divertido, como buscando permiso para seguir—. ¿Eso es todo?

—¿Quieres alguna norma más? —le pregunto cabreada por su estado de ánimo digno de haber vencido una batalla que definitivamente NO ha ganado.

—No, *love*, solo quiero que me digas cuándo empezamos. —Su tono de voz revela cierta desesperación.

—No me llames así. Esto no tiene nada de *love*.

—Vale, pero tú me vas a llamar por mi nombre también. Es mi norma —dice de pronto, alejándose.

Bufo en protesta porque me niego a llamarle por su nombre.

—No te llamaré más Luque. ¿Contento? ¡Cállate y bésame! —replico demandante. Él no es el único con ganas.

Luke me sujeta con sus manos a medio camino entre mi cintura y mi culo. Las mías están tratando de agarrar su cuello para acercarlo a mi boca. Yo esperaba una respuesta pasional, incluso con ansias después de la guerra que habíamos vivido... pero no. Luke se acerca a mí lentamente, dejando nuestros labios a un milímetro. "Dímelo, *red*...", pide susurrando. "Di la palabra mágica".

Su nariz juega con la mía, pero cada vez que le busco con mi boca abierta se aparta. Me rehuye, sonriendo. Se separa un segundo de mí y niega con la cabeza. Aparta sus manos de mí y yo ardo de deseo. Entonces entiendo su juego. Tengo que decírselo. "Joder... Luke". *Es la primera vez que digo su nombre.*

Al escucharlo, él suelta un gruñido gutural de puro placer y nos mete dentro de mi apartamento con un empujón. Ni sé cómo cierra la puerta, pero coge mi cara con fuerza, con las dos manos, y sus labios carnosos por fin encuentran los míos. Nuestro primer beso es simplemente brutal. Luke me atrapa contra la primera pared que encuentra a su paso. Mi mente procesa en un microsegundo: frío. Baldosas. Mi espalda se arquea al instante porque solo está protegida por la tela de un camisón de seda.

Su cuerpo desnudo me aplasta contra la pared mientras el mío intenta separarse de ella solo consiguiendo que acabemos más juntos. Las manos de Luke agarran con fuerza mi cara y mi cuello, pero sus labios son carnosos y suaves. Son una caricia. No sé muy bien por qué, pero los dos paramos por un segundo y nos miramos sonriendo. El momento parece irreal, supongo que para ambos.

Rápidamente, nuestras manos nos acercan de nuevo. Mis dedos bajan para explorar lentamente su torso desnudo mientras seguimos besándonos. Nuestras lenguas encuentran poco a poco el camino para invadir la boca del otro. Nos abrazamos cada vez más, más juntos, más intenso.

Sus dedos de pronto estrujan mi culo y yo subo mi pierna hasta su cintura, acercándome a él. Lo noto apretándose contra mi entrada. Él ya está preparado... y yo puedo sentir mi vagina reclamándole también.

Nuestros besos han empezado lento, pero en ese momento se aceleran sin remedio. Su lengua y la mía juegan a invadir el terreno contrario. No puedo evitar agarrarme a su nuca para coger impulso y treparle con las dos piernas, que quedan enlazadas por encima de su culo.

Necesito acariciarle con todo mi cuerpo. Cuando al fin libera mi boca, mis labios abiertos buscan recorrer todo lo que encuentran en el camino. Su lengua se recrea en mi cuello mientras me empotra aún más fuerte contra la pared. No puedo evitar emitir un gemido. Estoy atrapada por el cuerpo de Luke, ardiendo contra las gélidas baldosas de cerámica de la cocina. *Y yo me quiero derretir...*

Solo mi tanga minúsculo y el calzoncillo de Luke nos separan y en esa posición puedo notar perfectamente su erección. Está restregándose contra mí. La fricción es demasiado y muy poco a la vez.

Pasamos a besarnos como salvajes, sin delicadeza; solo explorando nuestros cuerpos con la boca abierta, disfrutando con nuestras lenguas del sabor del otro.

Mi cuello palpita cuando los labios y dientes de Luke lo abandonan. El mordisco que me ha dado dolerá mañana, pero no me importa.

En algún momento, sus manos vuelven a mi culo para sujetarme. Luke sigue restregando su polla contra mi entrada, aún con ropa, pero cada vez más fuerte. Hemos pasado de la ternura a algo mucho más salvaje en cuestión de segundos.

Sus besos bajan por mi escote. Yo pierdo toda capacidad de hacer nada más que disfrutar del placer que me está dando. Necesito respirar y aparto un poco la cabeza para hacerlo, pero él reclama de nuevo mi atención mordiendo mi pezón por encima de la tela del camisón. *¡Auuuu!*

En respuesta, yo le clavo las uñas en la espalda hasta que le oigo gruñir, pero no puedo disfrutar de ese sonido porque la humedad de la tela mojada de mi camisón contra mi pecho sensible me hace imposible registrar nada más.

—Anita, este camisón… *¡buff!* —resopla.

Aparta las manos de mi culo y me sujeta solamente con su cadera contra la pared. Aparta la tela mojada de mis pechos. Debajo descubre mi pezones ya duros, pidiendo más. En un segundo, su boca vuelve a la carga.

Yo dejo de participar. No puedo hacer nada aunque quiera. Su boca en mis pezones es más de lo que puedo procesar. Esta vez, Luke me sujeta las manos en alto con una de las suyas.

—No me vas a volver a clavar las uñas, *red* —me advierte antes de darle un mordisco a mi otro pezón, mientras acaricia mi cintura sobre el camisón con la mano que tiene libre.

Intento liberarme, pero no demasiado. Tan solo consigo devolver al suelo mis piernas. En realidad, lo único que echo de menos es poder recorrer su cuerpo musculado con mis manos, pero me gusta estar así, escuchando el ruido de su aliento mientras su lengua me devora.

—Si llego a saber que tus tetas sabían así de bien, no te hubiera ni preguntado las normas —reconoce antes de volver a intentar meter una de ellas completamente en su boca. Las está disfrutando como si fueran a acabarse pronto. No le falta razón. Esto es cosa de una noche.

Sonrío con su comentario, pero él no puede ver mi cara. Está concentrado en saborear cada bocado. Cuando por fin libera mis manos, aparta mi tanga y empieza a acariciarme. Estoy completamente empapada. Me da hasta vergüenza.

—¿Esto es por mí, *baby*? —pregunta mientras su cuerpo sigue manteniéndome pegada a la pared. *Cuánto odio su sonrisa triunfadora y cuánto me pone a la vez.*

—No me llames así. Vamos a la cama —ordeno apoyando mis manos en sus hombros.

—Estoy bien aquí, Smith. —Introduce un dedo en mí buscando mi punto más sensible y yo aspiro con fuerza sin poder remediarlo—. Querías correrte primero, ¿no?

—Sí —suplico con voz entrecortada—. Vamos a la cama.

Niega con la cabeza y chasquea repetidamente la lengua. No alcanzo a ver su sonrisa, pero sí uno de sus malditos hoyuelos...

—Demasiado mandona, *red* —susurra en mi oído. Su voz me hace sentir cosas que no entiendo en mi vientre.

Luke juega a masajear mi clítoris con dos dedos antes de introducirlos en mí. Muy lentamente. Me está torturando, pero no es suficiente. Su pulgar pasa a ser el encargado de acariciar mi punto más sensible mientras los otros dos dedos siguen con sus entradas y salidas.

Me va a volver loca. Sin cambiar de postura, incrementa el ritmo. Odio lo bien que sabe usar sus dedos. No entiendo cómo sabe encontrar exactamente dónde mi cuerpo necesita ser tocado.

Quiero apartarme de la pared o agarrarme a algo para ganar algo de control, pero su cuerpo me mantiene presa.

—Vamos a mi cama, Luke —alcanzo a decir.

En esta posición no tengo control y me preocupa eso.

Se separa un poco, pero sigue delante de mí. Se pone de rodillas y me quita lentamente el tanga. Baja despacio acompañado por sus manos que acarician de arriba a abajo mis piernas en el camino.

Pienso que quizás vamos a follar contra la pared y quiero decirle que tenemos que usar condón, pero entonces veo que no se levanta. Es su sonrisa la que me cuenta sus intenciones. Separa mis piernas y coloca su cabeza entre ellas. Mi vagina demandante lo recibe encantada. *La muy traidora.*

Enseguida entiendo el motivo de los gemidos que escuché a través de mi pared. Luke sabe cómo jugar con el cuerpo de una mujer. Su lengua hace jodidos trucos de magia. Está por todas partes. En suaves pinceladas alrededor de mi clítoris. En lametones que arrasan con mi placer sin piedad. En movimientos profundos dentro de mí... Es maravillosamente sexi sentir que no tiene ninguna prisa. Él está disfrutando de esto... casi tanto como yo.

Mis piernas empiezan a fallar por las sensaciones y él las coloca encima de sus hombros, aún con mi espalda en la pared. Estoy completamente a su merced. Le estiro del pelo fuerte para sujetarme y no puedo evitar disfrutar cuando le oigo gruñir.

—Dime que te gusta —me pide.

No le puedo responder con palabras. Solamente digo un "sí" que suena a exhalación. A súplica. A rendición. La falta de luz me hace soltarme como nunca había sido capaz de hacer antes.

Digo sin vergüenza que, cuando me corro, me estoy follando toda su cara. Su nariz, su lengua, su incipiente barba de horas... El momento es demasiado intenso para articular palabras de más de dos letras, pero se la repito. Muchas veces. Sí.

Todo mi cuerpo late con las sensaciones que se han apuntado a la fiesta, mientras yo solamente puedo agarrarme a su cabeza y a su pelo para mantener el contacto con el mundo de los mortales. El orgasmo es sencillamente glorioso. Jodidamente abrumador.

Debería entrar al Olimpo de los Orgasmos. Las bocanadas de placer no dejan de llegar para que no me olvide de algo: sí, él me ha dado este momento. Su sonrisa ganadora al ver que ha conseguido llevarme al límite es lo único que me lo fastidia… un poco.

—Espero que veas que soy un hombre de palabra, *baby*. Primera norma, cumplida —apunta incorporándose.

—¿Podrías dejar de sonreír como si hubieras ganado una carrera, por favor? —le pido, intentando no perder la compostura a pesar de que el orgasmo que me ha dado sigue haciendo temblar mi vagina cada tanto.

Luke ha ganado y lo sabe, pero este juego no ha acabado. Es mi momento de actuar si no quiero perder la guerra.

20.

jugando con trampas

Llevo días obsesionado con mi vecina. Brian está preocupado por mí, aunque yo también lo estoy por él. *¿Llevarse a una chica que acaba de conocer a pasar una semana en Londres?* Eso llevaba problemas escrito a fuego.

Con mi amigo de viaje, he tenido que cambiar a mi compañero de fiesta. Sebastián se ha ofrecido a acompañarme varios días. Me encanta trabajar con él y hacemos un buen equipo, pero él no es Brian.

Quizás por eso no he conocido a ninguna chica esta semana… o puede que la imagen de Anita bailando en el podio del *Indómita*, mirándome, me persiga hasta en sueños. Es una cuestión ancestral. Anita es un reto. Necesito tenerla. Una vez nos acostemos, me olvidaré de ella. Eso es. Pura caza.

Ella ha sido tan testaruda esta semana que ha preferido seguir jugando a sus bromas de vecinos que quitarnos el calentón del sistema. En ningún momento he dudado de que ella también lo quería. No soy ciego. Vi su cara cuando aparecí con calzoncillos en el rellano. Me miró el paquete y solo le faltaba relamerse para dejarlo más claro.

Mi agenda está muy ocupada los próximos días. Mañana tengo varias reuniones con Sebastián en las nuevas oficinas de *AM*. Ron no me ha confirmado si podrá darme el capital que necesito, pero no podía esperarlo eternamente. De momento, todo tiene que salir de mi cuenta personal.

Se está acabando mi tiempo en España, así que esta noche he decidido tenderle una pequeña trampa a Anita. No me iba a ir sin resolver nuestra pequeña batalla. Eso lo tenía claro. Y quería que fuera ella la que viniera a mí. Por eso he puesto un video porno a todo volumen contra su pared.

Con lo que no contaba era con un apagón. En cuanto se ha ido la luz, he pensado que era cosa suya; pero entonces la he visto aparecer en el rellano con un camisón corto con volantes en el bajo, su melena suelta y sus tetas cubiertas de una tela brillante, llamándome. Es como si supiera leer todas mis debilidades.

En ese momento he dejado de tener claro quién estaba tendiendo una trampa a quién.

Me ha puesto condiciones, pero con el calentón que llevo, yo hubiera aceptado hasta vender mi alma por tocarla; aunque no de cualquier forma. Quiero disfrutarla.

Precisamente eso estoy haciendo. Después de pasarme días obsesionado con ella, por fin he podido recrearme en disfrutar de su sabor. Anita es deliciosa, más de lo que yo podía imaginar, pero no solo es eso. Escucharla gemir mi nombre —por fin— mientras se corre en mi boca ha sido jodidamente sexi.

Como un artista se siente orgulloso de su obra, yo no puedo evitar sentirme un poco endiosado por el orgasmo que acabo de darle contra la pared de su cocina. Después de ver a Anita furiosa tantas veces, descubrirla salvaje y satisfecha ha sido como volver a conocerla de nuevo.

Aún tengo una erección dolorosa cuando la veo ponerse de rodillas, aún en la cocina, y empezar a bajarme los calzoncillos. Si me folla con su boca ahora mismo no voy a durar, pero no puedo pararla. Desearía que volviera la jodida luz ahora mismo. Quiero ver el espectáculo de Anita disfrutando mientras me come la polla.

Estoy hundido en su boca y no puedo dejar de mirarla. Agradezco la poca luz que viene de la calle porque casi puedo ver esos ojos grises que siempre me miran retándome. Es una bruja y me tiene hipnotizado. He soñado con cogerla por la melena desde que la vi aquel día con una toalla en el rellano. Hacerlo en la realidad es mejor de lo que yo había imaginado.

Anita sabe lo que se hace. Coge mi pene con confianza, pasa de jugar con la punta de su lengua a desquiciarme con el final de su garganta y se ayuda de sus uñas para hacerme cosquillas. *Joder, dulce tortura*. Soy incapaz de cerrar la boca o de controlar mi respiración. Estoy demasiado concentrado en intentar mirarla en la oscuridad como para hacer nada más.

De pronto, acelera el ritmo y se mete toda mi polla en su boca. Yo pierdo todo el control. Empiezo a sentir su humedad envolviéndome y succionándome con fuerza. Sus manos juegan a masajear mis huevos y mi perineo. *¿Es posible no correrse cuando están atacando todos tus puntos sensibles a la vez?* Y yo no puedo dejar de agarrarme a su pelo y estrujarlo para tratar de contenerme. Es inhumano controlarse así.

—Para, si no quieres que... —le advierto. Soy incapaz de hablar o acabar la frase.

Me parece adivinar que me mira con ojos traviesos y aumenta el ritmo. Aún más. Sigue jugando conmigo. Con mi polla en su boca. Tiene todo el poder sobre mí y lo está disfrutando. Bruja.

La temo. No sé qué le puede ocurrir para seguir torturándome. La mezcla de placer y tensión hace que sea la mejor mamada de mi vida.

Yo quiero alargar la noche. No sé si ella querrá que le dé otro orgasmo antes de irme. Pienso en verrugas, acné y mi profesora de Química para intentar no llegar; pero Anita de rodillas delante mío, por fin entregada, disfrutando, dedicada a venerar mi pene y pidiendo sin palabras que me corra en su boca es más de lo que yo puedo aguantar. Puedo notar el final de su garganta en cada embestida. Ella me quiere matar y yo soy incapaz de pararla. De hecho, creo que quiero más.

En ese momento en el que yo estoy a punto de alcanzar la cumbre, es ella quien para. En seco. De repente. *Maldita*. Yo estoy muy —pero MUY— al límite. Instintivamente, me sujeto el pene porque no puede dejarme así. Entonces lo entiendo. Está jugando. No quiere dejarme ir tan fácil.

—¡Me vas a matar! —me quejo.

—¿Ahora sí vendrás conmigo a la cama? —pide seductora, mientras se quita el camisón por el pasillo.

Aún con mi polla en la mano, hago lo que me pide. Ahora mismo, ella tiene absoluto poder sobre mí... y no consigo que me importe. Solo la sigo y mientras se aleja, adivino las curvas de su cuerpo. Si sus tetas me gustan, su culo es un espectáculo. Se mueve con cada uno de sus pasos, convirtiéndome en un hombre completamente hipnotizado. Me muero por estrujarlo de nuevo estando dentro de ella.

Incluso sin luz puedo apreciar que es preciosa, pero tenerla tan cerca es como tener una granada sin anilla en las manos. Cualquier movimiento en falso, puede hacerla explotar. Es una mala mujer.

Sin mediar palabra, me da un condón que saca de su mesita de noche y mientras yo me lo pongo, ella me espera a cuatro patas en la cama. Intento darle la vuelta, pero se niega. Coloco mi mano hacia su entrada para comprobar que sigue mojada.

—Fóllame fuerte, Luke —dice entre suspiros.

Ella manda, para variar. Yo pensaba recrearme esa noche porque llevaba días sumando ideas de todas las cosas que quería hacerle, pero ella está marcando el ritmo y por lo visto mi cuerpo haría cualquier cosa por complacerla. Hago lo que me pide.

Me coloco de rodillas y entro en ella lentamente para que se acostumbre a mí. La oigo respirar cada vez más intensamente y emitir un gemido entrecortado cuando llego a embestirla hasta el fondo. Casi me corro con solo ese sonido.

Entro y salgo suavemente hasta que noto cómo se relaja bajo mi cuerpo. Puedo notar sus paredes cediendo. Empiezo a aumentar el ritmo, siguiendo sus demandas. Enseguida me pide más y más rápido.

Uso su melena, sus hombros, su espalda, sus caderas y hasta agarro su culo para sujetarla y acercarla a mí. Veo sus manos agarradas a las sábanas. Cada poro de mi piel está en alerta. Estar dentro de ella hace explotar todos y cada uno de mis sentidos. Es la única droga a la que yo me volvería adicto.

—¿Te gusta así, *baby*?

—Luke. No pares. Más. Por favor —me suplica.

Quiero llevarla al límite de nuevo, aunque me está costando una barbaridad retenerme. Lamo mi pulgar y lo coloco sobre su otra entrada.

—¡Luke! —exclama.

—¿Paro o aún quieres más? —pregunto.

—Más —confirma e introduzco la punta de mi dedo. Puedo notar todo su cuerpo estremeciéndose con la sensación.

—¿Más?

No responde.

¿Me siento endiosado por haberla llevado al límite? Definitivamente.

—No voy a poder aguantar más, *red*. Joder, me vas a matar.

En ese momento, puedo notar como su vagina hambrienta reclama mi pene con los pulsos de su orgasmo. Sus paredes me aprietan con fuerza y mi pene no puede resistir más. Me dejo ir junto a ella.

Aún temblorosos, nos desplomamos en su colchón, unidos por mi polla que se niega a dejar de estar erecta dentro de ella y sigue disparando como si no aceptara que esto acabe aún.

No sé ni qué decir, pero tengo claro que ha sido el mejor polvo de mi vida.

21.

noches de... ¿bohemia?

—**H**a sido una pasada de polvo —me dice Luke en un alarde de dominio del idioma.

—No ha estado nada mal —reconozco—. Me preocupaba que siendo tan joven fueras... —quiero explicarme, pero no me salen las palabras—. Mucho esfuerzo, pero poca técnica, ¿sabes?

—Estoy casi ofendido de que pensaras eso de mí, pero tú también me has sorprendido. Cuando has cortado la mamada casi me matas.

Sonrío porque me siento orgullosa de mí misma. Con Carlos el sexo era aburrido, pero no era por mi culpa. Yo siempre he sabido divertirme, aunque durante años mi mejor compañero haya tenido batería.

Gracias a mis cazas he ido probando nuevos trucos. Son ideas que he ido poniendo en práctica. Me gusta saber que soy buena en la cama. Con Carlos, llegué a dudarlo.

La luz sigue sin volver. Tengo que indicarle a Luke a oscuras dónde está el cuarto de baño para que pueda encargarse del condón. Cuando vuelve a la cama, lo hace con una toalla húmeda para mí. Me parece un gesto tierno, pero tengo claro que no puedo pensar así.

Esto ha sido una noche loca provocada por un apagón. Y punto. Será el recuerdo que reviva cuando quiera recordar los mejores polvos de mi vida. En esa lista, estará esta noche... y luego todas las demás que palidecen a su lado en comparación. Muy al final, algún momento con Carlos durante el primer año de novios.

Sé que no puedo pensar así. Después de tantos mensajes, bromas y peleas, los besos y caricias de Luke me pueden confundir. No quiero entregarme tanto. Yo sigo siendo una cazadora. Una zorra. Cada minuto de más que pasa en mi cama es una amenaza para mi libertad. Crear una intimidad con Luke es un error y tengo que protegerme.

Ahora que ya he visitado el *Empire State Building* entre sus piernas, tengo que ponerle final a la noche. Subirse dos veces a ese edificio no es buena idea. Especialmente, porque me ha gustado. Gracias a mis recientes conocimientos de arquitectura internacional, puedo afirmar que la polla de Luke es una maravilla de la ingeniería estructural a nivel mundial; pero es hora de poner mi sello mental en mi pasaporte de cazadora y olvidarle.

Eso intento hacer cuando le pido que se vaya. Sin paños calientes.

—Bueno. Esto ha estado muy bien. Te puedes ir cuando quieras —digo casualmente, mientras me levanto de la cama y me pongo un tanga que saco a tientas de la cajonera.

—¿Has dicho solo "una noche"? Pero aún es pronto y te acabas de poner ropa interior sexi para mí, otra vez.

—¿Cómo sabes que es sexi? —Seguimos a oscuras —. En cualquier caso, te aseguro que no me la he puesto para ti, *Luque* —le advierto sin poder evitar sonreír. El mote me sale solo, por costumbre. No quiero provocarle más, de verdad. *Vale, sí, arderé en el infierno por mentir tanto.*

—¿Ahora ya no soy Luke? ¿Ya no más *"sigue, más fuerte, Luke"*? —me imita.

—No me suena nada de eso… —finjo mientras busco mi camisón entre las sábanas. Con Luke distrayéndome y sin luz no hay quien lo encuentre. Tampoco ayuda que esté buscándolo en la cama cuando, en realidad, lo he tirado al suelo en la cocina.

—Si quieres, te refresco la memoria. Puedo hacerlo ahora mismo. —Me agarra en sus brazos y me invita a ponerme encima de él en la cama.

Luke me hace cosquillas hasta que acabo rindiéndome, sentada a horcajadas encima de él. Su pene vuelve a estar dispuesto e, instintivamente, yo lo acerco a mi entrada. "¿Te suena esto o aún no?", me pregunta. Mi tanga no ofrece mucha resistencia para la polla de Luke.

—¿Cuánto has tardado en volver a estar listo? ¿Diez segundos? —pregunto.

—Ventajas de acostarse con menores de treinta, *baby* —asegura mientras acaricia mi cintura con ambas manos y las dirige hacia mi culo.

No puedo evitar reírme con eso. Luke aprovecha y empieza a mover su polla disimuladamente, intentando conectarnos de nuevo. Mi clítoris traidor reacciona a la fricción.

A oscuras veo su mirada digna del mismo diablo. Está sonriendo, muy atento a mi reacción. Sus ojos, incluso a oscuras, me están retando. Yo también quiero seguir disfrutando de las sensaciones. No nos volveremos a ver después de esta noche.

Ya nos hemos saltado tantas normas… y me va a matar de placer si continuamos a ese ritmo. Me concentro en mi piel y cómo vibra cada vez que sus manos recorren mi espalda desnuda, y en su boca que sin pedir permiso ha vuelto a lamer mis pechos, succionándolos y acompañándose de suaves mordiscos a mis pezones.

—Me vuelve loco tu culo, *red* —confiesa agarrándolo con fuerza.

—¿En serio? —pregunto extrañada.

—Las cosas que le haría… *Mmm* —gime.

Confieso que me escandaliza esa idea. Ya estoy en el infierno y elijo quemarme en él. Cojo otro condón de la mesilla y se lo doy. Sin llegar a apartarme del todo, Luke se lo pone con una rapidez pasmosa. En un segundo, está de nuevo dentro de mí.

—¿Podemos cambiar de posición? —le pido.

—¿No te gusta así? —responde él parando un segundo de jugar con mi pecho en su boca. Echo de menos su lengua al instante.

—No es eso. Es que no me gusta estar arriba —respondo, acariciando su pelo mientras él vuelve a torturar uno de mis pezones.

De pronto, para.

—Con lo mandona que eres, ¿y no quieres marcar el ritmo? No te creo. Mentirosa.

Puedo notarle rozando las paredes de mi vagina, y mi clítoris está feliz restregándose con su cuerpo, pero sé que no será suficiente. Por algún motivo, nunca consigo relajarme marcando el ritmo. Me pone nerviosa.

Tampoco puedo mirarle. Con Carlos aprendí a cerrar los ojos para refugiarme en mi imaginación y acelerar mis orgasmos… pero esto es distinto. No puedo mirarle porque me gusta demasiado. No puedo dejar que él vea eso en mi cara. Incluso a oscuras. Sería admitir una derrota para la que no estoy preparada.

—No sé marcar el ritmo. ¿Contento? Es la verdad.

—*Baby*, no tenemos prisa. Olvídate de que estoy aquí. Úsame. Yo te aseguro que no me entretengo —me asegura acariciándome la cintura y bajando sus manos hacia mi culo.

—Es difícil olvidarme de que estás aquí con tu polla dentro, ¿sabes? —apunto intentando hacerle reír porque empiezo a estar nerviosa, pero él no se mueve. Solo me mira y puedo ver sus ojos claramente, incluso en la oscuridad.

Justo en ese momento, vuelve la luz. Se me hace extraño verle tan cerca y en color de pronto. Es todo mucho más real. Me siento demasiado expuesta. No solo es por la ropa, aunque mi cuerpo ya no es el de una chica de veinte años y eso me crea cierta inseguridad.

No, no es solo la ropa. Tengo la sensación de haberme quitado muchas más cosas que tela esta noche.

Miro el cuerpo de Luke, intentando no recrearme. Es más increíble con luz que lo era sin. Me cubro instintivamente, sin llegar a apartarme de él. De pronto, veo demasiado claro que todo esto es una locura.

—Hola, *red*. —Me coge la cara para que le preste atención. Sus ojos me miran tan intensamente que no puedo evitar sentirme demasiado desnuda. A mí, tenerlo dentro aún me pone nerviosa, pero él sonríe.

—¿Hola? —le respondo yo en un tono más bajo y poco a poco me encojo para taparme—. Luke, no voy a poder seguir. Y menos con luz. Y tú mirándome así —explico mientras sus dedos acarician mi cara.

—¿No quieres que te mire?

Niego con la cabeza.

—Yo estaba deseando que volviera la luz, *red*. Llevaba días soñando con verte así... y es un jodido espectáculo —susurra a mi oído esas últimas palabras y me hace estremecer.

Resoplo. *¿Cómo sabe lo que decirme siempre para que olvide todos mis pensamientos racionales?*

—¿Podemos probar algo? —le pregunto.

Creo que mi problema es lo íntimo de esta situación. No puedo concentrarme pensando que él me está mirando como lo hace ahora mismo

—Literalmente, podemos probar lo que tú quieras —me responde y no puedo evitar sonreír.

Me doy la vuelta y me quedo a horcajadas sobre sus piernas, pero de espaldas a él. No puedo evitar sentir cierto alivio. Estar cara a cara es demasiada intimidad. Me posiciono para encontrarle de nuevo y él me coge de la cintura para guiarme.

—No tengas prisa, *red*. Te aseguro que estoy muy entretenido aquí. —Y vuelve a agarrar mi culo con fuerza.

Me muerdo el labio para no sonreír y cierro los ojos. Intento concentrarme solamente en el roce con él, entrando y saliendo de mí. Con este ángulo, las sensaciones son muy intensas. Me encanta probar nuevas cosas en la cama. Y Luke parece dispuesto a dejarme hacerlo…

Con Carlos nunca podía experimentar. Especialmente, porque casi nunca nos daba tiempo a nada más que un misionero rápido. Él nunca quería cambiar de postura y yo no me atrevía a marcar el ritmo. Y así nuestra vida sexual se convirtió poco a poco en un *Día de la Marmota*. Uno demasiado corto para mí, normalmente.

Con esta nueva postura, cada embestida me hace gemir y resoplar irremediablemente. De pronto, noto los dedos de Luke jugando con mi clítoris y su otra mano acariciando mi cuerpo.

Agarra de un lado mis caderas para ayudarme a encontrar mi propio ritmo con el suyo. Y a la vez juega a volverme loca en mi punto más sensible. Me apoyo para darme impulso y empiezo a botar para frotar una y otra vez ese rincón en mi interior que necesita ser acariciado.

—Sigue así, *baby* —suplica Luke, cogiendo mis pechos en sus manos. Empieza a usar sus caderas para incrementar la profundidad de cada embestida. Puedo notarle más dentro de mí.

—No sé si voy a poder llegar —le advierto aún con los ojos cerrados, aunque me noto cerca. Nunca lo he conseguido marcando yo el ritmo.

—No cierres los ojos. Mírate —me pide él. Hay un espejo en la esquina y en él nos veo a los dos—. ¿Has visto algo más sexi que eso en tu vida? —me susurra en la oreja.

Entiendo a qué se refiere: somos una jodida visión. Tanto, que no puedo apartar la vista de nuestros cuerpos.

—Luke…

—No te pierdas el espectáculo, *red*. —De pronto, noto su mano en mi clítoris y sus dedos marcan un ritmo incluso más rápido que nuestras caderas. Pierdo toda capacidad de control.

No puedo seguir mirando. Es demasiado intenso. Pero tampoco soy capaz de cerrar los ojos. Mi maldito vecino parece saber cómo tocar mis botones. Verle controlar mi placer con su mano es completamente erótico. El orgasmo me sobreviene como si mi cuerpo le obedeciera. Es tan intenso que la imagen que me devuelve mi reflejo en el espejo es de puro sufrimiento, pero es una tortura que disfruto con cada poro de mi piel.

Pronto noto su polla temblando, vaciándose dentro de mí, cuando él se libera de la tensión que los dos hemos creado. Yo le acompaño en sus sacudidas con mis caderas, disfrutando de mi propio placer, mezclado con el suyo. Me ha dado tres orgasmos, a cuál más increíble.

Definitivamente, mi cuerpo y el de Luke no entienden que no tiene ningún sentido lo que estamos haciendo esta noche.

Cuando sus sacudidas paran, me aparto y nos quedamos estirados en mi cama, sin tocarnos ni abrazarnos. Ninguno de los dos sabe qué decir después de ese momento. Solo se escucha el sonido de nuestras respiraciones llegando a un ritmo normal de nuevo.

No puedo evitar sentirme un poco avergonzada. Luke me mira, pero es todo demasiado real desde que ha vuelto la luz. Me cubro la cara con la mano para que deje de observarme. No puedo evitarlo.

—¡¿Por qué me estás mirando?! —me quejo.

—¿Por qué no quieres que te mire? —Sonríe. Es como un cachorrillo, incapaz de entender que no todo es un juego para mí—. En el siguiente, te aseguro que me vas a mir… —empieza a decir.

—¡¿Qué?! No. Dos veces es más que suficiente. Yo tengo una edad, ¿sabes? Tengo que descansar.

—Qué pesada con la edad. ¿Qué tienes, cincuenta?

Mi cara de horror le hace mucha gracia. Voy a matarle por lo que acababa de decir. Me pongo de pie y rápidamente me pongo el primer camisón que encuentro en el cajón. Necesito recuperar la seguridad de mi ropa. Busco sus calzoncillos para devolvérselos. Se los tiro contra sus abdominales ridículamente definidos.

—Anita, ¿no dicen que no hay dos sin tres?

—Eso debe ser en Estados Unidos. A mí no me suena ese dicho.

—De hecho, si contamos tus orgasmos, diría que tú llevas ya tres. Técnicamente, me debes uno — explica poniéndose los calzoncillos.

—No creo que en ese contador vayamos a estar en paz nunca —apunto mientras voy en busca de mi camisón.

Él se pone de pie. De pronto, le oigo gritar.

—Joder, ¡¿qué coño es eso?!

—No es "eso". Es mi gata —explico cogiéndola—. Se llama Bohemia.

—¡¿Ha estado mirándonos todo el rato?!

—Tienes la extraña costumbre de pensar que las inquilinas de esta casa te espiamos.

—Y claramente estoy equivocado, ¿verdad? —me pregunta agarrándome por la cintura.

—Completamente —dejo a Bohemia en el suelo.

—Bueno, ese será mi reto entonces. La próxima vez, sí me mirarás. A mí, no a un espejo.

—¿Perdona? ¿Próxima vez? Te lo digo en inglés para que lo entiendas: esto ha sido un *one time deal* —

digo haciendo un gesto circular con el dedo para reforzar la idea—. Una y no más. Bueno, técnicamente, dos y no más.

—…la próxima vez vas a tener que venir a buscarme tú —sigue hablando muy confiado, ignorando lo que acabo de decirle, mientras empieza a besarme el cuello—. Aunque lo niegues, tú sabes que me debes un orgasmo.

—Eres tan creído. No pienso ir a buscarte a ningún lado. Puedo sobrevivir sin tu pene, créeme.

—Mentirosa —me susurra al oído.

Sonrío y deseo que se equivoque.

—Es mejor que te vayas. Necesito descansar. Mañana tengo una reunión muy importante a las diez. Voy a conocer a mi editor.

—¿Trabajas en comunicación? —No parece tener prisa por irse y empieza a besar mi escote.

—En una revista. No creo que la conozcas si te digo el nombre. Es nueva.

—¿De verdad? Yo sé bastante sobre revistas. —En ese momento, agarra mi cintura con fuerza y sé que tengo que separarme.

—De *Playboy* tienes un rato, no me cabe duda, pero no es ese tipo de revista.

—*Ouch!* —me mira divertido fingiendo que le he ofendido.

—Es muy tarde. Lo mejor es que te vayas.

Su cara de pena casi me hace replantearme si realmente tengo fuerzas para una tercera ronda, pero me preocupa la intensidad que hemos compartido.

Sobre todo, si mañana voy a conocer a mi editor. Necesito estar despierta. Hemos quedado en las que serán nuestras nuevas oficinas. Necesito causar una buena impresión.

—¿Me vas a echar en calzoncillos de tu casa, *red*? —me pregunta con su mejor mirada traviesa.

—¡No haber salido sin ropa! —respondo y él me sonríe.

—Buenas noches, Smith —se despide en mi puerta, besándome de nuevo. Puedo ver que está debatiéndose entre añadir o no algo. Como si fuera impropio de él—. Esperaré a que vengas a buscarme. Acuérdate de que me voy el sábado.

—Buenas noches, *Gil* —le respondo con una sonrisa idiota, porque sé que no le gusta que le llame así.

Le escucho gruñir cuando oye su falso apellido de mi boca antes de cerrar la puerta. Empiezo a pensar que no le disgusta.

En cuanto estoy sola, pongo mis manos a los lados de mi cara y pienso: "*¿Qué coño acabo de hacer?*".

Menos mal que mañana llega Yul por fin. Claramente, la necesito aquí para no hacer estupideces.

22.

doble identidad

Me he saltado todas mis normas esta última semana. He seguido su juego. Incluso le he dado a entender que solo tiene que pedírmelo y estoy dispuesto a dejarlo todo para ir a darle placer. Mi vecina está convirtiéndome en un perdedor y, aún así, sigo enganchado.

No contento con todo eso, me he despedido de ella pidiendo que venga a buscarme de nuevo. Oficialmente, me he convertido en lo que más odio ser: un mendigo de atención. Podría haberle suplicado que me llamara y no sería más patético.

Tengo que poner espacio entre nosotros como sea. Por suerte, el sábado vuelvo a Nueva York. Cuando venda esta casa, no la veré más. No puedo volver aquí. Cada vez que estamos cerca, pierdo el control. Ya sabía que me encanta pelearme con ella, pero ahora he descubierto que me encanta hacerlo sobre todo en la cama.

Cuando llego a mi puerta, aún en calzoncillos, me doy cuenta de que me he quedado encerrado por fuera. Pienso inmediatamente en llamar a Brian, pero no tengo mi móvil. Ni ropa. Ni llaves. Ni dinero. Además, Brian no volverá hasta mañana de Londres. *Fuck*.

Maldigo mi suerte porque tengo que pedirle ayuda a Anita. *¿Puedo ser más lamentable? Lo dudo.*

Toco su timbre sin insistir demasiado. No quiero parecer desesperado, a pesar de estar en calzoncillos en el rellano. Es casi la una de la mañana, así que, al menos, no espero que ningún repartidor o vecino pase casualmente por aquí.

—¿Hola? —me saluda ella sorprendida, pero sonriente tras su puerta.

—Esto no es lo que parece... —empiezo a justificarme.

—¿Cómo era eso de "esperar a que yo te buscara"? —me dice provocándome ella, que lleva una toalla enrollada como si fuera a ducharse.

—Tengo un problema. Me he quedado encerrado fuera de casa. Sin cartera, móvil ni ropa.

Intenta contener una carcajada, pero no lo consigue. De hecho, empieza a partirse de risa, sin dejarme pasar. Hace frío en el rellano.

—¿Puedes dejar de reírte? —suplico—. Necesito llamar a Brian. Tiene una copia de mis llaves, pero mi teléfono está dentro y no me lo sé de memoria. Necesito que venga aquí mañana en cuanto aterrice.

—Puedo llamar a Yul. Estará con él.

Me deja pasar y, sujetándose la toalla como si nunca la hubiera visto antes desnuda, maneja su móvil para llamar a su amiga —que no le contesta— y luego enviarle un mensaje.

—*Baby*, te aseguro que soy el primero que no quiere quedarse a dormir, pero no tengo a donde ir —le pido con mi mejor cara de pena.

—El rellano parece un sitio acogedor. Si sigues llamándome *"baby"* va a ser donde duermas.

—Tu cama es mucho más cómoda —sugiero.

—Lo siento, pero no. No te puedes quedar.

—¿Por qué?

¿He dicho ya que Anita es una pésima mentirosa? Puedo verla intentando tener una idea mientras hablamos.

—Tengo un vuelo mañana a primera hora. En cuanto te vayas, voy a hacer la maleta.

—¿No has dicho que tienes una reunión a las diez?

Su cara de culpable la delata.

—Lo siento, pero es que no te conozco, ¿sabes? —divaga— Y es mala idea. ¿Cómo sé que no eres un asesino en serie? Yo vivo sola. No puedo dejar que un desconocido se quede en mi casa —se justifica.

—*Baby*, nos acabamos de acostar. Ni soy un desconocido ni un asesino. ¿Eres tú una asesina? ¿Tengo que dormir con un ojo abierto? —bromeo.

—Podría serlo. Es mejor que llames a un cerrajero. Por tu seguridad.

—Anita, no eres una asesina y no tiene sentido llamar a un cerrajero. Va a tardar horas en llegar. ¿Dónde voy a quedarme mientras tanto? ¿En pelotas en el rellano con este frío? Lo más fácil es irnos a dormir. Brian puede traer las llaves aquí mañana cuando llegue de Londres. Por favor... ¿puedo quedarme?

—En el sofá —cede.

—¿Y si te prometo que no te voy a tocar en la cama? Solo quiero dormir. De verdad.

—No me fío de ti, Luke Hill.

¿Ahora nos vamos a llamar con nombre y apellidos?

—¿De ti o de mí, Anita Smith? —pregunto intentando hacerla reír sin éxito—. Prometo que voy a ser un caballero. —Hago una cruz sobre mi pecho con la mano.

Creo que un bloque de hielo se derrite en su corazón porque se compadece de mí. Se va directa al baño y yo la sigo. Quiero tentar mi suerte. Se gira extrañada al verme.

—Si te apetece ducharte antes de dormir, puedo darte unas toallas —me dice girándose para mirarme antes de entrar al baño.

—¿Y si ahorramos agua y me ducho contigo? —pregunto empezando a quitarme los calzoncillos en broma. Su cara de indignación es muy graciosa—. He prometido que no te tocaría en la cama, pero no hemos hablado de la ducha, el sofá, el suelo, la encimera de la cocina... —apunto.

—Estás muy cerca de acabar en el rellano. No te la juegues —me advierte antes de cerrarme la puerta del baño en las narices.

Espero a que salga de la ducha tumbado en su cama. Su gata ha vuelto a desaparecer, pero estoy casi seguro de que está vigilándome. No puedo evitar pensar que es raro que sepa esconderse en un piso tan pequeño. Definitivamente, este estudio es mucho más pequeño que el apartamento de mi tía, pero más moderno.

El espacio tiene mucho estilo, aunque no sé exactamente cómo definirlo. El sillón verde del comedor es una declaración de intenciones. Normalmente no me gustan los colores tan vivos, pero en esta casa no quedan mal.

Al lado de su cama hay una pared completamente cubierta de fotografías. Algunas de lugares, otras de personas. Reconozco en ellas a Yulea. Son imágenes divertidas: de fiesta, en la playa, disfrazadas...

También hay una foto antigua. Parece Anita de pequeña con su padre. Ella debe tener unos cuatro añitos y está subida en sus hombros, abrazando su cabeza con una enorme sonrisa en la cara y su melena pelirroja completamente despeinada. No puedo evitar pensar que es simplemente adorable.

Ver sus cosas me hace darme cuenta de que no sé absolutamente nada de ella. Técnicamente, nos conocemos desde hace meses y hemos hablado bastante esta última semana, pero nunca me cuenta nada. Ni siquiera me ha dicho su nombre, en realidad.

Cuando sale de la ducha y viene a la habitación, decido empezar a hacer preguntas.

—¿Cuántos años tienes, *red*?

—¿Tan rápido quieres que te envíe al rellano? —responde ella mientras se pone una tras otra unas cremas en la cara, aún sujetando la toalla para no destaparse. Empieza a rebuscar un pijama en su cajón.

—¿Quieres saber cuántos tengo yo?

—No —dice sin pensárselo dos veces.

—¿Por qué?

—Porque creo que si lo sé, vas a dormir en el rellano —dice muy seria.

—¿Cuántos crees que tengo?

—*Mmmm...* ¿26? —aporta sin pensar demasiado.

—¿Y si te digo que son más?

—Pensaré que me mientes... —me mira desconfiada.

—Te enseñaría mi carné si tuviera mi cartera aquí —explico sonriendo—. De verdad, tengo más de 26, pero siempre me dicen que parezco más joven de lo que soy.

—¿Cuántos años crees que tengo yo? —pregunta curiosa, entrecerrando los ojos—. Ten cuidado con lo que respondes.

Su dedo me amenaza mientras pienso la respuesta. Si quiero dormir en esa cama, tengo que medir mis palabras. Honestamente, yo la veo como una treintañera, sin plantearme mucho más, pero por su actitud, a veces pienso que ella se considera mucho mayor que yo.

—Para mí tienes 35... ¿36? —me lanzo a decir y veo en su cara que está contenta con la respuesta.

—Tengo algo más que eso, pero no mucho más —admite.

—*Mmmm...* Madurita —bromeo.

—Puedes decirlo: *asaltacunas*.

—¿Por fin vas a admitir que eres tú la que me has asaltado a mí? —abro los ojos exageradamente porque me sorprende lo que ha dicho.

—No. De eso nada. Eres tú quien no para de venir a buscarme en calzoncillos a mi puerta.

—Sí, pero tú no te puedes resistir a mis encantos. Estoy seguro de que te gustan mis hoyuelos. ¿A que sí?

—Por un momento casi me olvido de lo creído que eres. ¿Sabes que los hoyuelos son un defecto genético? Se consideran una deformidad. No deberías presumir de ellos.

—Recuérdame que nunca te pregunte qué te parece mi polla.

Sonríe al verme ofendido.

—Eres muy engreído. ¿No te lo han dicho nunca?

—Estoy seguro de que algo de mí sí que te gusta. —La observo tumbado en el cama mientras ella se prepara para irse a dormir.

—Tus hoyuelos, no. ¿Tu pene? Me lo estoy pensando —admite divertida.

—*Red*, quiero saber algo de ti. Si no me quieres decir tu edad ni lo que te gusta de mí, cuéntame algo. Lo que sea.

—No hace falta que hagamos esto, de verdad —dice ella metiéndose en la cama a mi lado, ya con el pijama puesto. Solo queda la luz de su mesita de noche encendida.

Ha hecho malabarismos con la toalla para no enseñar nada mientras se cambiaba, pero lleva puesta la misma camiseta transparente que vi en su portal debajo de la toalla. Va a ser una tortura compartir cama con ella tentándome con esos pezones.

—¿Por qué Anita y no Ana? —pregunto de pronto.

—Porque no me llamo Ana.

—¡Ah! ¿No? —La miro sorprendido.

—Mi nombre oficialmente es Annie, pero todo el mundo me ha llamado siempre Anita porque es más fácil —explica con cierta pena.

—Esto es nuevo. Creo que es la primera vez que me acuesto dos veces con una chica sin saber aún ni su nombre.

La carcajada de ella al decírselo resuena en toda la habitación.

—Mi padre era americano. Vino de vacaciones a España y se enamoró de mi madre. Cuando yo nací, él soñaba con llevarnos a su país. Por eso me llamó Annie.

—¡¿Te has criado en Estados Unidos?! ¿Por qué no estamos hablando en inglés? —pregunto.

—No, mi madre nunca se atrevió a mudarse y él se quedó aquí por mí.

No puedo evitar fijarme en su cara de pena al explicar eso.

—En el fondo, es solo un nombre. ¿Qué más da? Además, para el mundo yo no soy ni Anita ni Annie. Soy KryptAnita.

La miro extrañado, esperando que se explique.

—Es mi apodo en *TikTok*. Me lo puso Yulea. Me gusta que nadie me conozca realmente. Cuando tienes mi edad, la gente te juzga. Espera que tengas marido, hijos, casa... Nadie espera nada de KryptAnita. No tiene pasado ni tiene que darle explicaciones a nadie. Es liberador.

—Te entiendo —aseguro.

Ella me responde riendo con cierta ironía.

—Sí, seguro —añade—. Hombre blanco, joven y con dinero. Eres tan privilegiado que molestas. Podrías hacer lo que quisieras con tu vida. Nadie te juzgaría.

—¿Eso crees? Cuando eres joven no dejan de repetirte que eres un crío, pero nadie te deja demostrar lo contrario. Por eso estoy aquí montando mi propio proyecto, ¿sabes? Mi padre se niega a escuchar mis ideas para nuestra empresa. Y él no es el único que no me da una oportunidad. También tú con tu "no me acuesto con menores de treinta".

No me responde. Por supuesto, no quiere darme la razón.

—¿Sabes que yo también tengo un nombre secreto? —le cuento.

—¿En *TikTok*?

—No, aquí la única que tiene *Tiktok,* por cierto, eres tú. Mi apodo es Hill.

—¿Tu apellido? Qué original —bromea.

—Hill es el apellido de mi madre. No el de mi padre. Ese prefiero que nadie lo sepa. Me da libertad que nadie sepa quién soy.

—¿Voy a tener que hacer de detective para encontrar tu verdadera identidad o me lo vas a decir? Yo ya te he contado mi nombre. Es justo.

—Si supieras mi apellido, descubrirías que has dejado dormir en tu casa a un asesino buscado por la policía, Annie.

Se ríe.

—¿Me vas a llamar Annie? ¿Se acabaron los motes? Puede que no entienda el *bluetooth*, pero sé encontrar información en internet. Voy a saber tu nombre real, pero hasta que lo sepa, seguirás siendo *Luque Gil*.

No puedo evitar reírme con esa amenaza. Ella se gira de pronto y apaga la luz de su mesilla. Nos quedamos a oscuras.

—No encontrarás nada, Annie. No me gusta exponerme. Soy muy celoso de mi intimidad —le explico poniéndome de lado, sin tocarla.

—¿De qué tienes tanto miedo? —me pregunta recostada hacia mí, ella también.

—No es fácil de explicar. Tengo que proteger mi identidad secreta, como los superhéroes. Puedo parecer invencible, pero no soy inmune a los efectos de la KryptAnita —la pincho con un dedo, para que entienda que estoy bromeando.

—Deberías tener miedo, Clark Kent. La kriptonita es peligrosa. Por lo visto, sobre todo cuando es roja.

—¿Qué? —le pregunto porque sinceramente no entiendo eso.

—Lo sabrías si fueras un *fan boy*.

Sonrío, pero no la entiendo. El sueño empieza a vencernos a los dos. A pesar de que hemos estado hablando un buen rato, yo sigo pensando que no conozco nada sobre Annie. Lo único que sé con total seguridad es que no me importaría haberme dormido con ella en mis brazos.

23.

solo un poco más

Me despierto confundida. Desde que vine a vivir a esta casa, a veces me pasa que no sé ni dónde me despierto. Al abrir los ojos y darme cuenta de que Luke está detrás mío durmiendo, no puedo evitar pensar que es el primer hombre con el que duermo después de Carlos.

Respiro hondo. En algún momento de la noche, hemos acabado enredados y estoy presa bajo sus brazos. Puedo notar su pene pegado a mi culo. Debería apartarme. Sí, pero no me muevo.

No sé qué hora es, pero es de día y aún no ha sonado mi alarma.

Se supone que ahora mismo debería estar preguntándome qué coño estoy haciendo con mi vida.

Tengo claro lo que pensaría mi madre si le cuento esto —aunque, obviamente, no lo voy a hacer. O qué diría el círculo de amigos de Carlos si se enteran... *¡Puff! Eso sí que no quiero ni planteármelo.*

Desde el primer minuto en el que tuve un pensamiento sexual sobre Luke, sentí que estaba haciendo algo malo. Prohibido. Inmoral. Una mujer de mi edad no debería fijarse en un chico tan joven.

Sin embargo, no puedo ignorar algo que me importa más que todo eso: me siento demasiado bien envuelta en sus brazos. No consigo que me importe nada más ahora mismo.

Me concentro en cómo me gusta notar su peso sobre mí, en su respiración en mi espalda, en su olor a crema de afeitado, en la dulce sensación que aún siento entre mis piernas después de anoche. En lugar de apartarme, acerco mi culo a su pene. Quiero sentirlo. Solo un minuto más.

¿Por qué estar con Luke está en contra de la moral? Porque es una maldita aguafiestas. La moral, no yo.

Antes de que mi padre muriese y mi vida se volviera seria de repente, yo era capaz de saltarme las reglas. No sé qué pasó con esa Anita, pero a veces la echo de menos.

Luke tiene razón. El mundo nos juzga por nuestra edad, pero no a todos por igual. Carlos ha podido rehacer su vida con una jovencita a la que le dobla la edad sin que nadie cuestione nada. Hasta le ha pedido matrimonio... *Qué cruz.*

Ayer crucé una barrera moral con Luke y supongo que ya no tengo salvación. Si me van a juzgar (yo la primera, probablemente), voy a cruzarla por la puerta grande.

Quiero disfrutar un poco más de esto. Saltarme las normas. No las que me pongo yo o las que me enseñó Yulea. Las que me imponen otros.

Me giro y veo el cuerpo desnudo de Luke. Lo que estoy pensando está mal por muchísimos motivos. Somos un rollo de una noche que ya se ha alargado demasiado. Además, él es más joven que yo, un *playboy*, solo está aquí de paso, vive en Nueva York… Sí, él es la personificación de una mala idea con un pene maravilloso.

Pepito el Grillo puede ir a susurrarle todo eso a otra. Yo ahora mismo quiero pasármelo bien.

De pronto, recuerdo la frase que Luke me dijo anoche: *"Si contamos tus orgasmos, diría que tú llevas ya tres. Técnicamente, me debes uno"*. Quiero seguir jugando con él y no voy a dejarle ganar. Me gusta esa idea.

Sin pensarlo más, me deslizo liberándome de su abrazo y me desnudo. Luke es el primer hombre que tengo en mi cama de día. Suavemente bajo sus calzoncillos para liberar su polla. Anoche vi que era gruesa y grande —sí, es el jodido *Empire State Building* de los penes—, pero hoy, con la luz del día, puedo comprobar además que queda muy bien en mi cama. Está prácticamente erecta a pesar de que Luke sigue dormido. Sigo deshaciéndome con cuidado de su ropa interior, procurando no despertarle aún. Sus piernas son duras, musculosas, pero el vello rubio las hace suaves al tacto.

Empiezo a acariciarlas suavemente para ver su reacción, mientras le beso tímidamente el interior de sus muslos. Anoche me dejó claro que quería repetir, pero a lo mejor esta mañana se siente distinto. Necesito ver su cara antes de seguir.

—Buenos días, Annie —me dice sonriente al encontrar mi boca al lado de su pene—. ¿Qué estás haciendo exactamente? —Su cara de sueño es encantadora. Sus cejas traviesas no descansan ni cuando duerme.

—Tomando el desayuno en la cama —respondo queriendo sonar divertida.

Su sonrisa me confirma que le gusta la idea y yo sigo el camino de besos hasta su polla. Paso a lamer con detenimiento sus huevos. Puedo ver sus manos retorciéndose en un puño por placer.

Puede que a veces me queje de mi edad, pero ahora soy mucho más interesante que a mis veinte. Al menos, en la cama. Especialmente en los últimos meses he aprendido mucho sobre mi sexualidad.

Mientras bajo la piel de la polla de Luke para darme acceso al capullo, pienso en mi siguiente movimiento. Es un juego y si algo me gusta hacer con Luke es precisamente eso. Empiezo a lamer suavemente la punta de su pene y luego el resto de su longitud mientras uso mis uñas en sus ingles porque es mi particular reto volverlo loco. Con mi mano, busco la de Luke y la poso encima de mi cabeza. Instintivamente, él estruja mi melena y me hunde en su polla. No me importa dejarle marcar el ritmo y la profundidad. Yo he iniciado esto y me siento en control.

—*Fuck*, Annie —alcanza a pronunciar mientras agarra con fuerza mi cabeza con sus manos y pierde el control de su respiración—. Me vas a volver loco.

No le respondo. No quiero parar. Solo quiero disfrutar de nuestra despedida.

24.

cierra la puerta al salir

He tenido que asegurarme de que estaba despierto cuando he visto a Annie desnuda, entre mis piernas esa mañana. Me dormí anoche deseándome suerte para convencerla de repetir antes de irme del país. He tenido que luchar cada pequeño avance que he hecho con ella... hasta ahora.

Sin mediar palabra, ha decidido entregarse por completo a darme placer. No entiendo qué ha cambiado entre la Annie que anoche no quería que la viera cambiarse y la que se ha despertado con ganas de comerme la polla, pero no voy a cuestionar mi buena suerte. Probablemente, es otro de sus juegos, pero esta vez me voy a dejar ganar.

Deseo volver a hacerle el amor, pero cuando empieza a follarme con su boca y me pone la mano encima de su cabeza, sé que no tengo fuerzas para pararla. Me he corrido tan rápido que me he sentido como un adolescente incapaz de controlar mis propias erecciones.

—Tres a tres —dice ella al acabar—. Ya estamos empatados.

Tardo un segundo en entender que habla de orgasmos.

—Quiero la revancha —reacciono al instante, cogiendo sus caderas.

—Considéralo nuestra despedida —responde ella sonriendo, besándome suavemente y marchándose de la cama.

—¿Estoy aquí hasta mañana, sabes? Podemos jugar al mejor de diez... o de veinte —apunto siguiéndola y la cojo entre mis brazos.

—Tentador —sonrío—, pero es mejor que esto no se repita. ¿Quieres llamar a Brian? Yul me ha enviado su número —me pregunta dándome su móvil.

—¡Oh, sí, por favor! Voy a llamarlo —respondo manejando su teléfono.

Su gata se cruza conmigo de camino al salón y casi me da un infarto de nuevo. Annie se ríe de mí, pero es que es muy silenciosa. Es como una ninja felina y estoy casi seguro de que me está vigilando.

No quiero cotillear, pero no puedo evitar ver que, además del mensaje de Yulea, hay un par de llamadas perdidas de un tal "Carlos" en la pantalla.

Brian me dice que vendrá rápidamente con mis llaves, pero conociéndole, tardará un buen rato. Annie me ha invitado a ducharme en su casa, mientras ella desayuna y se prepara para su reunión.

Estoy seguro de que tengo una reunión con Sebastián esta mañana, pero no tengo ropa ni forma de contactar con él. Espero que no se cabree por darle plantón.

Cuando salgo del baño, me encuentro a Annie vestida con un top de tirantes que deja sus hombros al descubierto y un pañuelo al cuello.

—Bonito pañuelo. —Beso su hombro desnudo.

No me responde. Decido ver cómo reacciona si le cojo un mordisco de la tostada que tiene en la mano.

—¿Sabes? No hace falta hacer esto. Desayunar juntos, digo. Es raro. —Deja su taza a medio beber en el fregadero y tira la tostada sin acabar a la basura.

Parece nerviosa. Intento tranquilizarla actuando con normalidad, pero creo que me sale mal.

—¿No vas ni a acabarte el café?

—No quiero llegar tarde. Ya sabes, mi reunión... Espero que tengas buen viaje.

Falta más de una hora para su reunión. A no ser que trabaje en el extranjero, va a llegar demasiado pronto.

Se acerca a su puerta y rápidamente se pone una americana, coge su bolso y una bolsa con la cremallera a medio cerrar donde se pueden ver ¿los volantes de un vestido de bailaora?

—Aún me queda un día por aquí, Annie. Hasta el sábado no es mi vuelo. Seguramente esta noche Brian organizará algo para mi última noche. Si quieres, puedes venir con alguna amiga. —Me acerco para despedirme de ella.

—Suena bien. Cierra la puerta al salir, ¿vale?

Cuando voy a acercarme a besarla, en un gesto rápido, consigue desplazar el beso a la mejilla.

What the fuck?!

25.

desagüe emocional

Un jodido chupetón. Cuando lo he visto en el espejo del baño esta mañana ha sido como una bofetada de realidad. Dolorosa e inesperada.

¡¿Qué cojones estoy haciendo con mi vida?!

Además del chupetón, estaban mis ojeras, mi mala cara, mi melena pelirroja despeinada y algo que veo cada día más. Al hacer una mueca, ahí están: mis primeras arrugas de expresión al lado de los ojos. Cada vez más evidentes.

Y no solo eso: un maldito grano. *¡¿Acaso mi cuerpo realmente va a empalmar el acné juvenil con la menopausia?!*

Por un lado, tengo un chupetón de quinceañera y el jodido grano en la nariz, que queda estupendamente junto al pendiente en la parte alta de la oreja que me hice hace dos meses con Yulea; y por otro, tengo las ojeras de una mujer de casi cuarenta y un principio de arrugas de vieja. Todo rodeado por una melena rojiza y demasiado rebelde. Me siento como un cuadro cubista. Soy retazos de realidades que no encajan entre ellas.

Encima hoy voy a conocer a mi nuevo editor. Con un chupetón. *¡¿Por qué me pasa esto a mí?!*

Llevo meses lidiando con Sebastián. Tenemos una relación complicada. A diferencia de mi último jefe, al menos, a él no lo odio. No es un baboso intransigente, pero sí es el mensajero de las malas noticias.

Sebastián es el único que habla directamente con el dueño de nuestra revista. Los rumores dicen que nuestro jefe es un niño rico que nos tiene como su último juguete. Somos un experimento. Por mí, mientras me pague el sueldo cada mes, que se divierta, pero no estaría mal que no se metiera siempre con mis vídeos.

En fin. Tengo un jefe capullo. *¿Y quién no?*

Pensaba que verme el chupetón me había afectado suficiente, pero la cosa se ha puesto mucho peor rápidamente. Luke me ha quitado un mordisco de la tostada. Así, sin más.

Sí, vale, le hecho una mamada esta mañana. Quería igualar nuestros contadores. Ha sido una rebeldía y no podía dejar que se fuese del país ganando a número de orgasmos… ¿pero desayunar juntos en la cocina? Eso sí que no.

Ante todo, no puedo olvidarme de que yo soy una cazadora. Los hombres son la presa de una noche. Un juguete sin pilas. Nada más. De hecho, son el enemigo.

Y hablando del rey de Roma, Carlos me ha vuelto a llamar. Al fin se acuerda de mí. No sé por qué no me sorprende que haya tardado una semana en pensar que la noticia de su compromiso iba a afectarme a mí más que a los 20.000 seguidores de su novia.

Desde ayer tengo un mensaje de audio suyo en el contestador, pero no puedo abrirlo. Simplemente, soy incapaz de darle al botón. Si no lo oigo, no es real.

Joder, si aún ni le he dicho a mi madre que ya no estamos juntos…

Al cerrar la puerta de mi piso —después de despedirme de Luke para siempre—, lo único que me hace sentir bien es pensar que esta tarde tengo una clase de flamenco.

La sangre andaluza corre por mis venas. Mi madre fue quien me enseñó a bailar. Era una bailaora excepcional. Yo no diría que soy una profesional, pero me apaño bien dando una clase para principiantes.

Apenas gano dinero con ello, pero bailar es mi mejor terapia. Al entrar al estudio, consigo cancelar todas las ideas que me rondan en mi cabeza. En cada clase, dejo mi alma en movimientos. El flamenco es mi desagüe emocional.

Ahora mismo lo que necesito es soltar emociones para volver a pensar con claridad.

∞∞∞∞

Reconozco que iba con miedo a reunirme con Sebastián. Hasta ahora sabía de él lo poco que pone en sus perfiles públicos:

1. Es mucho más joven que yo, para variar.

2. Es vegetariano y activista contra el cambio climático. Yo como de todo y reciclo lo que buenamente puedo.

3. Tiene un perro. Adiós a mi plan infalible de hacernos amigos compartiendo videos de gatos.

No puedo evitar pensar que tenemos poco o nada en común. En sus redes también dice que es bisexual y creo que está soltero, pero me niego a compartir mis aventuras cazando con mi editor, así que lo descarto. Aunque realmente necesito desesperadamente ganarme su confianza. Como sea.

Al verle, lo primero que me ha sorprendido es que sea tan bajito y delgado. Lleva unos tejanos oscuros y una camiseta que —creo— tiene una broma en el dibujo, pero no la entiendo. Inmediatamente, siento que la americana que he elegido ha sido mala idea. Al menos, parece muy contento con mis últimos artículos y videos.

Después de hablar un rato con él, nos relajamos los dos y empezamos a conocernos un poco. Es curioso como unos pocos datos no definen realmente a una persona. Sebastián tiene un punto de humor que me gusta. Además, tiene mucha paciencia explicándome el espíritu de nuestra revista.

Hasta ahora yo no entendía nuestra línea editorial. He trabajado antes en publicaciones. En concreto, de decoración y viajes. Pero *AM* no tiene un tema. Es "fluido", según me cuenta Sebastián. Esa es la palabra favorita de Yulea. A la práctica, yo siento que lo mismo hablamos de espaguetis que de platillos volantes.

"Somos creadores de conversaciones, avanzamos tendencias, vivimos el *hype*, ¿sabes? No somos una revista de gastronomía, pero podemos hablar de un restaurante especial; tampoco de deporte, pero si hay una novedad en *fitness* que nos llame la atención, la destacaremos. No vamos a imprimir una tirada, pero no somos completamente digitales porque organizaremos eventos. Queremos ser una revista viva. Una comunidad. Una *meta* revista".

Todo esto me lo explica Sebastián con ojos llenos de ilusión, pero el discurso no es suyo; se lo ha trasladado el dueño de *AM*. Es sospechosamente parecido a la forma de hablar de Yulea. También suena parecido a lo que me contó Luke sobre el proyecto en el que está trabajando. *Gente joven y su forma de ver el mundo...* Me va a costar adaptarme.

Yul lo dice siempre: soy cuadriculada. Entiendo una revista en papel y hasta puedo comprender una *online*, pero este concepto tan "fluido" me cuesta. No comparto, por ejemplo, que no firmemos con nuestro nombre nuestro trabajo.

"Tu identidad digital es importante. La gente te conoce como KryptAnita. O sienten que te conocen. Quieren leer lo que tú les cuentes, no lo que firme una tal Anita Smith que ni les suena", me cuenta

Sebastián. Él tiene respuestas para todo, pero a mí algunas no me acaban de convencer.

—Es una pena que no hayas podido coincidir con nuestro CEO. Él explica todo esto mucho mejor que yo —me explica Sebastián cuando ya casi estamos acabando la reunión.

—No sé si ha sido una suerte. Creo que no le caigo muy bien. Ha criticado todos y cada uno de mis vídeos desde que llegué.

—El de "sexo por odio" le encantó. De hecho, tenía que venir esta mañana. Y quería conocerte. Es raro. Le he llamado varias veces y no me ha cogido el teléfono. Debe estar reunido.

—Bueno, me conformo con que no critique el próximo tema que estoy trabajando. Quiero hablar de identidades secretas, a propósito de los apodos en redes sociales. Nombres falsos, ¿sabes? —le aclaro.

—¡Eso es muy interesante, Anita! Vas captando la idea. Ese tema promete. Estoy deseando ver lo que… —Su móvil empieza a vibrar en la mesa y no acaba la frase.

Sebastián se disculpa conmigo antes de descolgar. Se aleja un par de pasos para tener intimidad, pero esta oficina son solo cuatro paredes blancas. Sin mesas ni sillas ni ningún sitio para hablar sin que te oigan.

Me gusta mi nuevo lugar de trabajo. Tiene ventanales gigantes con un toque industrial y un suelo de cemento pulido que hace sonar las suelas de los zapatos al andar. Parece solamente un suelo gris, pero el material hace dibujos como olas si te detienes a observarlo. Me encanta eso. Inmediatamente me imagino dónde pondría las mesas y las sillas y hasta qué color elegiría para todo.

—¡Hombre! Por fin amaneces —dice Sebastián al poner el teléfono en su oreja—. Justamente hablábamos de ti. ¿Dónde te has metido...? ¿Qué? ¿En calzoncillos? —mi editor contiene la risa— ¡No te puedo dejar una noche solo! No te preocupes, pásate luego y hablamos. Sí, sí, se lo diré. Nos vemos luego.

Cuelga el teléfono y vuelve a acercarse a mí.

—Nuestro CEO ha tenido un imprevisto y no ha podido venir. Tardará un rato en poder llegar. ¿Quieres quedarte y conocerle?

—En realidad, a las dos tengo una clase de flamenco y está en la otra punta de la ciudad —le digo señalando mi bolsa donde se pueden ver los volantes de mi vestido rojo desparramándose por encima de la cremallera medio abierta—. No puedo cancelarla porque soy la profesora.

—¡No sabía que bailas flamenco!

—Has contratado a una caja de sorpresas, jefe. — Hago mi mejor cara divertida. Empiezo a sentirme capaz de bromear con él. Por fin somos dos personas que se conocen y no dos caras en una pantalla. No somos tres o cuatro palabras que hemos leído en nuestras biografías.

—El flamenco se está poniendo de moda otra vez, Anita. Podrías sacar un artículo de ahí —sugiere—. Si te tienes que ir, no te preocupes. Ya lo conocerás en otra ocasión.

Empiezo a recoger mis cosas para irme.

—Por cierto, me ha pedido que te felicite por el vídeo de "sexo por odio". Dice que le ha encantado y que está deseando ver qué otros ases te guardas en la manga.

—*Bufff,* no tiene ni idea —bromeo de nuevo, antes de irme.

∞∞∞∞

Al acabar mi clase de flamenco, me encuentro de nuevo con la notificación de las llamadas de Carlos. Decido que no voy a dejar que me mortifiquen ni un minuto más. Estoy sola en el vestuario. Mis alumnas ya se han ido. Solo quedo yo. Pulso el botón en mi móvil y empiezo a escuchar el mensaje de audio en mi contestador.

Empieza con un simple "Hola Anita...". Puede parecer algo normal, pero oír su voz familiar pronunciando mi nombre me hace estremecer. Mi cuerpo tiene una reacción extraña con todo lo que tiene que ver con Carlos. Hace meses que no escucho su voz, después de quince años viéndonos cada día.

"...no sé si te habrá llegado ya el rumor de que le he pedido matrimonio a Susana. Solo quería decirte que es una broma. Era todo un reto de *TikTok* para ver cómo reaccionaba."

No. Puede. Ser. Cierto. Si es verdad, esa chiquilla es más inconsciente de lo que yo asumo —que es mucho.

Carlos sigue hablando después de eso, pero yo no puedo concentrarme en escuchar mucho más. Necesito oír de nuevo todo el mensaje varias veces para entender que quiere verme para hablar. Nuestra ruptura fue tan precipitada que aún tengo cosas en su casa que no he recogido.

Es hora de hacerlo. No es la primera vez que nos vemos en todo este tiempo, pero es la primera vez que yo me siento con fuerzas para reclamarle todo lo que me debe.

Todo de una vez. Ya no quiero que me devuelva mes a mes mi dinero de la hipoteca. Quiero todo lo mío. No quiero tener nada que ver con él. Estoy lista para decirle que no para siempre.

26.

yulea vs. luke

Escucho un ruido en la puerta de Annie y espero ver por fin a Brian. En su lugar, aparece Yulea con su maleta en la mano. Lleva puesta una camisa de Brian anudada en el ombligo.

Una semana y ya le está robando ropa. Voy a tener que hablar con Brian.

Él es demasiado inocente, pero yo no me fío de ella. Algo trama. Ha entrado por la puerta y ya sé que mi madre tiene razón con su dicho: viene a joderme. Creo que se da cuenta de que estoy mirando su ropa. Ella también ve que yo solo llevo calzoncillos y arquea una ceja.

—¿Traes mis llaves? —digo intentando esconderme parcialmente tras la encimera.

—¿Me vas a explicar cómo te has quedado encerrado en casa de mi amiga en calzoncillos?

—Luego, ¿vale? Déjame que me vista antes.

Sonríe, pero no me da las llaves.

—*Nah*. ¿Tú quieres las llaves? Yo quiero saber qué ha pasado.

Bufo para que entienda que no estoy de broma. Llevo una hora aquí sin teléfono. Pensando en Annie y en la forma en la que se ha despedido de mí. Estoy cabreado y mi opinión sobre Yulea no me ayuda a estarlo menos.

No creo en el amor a primera vista, pero sí en las *cazamaridos* que te atrapan tan rápido como pueden. Esta se ha ido con mi amigo a un viaje un día después de conocerlo. Son matemáticas claras en mi cabeza: es peligrosa.

—Yulea, no juegues conmigo. No estoy de humor.

Duda por un segundo, pero sigue sin darme las llaves.

—¿Seguro que no te quieres quedar un ratito más aquí esperando? —Saca mis llaves del bolsillo de su pantalón, pero las aparta de mí, demostrando que no quiere dármelas aún.

—Joder con mis vecinas... —murmullo—. Por favor, Yulea. Solo quiero mis llaves y vestirme en mi casa —suplico.

—Trátame como una reina a Annie, ¿vale? —Me da las llaves, pero su mirada es amenazante.

—¡Como si me dejara hacerlo de otra forma! —vuelvo a murmurar.

Sonríe satisfecha al escuchar esa respuesta.

—No te tienes que preocupar —anuncio—. Me ha dejado claro antes de irse que no quiere verme más.

—Por algo será —afirma sonriendo antes de salir hacia su piso.

Joder con mis vecinas.

∞∞∞∞

Cuando por fin llego a mi apartamento, recupero mi teléfono. Tengo quince llamadas perdidas. Las únicas importantes: Sebastián y Ron.

Llamo enseguida a mi mano derecha en *AM* para disculparme por haberle dejado plantado. Me cuenta que está con una de nuestras creadoras de contenidos para la revista. Hace un mes, yo mismo le pedí que la despidiera. Su estilo es demasiado formal. Resulta encorsetado, pero él insistió en que le diera una oportunidad y tenía razón.

Ha conseguido hacer el primer artículo viral de la revista, con un vídeo que se ha visto millones de veces. Gracias a eso, hemos ganado el interés de varios grandes anunciantes.

No puedo evitar sonreír al pensar en el tema de ese reportaje: *sexo por odio.* Después de haberlo probado esta noche con Annie, entiendo por qué a la gente le gusta. Joder, ha sido increíble... *¿pero por qué se ha despedido así esta mañana?*

Intento apartar esa idea de mi cabeza. Tengo que hablar con Ron. Nunca sé a qué atenerme cuando él me llama. Resulta que él es una de las millones de personas que han visto el vídeo y quiere invertir en la revista cuanto antes. Por fin mi día empieza a ir bien.

—Ese video es muy caliente, Luke. Me encanta. He estado mirando la web y me gusta el estilo. Es fresco, diferente... ¡Va a ser demasiado! ¡Qué buena idea tuviste! Vamos a empezar a buscar unas oficinas ya mismo —me dice por teléfono.

—En realidad, ya hemos encontrado unas. Si quieres podemos verlas la próxima vez que vengas a España.

—¡Demasiado, Luke! —siempre dice esa misma palabra—. Le pido a mi asistente que se ponga en contacto con la tuya. No puedo esperar a ver esas oficinas.

27.

'ghosting'

Viernes, 15 de abril

Me he pasado todo el día buscando a Annie. Mi avión sale mañana a primera hora. ¿Por qué no puedo dejar de pensar en ella? Lo tengo claro: porque ella es mi kryptonita.

No, no la substancia peligrosa. Es mi empleada, KryptAnita.

Lo he descubierto cuando por fin he llegado a la reunión con Sebastián. Hemos estado mirando los datos de tráfico a nuestra web y cuando he visto el nombre de la responsable de la mayoría de nuestras visitas, he tenido que leerlo dos veces.

Sebastián me lo ha confirmado. La autora del video más exitoso de mi revista se llama Anita Smith. KryptAnita.

Por lo visto, ella acababa de irse cuando yo he llegado a la oficina.

Había visto antes su perfil, pero nunca había relacionado su nombre con Annie hasta ese momento. Ella nunca muestra su cara en *TikTok*. *¡¿Cómo iba yo a saber que era ella?!*

Yo suelo hablar con Sebastián directamente. Sinceramente, no conozco los nombres de la mayoría de mis redactores. Solo el grupo Ayamonte tiene más de treinta publicaciones. Lo que sí recuerdo es que pensé que la cuenta de *Tiktok* de Annie tenía algo especial cuando la contratamos. Era distinta.

Sin embargo, ella se empeña en mantener un estilo mucho más formal en *AM*. Por eso mismo llevo meses criticando su trabajo. Me va a odiar en cuanto sepa que soy su jefe. Especialmente, después de cómo se despidió de mí ayer.

Lo he probado todo para ponerme en contacto con ella, pero ha desaparecido. Literalmente. Le he enviado un mensaje, pero no me ha respondido aún. Me niego a ser un perdedor y enviarle otro.

En su casa no la encuentro. En la oficina, tampoco. He bajado al bar de la esquina, el *Amarcord*, y hasta le he pedido a Max que me avise si la ve. A Yulea no puedo ir a preguntarle porque está claro que no nos llevamos bien.

He intentado poner música en su altavoz varias veces para hacerla reaccionar, pero parece que no está conectado. Al volver de la oficina, me he encontrado con las Testigos de Jehová en la calle y he estado tentado de preguntarles si han visto a mi mujer. *¿Se puede ser más patético que yo?*

Solo quiero aclarar el malentendido antes de irme. Me gustaría dejarle claro que yo no sabía que trabajaba para mí. Es cierto que me sonó familiar su nombre, KryptAnita, cuando lo dijo en la cama... pero jamás imaginé que ella podía trabajar en *AM*.

Si alguien llega a enterarse de que he lanzado una revista que, técnicamente, es competencia de mi propio grupo, sería muy grave. Si además, se supiera que me he acostado con una de mis empleadas, sería catastrófico.

Estoy a punto de enviarle un segundo mensaje a Annie cuando Brian me llama y eso me detiene. Quiere contarme su plan "épico" para mi última noche en la ciudad.

—¡Hermano, espero que hayas dormido bien porque esta noche va a pasar al *Guinness World Records*! Te paso a recoger en diez minutos.

—No sé si quiero salir hoy, Brian.

—Me acaban de confirmar que tenemos una mesa reservada en un *speak easy* que no te vas a poder creer. No puedes fallarme.

—Por casualidad, no habrás invitado a Anita esta noche, ¿no?

—¿Vas a venir con ella? La pongo en la lista.

—Buena suerte con eso. Lleva desaparecida todo el día.

—¡¿En serio?! Te está haciendo *ghosting* tu vecina, Luke. Con lo que tú has sido...

—No. No es eso. Tiene que haber pasado algo. No me responde los mensajes ni me abre la puerta.

—¡Ja! ¡Anita es mi nueva ídolo! Ha superado al maestro.

—No, Brian. Estoy seguro de que hay una explicación. No lo entiendes. Le ha tenido que pasar algo.

Brian suspira, como si quisiera darme tiempo para dejarme oír mis palabras durante unos segundos.

—Te lo voy a decir yo. Solo porque te quiero como si fueras mi hermano. Suenas patético. Pasa página porque está claro que ella lo ha hecho. Tú deberías saber mejor que nadie el único motivo por el que se hace un *ghosting*.

No me molesto en responderle, pero una parte de mí empieza a dudar.

Cuando decido que no me importa ser un perdedor, pero necesito hablar con ella antes de coger mi avión si no quiero volverme loco, la llamo. Sin siquiera dar tono, un mensaje me dice que el número no está disponible.

Me ha bloqueado. Ella a mí.

Mi jodida KryptAnita está haciéndome 'ghosting'.

28.

taller de pan

Dos semanas más tarde. Finales de abril

Desde que conocí a Yulea, he ido a todo tipo de eventos. Un taller de pintura con un modelo desnudo probablemente no esté ni en el *Top 10* de lo más raro. Las fiestas a las que la invitan son completamente surrealistas. Y yo tengo la extraña suerte de acompañarla.

—La gente quiere arte vivo. Se han cansado de los talleres de pintura de bodegones —nos explica el organizador, que patrocina una marca de vino blanco.

Al menos, sé que no acabaré borracha esta noche. Ya no bebo vino blanco, por principios. Me recuerda a un pasado al que no quiero volver.

Debe tener razón el organizador cuando dice que esto es tendencia porque el local está lleno hasta la bandera, pero casi todos son *influencers* con sus móviles en la mano retratando absolutamente todo. Decido unirme a ellos, pero solo para hacer un artículo para la revista. Espero que a Sebastián le guste la idea.

Yul, como siempre, ha venido perfecta para la ocasión. Se ha presentado con un *look* parisino como si fuera una artista bohemia. Suéter de rayas, mallas, bailarinas y un pañuelo al cuello. Nada es del color que debería, pero solo le faltan la boina y la barra de pan para ser una auténtica *mademoiselle parisienne*, en versión ultra moderna.

Yo no soy tan estilosa, pero la barra de pan que le falta a mi amiga, me la llevo debajo del brazo. Está dibujada en el cuadro que hemos pintado. Sí, es el pene del modelo que hemos retratado.

Además de estar buenísimo, es muy simpático. Está en la escuela de actores y hace de modelo para superar su timidez, según me ha explicado. Después del taller, mientras Yul hace su trabajo social como *influencer*, yo me he quedado charlando con él.

Moreno, 37 años, una sonrisa tímida que resulta encantadora… Lo tiene todo. Además, para variar, es español. Este país también merece un sello en mi pasaporte mental. Y su Giralda, por lo que he visto cuando la pintaba, tiene una arquitectura muy interesante.

Sin embargo, esta noche no me siento cazadora. Es raro que se dé una ocasión tan clara y fácil. Marcos es muy simpático y nos estamos riendo juntos, pero algo me falta.

El maldito juego al que solo Luke sabe jugar.

Quiero darle una oportunidad a Marcos, pero no hay emoción. Cuando nos despedimos, coge su móvil para apuntar mi número y no tengo corazón para darle un teléfono falso ni medianamente malicioso. No se lo merece. O soy yo quien no merezco a alguien bueno a mi lado, ya ni lo sé.

Busco sexo por odio y huyo de personas que son un encanto conmigo. El problema, claramente, lo tengo yo. Me despido de él con un abrazo y lo tomo como una caza fallida. La segunda en dos semanas. Al menos, Yul por fin ha acabado de hablar con los organizadores y podremos irnos.

—¿Qué ha pasado con *mister* Giralda? —sí, mientras lo pintábamos hemos comentado su arquitectura. Somos un par de artistas ilustradas.

—Nada.

Me mira extrañada por un instante y yo finjo estar ocupada buscando algo en el bolso.

—¿Me vas a contar mejor por qué tuve que ir a sacar a nuestro vecino de tu casa en calzoncillos el otro día o la respuesta va a seguir siendo que no pasó nada?

—Ya te expliqué que nos acostamos. ¿Qué más quieres saber? —pregunto de camino a la salida. Cuando llegamos a la calle agradezco escuchar el ruido de la ciudad en lugar de la música del evento que estaba demasiado alta.

—Si os acostasteis y no pasó nada más, ¿por qué estaba tan cabreado? ¿Soy yo la única que se ha saltado las normas últimamente?

—Quizás le hice una mamada al día siguiente, pero no pasó nada más. No sé por qué estaría enfadado, la verdad.

—¡Sabía que había algo más! Qué calladito te lo tenías, ¿no? Tienes que contarme mejor cómo fue el *hate sex*. Ojalá yo me peleara con Brian un poco, pero es demasiado encantador para poder hacerlo.

—Fue bastante espectacular —reconozco—, pero es agua pasada. Mira, hasta lo he bloqueado en mi móvil. —Le muestro mi pantalla apagada, como si eso mostrase que es real—. Yo sí he seguido las normas. No sé nada de él. Y no creo que vuelva a verlo.

—Pues yo sí seguiré viendo a Brian.

—¡Noooo! No me digas que te has enamorado —finjo una arcada, pero me río. Encontramos un taxi y nos metemos juntas en el asiento trasero.

No puedo evitar que Yul me recuerde a mí de joven. El amor es bonito cuando tienes su edad. No quiero ponerme en contra, aunque me dé pena perderla como compañera de caza. Si Brian es lo que le hace feliz, siempre tendrá mi apoyo, pero ¡ayyyy! si Brian da un paso en falso. Entonces, va a conocerme.

—¡¿Enamorada yo?! ¡*Pffff*! Brian y yo tenemos una conexión que fluye. Me gusta eso. Pero el único amor de mi vida eres tú, *love*.

—Lo mismo digo. Pienso quererte hasta que se me caigan los dientes postizos.

—Yo te los pegaré con pegamento para que estés siempre guapa.

—Cuando te toque llevarlos a ti, yo te explicaré cómo se come la sopa con dentadura. Llevaré años haciéndolo.

—Pero primero tendré que hacer que la sopa sea la bebida *cool* que todos los abueletes quieran tomar —replica.

Nos reímos las dos de la tontería que acabamos de decir y el taxista nos mira como si estuviéramos locas. No le falta razón. Hemos hecho muchas cosas raras juntas en los últimos meses, pero algo me dice que nuestros tiempos de caza juntas han llegado a su fin.

29.

en tierra enemiga

Principios de mayo

Volver a casa de Carlos me parece surrealista. Está casi todo como lo dejé, aunque peor mantenido. Mi ex siempre ha sido un desastre con el orden. Lo único que cuidaba era el jardín.

Tengo que confesar una cosa que me ha hecho sonreír al llegar aquí: el césped de la entrada. El mayor amor de Carlos y su gran orgullo, por algún motivo que yo nunca comprendí.

¿Puedo contarte un secreto? Yo me fui de aquí el día que encontré los mensajes de Carlos con Susana, pero antes de marcharme, vacié dos botellas enteras de lejía en su adorado césped. Meses más tarde, sigue tan muerto que parece paja seca. Él nunca sabrá que fui yo, pero cada día que entre en esta maldita casa donde me fue infiel con ella va a maldecir su jodida hierba.

Quizás ahora soy un poco más zorra que antes; pero creo que solo lo disimulaba mejor.

Una vez dentro, cuando paso por delante de nuestra antigua habitación, veo su ropa sucia justo al lado del cubo de la colada. Tengo que reprimir el impulso de ir a meterla yo misma. *Grrrr... odiaba cuando hacía eso.*

Al mirar a Carlos, tengo claro por qué no veía antes todo lo malo. Él es un zorro plateado. Un madurito encantador. Sobre todo, con los demás. Conmigo dejó de serlo un día y ya nunca volvió, aunque de vez en cuando, mostraba su cara amable. De la que me enamoré. Esa que me hacía olvidar que su encanto era solo fachada.

De joven era guapísimo, pero ahora sus canas le sientan como un maldito anuncio de tintes para hombres. *¿Por qué los hombres que no te convienen tienen que ser siempre los más te atraen?* La madurez, en él, es tan favorecedora que molesta. Además, se mantiene en forma porque juega al pádel con sus amigos al menos dos veces por semana.

Cuando he venido, no recordaba que tenía tantas cosas que recoger, pero al final de la visita me encuentro con diez cajas llenas. No sé ni dónde voy a meter todo eso en mi estudio.

Por suerte, Susana no está aquí. Reconozco que el motivo para no haber venido antes a recoger mis cosas es, en parte, porque me revuelve el estómago solo de pensar en verla en nuestra casa.

—¿De verdad era un reto de *TikTok* lo del anillo? —pregunto mientras cierro una de las cajas.

—Sí. De repente empecé a recibir llamadas felicitándome de nuestros amigos y cuando llegué a casa ese día, Susana me estaba grabando con una cámara para ver mi reacción. Fue como ser el protagonista de *El Show de Truman*. El vídeo se ha hecho viral, por cierto. Soy famoso, por lo visto.

—Debes quererla mucho para aguantar eso —admito, no sin un cierto dolor. *¿Habría soportado algo así por mí?*

—No lo suficiente. Lo hemos dejado.

Mi única respuesta es una cara extrañada, pero no puedo negar que una parte de mí lo sospechaba. La casa grita hombre (desordenado) soltero desde el fregadero lleno de platos hasta la maldita montaña de ropa que no deja de mirarme.

—Hace semanas que lo dejamos —admite—. Ella siempre estaba con el móvil haciendo vídeos y fotos. Me cansé de vivir así.

—He leído que hay grupos de apoyo para parejas de *influencers*, ¿sabes? —digo con una sonrisa contenida.

—Ríete si quieres. Es patético. ¿Qué hombre de más de cuarenta años conoces que haga más de veinte fotos al día a su novia para sus redes sociales? No sé en qué coño estaba pensando, Anita.

Evito contarle que yo ahora tengo *TikTok* y más seguidores que su novia. O exnovia. De hecho, antes de venir, me he quitado el *piercing*. La ropa que llevo no es *blah*, pero tampoco he querido mostrarle mi nuevo aspecto demasiado. Lo último que quiero es que nuestro grupo de amigos vaya hablando de mí y de que estoy teniendo una crisis de los cuarenta.

—Conozco fotógrafos profesionales que hacen muchas menos fotos que veinte al día. Deberías planteártelo como profesión frustrada —No puedo evitar bromear.

Por un momento, los dos sonreímos y puedo recordar la intimidad que compartimos un día. Hoy está mucho más amable de lo que le recordaba, pero seguramente es porque se siente solo.

Yul me ha enseñado muy bien las normas, pero Carlos es maestro de un juego peligroso. Caza con presa. Yo, te lo aseguro, con él no voy a caer.

∞∞∞∞

Mi plan era coger un taxi y llevarme mis cajas, pero Carlos se ha ofrecido a llevarme. Incluso me ha acompañado a subirlas a casa. Le agradezco su ayuda porque realmente hay más cosas de las que yo puedo mover sola.

—Joder, Anita, ¡¿tienes un sofá verde chillón?! —exclama Carlos nada más entrar en mi estudio, dejando una de las cajas que ha traído. En cuanto lo ha visto, Bohemia ha venido a silbarle desafiante. Definitivamente, nunca se llevaron bien.

—Sí. ¿Has visto alguna vez algo más hortera en tu vida? Me enamoré de él en cuanto lo vi —cojo a mi pobre gata en brazos y la acaricio.

—A mí me pasó lo mismo contigo —dice él mirándome con un gesto tímido.

—No es así como yo lo recuerdo. ¿No fue Jorge quien tuvo que decirte que había una chica que no conocías?

—Siempre me ha costado un poco ver cuando tengo algo realmente bueno delante de mis narices, Anita —apunta acercándose a mí, con esa sonrisa que un día me hacía temblar las rodillas.

Dejo a Bohemia en el suelo y cambio de tema para evitar que la cosa escale. Sé lo que está intentando, pero no va a funcionar.

—¿Es la última caja? —pregunto.

—Sí, con esto supongo que podemos decir adiós a lo nuestro —baja la mirada.

—Queda el dinero de la hipoteca —recuerdo.

—Cuando te pones romántica, Anita, no hay quien te gane —bromea de camino al ascensor.

Aprieto el botón y no puedo evitar mirar el cartel de 'Se Vende'. Ese es el único recuerdo que tengo de que Luke ha sido real. Por algún motivo, eso me parece muy triste.

—¿Tan mala vecina eres que se van? —Carlos señala al letrero en la puerta.

—No tienes ni idea —bromeo—. Es el segundo vecino que huye —apunto pensando también en la señora Gloria.

—Y yo que daría lo que fuera por volver a tenerte a mi lado.

Joder, no puede decirme eso.

Se acerca de nuevo a mí y me acaricia la mejilla. El contacto familiar con su mano me resulta agradable y no me aparto. Echo de menos el roce humano, pero no con él. Hace semanas desde que estuve con Luke y desde entonces no he vuelto a estar con nadie. Yul está demasiado enamorada —aunque lo niegue— para salir a cazar conmigo.

Él aprovecha ese momento de debilidad para seguir avanzando y, en un instante, me encuentro a punto de recibir un beso para el que no estoy preparada.

—¡Carlos, no! ¡¿Qué estás haciendo?! —reacciono apartándome como un resorte.

—Annie, cariño, lo siento tanto. Lo hice todo mal contigo, pero quiero arreglar las cosas si me das otra oportunidad.

Esas famosas palabras que ya había escuchado antes. Después de su primera aventura más o menos me dijo ese mismo discurso. No es la primera vez que me pide perdón y promete cambiar. Conozco ese camino y no voy a volver a caer en esa trampa, aunque ya lo hice una vez.

—Gracias por ayudarme con las cajas, Carlos, pero es mejor que te vayas.

—Perdón, no quería incomodarte.

—Está bien. Vamos a olvidarlo, ¿vale? Pero hay una cosa más que necesitamos hacer antes de que te vayas. Me gustaría cerrar la hipoteca ya. No tiene sentido que me devuelvas mi dinero mes a mes. Quiero disponer de lo que es mío. Me gustaría dar una entrada para comprar este estudio.

Su cara de preocupación es evidente.

—¿Es lo que quieres?

—Sí. ¿Puedes arreglarlo en el banco?

Carlos, por cierto, trabaja en una sucursal de *SegurBank*. Yo también trabajé allí en los últimos cinco años que estuvimos juntos. Él me convenció de que en la revista de viajes donde estaba no me ganaría la vida tan bien como dentro de un banco.

También dijo que su primera aventura fue por culpa de que yo viajaba demasiado; pero me puso los cuernos de nuevo con su secretaria, a pesar de que mi mesa estaba a menos de diez metros de ellos dos. Cada vez que lo pienso, me dan ganas de matarlo. *¿Cómo me dejé convencer?* ¡Adoraba mi trabajo en la revista!

Después de la aventura con Susana, toda la sucursal se enteró de lo nuestro. Fue humillante a tantos niveles que no quiero ni recordarlo. No puedo pisar ese sitio nunca más. Me niego.

—¿Crees que podrías arreglar los papeles y traerlos para que los firmemos aquí? —le pido.

Mientras lo estoy diciendo, me doy cuenta de que eso es mala idea. Tampoco quiero volver a estar a solas con él aquí.

—Me va a llevar un tiempo arreglarlo todo. No sé si voy a poder permitirme mi casa si tengo que devolverte todo el dinero de golpe, Anita. Puede que tenga que venderla.

—Lo siento, pero yo también quiero tener una casa. ¿Cuánto tiempo crees que necesitarás?

—Para cerrar la hipoteca al menos dame un par de semanas. Vender la casa, supongo que algo más. ¿Te parece bien que traiga todo en un par de semanas? ¿El sábado 21?

—Sí, podemos quedar en el bar de abajo. El *Amarcord*. Está en la esquina

Me alegro de haber salvado la situación cambiando de sitio de encuentro. Él mira su calendario en el móvil para apuntarlo.

—¿Te importa que quedemos ese día por la mañana? Por la tarde hay partido.

Por supuesto, seguro que un equipo de segunda división merece que hagamos ese ajuste en los planes. *Nada nuevo bajo el Sol. Gracias por recordarme eso, Carlos.*

Esos papeles son lo más parecido a firmar un divorcio que vamos a hacer. Sinceramente, me duele aceptar que he tirado quince años años por la borda; pero una parte de mí está deseando poner mi rúbrica y no mirar atrás nunca más.

30.

jugada maestra

Estar en mi piso en Brooklyn, a miles de kilómetros de Annie, es una buena idea. Necesito poner distancia y no pensar en ella. Hemos estado meses sin saber quiénes éramos... ¿Por qué no seguir así?

De hecho, han pasado ya tres semanas y no he vuelto a saber de ella. Sin embargo, de KryptAnita no puedo desentenderme. Me estoy esforzando por separar en mi cabeza a mi vecina, la que me ha torturado en la cama y fuera de ella; de KryptAnita, la que crea contenidos para mi revista con los que no siempre estoy de acuerdo.

Usar a Sebastián de intermediario de nuestras guerras dialécticas en el trabajo está siendo todo un reto. Más aún, con el cambio horario de por medio.

En realidad, le dije una pequeña mentira a Annie. Sí tengo una cuenta de *TikTok*. Soy LA93. Las iniciales de mi verdadero nombre, Luke Ayamonte, y el año en que nací; pero nunca publico nada.

La he estado usando estas semanas para mirar los vídeos de TikTok que Annie publica. No puedo evitar preguntarme si ella también se acuerda de mí. Si supiera cuántas veces yo pienso en nuestra noche juntos. En la ducha, en mi cama, en el sillón... Es imposible quitármela de la cabeza. Cada vez que me acuerdo, me enciendo. No puedo evitarlo.

La llamaría, pero deduzco que el mensaje que le envié hace tres semanas y que me aparece como no leído aún significa que me tiene bloqueado. Además, no quiero decirle quién soy por mensaje. Se va a enfadar mucho cuando se entere y, honestamente, me daría rabia perdérmela cabreada.

He estado a punto de usar mi cuenta de *TikTok* para contactar a Annie anónimamente demasiadas veces, pero me retengo. Sé que voy a ser incapaz de no jugar a intentar provocarla. Eso es demasiado peligroso y tentador a la vez.

Las cosas en la junta de Ayamonte no ayudan a mi humor. Mi padre ha anunciado un nuevo fichaje estrella que nos costará una pequeña fortuna de mantener en plantilla. Según él, va a atraer a nuevos lectores, pero no tiene ni redes sociales. Nos auguro mucho éxito.

A este paso, va a hundir el grupo más rápido de lo que yo pensaba. Conseguir que *AM* triunfe es la única forma en la que puedo ganarme la confianza de la junta y salvar el legado de mi abuelo.

Mostrar resultados. Sin trampa ni cartón.

Bueno, quizás una pequeña trampa, sí.

Al fin y al cabo, si se supiera que estoy haciendo una revista fuera del grupo sería competencia desleal. La junta jamás me lo perdonaría. Sería un suicidio... pero si triunfamos y les propongo incorporarla al grupo, sé que les demostraré que pueden confiar en mi capacidad de gestión.

La revista *AM* es mi jugada maestra. Si quiero hacerla bien, no puedo ni acercarme a Annie. Es demasiado arriesgado.

31.

visita inesperada

Lunes, 16 de mayo

Hace semanas que no vengo al bar *Amarcord*. He estado yendo a la oficina cada día desde que conocí a Sebastián. Contra todo pronóstico, él es mi mejor amigo en *AM*. Desde que trabajamos mano a mano, nos entendemos mucho mejor. Ojalá me pasara lo mismo con mi jefe.

Cuando le conté a Yul que por fin me llevo bien con mi editor, no pude evitar presumir de algo ridículo. Tengo mi primer amigo bisexual. Sé que ponernos etiquetas no es el *hype* (esa palabra la he aprendido con él y no estoy segura de que sepa usarla aún… *¿la he dicho cuando no tocaba, verdad?*)... ¡Pero no puedo evitarlo! Me siento un poco menos *cuadriculada* por asociación a su lado.

¿Y sabes qué? Resulta que Yul también ha estado con chicas antes. Aunque ella no se considera bisexual. Cuando le pregunté si eso es siquiera posible me volví a ganar un "Anita *cuadriculadita*" de su boca. *El mundo 'fluido' en el que vivo metida se empeña en recordarme que no soy nada 'hype'.*

¿Ahí tampoco iría 'hype', verdad?

En fin.

Volviendo al *Amarcord*: el café en mi trabajo ni es tan bueno ni me lo sirve Max con su eterna sonrisa. Confieso que le echo un poco de menos a él y a sus bromas. Por eso, me he alegrado cuando Sebastián me ha pedido que no venga esta semana a la oficina. Tengo una excusa para bajar a mi bar de siempre.

Es un poco raro que no quiera que vaya, pero no me pienso quejar de una semana sin tener que arreglarme. He aprovechado para ponerme un vestido de tela de camiseta que me está un poco estrecho, pero me sirve para bajar a la esquina.

Cuando estoy saliendo de mi edificio, coincido en el portal con Yul. Ella viene de la calle. Concretamente, de la *calle* donde vive Brian. Lleva días viviendo prácticamente con él. La semana pasada él estuvo de viaje y supongo que se han echado de menos. *Así es el amor, aunque ella asegura que no lo siente.*

—¿Aún vives aquí? Pensaba que ya te habías mudado oficialmente y te habías olvidado de mí —bromeo.

—Tú siempre estarás antes que cualquier hombre en mi corazón, pero tenía asuntos pendientes con Brian.

—No quiero saber los detalles —finjo cubrirme los oídos—. ¿Qué tal está? ¿Cómo le ha ido el viaje?

—¿Te cuento la versión oficial o debo omitir los detalles sobre Luke? —pregunta con malicia.

—Ha pasado más de un mes. Puedes hablarme de él. Mi corazón lo soportará, créeme. Ya casi ni me acordaba de que eran amigos.

———

Aviso: *este NO es un buen momento para llamarme mentirosa o recordarme quién me llama así.*

———

Vale. Sí. Me acuerdo de él. Pero es con ira, la mayoría del tiempo, porque nadie parece comprar su casa y no sé si algún día va a volver.

Lo recuerdo también porque no existe en internet ningún Luke Hill que tenga su cara. Joder, que parece que ni ha existido, excepto por el maldito cartel de 'Se Vende' que cada día me saluda al irme y volver a casa.

También he pensado en él con mi *Satisfyer* en la mano, sí. Pero ahí es cuando le he pensado con más ira que nunca. Es el maldito recuerdo de nuestra sesión de sexo por odio. Por su culpa, no puedo encontrar mi chispa cazando. Ahora quiero pelea y guerra, y no encuentro quien sepa seguirme en ese juego.

Sí, el maldito Luke me ha fastidiado el sexo para siempre y lo ODIO por ello.

En fin. Vuelvo a la conversación con Yulea:

—Brian estuvo con Luke en Nueva York, ¿lo sabías?

—¿Esos dos solos en Manhattan? Qué peligro.

Es oficial entonces: mientras yo he perdido mi toque de cazadora, esos dos han estado acostándose con media Gran Manzana. Y mi amiga aquí esperando a Brian. *Bien*.

—¿Te puedes creer que Brian me escribió mensajes y me videollamó cada noche antes de irse a dormir?

Bueno, quizás solo Luke se ha acostado con media Gran Manzana. Enhorabuena a las ganadoras.

A mí se me ha hecho un nudo en el estómago y no entiendo por qué, pero la cara de enamorada de mi amiga es digna de enmarcar. Nunca la había visto antes así. Sinceramente, me cuesta creer que Brian, con su aspecto, sea de fiar. Es un jugador, como Luke, pero al menos con Yul ha encontrado una rival interesante.

Mi amiga es de todo menos capaz de dejarse pisotear por un hombre. Hoy lleva teñido el cabello como una sirena y es el perfecto complemento para su loca personalidad de la que me siento ridículamente orgullosa.

Yul decide venir conmigo a tomar algo al *Amarcord*. Tenemos que ponernos al día. Yo le cuento mis novedades, excepto el amago de beso con Carlos. No ha significado nada para mí y sé que ella me va a dar la murga con el tema. Odia a mi ex más que yo misma.

Max se acerca a nuestra mesa con esa sonrisa que tanto había echado de menos.

—Hacía mucho que no te veíamos por aquí, Anita. Te perdono porque te has traído a una amiga. ¿Qué tal os suenan unas pastas por cuenta de la casa, bellezas?

—pregunta él, ofreciéndonos de pronto un plato con galletas que trae oculto tras su espalda.

—Algo gratis siempre suena bien —responde Yulea divertida.

—Pues espera a oír mi número de teléfono. Te lo doy gratis cuando tú lo quieras.

Yul y yo nos partimos de risa. Max. Solo Max.

—¿Nos traes un café con leche y un té verde, por favor? —le pido.

—¡Marchando unas bebidas para una bellezas! —se da media vuelta, pero vuelve—. ¿Llegaste a encontrar a Luke, por cierto? Estuvo buscándote. Hace semanas ya.

—Sí, no te preocupes —le miento, pero me extraña su comentario.

Yul me mira esperando explicaciones.

—¿Luke estuvo preguntando por ti en el bar? —me mira traviesa en cuanto se aleja Max.

—No tenía ni idea, pero han pasado semanas de eso.

—¿Debería decirte que llegó ayer y va a quedarse en casa de Brian esta semana?

—¡¿Qué?! ¿Ha venido? ¿Por qué va a quedarse ahí? Su piso sigue en venta.

Entonces caigo. Luke me está evitando. No quiere volver a verme. Y por algún motivo, eso me fastidia más de lo que me gustaría admitir.

Sí, yo le he bloqueado en mi teléfono para evitar tentaciones, pero él está siendo ridículo tomándose tantas molestias para no verme.

—Creo que viene por Ron. Van a ver algo de su proyecto.

—Perfecto. Que se lo pase bien con él. No me interesa.

—¿Seguro? —pregunta con una sonrisa malvada —. Si no te conociera, diría que estás cabreada — apunta ella mortificándome.

Si Luke está en la ciudad, estoy segura de que en algún momento vendrá a ver el apartamento de su tía. Y yo me niego a estar aquí para escucharlo desde mi estudio como una perdedora. No quiero verlo. Lo siento por Sebastián, pero yo hoy necesito ir a la oficina.

32.

pillado

Solo tenía que hacerle caso a su editor. Era tan sencillo como hacer lo que le había pedido su jefe... ¿pero iba Annie a obedecer sin más? Por supuesto que no. Si no, no sería Annie.

Cuando la veo entrar por las oficinas de *AM*, hago un barrido rápido a mi alrededor. *¿Por qué alquilaríamos un espacio sin salas de reuniones ni columnas donde esconderse?*

Annie me ve enseguida y su cara pasa de sorpresa a enfado en medio segundo. Yo estoy al lado de Sebastián mirando los últimos datos de tráfico de la web y comentando los próximos reportajes. Inmediatamente, ella se acerca a nosotros con paso firme. Puedo ver en sus puños cerrados que viene con ganas de guerra.

Lleva un vestido ajustado de color rojo. Es largo y en los tirantes lleva unos volantes que parecen unas alas, pero Anita no tiene nada de ángel. Ella es un demonio de mujer. Lo tengo claro. Ha venido a torturarme.

Sí, y lo va a hacer con sus jodidos pezones. Puede que tengamos el aire acondicionado demasiado fuerte o que mi mente sea demasiado sucia, pero casi puedo imaginármelos erizados por debajo de ese vestido tan fino. *Cuánto los he echado de menos... Un mes ha sido demasiado tiempo sin poder poner mi boca sobre ellos.*

No puedo pensar en eso ahora. No quiero montar una escena y si descubre que soy su jefe, sé que va a enfadarse conmigo. No me cabe duda. Hay demasiada gente aquí para poder canalizar ese cabreo debidamente.

Decido adelantarme saludándola. En una partida, mover pieza primero siempre da ventaja.

—*Red*, ¿qué haces tú aquí?

—Eso venía a preguntar. Yo vivo en este país y trabajo aquí. ¿Qué coño haces TÚ aquí? —replica altiva.

Está tan cerca que puedo oler ese perfume de cítrico y dulce que me obsesiona. Por un segundo los ojos se me van a su cuello desnudo y desearía volver a morderlo. *Joder, hasta su cara de cabreo al verme me ha puesto cachondo.*

—¡Annie! —la llama al orden Sebastián, un poco preocupado por el tono y la cercanía que Annie emplea conmigo—. Déjame que te presente a nuestro je... —empieza a decir Sebastián, pero yo interrumpo su frase.

—... je-jero. *¡Ahem!* Consejero... organizador —improviso. No estoy preparado para contarle que soy su jefe. Especialmente, con esos pezones mirándome.

—¿Consejero organizador? —me pregunta Sebastián extrañado.

—Sí, estaré aquí unos días ayudando con mi visión a Sebastián —miento descaradamente, pero él se da cuenta y me sigue el juego, afortunadamente.

—¿Nos vas a dar tu visión? —responde Annie incrédula.

—Ya te expliqué que sé mucho de revistas. Estoy lanzando una. Por unos días ayudaré en *AM* como consejero, organizador, mentor... emm... emm... —intento pensar en algún puesto más, pero no me sale.

—Déjame que lo adivine. ¿Es un puesto *fluido*? — propone ella poniendo los ojos en blanco. *Está jodidamente sexi cuando se indigna.*

—Exacto.

—Muy bien —responde y pasa a ignorarme. Aparta la vista de mí como si yo fuera insignificante para ella y se centra en conversar con su editor—. ¿Sebastián, por qué no querías que viniera? Está todo el mundo aquí, ¿no? — mira alrededor.

Sebastián me observa sin responder.

—Ha sido mi culpa. Se lo pedí yo —digo sin ofrecer más información.

—Esta es MI oficina, si no te importa. No tienes derecho a pedirme que no venga —apunta antes de volver a ignorarme—. ¿Has podido mirar mi último vídeo, Sebastián?

—Sí, Anita, ya que estás aquí, supongo que puedo comentarte que nuestro... ¿jefe? —dice Sebastián de nuevo comprobando si estoy de acuerdo con lo que dice —... tiene comentarios.

"Comentarios" es un eufemismo. El último vídeo que ha hecho Annie necesita mucho trabajo para estar a la altura de mis expectativas para *AM*. Tiene un buen concepto. El tema, de hecho, me encanta. El flamenco está resurgiendo. Pero ella se ha empeñado en destacar a artistas de siempre en lugar de hablar de los nuevos, que están revolucionando el panorama musical internacional. Sé que se va a cabrear cuando lo escuche, pero es la verdad.

—¡Qué sorpresa! Para variar tiene comentarios. ¿Qué es esta vez? ¿La tipografía le confunde? ¿El ritmo le resulta demasiado lento para sobrellevarlo? ¿Ha decidido que le gustaría que rehiciera el vídeo y lo ponga del revés para ser experimental? —pregunta chulesca, aún ignorándome, a pesar de estar hablando de mí sin saberlo.

—De hecho, creo que —confirma de nuevo Sebastián mirándome— tiene problemas con la música que has elegido.

—¡Por supuesto! Es un vídeo sobre música. ¡¿Cómo no le iba a molestar eso?! ¡*Buff*! —pone los ojos en blanco de nuevo y resopla.

—¿Tu jefe y tú os comunicáis siempre a través de Sebastián? —pregunto incorporándome a la conversación.

—¿Tienes algún problema con eso? —cuestiona Annie.

—Creo que hablaré con él. Es mejor que te escriba directamente su opinión para que no se pierda el mensaje por el camino.

—¿Tú lo conoces?

—De toda la vida —respondo sincero. La cara de Sebastián al escucharme decir eso es de jugador de póker profesional. Tengo que explicarle luego todo esto, aunque no tengo muy claro cómo aún.

—Por qué será que no me extraña. Los imbéciles suelen ir a pares —sentencia ella, antes de dirigirse a su mesa.

Al darse la vuelta para irse, puedo ver en todo su esplendor su culo. Es sencillamente espectacular bajo el vestido de tela fina. Rebota a cada paso haciéndome la boca agua. *Joder, echo de menos agarrarlo.*

En cuanto se sienta en su mesa, del altavoz del ordenador de Annie empieza a sonar la canción "Para no verte más" de La Mosca Tse-Tse. No ha necesitado *bluetooth* esta vez para hacerme escucharla alto y claro.

No me molesto ni en recordarme a mí mismo que es mi empleada y que ella ni siquiera lo sabe.

Fuck my life.

∞∞∞∞

He decidido quedarme con Brian para no ir al piso de mi tía. Eso era muy peligroso. Tampoco quiero ir a un hotel y dejar mi nombre registrado. Es imperativo que nadie sepa que estoy aquí. Así que no tengo muchas más opciones.

Sin embargo, estar bajo el mismo techo que Brian y Yulea es como vivir con un par de adolescentes. Encima, cuando por fin ella se ha ido y he podido ver a mi amigo sin su nuevo apéndice femenino, él me ha acusado de ser un cobarde por quedarme en su casa.

Annie me ha hecho *ghosting*. Me ha bloqueado. Ella a mí. Me niego a volver a convertirme en un perdedor yendo a esa casa. Mi orgullo es lo único que me queda. La dignidad la perdí ya la última vez que vine y no voy a volver a cometer ese error.

—¿No quieres salir esta noche ni organizar nada? — interrogo a Brian.

—Soy un hombre nuevo, hermano —responde encogiendo los hombros y ofreciéndome algo de beber que ha preparado para mí en su mini bar.

La casa de Brian está al lado de la playa. Es moderna y tiene una terraza con vistas impresionantes. Estando aquí me pregunto por qué nunca quiere organizar fiestas en su apartamento. Es mucho más bonito que el de mi tía.

No insisto en salir esta noche. Sé que no le voy a convencer. Tampoco pude hacerlo en Nueva York la semana pasada. Es un hombre enamorado y solo quiere salir a donde esté Yulea. *Qué fácil ha caído.*

—No te reconozco, Brian. ¿Qué te ha hecho esa mujer?

—No sé. Creo que he encontrado a la mujer de mi vida. ¡Yulea es increíble! Imparable. Es peor que yo. Hemos pasado muchos días juntos y sigo con más ganas de volver a verla que antes. Nunca me había pasado algo así. Hemos conectado.

—Te digo yo que son mis vecinas. Son unas brujas. Tienen poder sobre nosotros. No te fíes demasiado —le advierto.

—¿Aún pensando en Anita, hermano? Esa mujer es mi ídolo. ¡Ha superado al maestro en su propio juego! —dice provocándome con malicia—. ¿Has vuelto a saber algo de ella?

—Estaba hoy en la oficina y me ha ignorado, pero Ron me acaba de enviar este mensaje. —Le muestro la pantalla.

> **Ron**: Luke, he tenido un imprevisto. Hasta el fin de semana no llegaré. Dile a Brian que nos organice una fiesta. Invita a tu vecina. Esa mujer es demasiado. Me quedé con las ganas de ella.

Me siento enfermar de solo pensarlo.

—Sabes que me encanta Ron —dice Brian—, pero si voy a caer en el amor, ¡yo quiero que caigas conmigo! Intenta arreglar las cosas con Anita. Hazlo por mí. —Su cara me resulta cómica al decir eso. No puedo evitar reírme.

Brian es lo más parecido a una familia que tengo en el mundo. Me encanta verle así de ilusionado, a pesar de que no me acabo de fiar de Yulea. Desgraciadamente, mi situación con Annie no es como la suya.

Si quiero sobrevivir a esta semana, tengo que centrarme en mi trabajo para que, cuando venga Ron, acceda a darme el capital que necesito y seguir creciendo sin arruinarme.

En mis ratos libres, haré deporte para liberar la tensión y para dejar solos a Brian y a Yulea. Trabajar, entrenar y dormir. Esa será mi rutina esta semana.

No puedo salirme ni un milímetro de mi plan.

33.

una 'viejoven' peligrosa

¿Se puede tener peor suerte que yo? De todas las revistas del mundo, ha tenido que ir a parar a la mía. Y viene a ser "consejero organizador" por unos días. ¡Pfff!

En cuanto me siento en mi mesa, decido que lo mejor es no dirigirle la palabra mientras él esté aquí. Me limitaré a hacer mi trabajo e ignorarlo. Y poner de vez en cuando canciones con mensajes subliminales, como *"abcdefu"* de Gayle. Quizás Luke piense que son para él, pero yo no se lo he dicho.

De pronto, leo esto en mi móvil:

Tienes un mensaje directo de LA93.

Recibo esa notificación en *TikTok* al rato de volver a mi mesa, tras hablar con Sebastián y Luke. No puedo evitar pensar: *"Si ese 93 se refiere al año de nacimiento, quien sea es demasiado joven"*.

LA93: No puedes hacer un vídeo y ponerle esa música. Tiene que ser más sexi.

KryptAnita: ¿Quién coño eres?

LA93: Tu jefe y no estaría mal que me trataras con mejores modales de ahora en adelante.

Mierda. ¿Mi jefe? ¿Y por qué me contacta por *TikTok*? Rápidamente, miro su perfil. No hay fotos ni contenido ni siquiera un nombre.

LA93: ¿No te ha dicho Luke que iba a contactarte sobre tu reportaje de flamenco?

KryptAnita: Sí, es solo que no me esperaba que fuera por *TikTok*, perdón.

LA93: Tu video necesita mejor música. Añade a nuevos artistas y procura hacerlo más sexi. Incluye también palabras sugerentes que inviten a quedarse mirándolo.

KryptAnita: Con el debido respeto, pero ¿es necesario hacerlo "sexi"? Es un artículo sobre música, no sobre sexo.

LA93: ¿Acaso no todo es sobre sexo?

Oficialmente, acabo de descubrir que mi jefe es un pervertido. Empezamos bien la semana.

∞∞∞∞

Tres días más tarde

Aquí sigo, retocando un maldito video. Menos mal que mi compañerx de mesa, Pau, me ha echado una mano esta semana. Tiene demasiada paciencia conmigo. Sí, incluso cuando hace semanas le dije una tontería como que yo soy no binaria... pero de edad.

—Yo me siento *viejoven*, Pau —confesé.

—Créeme, no es lo mismo que ser no binario —me aclaró.

—Lo sé, pero yo me ofendo si alguien me llama señora por error. Así que entiendo que te enfades conmigo cuando me equivoco con tus pronombres. Lo siento de verdad. —Quise que mi cara le mostrara que realmente lamento ser tan torpe a veces.

—Si lo haces sin querer no me voy a enfadar contigo, Anita, pero puedo empezar a llamarte *señora* de vez en cuando si te equivocas muchas veces. Ve con cuidado —me advirtió y lxs dos sonreímos.

—Eres la única persona que tiene permiso para llamarme *señora*, Pau. Lo digo en serio. Al último que lo hizo le clavé las uñas —le dije y no pude evitar acordarme de Luke—. Soy una *viejoven* peligrosa.

Era una broma, pero desde ese día Pau me llama siempre así y empieza a gustarme mi apodo. Además de eso, siempre me ayuda con el programa de edición de videos. Me encanta empezar a tener amigxs en AM.

Siento que por fin estoy encontrando mi sitio, aunque tengo que aprender a pensar más *fluido*. Sebastián me lo recuerda siempre. Lamentablemente,

Pau no ha venido hoy y yo estoy sola peleándome con la última ronda de requisitos sinsentido del misterioso LA93. Me pregunto qué significarán esas dos letras.

Cuando por fin tengo mi video listo, por sexta vez esta semana, se lo envío. Tarda medio minuto en responderme.

> **LA93:** ¿Lola Flores? ¿Has puesto una canción de 1991? Somos una revista de tendencias.

> **KryptAnita:** El flamenco está de nuevo de moda. Es el tema del reportaje.

> **LA93:** El flamenco puede que sí; la Faraona, no. Pon otra canción, Lola.

¡¿Me ha puesto un mote?! ¡Como si no tuviera suficiente con los de Luke!

Yo me he tenido que morder la lengua. Quería preguntarle que si lo que le molesta es que la canción se grabara antes de que él naciera. ¿Y él se salta todas las normas profesionales llamándome Lola? Venga ya.

> **KryptAnita:** Me llamo Anita. No Lola. ¿Podemos reunirnos, por favor? Creo que hablando y viéndonos las caras nos entenderíamos mejor.

> **LA93:** ¿No hiciste tú un reportaje sobre identidades secretas hace poco? Pensaba que no te gusta que sepan quién eres.

> **KryptAnita:** Puede ser, pero no estaría mal saber quién es mi jefe.

> **LA93:** Créeme, no te gustaría saberlo.

¿Qué coño significa eso?

KryptAnita: Al menos, me ayudaría si tuvieras algo publicado en tu cuenta para ver tu estilo o lo que te gusta.

LA93: Si tanto te interesa, lo que a mí me gusta es esto: [Enlace a MI vídeo sobre sexo por odio]

KryptAnita: ...

¿Qué puedo responderle a eso? Está claramente pirado.

¿Él puede ponerme un mote? Yo puedo organizar un pequeño concurso entre mis compañeros para jugar a inventarnos qué podrían significar sus siglas.

Puede que esta semana haya sido la primera vez que hemos hablado directamente, pero lleva meses torturándome a través de Sebastián. A mí y a otros (aunque parece que conmigo tiene predilección).

El equipo de redacción ha sido muy creativo. Lerdo Absolutista 93 y Lunático Agilipollado 93 ganan como opciones más votadas. Las dos me parecen apropiadas para describirle. También Loco Analfabeto 93. Ese lo he propuesto yo, pero hay muchas más. Hay tantas opciones buenas que decido hacerme una lista en un *post-it* y la pego en mi pantalla, para al menos reírme de él mientras tengo que hacer todos los cambios que me pide.

Son las siete de la tarde y todo el mundo se ha ido ya a casa. Yo sigo editando un video para el Listillo Agobiante 93 cuando veo abrirse el ascensor de la oficina. Aparece Sebastián hablando con Luke. No sé si me ven, pero no me saludan. Esos dos apenas se han separado en toda la semana.

¿Me pone nerviosa ver a Luke en mi oficina? Definitivamente sí, pero gracias a que mi jefe —

Lechuguino Agriado 93— me ha tenido tan ocupada, casi no he podido ni pensar en ello. Casi.

El maldito Luke hoy lleva un traje oscuro y está más guapo que de costumbre. Se ha dejado un principio de barba que le da un aspecto más maduro. Me encanta eso. No lo puedo remediar.

Cuando Luke trabaja, se quita la americana. Debe estar haciendo mucho deporte últimamente porque sus camisas le quedan jodidamente ajustadas y marcan todos los músculos de su espalda que ni sé nombrar.

Hoy lleva la camisa arremangada. Otra vez. Sé que lo hace a propósito. Me pilló mirando sus antebrazos hace dos días y desde entonces, esas mangas no han vuelto a bajar.

¿He desayunado yo cada día de esta semana un plátano dramáticamente en la cocina de la oficina, que casualmente está delante de su mesa? Puede que también. Si quiere jugar a buscar lana, va a salir esquilado.

Yo desayuno todos los días una banana a media mañana. Del estado de sus mangas depende que me la coma rápidamente en mi mesa y sin ceremonia o que vaya a tomármela a la cocina recreándome. Disfrutándola. Sin prisa.

Es tarde, así que decido centrarme en acabar los últimos cambios e irme de una vez a mi casa. Cuando por fin tengo listo mi video, se lo envío a mi jefe de nuevo. Antes de marcharme, paso por el baño. Cuando vuelvo solo está Luke en la oficina. La tensión de compartir espacio con él durante cuatro días se agrava si solo quedamos nosotros dos. Al pasar hacia mi mesa por delante de la suya, él me mira, pero no me dice nada.

Llevamos días sin hablarnos. Creo que es un juego. Otro más. Pero este lo voy a ganar yo, porque no voy a decirle nada. Mi mente se concentra en mañana para no caer en la tentación. Sí, porque he quedado con Yul para ir al *Muchas Flores*. Mi local favorito. Me encanta. Ponen flamenco y está lleno de turistas. Es mi coto de caza por antonomasia.

Brian saldrá mañana de fiesta con "sus amigos" (imagino que es el eufemismo que usa Yul para no decirme que estará con Luke) y nosotras saldremos de caza. Estoy deseando volver con ella a mi local. No puedo esperar a quitarme a mi no-vecino de la cabeza con un nuevo sello en mi pasaporte.

Ya estoy empezando a recoger mis cosas cuando recibo una notificación.

> **LA93:** Este video está mucho mejor, Lola. ¿Podrías incluir un artista que no mencionas? Se llama C. Tangana. Es mi favorito.

Señoras y señores, a mi jefe le gusta el flamenco. Eso sí que es una sorpresa.

> **KryptAnita:** Insisto en que me llamo Anita. Voy a ver cómo lo introduzco en el video.

No puedo evitar bufar. Me encanta usar mi cámara. Me divierte escribir. ¿Pero editar videos? A eso estoy aprendiendo desde que empecé a trabajar aquí. Se me da mucho mejor ahora que hace unos meses, pero aún me cuesta manejarme con la soltura de mis compañeros.

Cuando mi ordenador se queda paralizado al intentar hacer un cambio, no puedo evitar gruñir entre dientes: "¡Te odio, Loco Anormal 93!".

De pronto, Luke se acerca a mí.

—¿Problemas? —pregunta.

—No.

—¿Está parado? —Señala mi pantalla con un gesto de cabeza.

—Hace esto a veces cuando quiero hacer un cambio y no le aviso antes —bromeo, pero estoy bastante cabreada. Con el ordenador, con mi jefe y con Luke.

—¿Puedo echarte una mano?

Sin esperar a que le diga nada, empieza a tocar programas en mi ordenador y mi editor de video vuelve a la vida, como por arte de magia. *Malditos nativos digitales… ¡Argh!*

—Gracias —digo a regañadientes.

—De nada... *Red*, ¿puedo verlo? —Señala el video que estoy editando.

—Claro. Puede que el misterioso LA93 me tenga haciendo cambios eternamente y nunca llegue a ver la luz. Al menos, lo verás tú.

Sonríe y le da al botón de reproducir. Mira muy atento el vídeo.

—Esto está muy bien.

—Está quedando mejor, sí, pero te juro que odio a tu amigo. Es un imbécil. Se lo puedes decir de mi parte cuando lo veas..

Se ríe e incluso con barba puedo ver sus hoyuelos. Quiero arrancarme los ojos para no sufrir viéndolos.

—Es tu jefe —me advierte—. No le puedes llamar imbécil, Smith.

—Créeme, le llamo cosas mucho peores, *Gil*.

Hacía tiempo que no lo llamaba por ese apellido. Luke se ríe cuando lo escucha.

Cojo mi *post-it* enganchado a la pantalla y se lo enseño.

¿Soy yo o se está cabreando al leerlo?

34.

tú ganas

Cojo una silla y la ruedo para sentarme al lado de Annie a leer el *post-it* que me ha dado. Miedo me da.

—¿Listillo Adinerado 93? —pregunto.

—Nadie nos quiere decir nada de él. Solo sabemos que debe llamarse *LA*, que es un niño rico y que lo odio. Junta A, B y C y te sale esa lista —explica y da una voltereta a un bolígrafo que tiene en la mano. Sonríe divertida cuando lo recoge perfectamente al vuelo.

—¿Lunático Acabado? ¿Lerdo Atolondrado? ¿Loco Absolutista?... ¡¿Con una Lombriz Anticlímax?!

Intento recordarme que ella no sabe que me está diciendo todas esas cosas a mí. *¡Grrr!*

—Sí, estoy convencida de que es malo en la cama. Por eso lo paga conmigo, torturándome con miles de cambios

—dice ella recostada en su silla apoyando un codo en el reposabrazos. Lleva una falda larga con una raja que deja sus gloriosas piernas al descubierto.

—¡No es malo en la cama! —reacciono sin pensar.

—¿Y tú cómo lo sabes? —pregunta con cara traviesa. Annie tiene ganas de jugar...

—LA... de Locamente Apasionado.

—Tú no sabes jugar a ponerle nombres. El departamento de diseño ha propuesto los mejores, no te preocupes.

—¡¿Esto lo has hecho con más gente?! —pregunto indignado.

—¡Ha participado hasta Sebastián! —reconoce orgullosa... y yo no puedo evitar reírme de eso porque él sí que sabe mi nombre—. Tu amigo me ha llamado *Lola*. Dos veces. Se lo ha buscado. Por lo visto, ya no eres el único al que le gusta ponerme motes —me da un codazo en broma y me quita el *post-it* de la mano para que no siga leyendo.

Nuestras sillas están juntas y los dos sonreímos con lo que Annie acaba de decir.

Nuestras manos se tocan con el *post-it* entre ellas. Es un instante, pero se alarga porque ninguno de los dos aparta realmente los dedos. Nuestras piernas están juntas y se rozan. Los dos nos quedamos quietos.

Pasamos de mirar nuestras manos, que siguen ligeramente unidas, a buscar ambos la mirada del otro. Annie tiene su maldita boca abierta. La misma que me vuelve loco con cada palabra que sale de ella. No puedo evitar mirarla. Ninguno de los dos sabe qué decir. La raja de su vestido es una tortura. Llevo buscando su piel como un adicto durante cuatro días. La jodida forma en la que ha decidido torturarme comiendo plátanos tampoco me ayuda.

He intentado concentrarme en mi rutina, pero nada funciona para quitármela de la cabeza. Especialmente cuando la mejor parte de mi día es el rato en el que me peleo con ella por mensajes fingiendo ser... *¿yo mismo?*

—Annie, yo... —le digo y no puedo evitar mover la mano que tengo libre hacia su pierna.

Ella traga y responde separándolas ligeramente.

Estamos solos.

Nos acercamos lentamente y nos quedamos apenas a un centímetro. Sé que, en cualquier momento, ella se va a apartar y va a decir que esto es un error, pero no puedo evitar seguir subiendo mi mano por su pierna. La muevo hasta llegar casi a su culo y ella no dice nada. Solo me mira respirando entrecortado con la boca abierta pidiéndome sin palabras que ponga mis labios sobre los suyos. Aprovecho esa posición para aproximarla más a mí y ella queda tan cerca que prácticamente aspira el aire que sale de mi boca... pero seguimos sentados, cada uno en su silla.

—Luke...

—Cuidado, Annie —le advierto en un susurro que hace que nuestras bocas se rocen.

—¿Por qué? —pregunta ella y roza su nariz con la mía. Con su boca aún abierta busca la mía sin llegar a encontrarla.

Ninguno de los dos quiere dar el paso de besarnos. Es un juego.

—Solo me llamas así cuando follamos. Si lo repites... —me muerdo el labio para contenerme. Está demasiado cerca. Es demasiado fácil caer.

—Luke, voy a tener que usar tu nombre de vez en cu... ¡Ahhh! —exclama ella sin acabar la frase cuando, con la mano que tengo en su culo, la acerco a mí. Ayudándome con la otra, la coloco encima de mi silla a horcajadas.

Annie me mira sorprendida, pero se sostiene en mis hombros sonriendo y respirando intensamente. Admito mi derrota y me lanzo a besarla desesperado. Ella me responde con la misma pasión.

Mis manos veloces suben su vestido por encima de su culo. Lo estrujo de pura satisfacción por poder tocar su piel sin barreras. Lleva un jodido tanga que me deja manosearlo a placer. Ella mueve las caderas para acercarse a mí y en ese momento sé ya que no voy a poder parar.

—Joder, Annie... —Me aparto.

Tengo que decirle que soy su jefe. Sé que es lo correcto. Me separo para tomar aire, pero ella niega con la cabeza.

—No digas nada, por favor. Ahora no quiero hablar —me advierte y me coge de la camisa para volver a besarme.

Maldigo la idea de escoger un local sin oficinas con puertas, pero no sé si podría moverme de aquí ahora mismo igualmente. Me da igual todo. No me importa que estemos al lado de unos ventanales enormes y seguramente nos pueda ver medio barrio. Que disfruten del espectáculo. No puedo dejar de besarla y de tocarla como un desesperado.

Llevo soñando con su piel durante más de un mes jodidamente interminable.

Cuando Annie ya me ha arrancado los botones de media camisa, se oye el ruido del ascensor y los dos nos miramos con pánico. Se abren las puertas y aparece el guardia de seguridad que viene a cerrar las oficinas. Annie da un brinco y baja al suelo. Yo me pongo de pie a su lado. Nos adecentamos rápidamente lo mejor que podemos. Por más que yo lo intente, no puedo ocultar la erección dolorosa que tengo entre las piernas.

—Buenas noches —saludamos los dos avergonzados al unísono al agente de seguridad.

—¡Oh! No sabía que aún quedaba gente... Os dejo acabar, ¿no?... *emmm*... En una hora subo... ¡Buenas noches! —Vuelve al ascensor tan rápido que parece que le hayamos pillado nosotros a él y no al revés.

Cuando lo veo desaparecer, resoplo aliviado, pero entonces me doy cuenta de que Annie está cogiendo su bolso y se dirige a la escalera.

—¿Qué haces? —le pregunto, aún con una tercera pierna pidiendo guerra.

—Irme —me aclara—. Cuanto antes. Esto ha sido una completa locura. ¿Y si no hubiese llegado el agente de seguridad? ¡¿Dios, cómo soy tan imbécil?! —se pregunta a sí misma—. ¡Luke, yo trabajo aquí!

—¡¿Y yo no?!

—No es un trabajo por unos días como consejero organizador o lo que sea que estás haciendo aquí. Este es mi trabajo. El único que tengo. A mí me importa. Lo necesito. Por fin tengo amigos aquí y no quiero arriesgar todo por un calentón. Lo siento, pero este *jueguito* —apunta señalando entre nosotros— tiene que acabarse. Tú ganas, ¿vale? Se acabó.

35.

bienvenidos al muchas flores

Día siguiente, Viernes, 20 de mayo

Pensaba que esta semana no iba a acabarse nunca. Después del episodio que vivimos anoche en la mesa de Annie, ella no ha aparecido hoy por la oficina. No he tenido valor de escribirle ni como LA93.

Me dijo que yo ganaba el juego antes de irse, pero yo me siento como un perdedor y un imbécil. Lo estoy haciendo todo mal con ella.

Al menos, hoy Brian ha querido que vayamos a tomar algo juntos. Necesito quitarme a Annie de la cabeza, aunque solo sea por unas horas.

Al entrar al garito que Brian ha elegido, lo primero que pienso es que el amor le está haciendo perder su toque mágico. Eso tiene que ser. Normalmente, Brian me lleva a las discotecas más exclusivas; a sitios que no aparecen aún en los mapas; a eventos en casas de la élite... Esta vez, me ha traído a una especie de sala de fiestas hortera. Este sitio es una mezcla entre un tablao y una fiesta tropical. Definitivamente no es su estilo.

—¿Dónde me has traído? ¿*Muchas Flores*? —le pregunto.

—¿No te gusta el sitio? Lo ha escogido una amiga tuya.

—¿Qué amiga? —planteo con miedo.

—La alumna que ha superado al maestro. Mi ídolo personal.

—¡¿Annie?! ¿Sabe ella que estamos aquí? —añado nervioso.

—Más o menos —responde Brian sin darle importancia.

—Brian. No. Se va a cabrear conmigo si aparezco aquí sin más.

—Que yo sepa, siempre que os he visto, ella está enfadada contigo. Ya no es novedad. Yulea me ha dicho que iban a venir aquí. He pensado que podíamos venir todos. No te va a matar con tantos testigos. Tranquilo, hermano.

Claramente, Brian no conoce a Annie.

Los diez minutos que tardan en llegar se me hacen eternos. Quiero irme. Solo la idea de estar en la misma sala que ella me ha encogido el estómago. Es ridículo, pero no quiero irme de aquí sin verla, al menos una vez más. Podría ser la última.

De pronto, la veo a lo lejos. Está hablando con Yulea. Si pensaba que la ropa que ha llevado esta semana a la oficina era un tortura, me equivocaba; está aún más guapa de lo que la he visto nunca, si es que eso es posible.

Lleva un vestido corto de color morado con flecos por todo el cuerpo. Están cortados en filas y cuando los mueve parecen volantes que se menean a cada paso. Su melena de lado está imposiblemente rebelde y arde de rojo. Sus sandalias doradas brillan a cada paso que da, reclamando que alguien se ponga a sus pies para venerarla como la diosa que es.

Mis ojos no pueden separarse de esa visión. Ella se ríe con su amiga, ajena a mi mirada sobre ella. Hace un día muy caluroso para ser aún primavera. Falta más de un mes para el verano, pero estamos en plena ola de calor y el ambiente es denso. El local es pequeño y, definitivamente, hay demasiada gente. Suena flamenco. Lo tengo claro: estamos en su terreno.

Ella se va directa a la barra y el camarero la saluda con un abrazo antes de empezar a prepararle una bebida. Estoy tan atento a ella que ni siquiera me doy cuenta de que Yulea ha venido a saludar a Brian, que está a mi lado.

—¿Qué hace este aquí? —pregunta Yulea.

—Hola, vecina —saludo apartando mis ojos de Annie—. Mi amigo no te deja ni una noche tranquila, ¿eh? —intento bromear. No quiero que me odie, especialmente si ella significa tanto para Brian. Voy a tener que aceptar que ella le gusta tarde o temprano.

Ella le sonríe y lo mira enamorada. Entonces se acurruca bajo el brazo de Brian con naturalidad y él le devuelve la misma expresión. No puedo evitar que ese gesto me afecte. *¿Quiero yo que Annie me mire así?* Vuelvo a buscarla entre la gente.

—A Annie no le gustará verte aquí —apunta Yulea.

—Lo sé. No sabía que iba a venir. Me lo acaba de decir Brian. Creo que lo mejor es que me vaya.

—¿De verdad te vas a ir, hermano? El Luke que yo conozco no se deja una partida a medias —me dice bajo la atenta mirada de su chica.

Yulea resopla y pone los ojos en blanco. Su cara después de eso me deja claro que no confía en que vaya a poder acercarme a Annie.

—Buena suerte, *hermano* —imita Yulea a Brian, lo que provoca su sonrisa—, pero te digo que la tienes muy cabreada.

—No es la primera vez —apunto.

—Yo te la he traído hasta aquí. Es tu turno de hacer tu magia —me anima Brian.

Miro a mi amigo, que me devuelve una sonrisa traviesa. No voy a negar que una parte de mí le agradece que me haya traído hasta aquí, pero otra tiene miedo a la reacción de Annie.

Aún estoy lejos de ella y no creo que me haya visto cuando empieza a sonar "Ingobernable" de C. Tangana. Sé que le gusta esa canción porque lo dijo el primer día que la conocí, cuando interrumpió mi fiesta. No sé por qué me acuerdo de eso. Recuerdo cada jodido detalle relacionado con Annie. También sé que le gusta el flamenco, lo que desconocía es que sabe bailarlo... y es un espectáculo verla.

El calor hace que su cuerpo caliente brille por el sudor. Sus manos se mueven con la música haciendo bucles en el aire e hipnotizándome. Una luz blanca cae sobre ella en la oscuridad. Si pensaba que estaba preciosa de frente, no estaba preparado para lo que me esperaba por detrás. Su vestido deja su espalda completamente al descubierto. Creo que me quedo boquiabierto como un idiota.

Sus sandalias empiezan a repicar al ritmo de las palmas. Sus caderas se mueven meneando todo su vestido de flecos. Una mano coge su falda y la otra se mueve en círculos, embrujándome.

No quiero acercarme. No me gusta estar en medio de tanta gente. Yo juego mejor desde los laterales, pero mis pies no piden permiso. No es nuevo ya que mi cuerpo no puede resistirse a ella.

Un desgraciado se pone a bailar a su lado, intentando acercarse, pero ella baila sola. Es ingobernable, como dice la canción.

Sin pensarlo, me pongo frente a ella. Su cara cambia de expresión en cuanto me ve. Creo que tarda un segundo en reconocerme. De pronto, niega con la cabeza y sigue bailando. Sola. No me quiere aquí.

Yo intento torpemente seguir el ritmo a su lado. Nunca en mi vida me había sentido tan guiri como en ese momento. No me mira, pero puedo ver su sonrisa contenida. Se está riendo de mí. *Bruja.*

Me esfuerzo en bailar tan bien como puedo, pero solo consigo hacerla reír más. Ella se apiada de mí y baila a mi alrededor. No puedo dejar de mirarla.

A los tortolitos solo les faltan palomitas para ver el espectáculo, pero he llegado hasta aquí y no me voy a ir sin hablar con ella.

Cuando la canción acaba, Annie se va en dirección a la terraza del local, pero la cojo del brazo antes de llegar.

—¿A dónde vas?

—Necesito tomar el aire. Hace calor. Quiero fumar.

—Tú no fumas —apunto.

—¿Y tú qué sabes lo que yo hago o dejo de hacer?

—El tabaco es malo, Annie —insisto.

—Los hombres también. Al menos, los cigarros te avisan y no se andan con juegos. —Se dirige de nuevo a la terraza, pero antes de llegar para en seco—. Dime una cosa: de todos los bares del mundo, ¿también tenías que venir al mío?

—No ha sido cosa mía. Ha sido Brian. Yo no sabía que ibas a estar aquí.

—Por supuesto, ya sé que tú no quieres ni acercarte a mí. No quieres estar ni en el mismo edificio que yo vivo.

—Annie, no tienes derecho a estar cabreada por eso. No quisiste ni despedirte de mí la última vez que estuve aquí. Me tienes bloqueado en tu teléfono.

—Claro, porque tú dijiste adiós a tus modelos y cantantes, ¿verdad? ¿Sigues hablándote con ellas? ¿Por qué debería pensar que yo iba a ser distinta y que a mí sí ibas a llamarme?

Touché.

—Annie, ¿qué puedo hacer para que no te cabrees conmigo?

—Quitarte la barba, para empezar —dice de pronto.

—¿Por qué? —sonrío— ¿No te gusta? Dicen que parezco más mayor con ella.

—Pero sigues sin tener treinta —responde ella.

—Los cumplo en una semana —Su cara de sorpresa no me detiene—. Y tú tienes 38. Te busqué en internet. Ocho años no son tanta diferencia.

¿Estoy confesándole que me he acordado de ella? Sí y no consigo que me importe.

—Ya se me había olvidado. Detective Gil, siempre averiguando lo que no quiero contarte. Ya sabes mi nombre y mi edad. Dos cosas que no quería contarte. Enhorabuena —apunta aún enfadada.

—Sí, supongo que hay cosas que no cambian. Como que eres muy cabezota y que prefieres aferrarte a tu orgullo antes que admitir que tenías tantas ganas de verme como yo a ti.

—Eso no es verdad.

—Y también sigues siendo tan mentirosa como siempre.

Abre la boca, pero la cierra antes de poder responder. Aprovecho que tiene la guardia bajada para acercarme a ella. Recibo de nuevo su olor, que me ha obsesionado desde la primera vez que lo olí. Baja la cara para dejar de mirarme, pero yo cojo sus mejillas para encontrar sus ojos grises de nuevo. Acerco mis labios a los suyos, lentamente. Quiero darle tiempo de pararme, si es lo que quiere, pero no lo hace.

—Annie, ¿de verdad no quieres verme más?

No habla, pero abre suavemente los labios y no puedo esperar más. La beso como llevo soñando con hacer desde que ayer el maldito guardia de seguridad nos paró. Como llevo semanas echando de menos.

La reacción de nuestros cuerpos es desesperada. Nuestras manos se exploran con añoranza, como si necesitaran con urgencia el tacto del otro. Annie emite un dulce gemido en mi boca antes de poner las manos en mi pecho y separarnos. Veo como unas lágrimas aparecen en su cara.

Se va diciendo solamente "no puedes hacerme esto". Y yo no puedo pararla.

Sé que haga lo que haga, voy a cagarla con ella. Y aún así, soy incapaz de alejarme. Simplemente, no puedo hacerlo.

36.

perder

Aparentemente, no ha sido suficiente con perder quince años con Carlos, ahora quiero jugar con fuego con un *playboy* que vive en la otra punta del mundo. Sí, porque soy masoquista.

Hoy iba a ser un buen día. No iba a ir a la oficina para no verlo. Tenía mi clase de flamenco que siempre me ayuda a desahogarme y por la noche iba a salir con Yul a cazar, pero no conseguía apartar el maldito beso con Luke de mi cabeza.

En cuanto lo he visto en el *Muchas Flores*, aunque me ha dado risa verle bailar flamenco, no he podido evitar pensar que dejarse llevar era una buena idea. *¡¿Pero qué narices me pasa con él?!* Ni diez minutos he tardado en caer rendida en sus brazos.

Con su nueva barba, su mirada traviesa y esa forma en que tiene siempre de retarme... Nunca había deseado tanto odiar a alguien... y necesitado tanto volver a tenerlo entre mis piernas.

Mi pobre gata me mira desde la esquina como quien mira a una loca. No le falta razón. *Sí, Bohemia, ni yo misma me entiendo.*

Le envío un mensaje a Yul para que no se preocupe por mí. Me he ido del *Muchas Flores* sin siquiera despedirme. Quiero estar enfadada con Brian por la encerrona, pero lo cierto es que no importa donde vaya: Luke siempre está ahí de una forma u otra.

Incluso antes de que él llegara esta noche, yo no dejaba de pensar que nadie me hace sentir el fuego en el vientre de la forma que él lo hace. Cazar ha perdido la gracia porque solo Luke consigue encender cada poro de mi piel con tan solo mirarme.

Maldito, maldito, maldito.

Me quito la ropa y voy a la ducha. Necesito pensar, pero el agua no me da la claridad que busco. Al salir me pongo un camisón ligero. En plena ola de calor, es lo más fresco que tengo. ¡Cómo echo de menos el aire acondicionado de la casa de Carlos! Por lo demás, no me acuerdo ya de él, la verdad; aunque mañana tenga que volver a verlo para firmar nuestro "divorcio hipotecario", como lo llama Yul.

De pronto, escucho un ruido en el rellano. Solo puede ser Luke. Si ha traído a una de sus conquistas a casa, no sé ni cómo voy a reaccionar. Quemarle la casa parece excesivo, pero seguro que se me ocurre algo un poco menos radical que le mande el mismo mensaje.

—*¿Cuál fue el motivo del incendio, señora Smith? ¿Celos?*

—*No. Eso seguro que no, porque a mí Luke no me gusta. Por lo tanto, no pueden ser celos. Por cierto, agente, ¿podría no llamarme señora? Sino, le quemo la casa también a usted.*

Así imagino mi conversación con la policía.

Me acerco a la mirilla y lo veo. No ha venido con nadie. Solo con su maleta. ¿Viene a quedarse en su piso? Lo veo cerrar la puerta y meterse en su casa.

Resoplo de pura frustración. Sin palabras me ha lanzado una ofrenda de paz… *¿o es de guerra?*

¿Cómo puede afectarme todo lo que hace?

Paso de querer matarle a necesitar que me arranque la ropa en cuestión de segundos. Me voy a volver loca.

Sin pensarlo, me veo dirigiéndome en piloto automático hacia su puerta, pero me quedo ahí. No sé ni cuánto estoy solamente mirando su timbre, pero decido no hacerlo. Cierro mi mano en un puño tan fuerte que mis propias uñas me hacen daño. No puedo tocarlo.

Vas a sufrir, Annie. Vas a sufrir. Es el mantra que suena en mi cabeza, como un maldito Pepito el Grillo. No lo puedo ignorar, así que me doy media vuelta y vuelvo hacia mi casa... pero entonces oigo el ruido de una puerta abriéndose.

—¿Annie? —me llama Luke.

Me giro, pero instintivamente cubro mis pechos con los antebrazos, a modo de escudo. Mi camisón gris claro se ha mojado con mi pelo, que está húmedo tras la ducha. La tela sedosa está pegada a mi piel.

Él solo llevaba unos calzoncillos que caen bajos en la cintura. No quiero recrearme en su pecho desnudo ni en ese ese triángulo bajo sus abdominales que no debería marcar el camino que siguen mis ojos. No quiero mirar su brazo, que está tan musculado que tiene pequeñas estrías cerca de la axila que lo hacen brutalmente real y mucho más sexi. Y lo peor es que ya no sé si es peor seguir recreándome en su cuerpo o mirar a esos ojos que siempre me retan. Eso es casi más tentador.

No sé ni qué decirle. Tardo un instante en ser capaz de responder. Él se queda mirándome de arriba abajo, con sus ojos aguamarina que siempre parecen estar dispuestos a provocarme. Está sonriendo. Piensa que vengo a buscarlo. *¿Es verdad?*

—No sé qué hago aquí. Tú y yo no tenemos sentido.

—¿No? —pregunta extrañado.

—Es todo un juego. Somos como el ratón y el gato, pero no tenemos nada en común, de verdad.

—¿Crees que solo me gusta eso? Annie, contigo aún sé no quién persigue a quién. Eres la persona más desconcertante que he conocido en toda mi vida. Nunca sé qué esperar cuando estoy contigo. No te entiendo, pero me vuelve loco todo lo que haces. Además, ¿quién dice que no tenemos nada en común? A los dos se nos da bien bailar flamenco —coloca un mechón de mi pelo mojado detrás de mi oreja y yo no puedo evitar reírme al escuchar eso.

Estamos en medio del rellano. Su puerta está al lado del ascensor. Me da tanta rabia todo que las lágrimas me pican en los ojos intentando salir. Luke se acerca a mí y yo me aparto. Poco a poco nos alejamos de la puerta de mi casa y nos acercamos al ascensor.

—No puedes hacerme esto. No vives aquí, pero estás en todas partes. En este edificio, en mi trabajo, en el maldito Muchas Flores... Te has metido hasta en mi cabeza. Quiero poder odiarte y que me des igual. ¡Pero no me dejas!

—¿Y tú crees que tú no te has metido en mi cabeza? —me coge las mejillas—. Vivo obsesionado con tu olor, con tu pelo y tu maldito cuello —lo acaricia con sus dedos—. También con tu boca, que me tiene embrujado... —No puedo evitar restregarme con su pulgar cuando lo pone sobre mis labios.

—Luke, por favor, no juegues más conmigo.

—Quiero entenderte, Annie. Estabas enfadada porque no había venido. Ahora estoy aquí y has venido a mi puerta. ¿Qué quieres de mí? —me pregunta.

—Yo no puedo querer nada —admito—. Y tú no vives aquí.

—Razón de más para aprovechar el tiempo que tengamos, *baby*. —Acaricia mi cara entre sus manos.

—Joder, no me llames así.

—No puedo dejar de hacerlo. Cabrearte es la única forma que sé para conseguir que me dejes volver a besarte.

Es demasiado. No puedo resistirme a eso.

Abro la boca y la acerco a la suya. Busco sus labios con los míos suavemente. Es apenas un beso, con sus manos en mis mejillas, pero cuando mi cuerpo se acerca al suyo, con un gruñido él responde empotrándonos a los dos contra el ascensor.

Sin aviso, pasamos a devorarnos el uno al otro en medio del rellano. Es un espacio pequeño, con baldosas antiguas de colores, paredes amarillentas que necesitan una capa de pintura desde hace demasiados años e iluminación blanca poco sensual.

Sin embargo, la imagen de Luke en calzoncillos aplastándome contra el ascensor mientras yo estoy en camisón con el pelo mojado, me parece propia de una visión. En concreto, somos un anuncio de *Guess*. Pura sensualidad. Llevamos demasiado tiempo cocinando este momento. Mis manos le agarran fuerte por el cuello y van rápidas a despeinar su pelo; las suyas, atrapan mi pierna y la suben para acercarme a él, apretando con fuerza. No sé si él se acordará de mí después de esta noche, pero yo quiero guardar este instante en mi cabeza para siempre.

En ese momento, oímos a un vecino del noveno piso salir de su casa y empezar a bajar las escaleras. Nos miramos con pánico, pero nos sonreímos. Estamos los dos demasiado desnudos en medio del rellano. Somos como niños a los que les pillan en una travesura. Rápidamente, me coge de la muñeca para dirigirme hacia su casa.

Ya con la puerta cerrada, dejo las llaves que llevo en la mano en el primer sitio que encuentro porque quiero disfrutar de su piel. Empezamos a besarnos de nuevo y él nos dirige hacia la habitación, pero yo no quiero ir a la cama de la señora Gloria. Me parece demasiado raro.

Lo paro y creo que me entiende sin tener que decírselo. Nos quedamos en la cocina besándonos. Volvemos a sonreírnos por el momento tan absurdo que hemos vivido en el rellano. Su mirada me tiene hipnotizada. Sus ojos son los de un hombre enamorado, aunque sé que eso es imposible.

—Luke —digo entre besos—, ¿qué estamos haciendo?

—No sé, pero no quiero parar.

—Necesito saber que esto va a ser una noche. No más —le suplico.

—¿Mismas normas que la última vez?

Asiento y él resopla, aceptando. Mientras tanto, sus manos juegan a acariciar mi cuerpo por encima de la fina tela de mi camisón. Vuelve a besarme lentamente. Su lengua se recrea invadiendo mi boca, que lo recibe con placer. Podría estar horas solo así. No me cansaría nunca de las sensaciones que siento cuando sus labios están sobre los míos.

Poco a poco nuestros besos se vuelven cada vez más intensos. Mis manos, que han explorado cada centímetro de su pelo y su torso, bajan hasta su paquete. Él me responde, con la mano bajo mi camisón.

—¡¿No llevas bragas?! —dice al acariciarme la entrepierna.

—Hacía calor —Luke contiene una carcajada al oír mi respuesta.

—*Buff*, me vas a volver loco, Annie.

De pronto, me da la vuelta y levanta mi camisón. Baja hasta ponerse de rodillas y me da un mordisco en la nalga. El dolor solo incrementa mi placer. Abro mis piernas desde atrás y suavemente coloco mi rodilla encima de la esquina de la encimera para darle completo acceso a mí. *Dios, su nueva barba contra mi piel desnuda...*

Empieza a lamerme comenzando por mis piernas, pero no olvida nada por el camino. No es que yo necesite lubricarme llegado a ese punto. Mi vagina reacciona instantáneamente cada vez que Luke me toca. Sus manos estrujando mi culo me mantienen en posición para que él me devore sin piedad. Estoy muy cerca, pero él se detiene, no sin antes darme un último mordisco en el cachete. Se levanta y se quita el calzoncillo sin apenas apartarse de mí. No quiere que me mueva... y yo no tengo intención de hacerlo.

No sé ni de dónde saca un condón y se lo pone a velocidad ultrahumana. Está claro que está siempre preparado. Se acerca a mí desde atrás. Girando mi cuello puedo ver su polla completamente erecta, buscando mi entrada. Instintivamente, arqueo mi espalda para dejarle el acceso fácil. Lo quiero dentro de mí. El aliento de su boca abierta junto a mi oído me hace contraerme. Su maldita voz que me excita con cada palabra que me dice al oído. Sabe justo lo que necesito oír.

—Qué ganas tenía de ti, Annie. Ha sido una tortura esperar.

—Luke... por favor —respondo sin ningún tipo de sentido.

Me coge de la cintura para colocarme justo donde quiere y empieza a moverse para encontrar mi entrada una y otra vez. Y no solo acierta al encontrarla. Se clava hasta tan al fondo que es arrollador. No puedo evitar gemir. Entonces noto sus dientes en mi hombro y yo busco su piel con mis uñas en respuesta. Dolor y placer. Eso somos.

Sus manos en la espalda me doblan contra la encimera y mis pechos reaccionan con el frío del mármol. Con su mano, empieza a hacer círculos alrededor de mi clítoris. Me está llevando al límite.

—Luke. No pares.

—Dime lo que quieres, Annie.

—Más —respondo sin dudar, a pesar de que no creo que pueda soportarlo.

En esa posición puedo notar cada embestida y la profundidad con la que me empotra contra la encimera solo me deja jadear y resollar. Pongo los ojos en blanco. He perdido todo el control. Solo deseo seguir besándole, incluso de espaldas. Me incorporo para buscar sus labios, pero tengo que tirar de su pelo con mis manos para acercarle a mí, mientras él sigue marcando el ritmo y mis pechos rebotan a su compás. Sus manos se ocupan entonces de ellos y de mis pezones, sedientos de su atención.

—Joder… —alcanzo a decir.

—¿Te gusta, Annie? Dímelo. Necesito escucharlo.

—Quiero más.

Me responde con un azote en mi cachete.

—¡Luke! —me ha sorprendido, pero me gusta—. ¡Aún más!

En ese momento gruñe, como si le molestara la posición que tenemos. Así que me da la vuelta y me sube sobre de la encimera con sus manos en mis caderas. De pronto, me acerca a él, apretando mis muslos. Nos besamos de nuevo, pero no conseguimos volver a encajarnos. Desesperado, trepa encima de mí para volver a embestirme.

—Esto sería más fácil en una cama, ¿sabes? —apunta, con una media sonrisa.

No puedo contener una carcajada porque puedo verle sufrir mientras empuja subido al mármol de la cocina. El olor de su crema de afeitado mezclado con nuestro sudor es aún mejor de lo que lo recordaba.

—Déjame llevarte a la cama, *baby* —suplica aún empujando.

—Si me sigues llamando así, te dejo a medias.

—¡*Grrrr!* Ingobernable —prácticamente gruñe eso en mi oído.

Con un movimiento rápido, nos baja de la encimera. Seguimos besándonos y tocándonos el uno al otro hasta llegar a una pared del pasillo. Se deshace de mi camisón y me coge por las nalgas para levantarme y ganar mejor acceso. Me empotra contra el muro de gotelé y puedo notar la textura que se me clava en toda la espalda, pero no me importa. Trato de agarrarme a ella con las palmas de las manos, pero no lo consigo. Necesito sujetarme a algo. Solo Luke me sostiene, así que me abrazo a él. Fuerte.

Restriego mis pechos contra su piel mientras intento seguir el ritmo de sus caderas. Él cuida con su lengua de mi cuello. Yo también me recreo en el sabor salado de su piel. El ritmo frenético de nuestros cuerpos y nuestros jadeos es cada vez más rápido. Mis manos necesitan explorarle, así que me agarro a su espalda. Y muerdo su hombro para contenerme porque estoy sufriendo. No puedo soportarlo más… y no quiero que se acabe. Apoyo mi cabeza en su hombro y evito así su mirada. Esa proximidad es demasiado para mí, pero querría aferrarme a todas estas sensaciones tanto como pueda.

Cuando noto como mi orgasmo se acerca, él coge mi cintura para acelerar su propio ritmo y mi cuerpo se rinde al placer, disfrutando del repique contra su piel. Giro aún más la cabeza para evitar su mirada y me dejo ir con los ojos cerrados. No puedo mirarlo. Es demasiado íntimo. Una parte de mí no se olvida de que tenemos unas normas. No pienso ignorarlas. Ni por él ni por nadie.

—Córrete, Luke —le animo aún sin mirarlo.

—*Fuck*, Annie… —responde hundiendo la cabeza en mi cuello.

Me recreo escuchando el gruñido que lanza antes de dejarse ir. Adoro sentir en mi cuello sus últimas exhalaciones de placer mientras su pene empieza a temblar dentro de mí. Esta es otra imagen que quiero recordar para siempre. Los dos sabemos que esta será nuestra última noche juntos, al fin y al cabo.

37.

juego de dos

Annie me va a volver completamente loco. Se ha escapado de la discoteca y de repente, se presenta en mi puerta con un camisón mojado que me va a perseguir para siempre en todas mis fantasías sexuales. Y sin bragas. No entiendo sus juegos, pero estoy completamente enganchado.

A pesar de haber tenido que hacer acrobacias en la encimera y luego en la pared, ha sido un polvo increíble. Estar con ella es mejor de lo que recordaba. Nuestros cuerpos juntos se entienden sin pensar, sin palabras e incluso sin una cama. Tocarla, besarla y estar tan dentro de ella como sea posible es una nueva necesidad vital para mí. Nunca antes me había sentido así.

Cuando recupero el aliento, voy a deshacerme del condón y a por un vaso de agua fría. Los dos nos hemos deshidratado con el calor y el esfuerzo. Le ofrezco beber antes de sentarme a su lado, en el sofá, y acercarla a mi pecho, bajo mi brazo.

—Tengo que preguntarte una cosa, Luke.

—Sí, va a haber un segundo *round*, pero dame un minuto —Annie sonríe.

—¡No era eso! Y no sé si va a haber un segundo nada.

—Mentirosa, sabes que sí —le aseguro, mordiendo su hombro suavemente.

—En cualquier caso —dice aún sin querer aceptar que ella también tiene ganas de más—, no voy a poder dormir esta noche sin saber por qué este sofá está en diagonal en medio del salón.

Sonrío antes de responder.

—Moví los muebles para hacer fiestas y luego no supe dónde recolocarlos —confieso.

Annie contiene una carcajada al escucharlo.

—¿Y esto es lo mejor que has podido hacer? No me extraña que no vendas el piso.

—Al final, me va a dar pena deshacerme de él. Estoy cogiendo cariño a esta comunidad. Hay vecinas muy amables. Como la señora Pilar. ¿Sabes que me pilló poniendo sirope en tu buzón y no fue a contártelo? Es mi aliada.

Annie se parte de risa con eso.

— ¿Alguna vecina más que vayas a echar de menos? —pregunta coqueta.

—Por supuesto. Yulea, que me tiene mucho cariño. Y, obviamente, las Testigos de Jehová, que son amigas de mi mujer.

Annie se ríe mientras le cuento eso.

—¿Solo ellas? *Mhh...* —apunta con un gesto pícaro.

—Bueno, también está mi vecina en el 8B. Me asusta un poco, pero es preciosa y le gusta mirarme cuando follamos.

—Yo no te miro.

—Lo sé. Tú siempre cierras los ojos, *baby*... pero yo hablaba de tu gata. ¿O creías que te había llamado preciosa a ti? —le guiño un ojo.

Sonríe y se muerde el labio porque ha caído en mi trampa y lo sabe.

—...mi *otra* vecina del 8B está loquita por mí. Ella dice que no, pero yo sé que me espía por la mirilla. Y a veces viene a verme a casa sin bragas.

Reprime una carcajada que hace sonar su nariz.

—No parece que esa pobre vecina tenga otra opción que mirar. Insistes en ir en calzoncillos por el rellano. ¿No te espían tus vecinas en tu apartamento de Manhattan?

—Lo primero: yo vivo en Brooklyn, no en Manhattan. Y somos más de veinte vecinos por planta. No puedo hacer estas cosas allí. Me denunciarían por exhibición pública, ¿sabes?

—¿Cómo no se me ocurrió denunciarte cuando estábamos en guerra? —se plantea, dándome un suave toque juguetón con su codo.

—¿Quién dice que ya no lo estamos? —pregunto.

—Me temo que ya no, pero puedes provocarme si quieres iniciar otra. Tengo algunas ideas para atormentarte —asegura.

—¿Una guerra de sexo? —Arqueo una ceja.

—Suena como algo que se nos daría bien. —Sonríe pícara.

Cojo mi vaso de agua helada y hago exactamente lo que estaba deseando hacer desde que me he sentado en ese sillón. Meto un hielo grande en mi boca y dejo que el helor haga su efecto. Entonces beso uno de los gloriosos pezones de Annie. Ella reacciona erizándose al instante con el frío. Yo lo muerdo, con fuerza.

—¡Auuuu! —exclama ella.

—¿Paro? —le pregunto.

—Ni se te ocurra —responde enseguida—, pero te aseguro que voy a vengarme luego.

Sonrío y saco el hielo de mi boca para colocarlo en mi mano. Quiero enfriarla también. Mientras, repito la operación con mi lengua en el otro pezón, coloco suavemente mis dedos helados en su entrepierna.

—Luke —su cuerpo se contrae por las sensaciones.

—Dime que no quieres repetir, Annie… —Puedo ver en su cara que le está gustando.

—No, sí, sí quiero.

—Ponte de acuerdo, red.

—Sí, sí quiero, pero no aquí. Vamos a mi cama.

—¿Querías guerra, no?

No responde. Está demasiado concentrada en mis dedos fríos entre sus piernas.

—No voy a dejar que ganes una batalla así de fácil, baby —le advierto—. ¿Quieres ir a tu casa? Vas a tener que pagar una prenda.

—¿Qué quieres? —pregunta intrigada.

—Una prenda. Tendrás que ir desnuda.

—¿QUÉ? No. Luke, cualquier otra cosa. Lo que quieras —dice jadeando mientras yo sigo torturando su pezón.

—Seguro que puedes abrir tu puerta muy rápido. Nadie te va a ver.

Aprovecho para introducir dos dedos que aún están fríos dentro de ella. El contraste con su calor, la hace estremecerse en mi mano. Me encanta verla reaccionar así.

—No puedo hacerlo —gime—. Me muero de vergüenza.

—Si te rindes, tendré que parar —anuncio, retirando mis dedos de su entrada.

—¿No es suficiente con ir sin bragas? Casi nos pillan antes.

—Es muy tarde. Nadie va a verte. Tú decides. Mi cama o la tuya. *Tic-toc tic-toc* —la apresuro y aprovecho para lamerme los dedos con detenimiento. Adoro su sabor.

Me mira negando con la cabeza, pero sonriendo. Yo cojo su camisón y ella va a por sus llaves, que están en el mueble de la entrada. Está tan nerviosa por lo que va a hacer que no se da ni cuenta de que yo me he quedado atrás poniéndome los calzoncillos y cogiendo mis llaves.

Tarda un poco en forcejear con la puerta, así que entramos los dos a la vez.

—¡¿Tú has venido con calzoncillos?! —pregunta en cuanto cierro la puerta con los dos dentro—. ¡Tramposo!

—No querrás que me vaya de aquí desnudo por la mañana.

—No te vas a quedar a dormir. ¿Has traído tus llaves, no? Luke, dime que no te las has vuelto a dejar.

—¿No? —respondo sonriendo.

—Luke, en serio, esto es oficialmente nuestra despedida —hago un círculo con las manos para ilustrarlo—. Y tú vas a dormir en tu casa.

Intenta cogerme la mano, para ver si ve mis llaves. Hago un puño y alzo el brazo para que no pueda alcanzarlas. Las he cogido esta vez, sí, pero no voy a enseñárselas tan fácilmente. Empezamos a forcejear como críos que quieren jugar y yo le hago cosquillas para hacerla reír. Ella se defiende chupándome la cara y haciéndome una pedorreta para que no pueda hacerle lo mismo. Me encanta jugar con ella, pero algo me llama la atención. Un cuadro de un tío desnudo con un pene enorme.

—Espera, espera. ¿Qué es esto? —pregunto cogiendo el lienzo con la mano libre.

—No es nada.

—La firma dice Anita Smith. ¿Lo has pintado tú? Una pintora pervertida. Me gusta.

—Es una chorrada que pinté con Yul en una fiesta. Yo soy fotógrafa, no dibujante. Pintar a Marcos fue… un pasatiempo. Aunque te aseguro que respeté las proporciones.

Ahora que tiene nombre, me cae un poco peor.

—Y dime, fotógrafa. Esto —digo enseñándole el pene del cuadro—, ¿qué sería exactamente, un trípode para tu cámara?

Su carcajada me hace tener ganas de decirle tonterías toda la noche solo para verla reír de nuevo .

—¿No estarás celoso, no? —dice melosa—. ¡¿Has puesto tú la música que está sonando?!

Había puesto una canción en su altavoz en cuanto llegué a casa. Ha seguido sonando y ahora se escucha "Comerte entera" de C. Tangana.

—Era mi plan. Ponerte canciones hasta que te cabrearas y salieras a pelearte conmigo, pero has salido de casa antes de oírlas.

—¿No sabes ya que nunca caigo en tus trampas?

—*Baby*, tenía muchos más planes ridículos en la recámara, pero hoy no ibas a librarte de mí.

Sonríe, suspira y empieza a besarme de nuevo. Siento una corriente eléctrica en toda mi piel cuando volvemos a besarnos. Annie tiene la costumbre de colocar su pelo de lado y ver su cuello desnudo me vuelve loco. Es largo, delicado y jodidamente delicioso. No puedo contenerme. Tengo que olerlo, besarlo, chuparlo, morderlo... hasta que la oigo gemir y noto como me clava sus uñas. Tengo que controlarme. Soy completamente adicto a su piel.

Con mis manos, vuelvo a explorarla. Sus curvas, su suavidad, su calor. Quiero memorizar todo, para recordarla cuando esté lejos.

Aún desnuda, me dirige entre besos y abrazos a su cama. Acariciar su piel es mi droga, pero también lo es su olor; escuchar sus gemidos en cada embestida; estrujar su melena; morder sus labios y tirar de ellos; lamer sus pezones hasta que se ponen duros; comer y saborear su glorioso coño; besar cada poro de su piel... No es solo sexo. Me tiene completamente embrujado.

Esa vez Annie se tiende en la cama boca arriba y se toca a sí misma. Verla así me vuelve loco. Annie cabreada es una tentación, pero poder observarla libre de inhibiciones y disfrutando de algo que yo me muero por darle es completamente adictivo. Con ella extendida frente a mí me siento extrañamente poderoso. Que me deje verla buscando su propio placer y poder elegir cómo unirme me parece irreal. Y lo quiero todo.

—Annie, quiero comerte entera —le susurro al oído.

—Hazlo —responde agarrándose a las sábanas con las manos.

Me está dejando todo el control, pero sé que una parte de ella sigue sin dejarse llevar del todo. No se está permitiendo sentir. Entiendo su miedo porque yo también lo tengo. Nunca había vivido algo así antes.

La edad no me importa en absoluto, pero vivimos en distintos países. Mi fecha de regreso está escrita. Es demasiado pronto. Sé que no va a ser suficiente tiempo para todo lo que quiero hacerle.

La beso lentamente, tomándome tiempo en cada caricia. Recorro su cuerpo con las manos, recreándome en la suavidad de su piel, en el olor de su pelo mientras recorro de nuevo su cuello con mi boca y mi lengua. Disfruto hasta del mordisco que me da en el hombro para ahogar sus gemidos. Del sonido de nuestros cuerpos chocando cada vez más rápido. De lo cálido, estrecho y húmedo que es su interior. Del roce de mi polla contra su piel. Escuchar sus jadeos cada vez más fuertes es suficiente motivo para seguir empujando para siempre. Puedo notar como su vagina explota de placer bajo mi cuerpo y se contrae temblorosa, pidiendo aún más. Siempre más. Pero cuando ella llega a liberarse, de nuevo, sigue sin mirarme.

Me cuesta una barbaridad retenerme, pero no quiero acabar. No así. Nos doy la vuelta y la coloco encima de mí para que pueda cabalgarme.

—No, Luke, no va a funcionar. El otro día fue una excepción. No tientes a la suerte.

—Quiero que te corras otra vez para mí, *baby*. Y quiero mirarte.

Quizás porque siempre jugamos a ganarnos terreno, quiero —necesito— verla completamente entregada. Recrearme en su mirada sobre mí cuando se deje ir, sabiendo que disfruta de este momento tanto como yo. No, no quiero perderme ese jodido espectáculo.

No se niega, solo cierra los ojos y empieza a moverse. Encima de mí se ve tan salvaje, tan despreocupada... Esta Annie no se siente mayor que yo, no piensa que no tenemos nada en común y no puede negar que algo está pasando entre nosotros.

Ninguno de los dos somos tan valientes como para ponerle nombre, pero sabemos que no es simplemente química. Annie va controlando nuestro ritmo hasta volver a encontrar su placer de nuevo, junto a mí. En ese momento, cojo su cara por las mejillas, reclamando toda su atención y ella me mira. Sí, sus ojos no escapan esta vez.

La necesito aquí, conmigo. Beso su boca abierta, que aún exhala los últimos brotes de éxtasis mientras los dos nos dejamos ir. Sus ojos grises de pronto son transparentes. Su melena, que aún está húmeda, huele a su perfume y parece más salvaje que normalmente, si es que eso es posible. Me encanta eso de ella.

Mis sentidos están exaltados por el placer. Solo existen sus ojos para mí y puedo ver hasta como sus pupilas se dilatan. Sus párpados tiemblan medio abiertos, haciendo que sus pestañas aleteen suavemente. Nos quedamos completamente juntos, frente a frente, sin saber qué decir.

No sé cuánto tiempo estamos mirándonos Annie y yo, frente a frente, respirando al compás, aún conectados; pero es tiempo suficiente para que entienda que hemos empezado a jugar a algo mucho más peligroso.

Va a volver a asustarse, como lo hizo la primera vez que estuvimos juntos. No va a dejar que me quede a dormir después de la intimidad que hemos compartido; pero en el tiempo que tenga aquí mi único objetivo va a ser convencerla de pasar otra noche juntos. Esta vez no se va a escapar tan fácilmente.

Antes de irme, Bohemia vuelve a darme un susto de muerte, por supuesto. Creo que le gusta hacerme sufrir, como a su dueña. Al menos, después de eso, viene a restregarse contra mi pierna por un segundo. Es un pequeño avance. A ella, supongo, también me la tengo que ganar.

38.

encuentros en el amarcord

Sábado, 21 de mayo

"*L*o siento, Anita. Llego tarde".

Veo ese mensaje en el móvil en cuanto entro en el *Amarcord*. Resoplo resignada. En el fondo, es lo habitual en Carlos y su mensaje no va a molestarme esta mañana. Estoy de muy buen humor. El sexo con Luke y que falte una semana para mis vacaciones son dos buenos motivos para sonreír.

Reconozco que me he arreglado para bajar al bar, pero no para Carlos, sino para mí. Es nuestro día de firmar el "divorcio hipotecario". Estoy de celebración. Quiero verme bien, sí, pero si hoy me hubiera puesto una cortina enrollada al cuerpo, estaría resplandeciente. Tengo ese brillo especial que solamente una noche de sexo maravilloso puede dejarte y la sonrisa idiota que la noche de ayer con

Luke me ha dejado en la cara no se disimula con nada.

Me he puesto un vestido de gasa ajustado en el torso de color verde que acaba en una falda suelta por encima de la rodilla. Tiene unos tirantes finos como hilos y unos pequeños volantes que caen sobre el escote. Lleva un detalle bordado en la cintura que deja un poco de piel expuesta entre los hilos. No es un traje de caza, pero tampoco es la «Anita *blah*» que Carlos conocía.

¿Sabes lo único que no me gusta de mi conjunto? El pañuelo que he tenido que ponerme en el cuello. Sí, otra vez. Luke tuvo un nuevo arrebato de pasión anoche. Cuando le vea, me va a oír. Solo espero que Carlos no se fije en eso.

Cuando le planteé quedar aquí —fuera de mi casa—, pensé que había sido un gran acierto, pero nunca pensé que vernos en el *Amarcord* iba a ser una idea tan peligrosa.

Como Carlos llega tarde, yo estoy haciendo tiempo ojeando una revista de viajes, aunque no tengo dinero para irme a ningún sitio de vacaciones. Me encanta hacer planes de sitios que me gustaría visitar, aunque no sepa si podré ir nunca. Cojo mis gafas del bolso y sueño con ver la Presa Hoover, en Estados Unidos.

Me imagino las fotografías tan impresionantes que podría hacer si la visito al atardecer. Estoy tan inmersa en mi viaje imaginario que casi no me doy ni cuenta cuando alguien se sienta en la silla libre frente a mí.

Lo primero que veo es su sonrisa traviesa y sus cejas de niño malo, pero antes incluso de verle, su olor fresco me anuncia su presencia. Parece muy contento de haber coincidido casualmente conmigo, pero a mí me descoloca completamente verlo aquí. Carlos está a punto de llegar. *Joder.*

Anoche me costó un mundo despedirme de él. No quise ni preguntarle cuánto tiempo se quedaría esta vez. Creo que ninguno de los dos sabemos cuál es el plan a partir de ahora.

—Buenos días, *baby* —me saluda quitándose las gafas de sol y descubriendo su mirada juguetona, sentado en la silla de enfrente.

—Luke, ¿qué haces aquí? —digo quitándome las gafas yo también, aunque las mías son para leer.

—Estoy quedándome en un piso aquí al lado... ¿tan pronto te has olvidado de mí? —bromea—. Veo que te has despedido por fin de tus pijamas.

Me miro a mi misma por un segundo, satisfecha porque sé que nuestro juego no le permite decirme que estoy guapa, pero su mirada le delata.

—¿Y tú qué haces sin traje? Me sorprende que no hayas bajado en calzoncillos. Pensaba que era lo único que tenías: calzoncillos y trajes.

Sonríe y se queda callado observándome.

—¿Se puede saber qué estás haciendo? —le pregunto al ver que usa su móvil para enfocarme—. Luke, no me gusta salir en fotos.

—No te preocupes, no es una foto. Es un vídeo —dice moviendo su silla para sentarse a mi lado y sigue grabándonos a los dos.

—¡Oh! Mucho mejor —sonrío nerviosa—. ¿Por qué estás grabándonos exactamente? —le pregunto mirándole mientras él no detiene el video.

—Quiero tener un recuerdo de lo feísima que estás hoy con este vestido. —Me besa la sien sin parar de grabar—. Te sienta bien el sexo conmigo, *baby*.

Esto último lo dice en mi oído y me hace estremecer. Por un segundo, creo que me sonrojo como una adolescente y él toca el botón rojo para acabar el vídeo; pero yo cojo su móvil de nuevo para corregir el encuadre y vuelvo a empezar otro.

—¿Ves? Se nos ve mejor así —explico mientras grabo.

—¿Te pone nerviosa que un vídeo tonto esté mal encuadrado? —se ríe—. Hasta en eso eres ingobernable, Annie.

—Créeme, solo lo soy contigo —irremediablemente, pienso también en LA93, pero eso es otra guerra.

Me giro para mirarle y nuestras narices casi se rozan. Por un segundo creo que los dos nos devolvemos a la intimidad que compartimos anoche. Creo verle morderse un cachete. Se está controlando, pero me mira la boca. Nuestras respiraciones se acompasan. Juraría que nuestros labios se entreabren ligeramente, a la vez, buscando un beso que nos negamos, pero yo paro de grabar y le devuelvo su móvil.

—¿Qué vas a hacer con ese vídeo? —pregunto—. Ya sé que no tienes *Tiktok*.

—La que tiene *TikTok* eres tú, KryptAnita. Yo debo ser un *old soul* —me responde guiñando un ojo—. Este video es solo para nosotros, aunque no creo que te lo pueda enviar si no me desbloqueas.

Sonrío. Es divertido que diga eso con su cara de canalla. Es como un cachorrito, siempre con ganas de jugar. Aunque reconozco que ahora, con barba, parece más maduro. *Desbloquearlo es definitivamente una malísima idea.*

—¿Qué estás leyendo? —pregunta cogiendo mi revista—. ¿Quieres visitar la Presa Hoover?

—Algún día me gustaría visitar Arizona, sí.

—De todos los sitios del mundo, has ido elegir el más aburrido… ¿lo sabes, no?

—¿Qué pasa, a ti no te gusta viajar?

—A mí me gustan las azafatas. En concreto, una que lleve unas gafitas como las tuyas —las señala en la mesa con un gesto—. Podrías cogerlas y venirte luego a mi casa. Podemos jugar con ellas a los aviones… o a las bibliotecarias. Te dejo elegir, *red*. — Se muerde un labio de lado con una sonrisa gamberra mientras me propone semejante plan.

Tengo que contener la risa. Es evidente que va a insistir en repetir lo de anoche, a pesar de que sabe mis normas. A mí me va a costar resistirme si se queda mucho por aquí esta vez. Está guapísimo con traje, pero su atuendo un poco más informal de hoy me gusta mucho más. Me siento tentada de plantar a Carlos y subir a mi casa con él ahora mismo. *A jugar a lo que él quiera…*

Lleva unos pantalones caqui que se ajustan a sus piernas y una camiseta negra con un par de botones abiertos en el pecho. Sus antebrazos potentes son mi debilidad. Eso y su maldita barba nueva, que lleva hoy recién recortada. También su nariz gruesa que le da personalidad a su cara, sus patillas y su mandíbula marcada… Por más que lo mire, no me acostumbro a lo malditamente guapo que es.

En ese momento, Max se acerca a nosotros con una botella de agua de coco y la deja frente a él.

¡Puaj!

—¿Alguna vez bebes algo que no haga que tu cuerpo entre en purga? —le pregunto acordándome de que también bebe té matcha.

—Deberías probarlo. Tiene muchas propiedades antioxidantes. Es muy importante cuando tienes cierta edad… —no termina la frase sin partirse de risa.

—¡¿Me estás llamando vieja?! Yo bebo *Coca Cola*, café o tequila. Exclusivamente —recalco.

—¡Sí, esa es mi chica! —declara Max, apuntándose a nuestra conversación—. Voy a la barra, Anita. ¿Quieres algo? Por favor, dime que un tequila —sonríe y me guiña un ojo.

—Otro día —le devuelvo su sonrisa—. Estoy aún acabándome el café, gracias.

—¡Qué pena! Nunca quieres nada conmigo —apunta divertido antes de irse.

—¡Eres un pesado, tío! Búscate una novia —bromea Luke con él.

—Eso hago —se aleja—, pero esta se me resiste.

Luke y yo nos reímos y no puedo evitar preguntar. Recuerdo haber visto a Max en su fiesta el día que le conocí.

—¿De qué os conocéis?

—¿Max? Es el hermano pequeño de Brian. ¿No lo sabías?

—¡¿En serio?! ¡Pero si no se parecen en nada! —Alucino.

Brian es moreno, fuerte, estiloso; pero Max es un tirillas. Su mejor atributo es una sonrisa a la vida permanente en su cara, que a mí me resulta encantadora. Quizás en eso sí se parece a su hermano.

—Max siempre nos perseguía a todas partes cuando estábamos en el instituto e intentaba quitarnos las novias a pesar de que era un enano —me cuenta Luke antes de pegar un buen trago de su bebida.

Me río imaginándoles. Vaya tres…

—No sabía que habías estudiado aquí.

—Brian y yo somos amigos desde que éramos unos críos. Mis padres me mandaban aquí cada verano con mi tía para que aprendiera español. Al principio, odié el plan. No quería pasarme las vacaciones practicando el idioma, pero el primer año aquí conocí a Brian. Los dos hablábamos solo en inglés porque sus padres son americanos. Nos pasábamos todo el verano juntos y como mi español no mejoraba, cada año me volvían a enviar aquí.

—¡Menudo tramposo estás hecho! —me río—. ¡Pero hablas muy bien español! Al final, les salió bien.

—Estuve dos años viviendo aquí en el instituto. Mi abuelo me ayudó a convencer a mis padres de que era una buena idea, pero me pasé más tiempo en casa de Brian que en cualquier otro sitio. Él es mi familia. Y el capullo de Max también, supongo —dice buscándole en la barra—. Se le coge cariño —dice antes de volver a beber.

—¿Cómo puedes beberte eso? —le pregunto acercándome el agua de coco a la nariz—. Huele muy raro.

—Pruébala, a lo mejor te sorprende —insiste, con su bebida en la mano apuntando hacia mí.

Me lo estoy pasando muy bien. Hablar con Luke es sorprendentemente fácil, pero me preocupa que Carlos venga en cualquier momento.

—Dime, ¿no tienes planes u otras vecinas que torturar hoy? —La botella sigue esperándome en su mano.

Es muy difícil resistirse a él —en general—, así que le dejo ganar una batalla. Por una vez. Tomo un trago y él sonríe complacido. En realidad debo reconocer que no está tan mala como esperaba, pero no se lo admito. En ese momento, me doy cuenta de que Carlos me ha enviado un mensaje hace cinco minutos diciendo que está buscando aparcamiento. No lo había visto.

—Luke, no quiero echarte, pero estoy esperando a alguien.

—¡Qué casualidad! Yo también —apunta sonriendo—. ¿Unas amigas?

—No exactamente.

Eso último lo respondo un poco ausente, porque en ese momento veo entrar a Carlos por la puerta y, disimuladamente, me aparto un poco del lado de Luke. Puedo ver como el aspecto de él cambia de sonriente a serio en un segundo en cuanto ve a mi ex acercarse a mi mesa con unas flores en la mano.

—Hola Anita —me saluda—. Siento llegar tarde.

Lleva puesta una camisa de tela tejana que yo le compré hace algo más de un año. Le resalta los ojos azules y contrasta con sus primeras canas, que le sientan bien en lugar de hacerle parecer mayor.

Trae un ramo de flores en una mano, junto con un sobre grande que —espero— sean los papeles del cierre de la hipoteca. Se acerca a darme dos besos, colocando una mano en mi espalda y puedo distinguir al instante su perfume clásico. Me recuerda a los que usaba mi abuelo. Me gusta, sí, pero también me trae recuerdos que hacen que mi estómago se contraiga por un segundo.

—No pasa nada —respondo apartándome ligeramente—. Estaba entretenida —señalo a mi revista de viaje.

—¡Anita, estás guapísima! Te he traído unas flores —me las da.

Las cojo y se lo agradezco. Es un detalle bonito, pero no entiendo a qué viene.

—Perdona, ¿tú quién eres? —pregunta Carlos mirando a Luke.

—Es mi vecino. Ya se iba, ¿verdad? —lo miro, pero él dirige su vista hacia Carlos.

No quiero que mi ex sepa que me he acostado con un chico tan joven. Sin embargo, puedo ver que Luke tiene otras ideas.

—Sí, es mi vecina. Organizamos las mejores fiestas de pijamas y calzoncillos en el rellano. ¿Y tú eres…?

Voy a matar a Luke. *¡¿Cómo se le ocurre decirle eso?!*

No tengo tiempo de asesinarle aquí mismo porque en ese momento entran Brian y Ron por la puerta. Vienen a buscarlo. Quiero ser un charco, fundirme con el suelo y desaparecer.

Brian saluda con familiaridad a su hermano, antes de acercarse a nuestro grupo. Cuando le cuente todo esto a Yulea, no sé ni por dónde voy a empezar. No me va a creer.

Afortunadamente, Ron se queda en la barra pidiendo un café.

—¡Hombre, Anita! ¡La mujer que los tiene a todos locos! —me saluda Brian con un abrazo.

—Qué exagerado —lo saludo tensa.

—¿A él también lo conoces? —me pregunta Carlos extrañado.

—Sí, es un… ¿amigo? —dudo.

Yo sigo en la conversación con ellos, pero no puedo perder de vista a Ron. Me da miedo cómo pueda reaccionar después de haberle dado un teléfono falso. Sonríe a lo lejos al verme, esperando su café.

Joder, solo falta que aparezca por aquí un desfile de todas las torres del mundo que he visitado los últimos meses. Carlos debe estar alucinando.

—¿Tienes planes esta noche? —quiere saber Brian —. Estoy organizando una fiesta. Es la última noche de Luke aquí. No puedes faltar.

—Gracias. Me lo pensaré —digo mirando a Luke.

¡¿Es su última noche aquí?!

Sin saberlo, Brian me ha tirado un cubo de agua fría con sus palabras, pero mis pensamientos pasan a segundo plano cuando veo acercarse a Ron con un café para llevar en la mano.

—Anita, ¡qué demasiado verte de nuevo! Pensé que se te había tragado la tierra —me saluda con dos besos y abrazándome por la cintura con una familiaridad que no me gusta. Tengo que dar un paso atrás para ganar espacio de nuevo.

Instintivamente, miro a Luke con cara de circunstancias y puedo ver su gesto serio de nuevo; pero es Carlos el que está más confundido con toda la situación.

—Ya ves. Sigo viva —le respondo, apartándome.

—Me debes una noche de fiesta —me recuerda Ron, acercándose de nuevo.

—Ya la he invitado —se adelanta Brian—. ¡Va a ser brutal, histórico… épico! Yo me encargo de todo.

Afortunadamente, los tres se despiden y se van a ver unas oficinas para el proyecto de Luke, según me explican. Es raro verles a los tres juntos sin estar de fiesta. La cara de mi vecino al despedirse de mí es un poema. *¿Está celoso de Carlos?* El comentario sobre las fiestas de pijama en el rellano ha estado fuera de lugar, desde luego.

Supongo que quería dejarle a Carlos claro que no solo somos vecinos, pero no sé si es parte de su personalidad un poco pícara o si quiere marcarme, como un perro mea en una farola. Eso no me hace ninguna gracia.

En cualquier caso, he sobrevivido con bastante dignidad al encuentro más surrealista de mi vida. No puedo quejarme. Ahora solo falta que Carlos no me pregunte por qué llevo un pañuelo en el cuello en plena ola de calor.

39.

agua de coco

"Vaya, sí que eres popular en el barrio...", se anima a decirme Carlos cuando estamos solos por fin. Evito responder a eso. *¿Qué le podría decir?*

Max se acerca a nosotros y nos pide si queremos algo más de beber. Yo me he acabado ya mi café.

—¿Un vino blanco? —me pregunta Carlos. Por un segundo, la familiaridad de la frase me hace dudar, pero reacciono como un resorte.

—No. Yo no bebo eso.

—¡Oh! ¿Y ahora qué bebes?

Coca Cola después de un café con leche es una mala idea. No puedo pedir agua porque me niego a pagar por algo que sale del grifo. Es demasiado pronto para tomar un segundo café y tequila es una idea horrible a las once y media de la mañana. Pero no voy a volver a la cerveza y al vino por Carlos. Soy rara, sí, pero no me gustan. De eso estoy completamente segura.

—Un agua de coco —me sorprendo hasta a mí misma al decirlo y Max chasquea la lengua al escucharlo.

—¡Pensaba que por fin ibas a pedirme un tequila! —apunta sonriente antes de dirigirse de nuevo a la barra—. ¡Marchando otra agua de coco, aunque dice que no le gusta!

Se me escapa una sonrisa al escucharle, pero de pronto la cara de Carlos me hace darme cuenta de que él está alucinando.

—Me está costando reconocerte. Con tu pelo corto, tu ropa… distinta —hace un gesto general con la mano y agradezco que no señale el pañuelo del cuello específicamente—, bebiendo nuevas bebidas, con nuevos amigos…

—¿Qué significa eso?

—No sé, solo que estoy descubriendo una parte de ti que no conocía. Me sorprendes, Anita y eso no lo puede decir cualquiera después de quince años.

No puedo evitar sentir pena por lo que acaba de decir. En todo el tiempo que estuvimos juntos, él no hizo el esfuerzo por conocerme ni yo por mostrarme tal y como soy. Yo asumí que él era mi norte y él lo había aceptado sin preguntarse más.

Creo que lo que más me gustaba de Carlos era la seguridad que él me daba. Lo conocí al poco de morir mi padre. Él se ganaba la vida en un banco cuando yo aún estaba estudiando. Me cegué con la estabilidad que él me podía dar. Tenía un coche precioso y acababa de hipotecarse para comprar su casa... mientras que yo estaba apenas comenzando mi carrera y mi madre me daba una paga.

Él era un hombre y yo aún era muy niña en muchos sentidos. Carlos tiene seis años más que yo y creo que envejecí a su ritmo. Tanto, que cuando él llegó a los cuarenta, sentí que yo también los cumplí. *¿Cómo de patético es eso?*

—¿Sabes? A mis padres les haría ilusión verte algún día —anuncia de pronto.

—Sí, sobre todo a tu madre —respondo con cara de póker.

Mi querida ex suegra me odia con todo su corazón, a pesar de que yo he hecho siempre lo imposible por complacerla. Una parte de mí necesitaba gustarle —a cualquier precio— pero nunca lo conseguí.

Un año fuimos a su casa por Navidad y había elaborado un menú con marisco en absolutamente todos los platos, a pesar de saber que yo soy muy alérgica. Esa noche me la pasé en Urgencias porque Carlos me animó a probar los canapés, con gambas, por no hacerle "un feo" a su madre, que se había pasado todo el día cocinando.

—Mamá está muy cambiada. Tiene alzhéimer, bastante avanzado. Ya le he explicado que nos hemos separado mil veces, pero siempre me pregunta por ti.

—Carlos, no tenía ni idea. Lo siento mucho. De verdad.

—Me ha hecho plantearme muchas cosas verla así. Menos mal que tenía ahorros y está pagándose una buena residencia… Y hablando de dinero: he estado mirando tus cuentas.

Dos pensamientos se cruzan en mi cabeza mientras él saca unos papeles del sobre. Uno de ellos es: *"oh, no…"*, porque soy consciente de que mis gastos en los últimos meses son básicamente en ropa y complementos. Mi boca, sin dudarlo, elige expresar el segundo.

—¡¿Con qué derecho has mirado mis cuentas?!

—Necesitaba hacerlo para cerrar la hipoteca y me alegro de haberlo hecho. Anita, has gastado todo lo que te he estado enviando estos meses en trapos.

—No me lo has "enviado". Es MI dinero. ¿Y necesitabas ver el detalle de mis compras para cerrar la hipoteca?

—Es irresponsable no tener ahorros. Tú lo sabes. Siempre hemos hablado de eso. —*Hablaba él, yo no*—. Solo te lo estoy diciendo porque me preocupo por ti. Estoy vendiendo mi casa por ti. Me gustaría pensar que vas a ser responsable con el dinero que te deposite.

—Gracias, pero sé apañarme solita y elegir cómo gasto mi dinero. ¿Dónde tengo que firmar? —digo impaciente.

Supongo que ve que no voy a reaccionar con su discurso, así que decide cambiar de tema. Me indica dónde poner mis rúbricas y lo hago rápidamente, movida por la rabia que me da pensar que ha invadido así mi intimidad. Mañana mismo me cambio de banco.

—¿Ahora sí? Se acabó, ¿no? —pregunto nerviosa.

—Sí. Ya te libras de mí. No va a quedar nada de lo nuestro. Ya he puesto la casa en venta —anuncia de pronto—. En cuanto haya un comprador, te haré el depósito de tu parte.

Estoy enfadada, pero sé perfectamente lo que esa casa significa para él. Era su sueño, incluso antes de conocerme a mí.

—Es muy grande para vivir solo y con solo un sueldo no es tan fácil mantenerla. Buscaré algo más pequeño.

—A lo mejor un cambio de aires te viene bien —le sugiero.

—A ti te está sentando bien, desde luego. Tienes que prometerme que, si me mudo, me ayudarás a decorar mi nuevo hogar —me pide—. Me gustó mucho tu piso.

—Cuando me mudé contigo, tú ya tenías tus muebles y tus cosas. Nunca me sentí invitada a decorar —confieso.

—Lo siento, pollito. Si volviera a empezar, créeme, haría muchas cosas diferente. Intentaría ser mejor marido.

No me molesto en corregirle. Ni ese *pollito* que él insistía en llamarme ni en ese *marido* que nunca llegó a ser. Antes yo también le llamaba así. Ahora me alegro de que solo tengamos que cerrar una hipoteca y no un divorcio.

—Mantener la polla en los pantalones hubiera ayudado —digo sin poder contenerme—. Aunque, sinceramente, creo que ese no fue nuestro único problema. Yo también cambiaría algunas cosas. Me alegro de que al menos podamos seguir hablando sin matarnos.

—Siempre hemos tenido una conexión especial, Anita. Somos un buen equipo.

Un día yo creí que eso era verdad. Hoy dudo de que realmente haya sido cierto.

Nuestro final no solo lo provocó su aventura. Quizás esa fue una estocada mortal, pero los dos sangrábamos sin remedio desde hacía demasiado. La sentencia de muerte estaba ya escrita… aunque yo necesitara una cuchillada en el corazón para asumirla.

Nos despedimos en la entrada del *Amarcord* con un abrazo incómodo. Ya ni me duele pensar que probablemente esta sea la última conversación que vamos a tener.

Desgraciadamente, me equivoco.

40.

maldito Ron

Encontrarla en el bar esta mañana me ha hecho ridículamente feliz. *¿Desde cuándo tiene ese poder sobre mí?* Al verla leyendo su revista de viajes con esas gafas, no he podido evitar pensar en eso que dicen: *reading is sexy*. Cuando ella lo hace, me parece completamente cautivador.

Llevaba un vestido que resaltaba sus ojos grises, con unos tirantes finos que dejaban sus hombros al descubierto. Y ese pañuelo... Estoy casi seguro de que lo llevaba para tapar el mordisco que le di anoche. *¡Ups!*

No sé por qué, pero he necesitado guardar un recuerdo, aunque solo fuera un vídeo, de lo preciosa que estaba. Sé que me queda apenas un día y medio en España y, de nuevo, no sé si volveré a verla. Al menos, si mi plan de hoy sale bien, voy a tener una buena excusa para volver.

El capital que Ron nos puede proporcionar nos va a ayudar a hacer crecer *AM* en equipo y en medios.

Pensaba que todos mis problemas eran esos, hasta que he visto aparecer por la puerta del bar a un imbécil con flores. Me ha caído mal al instante. Cuando él ha preguntado quién era yo, Annie me ha presentado como un "vecino". Ni siquiera un amigo, aunque probablemente eso me hubiera sentado igual de mal. Normalmente, un hombre regala flores cuando tiene esperanzas de que algo pase... y ella se ha puesto guapa para él. *Fuck*.

Sé que Annie no es mi chica. Entiendo que probablemente estará con otros hombres cuando yo me vaya, pero yo sigo aquí y no hace ni medio día que le he estado haciendo el amor tan fuerte que han tenido que temblar los cimientos del edificio y hasta los jodidos pilares de la Tierra.

Y sí, estoy cabreado, pero sobre todo porque no es propio de mí hacerme ilusiones.

Al salir del bar, hemos llevado a Ron a ver las oficinas. He querido invitar a Brian porque él tiene una idea para presentar la revista en sociedad cuando lleguemos a ser rentables —espero que pronto. Quiere hacer una fiesta. Es la forma perfecta de ganar visibilidad cuando estemos preparados para mostrarle *AM* a la junta de Ayamonte.

Ron se ha enamorado de la idea, incluso de la presentación que he preparado con Sebastián esta semana y también de nuestros reportajes, pero se ha echado atrás. No puede ofrecernos el capital ahora mismo.

Mi cuenta últimamente empieza a preocuparme. Entre pagar los sueldos y las oficinas de *AM y* con las pérdidas que afronta el grupo Ayamonte; si no logro reconducir la situación, el agua me va a llegar al cuello. Necesito vender cuanto antes el piso de mi tía para conseguir fondos, pero nadie parece interesado en hacer una oferta.

Estoy decepcionado, pero en el fondo nunca he confiado demasiado en Ron. Creo en *AM*. Quiero que sea mi revista. Puede que me arruine, pero también puede que lo convierta en un negocio rentable. ¿Es el objetivo, no? Me voy a dejar la piel en ello. Y, por lo visto, todo mi dinero también.

De camino a casa, me cuesta dejar de pensar en Annie. Quiero verla. Obviamente, no puedo contarle los detalles de lo que me preocupa. Me frustra eso. Y sigo un poco dolido por la escena del bar, pero me pueden las ganas de estar con ella antes de irme.

Pruebo suerte llamando a su timbre sin pensar. Normalmente, hubiera escrito un mensaje antes de aparecer en casa de alguien, pero no sé si Annie ya me ha desbloqueado de su teléfono. *Joder, ya ni me acordaba de eso...*

Cuando abre la puerta, la encuentro vestida solamente con una camiseta ancha que deja un hombro al descubierto. Tiene a la vista el chupetón que le hice anoche. No puedo evitar sonreír al verlo. Además de esa marca que le he dejado, lleva varias manchas de pintura rosa. Probablemente está pintando algo. *Está demasiado sexi...*

—¡Oh! ¡Hola! No te acerques a mí si tienes aprecio a tu ropa —me advierte.

—No sé si quiero preguntar qué estás haciendo.

—Estoy pintando una pared de rosa. Soy una *Pink Lady*.

—¿Como las manzanas?

Se llama así a una variedad ácida, pero deliciosa. Tiene sentido. Para mí Annie es exactamente así.

—¡No! Como las chicas de *Grease*. ¿Rizzo? ¿Sandy? ¿Frenchie? —Empieza a preguntarme como si esos nombres fueran a sonarme de algo.

—No he visto esa película.

—¡Fuera de mi casa! —Finge estar enfadada, señalando mi puerta con el dedo—. Si eres demasiado joven para haber visto *Grease*, no deberías estar aquí.

—No, no me eches aún —suplico.

—Sería la primera vez que te vas de aquí vestido —bromea sacándome la lengua—. ¿Querías algo?

—Sí, venía a...

No tengo un motivo para llamar a su puerta. Solo quería verla. Estar con ella.

—¿Vendrás esta noche a la despedida?

—No... —Su cara me deja claro que no voy a convencerla.

—Claro, porque solo soy tu "vecino", ¿no? En el futuro, podrías presentarme como tu proveedor de orgasmos. Eso me gustaría más.

Contiene una carcajada.

—Creo que lo has dejado tú bastante claro con esto —me muestra el chupetón—. Y hablando de nuestras fiestas en el rellano. Debería estar enfadada contigo.

—Pero no lo estás...

No puedo evitar sonreír al acordarme de la cara del idiota de las flores al escuchar lo que Annie y yo hacíamos en el rellano.

—Lo siento. No me he podido controlar. Ni en el bar... ni con tu cuello. Perdón —me disculpo.

Cambio de tema porque no quiero que se enfade conmigo, sobre todo antes de irme.

—En realidad, quería contarte una cosa. No he podido convencer a Ron de que invierta en mi proyecto —le confieso mi fallo. No sé por qué lo hago. No me gusta sentirme vulnerable. Especialmente, delante de otra persona. No puedo negar que estoy asustado. Si las cosas en *AM* salen mal, podría perderlo todo.

Le explico que voy a intentar seguir sin su ayuda y escuchándome, me doy cuenta de que, por primera vez en mucho tiempo, me apasiona mi trabajo. Tiene sentido. Me gusta *AM*, aunque no se lo puedo contar así a Annie.

—Luke, siento que no haya funcionado con Ron. Ese proyecto significa mucho para ti, ¿verdad? —Me mira y se acerca a abrazarme. De pronto, recuerda que está llena de manchas de pintura y se detiene, pero yo me acerco a ella y me importa muy poco mi ropa. Sin pensar, la beso con una familiaridad que nos sale a los dos natural.

Solo hemos estado dos noches juntos, pero nuestros cuerpos han aprendido rápido a encontrarse. Con solo un beso, Annie es capaz de encenderme. Mi mano no puede evitar bajar a buscar su pierna desnuda y acariciarla... "Quiero verte esta noche. Déjame invitarte a una cita", le propongo, rodeándola con mis brazos.

Soy el primer sorprendido al escucharme decir esas palabras. Yo, que odio las citas, pidiendo una voluntariamente. Es pura ironía. Pero no puedo negarlo: tengo ganas de pasar más tiempo con ella y me gustaría conocerla mejor. Ella sigue tratando de no apoyar sus manos en mí, para no mancharme, pero no se deshace de mi abrazo al responderme.

—Luke, esta noche es tu despedida. No puedes fallarle a Brian. ¡Además, va a ser *épico*! —bromea imitando a mi amigo.

—Prefiero cenar contigo. Déjame que te lleve de cita, Annie. La semana que viene es mi cumpleaños. Voy a cumplir treinta y te vas a quedar sin excusas para decirme que no. Ven a celebrarlo conmigo esta noche.

—¿Ir a una cita sabiendo que al día siguiente te irás y sin fecha de regreso? Suena como un buen plan…

—No tiene que ser una despedida, *red*. Voy a tener que venir más veces por mi proyecto. —Sobre todo ahora, que tendré que sacarlo adelante sin capital.

Su cara me responde. ¿Cuánto nos veremos? ¿Una o dos veces más, con suerte? Los dos sabemos que yo no vivo aquí. Sin embargo, no puedo volver a despedirme así de ella. No quiero.

—¿Hay algo que pueda decir para que cierres esa puerta —la beso en el cuello—, te olvides de tus llaves —sigo avanzando hacia su oreja— y te vengas a dormir conmigo esta noche? —pregunto susurrando en su oído, probando mi última carta de suerte.

Sonríe, pero su mirada me da la respuesta.

—Luke, si tuviéramos más tiempo —dice vagamente—, pero mañana te vas y me gustaría despedirme bien esta vez. ¡Míranos! Podemos no matarnos si nos lo proponemos. ¿No es mejor que seamos… amigos? —busca mis ojos al decir eso.

Puedo notar como a ella tampoco le gusta esa idea. Suelto sus caderas, que tenía abrazadas y echo de menos su contacto al instante. Ser su amigo suena peor de lo que puedo soportar.

—¿Al menos, puedo pedir un deseo de cumpleaños? —pregunto.

—Si tiene que ver con lencería sexi, no —bromea.

—Tengo otra cosa en mente, ¿pero podemos discutir tu idea para futuros cumpleaños? —propongo con mi mejor sonrisa traviesa.

—Luke… —niega con la cabeza y mordiéndose el labio inferior— Buenas noches.

—Buenas noches, *Pink Lady* —respondo tocando su nariz, que tiene pintura rosa—. Espero que me concedas mi deseo de cumpleaños.

41.

retando a una 'pink lady'

Domingo, 22 de mayo

Lo que menos me esperaba al salir de casa esta mañana era encontrarme una manzana en el suelo de mi rellano. Había una nota debajo. Era de Luke. Y no era cualquier manzana, era una *pink lady*.

> *"Puede que yo no haya visto 'Grease', pero tú tampoco has visto la Gran Manzana, 'Pink Lady'. ¿Querrías tener una cita conmigo si tuvieras una semana entera?*
>
> *No me niegues mi deseo de cumpleaños: tú en Nueva York.*
>
> *L."*

El sobre viene acompañado de un billete de avión. El vuelo sale en cinco días—justo cuando empiezan mis vacaciones. La reserva tiene todos mis datos y tengo claro quién se los ha facilitado. Voy a buscar a Yulea a su puerta inmediatamente.

—¿Me vas a explicar por qué sabe Luke mi segundo apellido?

—No tengo ni idea —acompaña esa frase con su mejor cara de inocente.

Brian me saluda a lo lejos desde su cocina. Ni me molesto en contestar. Solamente la saco por el brazo al rellano y cierro su puerta para que él no me oiga.

—Yul, ¿te das cuenta de que es una locura, no? No puedo ir a verlo. Me sabe fatal que se haya gastado el dinero en un billete para un avión al que no me voy a montar.

—Annie, es un viaje a Nueva York gratis. ¿Acaso no te he enseñado nada? Nunca se rechaza un viaje gratis. No. Lo retiro. Nunca se rechaza una semana de buen sexo internacional. ¡Estás de vacaciones esos días! Disfruta un poco. La vida es demasiado corta para ser tan cuadriculadita, *love*.

Adoro a Yulea, pero desde que NO está enamorada (o eso dice), ya no me da buenos consejos. Tanto sexo le tiene que estar nublando el cerebro.

Ahora mismo echo de menos un tiempo en el que el horóscopo de la revista *SuperPop* era lo único que tenía que consultar para tomar decisiones.

Tenía pensado ir a ver a mi madre en mis vacaciones. Llevo retrasándolo más de medio año.

Inevitablemente, miro la maldita manzana que tengo aún en la mano... tenía que ser el fruto de la tentación.

42.

la madre que me parió

Dos días más tarde. Martes, 24 de mayo

Hace más de medio año que no venía a la casa donde crecí. Es extraño que siga todo tan igual cuando tantas cosas han cambiado desde que yo vivía aquí. Una bofetada de olor a lejía me recibe. Hogar dulce hogar.

Al venir, siempre tengo la extraña sensación de que mi padre estará sentado en la mesa de la cocina leyendo el periódico, como solía hacer. Le gustaba hacer crucigramas para aprender español, pero nunca conseguía acabarlos.

He pedido un día libre para poder venir aquí. Pensaba visitar a mi madre la semana que viene, pero aún no sé si estaré en Nueva York. El destino ha querido que hoy sea mi primer día de regla... como si no fuera suficiente castigo el día que me espera.

Una vez leí que nos llevamos mal con las personas que se parecen más a nosotros. Puede que sea verdad, pero yo soy incapaz de verme ningún parecido con mi madre. Bueno, quizás en eso que dice Yul de que soy "cuadriculada". Pero mi madre me gana. Me supera en todo, en realidad.

En su vida ella no ha admitido haber cometido ningún error. Ha sido duro crecer junto a un estándar de perfección absoluta. Si le preguntas a ella, ha tenido una vida perfecta. Expediente inmaculado… con una sola excepción: yo.

—¿¡Qué te has hecho en el pelo, niña!? —me pregunta con desaprobación en cuanto me ve entrar al recibidor.

Me dan la bienvenida su cara maquillada y su pelo perfecto, incluso para quedarse en casa. Su ropa, perfectamente combinada. Su casa, inmaculadamente limpia. Sinceramente, lo que más me sorprende es que me vea. Yo nunca he existido demasiado para ella. Me apuesto lo que quieras a que me iré y ni se dará cuenta de que me he hecho un *piercing*.

—Me lo he teñido —digo sin darle más importancia.

—¿Dónde está Carlos? ¿Viene más tarde? —me pregunta.

—Mamá, Carlos y yo lo dejamos hace un tiempo… No quería decírtelo por teléfono.

—Ay, hija, pero… ¡¿y la boda?! ¿No la habíais retrasado?

Oh, sí. Ya casi ni me acordaba de eso. Mi boda. La mía y de nadie más, porque él ni se molestó en venir conmigo a pedir hora en el ayuntamiento. *¿Cómo no lo vi entonces claro?*

—Supongo que la hemos retrasado indefinidamente —intento sonar animada, pero me sale patético.

—¿Y ahora qué le voy a decir yo a mis amistades? ¡Ay, qué papelón, hija!

Por supuesto. El problema se lo doy yo a ella. Las víboras de sus amigas van a agradecer tener tema de conversación a mi costa unas cuantas semanas. Que lo disfruten.

—Con lo formal que es Carlos, ¿seguro que no lo podéis intentar arreglar? [Por si no hablas el idioma de mi madre, ahí va la traducción: haz lo que haga falta para que no seamos la comidilla del pueblo].

—Cuando te dejan por otra no hay arreglo, mamá.

—Si es que... ¡tantos años esperando no era ni normal, hija! Tenías que haberte dado cuenta [traducción: yo he tenido la culpa].

Así es nuestro primer minuto juntas después de medio año sin vernos.

Os doy la bienvenida a mi dulce hogar.

Cuando entramos a la cocina casi puedo escuchar a Lola Flores. Ella siempre sonaba en mi casa cuando estaba aquí mi padre. Era su favorita. Es de las pocas cosas que mis padres tenían en común: el amor por el flamenco.

Mi padre siempre me hacía sentir especial. Cuando me abrazaba, conseguía cancelar el mundo por un instante. Escuchar a la Faraona, para mí, es transportarme a otro tiempo. Uno en el que él aún vive. Casi puedo verle poniendo un CD en la minicadena, que ahora ya no está en la encimera, y viniendo con una sonrisa a sacarme a bailar. Él pondría una mano sobre su barriga y otra en el aire y se acercaría a mí meneándose torpemente.

Su sonrisa traviesa. Puedo verla tan claramente. Y duele tanto.

También puedo escuchar en mi mente la bronca que mi madre nos echaría por seguir el compás tan mal. Cuando eso pasaba, él se esforzaba por hacerlo aún peor y hacerme reír, mientras mi madre me corregía la postura. No cambiaría nuestros bailes haciendo el tonto en la cocina por nada en el mundo. Todo estaba bien cuando él ponía una canción de Lola y me cogía en sus brazos, pero esta casa sin él me viene grande.

Y por algún motivo no puedo evitar acordarme de mi baile con Luke en el 'Muchas Flores', maldita sea.

A los pocos minutos de vernos, mi madre y yo nos hemos ido encendiendo. No sabría decir quién ha empezado, pero cuando llega la hora de comer, yo ya le he recriminado que es una resentida. Ella me ha culpado de todos los sacrificios que ha hecho por mí. Yo le he recordado que le amargó la existencia a mi padre por obligarlo a vivir aquí... y, como apunte final, me ha dicho que estoy loca por haber dejado que Carlos se me escape. *Por supuesto.*

Llegado a un punto, como no tengo nada que perder, le digo que estoy pensando ir a Nueva York con Luke. Y no sé ni por qué le digo que él vive allí. Supongo que cuando ya no tienes nada que salvar, quemas todas tus velas. Y también creo que quiero dejar de esconderme. *¡Que tengo casi cuarenta años! Ya no soy ninguna niña haciendo una trastada.*

Por supuesto, ella se encarga de recordarme la locura que estoy planteándome hacer… o más bien la decepción que yo soy para ella. Una y otra vez. Cuando ya no puedo más con sus ataques viperinos, cojo la puerta y la estampo. Me voy. No puedo más.

No entiendo por qué el mundo me ha dejado sola con una madre que me odia. Me quedo sentada en las escaleras del rellano. De niña pasaba horas aquí para no escuchar las peleas de mis padres.

Resoplo al recordar que tendré que volver a entrar porque me he dejado la caja. ¿Cuál? La que mi madre me prepara con mucho cariño cada vez que vengo. Mi presencia en su vida le molesta tanto que no cesa en su empeño de devolverme cada pequeña cosa que aún tengo aquí, a pesar de que no utiliza mi habitación para nada. El amor de madre, para mí, es más fantasía que una película de *Disney*.

Al cabo de un rato, ella aparece —caja en mano— y me encuentra llorando. No puedo parar. Por más que lo intente, soy incapaz de creerme todas esas historias de madres que te apoyan y te comprenden, mientras que la mía vive para hundirme y culparme de todas sus desgracias.

—¿Tú crees de verdad que solo tu padre sufría, eh? —me pregunta—. Puede que él se quejara, pero yo lo llevaba por dentro, hija. Y eso a veces es peor. Los dos fuimos infelices. Los dos —recalca.

Creo que esta es la primera vez en mi vida que admite semejante debilidad. Debería apiadarme de ella, pero el dolor no se olvida tan rápido.

—Los tres, si no te importa, mamá. Yo estaba en medio —apunto.

—Si quieres aprender algo de tu madre —me ofrece como consejo—, arregla las cosas con Carlos. Es un hombre sencillo y formal. Te va a hacer las cosas fáciles, Anita. Se gana bien la vida y te cuida. Le puedes perdonar un error.

Y aquí mi madre se arranca y suelta una perla filosófica digna de ser estudiada (ella, no sus palabras):

"Los hombres son como los bolsos, hija. Si eliges uno que te va con todo, siempre estarás bien. Pero si llevas uno difícil de combinar, te vale para una fiesta y poco más. Amarga mucho intentar verse con algo que no te pega, hija. Creéme".

Por lo visto, para ella, mi padre era un complemento complicado. *Como si ella fuera fácil de llevar. ¡Tendrá narices!*

Siempre intento ignorar sus teorías absurdas, pero son tan ridículas que no puedes evitar buscarles un sentido. Seguramente comparar a tu pareja con un complemento explica por qué sigue sola, pero obviando eso: *¿quiere mi madre que yo aspire a llevar un bolso jodidamente aburrido toda mi vida? Por lo visto, sí.*

No puedo evitar acordarme de Yul. Ella siempre dice: "Nunca te pongas algo encima que no te vuelva completamente loca". Es una lección sacada del *"El Pequeño Libro Negro del Estilo"*. Ella y sus libros…

Algún día me encantaría ver a mi madre y a Yul charlar sobre la vida. Estoy segura de que acabaría habiendo sangre. Lo que no tengo claro es cuál de las dos ganaría.

Me vuelvo a casa con mi caja de recuerdos y con más dudas en mi cabeza de las que llegué.

Muchas gracias, mamá.

43.

'dating'

Viernes, 27 de mayo

Le propuse el viaje como un reto. Un juego. Esa era mi única opción para convencerla para venir, pero esperar a su respuesta ha sido una tortura. La hubiera llamado, pero estoy bloqueado aún en su teléfono. Aguanto estoico las ganas de escribirle un mensaje como LA93.

Llegados a este punto, creo que a Annie le gusta hacerme sufrir, aunque estoy bastante seguro de que es su forma de devolvérmela por haberla desafiado con el billete.

Veo una alerta de su cuenta de *TikTok*. Creo que el corazón se me sale del pecho al ver un vídeo suyo desde el aeropuerto. La canción de fondo es "Kesi". La misma que yo le puse en su altavoz hace ya más de un mes.

Después de las siete horas más largas de la historia, confirmo que su vuelo ha aterrizado. He venido a buscarla al aeropuerto. Los pasajeros de su vuelo empiezan a salir, pero por supuesto, ella sale la última. La ansiedad me va a matar. En algún momento de esta semana, quiero explicarle toda la verdad sobre *AM* y el grupo Ayamonte. No sé cómo se lo tomará, pero espero que pueda perdonarme.

He lanzado un órdago y solo puedo ganar o perder todo. O eso creo, porque con Annie siempre me preparo para una sorpresa.

Cuando la veo por fin, no puedo evitar sonreír como un idiota.

—Luke, ¡¿has venido a buscarme?! —se acerca a mí sonriente arrastrando su maleta.

La abrazo, sin atreverme a besarla, aunque la estrujo para comprobar que es de verdad. *Annie está en Nueva York. Conmigo.* Esa idea parece irreal.

Nos subimos en mi coche. Puedo ver en su cara que nunca antes había montado en un *Tesla* y le impresiona, pero no dice nada. Solo mira la pantalla.

—Puedes decir que te gusta. No se me va a subir a la cabeza —bromeo mientras introduzco mi dirección en el navegador.

—En realidad, estaba mirando que no vamos a esa dirección que estás apuntando. Esta es la calle de mi hotel —me da un papel.

—¡¿Cómo?! ¿Has cogido una habitación? —pregunto confundido.

—Claro. ¿Cómo me vas a llevar a una cita sin pasarme a recoger? He visto suficientes películas de Hollywood para saber que funciona así. He tenido que saltarme mi clase de flamenco para estar aquí... Quiero una cita de película —bromea.

Sonrío porque sé perfectamente lo que está haciendo. Ha venido con un plan de escape. Con una red de seguridad. Ha venido a verme sí, pero solo a medias. Aunque yo no se lo voy a poner tan fácil.

Esta noche tenemos una reserva en el mejor restaurante de la ciudad. He tenido que mover hilos para conseguir una mesa con tan poco tiempo, pero mi plan es impresionarla. Voy a demostrarle que esto es más que sexo. Pero si quiero que la cena de esta noche sea un éxito, ella tiene que descansar antes. Me muero de ganas de estar con ella, pero tengo que dejarla en su hotel para que duerma una siesta. La recogeré a las siete.

—Ponte una alarma porque el *jet lag* te va a hacer dormir profundamente. Créeme, he hecho este viaje cientos de veces. Tienes que descansar o te dormirás encima de tu plato en la cita esta noche —apunto cuando estamos llegando.

—Estoy despierta. Creo que no tengo sueño. De verdad, Luke —insiste—. ¡Quiero ir a ver la ciudad! Espera… ¡¿vamos de cita esta misma noche?! ¿Dónde?

Es muy gracioso y duro a la vez verla tan emocionada y tener que ser el adulto responsable que la mande a dormir, pero quiero que esta noche sea especial y la necesito despierta para ello.

—No te lo puedo contar, pero te va a gustar. Te llamaré cuando esté de camino a tu hotel. Desbloquéame de tu teléfono. Ya va siendo hora, ¿no?

—De eso tendrás que convencerme en nuestra cita. Mi hotel está a una manzana de tu casa. Puedes localizarme sin teléfono.

—Ni en la otra punta del mundo querías dejar de ser mi vecina, ¿eh?

—Deberías agradecérmelo. Nunca sabes si tendré que echarte en calzoncillos de la habitación.

—Smith, siento anunciarte que no vas a usar la habitación de tu hotel.

—Eso ya lo veremos, vecino —dice desafiante saliendo del coche cuando llegamos a la dirección que me ha mandado.

∞∞∞∞

Unas horas más tarde

Me da hasta miedo ver dónde ha elegido quedarse. Es una especie de hostal con muy mala reputación en el barrio. Aparentemente para ella es más seguro esto que quedarse en mi apartamento a dormir... *¡Buff!*

Llamo a la puerta de su habitación y la veo aparecer con un vestido corto, estampado de lunares, rojo y blanco. Tiene unos volantes a modo de tirantes que acaban en una espalda descubierta. Lleva los mismos zapatos rojos que un día me obsesionaron cuando la vi bailar en el *Indómita* con ellos. Su pelo suelto, echado para un lado le da poderío a ese *look* tan flamenco. Casi puedo oír las palmas al verla.

—No te voy a poder llevar a bailar a un tablao aquí con ese vestido, Annie. No por falta de ganas —anuncio sin siquiera saludarla.

—¡Vaya! Yo tenía ganas de volver a verte bailar —me responde con tono burlón.

Me da las gracias por las flores que le he traído y coge un clavel rojo del ramo para ponérselo tras su oreja. Es el complemento perfecto para lo preciosa que está esta noche. He visto muchísimas chicas guapas en mi vida, pero

Annie esta noche las deja atrás a todas. Nueva York le sienta bien. Está ferozmente libre. Me encanta eso.

—En realidad, no quiero ir a un tablao. ¡Quiero que me enseñes la ciudad! Tenías razón. Estaba cansada, pero ahora siento que no voy a poder volver a cerrar un ojo hasta que amanezca.

—¿Qué quieres ver primero?

—No he tenido tiempo de planificar. No sabía si vendría hasta que me he montado en el avión —reconoce sonriendo.

—De momento, iremos al restaurante.

—Estoy muriéndome de hambre. Dime que vamos a cenar a un sitio rico.

—Te va a encantar. Tienen las mejores ostras de la ciudad.

—Luke... soy alérgica al marisco. Mucho. ¿Tienen otras cosas, verdad? —pregunta preocupada.

La reserva es para un restaurante especializado en marisco recién traído de Nova Scotia, en Canadá. Lamentablemente, no podremos ir. Es demasiado arriesgado.

—Buscaremos otro sitio. No pasa nada. Yo también soy muy alérgico, a los frutos secos —le explico—. Nuestras opciones son bastante limitadas con tan poco tiempo...

Conseguir mesa a última hora un viernes en Nueva York es... difícil. Casi imposible, de hecho. Pero ella se parte de risa mientras yo saco mi móvil para encontrar algún sitio disponible a última hora.

—Dos alérgicos cenando... ¿No es la forma del mundo decirnos que una cita juntos es una idea peligrosa? A lo mejor deberíamos pensarlo mejor... —me mira provocadora, dejando claro que sus intenciones para esta noche no pasan por ir a un restaurante.

—No, no, no, Annie. —No puede echarse atrás ahora —. Quiero ir a cenar contigo esta noche.

La cojo entre mis brazos y busco sus ojos para que entienda que hablo en serio, pero ella responde con una mueca.

—No cenaremos nada de marisco. Y yo estoy dispuesto a recibir un chute de epinefrina... si me prometes que después serás mi enfermera —bromeo y ella vuelve a sonreír, aunque lo niega con la cabeza.

La tentación de besarla y olvidarnos de la cita casi me puede, pero no voy a dejar que gane. A esto no. Sé que su plan es provocarme para evitar ir a cenar, pero yo quiero convencerla de que podemos tener algo más que sexo juntos.

Me aparto de ella antes de que nuestras ganas de jugar nos puedan a los dos.

—¿Qué tal si evitamos un menú peligroso? —sugiere ella de pronto—. Me gustaría probar una auténtica hamburguesa americana.

Sé exactamente dónde llevarla. Podemos ir paseando, porque el restaurante está en mi barrio, pero antes quiero llevarla a Dumbo, para que vea las mejores vistas de la ciudad. Como amante de la fotografía sé que le va a encantar el rincón que le voy a enseñar.

Cuando nos montamos en el taxi, cojo su mano sin pensar y ella no se aparta. Algo tan simple como rozar sus dedos me parece inmenso en este momento. Ella está entretenida admirando las vistas ilusionada a través de la ventana y me comenta todo lo que le sorprende... pero antes de llegar al restaurante, no puedo evitar fijarme en que separa su mano de la mía disimuladamente y la convierte en un puño.

∞∞∞∞

Había elegido otro sitio muy distinto para cenar. Definitivamente, este no es el escenario ideal para una cita. No es elegante, las mesas no tienen manteles, la música la pone una banda y no hay un maître que te presente la carta de vinos. No, nunca antes hubiera traído a una chica aquí, pero en realidad es mi restaurante favorito y me encanta la idea de compartirlo con Annie. Solo conseguimos un sitio en la barra del bar. Mientras esperamos a que lo preparen, observamos el espectáculo al fondo del local.

—¡Qué bien huele! —comenta ella.

—Siento no haberte llevado a un sitio más bonito, pero la comida está buenísima, ya verás.

—Me encanta. Mi padre siempre decía que las mejores hamburguesas del mundo son las de Nueva York.

—Y tenía toda la razón —apunto—. Prepárate para un orgasmo en las papilas gustativas.

Sonríe y de pronto puedo ver que su mente sucia ha captado otro significado en mis palabras. La Annie de Nueva York no es la misma que he conocido en España. Es mucho más atrevida aquí y me encanta eso.

—Eso también, *red*. Más tarde —le susurro en su oído, intentando no reírme, mientras la cojo de la cintura por detrás.

Qué cruz. Yo intentando tener una cita seria y ella provocándome.

Antes de sentarnos en la barra, aparto su silla como un caballero. Quizás no es un lugar elegante, pero para mí esto es una cita. Eso no cambia. Afortunadamente nos sientan un poco alejados de la música y podremos hablar sin chillar. El local está bastante lleno, pero la mayoría de la gente está atendiendo a la banda que toca.

—¿Has traído a muchas chicas aquí? —me pregunta de repente.

—Créeme, no he tenido ninguna cita aquí antes. Este no es el restaurante al que invitas a alguien que quieres impresionar. Las hamburguesas cuestan diez dólares. Pensarían que soy un tacaño.

—Me has comprado un billete de avión a Nueva York. Luke, esta ya es probablemente la cita más cara de la historia.

Reprimo una carcajada.

—He pagado tu billete con mis puntos de la aerolínea, *red*. No cuenta. La única que ha gastado dinero en el hotel eres tú... y no deberías haberlo hecho.

—¿Y perderme la experiencia de compartir un baño con moqueta con toda la planta? Sería una pena —bromea y mi cara de disgusto la hace reír.

—La cita empieza ahora. No incluyas el viaje. Y por lo que más quieras, no me pidas que vayamos a tu habitación esta noche —Annie suelta una carcajada al oír eso.

Tenía miedo de que el restaurante no tuviera un ambiente romántico, pero lo cierto es que no está nada mal. La última moda dicta que la mayoría de restaurantes en Brooklyn Heights tengan luz tenue y algo anaranjada. En realidad, una vez dentro, no puedo evitar pensar que es un gran sitio para una cita, a pesar de que estemos en la barra.

—Aún no te he dado las gracias por traerme. Me encanta estar aquí. No me lo creo aún.

—Gracias a ti por concederme mi deseo de cumpleaños.

Ella se sonroja y aparta la mirada.

—Entonces, cuéntame... ¿cómo es una cita contigo normalmente? —insiste en interrogarme.

—Empiezo eligiendo un sitio con mesas disponibles.

—Eres muy estricto con las normas para tus citas.

—Annie, esta es la primera cita a la que voy en años. No me gustan.

—¡Quién lo diría! —bromea ella.

—No estamos aquí porque me gusten las citas... sino porque me gustas tú.

Ella sonríe de nuevo y chasquea la lengua como si quisiera negar lo que acabo de decirle.

—¿Y por qué no te gustan las citas? —redirige la conversación de nuevo.

—Aquí las cosas no son como en España, *red*. En una primera cita tienes que impresionar. Y si tienes suerte, puedes esperar un beso al despedirte. Hasta la tercera cita no hay sexo.

—Pero tú y yo no vamos a seguir esas normas... ¿verdad? —responde con una sonrisa pícara.

Provocadora...

—¿Te das cuenta de que nunca nos habíamos sentado a comer juntos? —intento cambiar de tema de nuevo. Hablar con ella es como un partido de tenis en el que, si te despistas, te marcan un punto.

—¡Oh! ¿Entonces ahora es cuando descubres que yo soy de las que te roban patatas fritas y dejo de gustarte?

—No, es peor. Ahora es cuando me vas a tener que contar cosas sobre ti y voy a tener que dejar de averiguarlas por mi cuenta.

Su cara me deja claro que no piensa colaborar, pero le gusta el reto.

—¿Ese era tu plan todo este tiempo? ¿Traerme aquí e interrogarme? —pregunta desafiante—. Donde las dan las toman, ¿sabes? Si quieres respuestas, tú también las tendrás que dar. Te recuerdo que aún no me has dicho ni tu apellido.

Doy gracias a que la camarera se nos acerca en ese momento y nos pide qué queremos beber. Annie pide un refresco de cola en perfecto inglés… con acento británico. Por algún motivo, eso me resulta gracioso y jodidamente sexi.

Yo estoy de humor para celebrar, así que me pido un cóctel *Old Fashioned*. Mi favorito.

—Estoy tentado de pedirte que sigamos la cita en inglés. Creo que tengo un fetiche por tu acento *british*.

—Mi padre era americano, pero mis tutores de inglés eran del Reino Unido… —se justifica.

—Me encanta tu acento —le susurro.

La camarera vuelve, disculpándose por no tener *Coca Cola*.

—En ese caso, un chupito de tequila, por favor —responde, aún en perfecto inglés de Cambridge.

No puedo evitar soltar una carcajada. *¿Quién pasa de pedir un refresco de cola a un licor de 40 grados?* En cuanto la camarera se va, tengo que preguntar.

—¿Tequila solo?

—Con limón y sal.

—Cuando dijiste que bebías tequila, te imaginé pidiendo margaritas... No chupitos, Annie. Cuando pienso que no puedes ser más rara, vas y me sorprendes.

—¡Habló quien pudo...! ¿Quién se pide un *Old Fashioned* antes de cumplir los cincuenta?

—Es mi cóctel favorito.

—Yul dice que las bebidas combinadas son para cobardes. Y yo le doy la razón.

Definitivamente, mis vecinas tienen muchas teorías sobre sus bebidas. La camarera trae mi cóctel y, antes de que se vaya, le pido otro chupito de tequila para mí. Annie está tan distraída con la música en directo del local que ni me escucha.

—¿Por qué no lo pruebas? —la animo, ofreciéndole mi bebida—. A lo mejor te gusta.

—¿Primero el agua de coco y después un *Old Fashioned*? Ni sueñes con que voy a cambiar el café por un té matcha, Luke.

—¿Te gustó el agua de coco?

No llega a asentir, pero tampoco lo niega. Solo menea la cabeza entre un sí y un no.

—Este cóctel te va a gustar. Aquí preparan un *Old Fashioned* muy bueno. Es una bebida para saborear lentamente. Prueba —le ofrezco de nuevo.

Tarda unos segundos en aceptar, pero finalmente, da un sorbo a mi bebida.

—No está mal, para no ser tequila —admite y toma un segundo sorbo—. Me recuerda... a ti.

No puedo evitar sonreír. Es difícil ocultar el poder que un comentario así tiene sobre mí cuando es ella quien lo dice.

La camarera viene enseguida con los dos tequilas a la mesa.

—Dime Luke... ¿me quieres emborrachar o vas a beber tequila conmigo? —pregunta pícara.

—¿Hacemos un trato? Vamos a brindar con tequila y beber un *Old Fashioned* entre los dos.

—¿Y por qué brindamos? —pregunta, mientras coge la sal.

—Por tener una noche entera para interrogarte —respondo.

—No te lo voy a poner fácil —anuncia y empieza a lamer su mano lentamente, provocándome. Mientras lo hace, con su pie, me roza el gemelo.

—Contaba con ello —contesto sonriendo hipnotizado.

44.

todo o nada

Annie se ha pasado toda la cena esquivando todas mis preguntas y ha intentado descaradamente que me enfadara robándome una cantidad escandalosa de patatas fritas. "Las más ricas son las robadas", ha dicho orgullosa tras quitarme la última de mi plato. Cuando he intentado quitarle yo una (insisto: solo UNA), ha puesto un chorro de salsa picante en mi ketchup como venganza y se ha negado a compartir el suyo.

Aunque ha insistido en que no le gustaba demasiado, se ha acabado bebiendo casi todo mi *cocktail*. Y al final de la cena, en un intento final de sabotear aún más nuestra cita se ha negado a que pagara yo. "En España, cuando es tu cumpleaños, te invitan", ha asegurado.

Después hemos caminado juntos y Annie ha jugado a esquivar mi mano cada vez que yo buscaba la suya. Para variar, no la entiendo. No tiene problema en dejarme claro que quiere sexo, pero se niega a pasear cogidos de la mano. *Muy lógico.*

Sin darnos apenas cuenta, llegamos a un bar a medio camino entre su hotel y mi apartamento.

—¿Te apetece otro tequila? ¿Un *Old Fashioned*? ¿O sigues fingiendo que no te ha gustado?

Es la primera vez que veo a Annie ligeramente borracha, aunque no lo está tanto como para tener resaca mañana. Creo que la bebida de la cena la ha afectado porque está hablando más de lo habitual desde que hemos salido del restaurante.

—¿Sabes por qué me gusta el tequila?

Me pregunta eso guiñando un ojo. Ese gesto lo hace a veces cuando está avergonzada por algo. Es una especie de mueca, como si quisiera taparse la cara y solo se le ocurriera hacerlo cerrando un párpado. Es jodidamente estúpido y encantador a la vez. No llego a responder, pero ella sigue hablando.

—Tienes que respetar un alcohol que tiene su propio ritual para bebérselo. Me gusta el limón y la sal. Sobre todo la sal... porque me recuerda a ti.

—¡¿A mí?! —Me extraña su respuesta, pero no me disgusta en absoluto. Decido agarrarla por la cintura, ya que claramente no quiere que la coja de la mano. Ella responde rodeando mi cuello con sus brazos.

—Luke, esto es el alcohol hablando. O el *jet lag*, no lo sé... No me creo que vaya a contarte esto —explica mirando al suelo y evitando alzar la vista en todo momento—. Tuve un sueño contigo... y con sal.

Intenta apartarse un poco de mí al decir eso y oculta su cara con las manos. Definitivamente ha bebido, pero no está tan borracha. Está visiblemente ruborizada por lo que acaba de confesar y es adorable verla así. La acerco de nuevo a mí para que no se escape.

—Cuéntame ese sueño, Annie —le pido con curiosidad.

—Es solo que venías a pedirme sal, como cualquier vecino... —empieza a explicar aún sin mirarme en ningún momento— pero yo no quería dártela... y tú me lamías el brazo, luego el cuello y entonces yo echaba la sal encima... —no sigue contándome más. Solo se tapa de nuevo la cara avergonzada—. Creo que es el sueño más erótico que he tenido nunca.

—¿Cuándo pasó eso...?

No responde enseguida, solo pone una cara muy graciosa de bochorno. Tarda unos segundos en reconocer que tuvo ese sueño antes de que estuviéramos juntos. Antes incluso de Ron y de la fiesta en el *Indómita*. Es muy divertido verla tan sofocada. No puedo evitar reírme.

—¡¿Qué es tan gracioso?! —pregunta muy enfadada mirándome de nuevo.

—Que es la primera vez que me confiesas algo de ti sin que tenga que averiguarlo, *baby*, pero no me puedes contar algo así y esperar a que sea un caballero en esta cita.

—¡¿Cuándo he esperado yo que lo seas?! ¡Llevo toda la noche provocándote! ¿O decías en serio que solo nos podemos besar en la primera cita? Luke, yo no quiero cogerte de la mano, pero sí quiero hacer otras cosas contigo —vuelve a parecer avergonzada al decir eso.

—Si de mí depende, hoy vas a dormir conmigo, *red* —la cojo de nuevo fuerte de la cintura—, pero no quiero que desaparezcas en medio de la noche o que me eches de tu cama otra vez.

Me mira contrariada, pero no la dejo hablar.

—¿Puedo contarte un secreto yo también? —le susurro al oído.

—Es lo justo, ¿no? Yo te he contado mi sueño —refunfuña.

—No quiero *hate sex* esta noche. Quiero hacerte el amor. Y que te quedes a dormir conmigo.

Su cara de horror hace que se me encoja el pecho por un segundo. Añadiendo dramatismo a la escena, sin darle tiempo a responder, se oye un trueno a lo lejos. Una tormenta se está formando, en el cielo y en la tierra, pero me he lanzado sin red y ya no puedo echarme atrás.

—Annie, quiero que pases esta noche conmigo... y todas las demás de esta semana también —le acaricio la mejilla y aparto un mechón de su cara.

—Luke... —alcanza a decirme, sin llegar a responder. Mirando su cara mojada descubro que las primeras gotas de lluvia han empezado a caer—. ¿Por qué quieres complicar las cosas?

—Annie, el tiempo que tengamos juntos quiero estar contigo. Siete días. No pido más —apunto aún tocando su mejilla.

Puedo ver la duda en su rostro. Sus labios gruesos, entreabiertos, quieren decirme algo que la armadura que ha construido para protegerse le impide pronunciar. Sigue sin responderme y la lluvia empieza a ser torrencial, por lo que nos resguardamos bajo el toldo de un bar. Estamos lo suficientemente cerca de mi casa o de su hotel para volver andando en cualquier dirección, pero con la que está cayendo vamos a acabar empapados.

—Luke, ¿sabes lo que me ha costado venir hasta aquí? ¡Me he saltado todas mis normas!

—Solo te estoy pidiendo siete días, *baby*. No quiero normas esta semana.

Cojo su cara con ambas manos para acercarla aún más a mí. Ella me mira, pero no dice nada. La beso con ganas. Con todas las que he acumulado desde que la besé por última vez en España. Sus mejillas están húmedas por la lluvia y nuestra ropa empieza a calarse, pero no nos importa a ninguno de los dos. Ella me responde con mi misma intensidad, agarrándose a mi cuello, pero soy yo quien nos separa.

—No me hagas esto... —suplica.

—Annie, dime que no quieres pasar conmigo esta noche... ni un poco. No me mientas.

Nuestras miradas se encuentran como se encontraron hace una semana en su cama. Puedo ver una lágrima formarse en sus preciosos ojos grises.

—Luke... —toma aliento antes de responderme— ¿Todas las noches?

Asiento.

—Y tendrás que dejarte coger la mano de vez en cuando —añado y ella sonríe, pero pone los ojos en blanco en respuesta.

—¿Podré al menos poner una norma? —pregunta.

Gruño cuando escucho eso.

—Si quieres que no me escape de tu habitación, tendrás que hacerme el amor toda la noche.

Suspiro aliviado al escuchar eso.

—¿Esa es tu única condición, *red*? —arqueo una ceja y tengo que contenerme para no sonreír.

—¡¿Quieres callarte de una vez y llevarme a tu cama?! —Eso me lo dice en inglés, con ese acento británico suyo que me va a volver loco y me mira provocándome porque sabe perfectamente cómo hacerlo.

Bufo en respuesta. La beso de nuevo y la cojo de la muñeca para volver a mi casa corriendo. Reímos y poco nos importa ser los únicos locos que están en la calle en plena tormenta. Cruzamos la calzada sin esperar al semáforo y solo paramos para volver a juntar nuestros labios y lenguas cada pocos pasos.

Cuando llegamos a la recepción de mi edificio, Annie comenta: "¿Vives aquí? Parece un hotel de lujo". No puedo evitar reírme con eso. No le falta razón. Intentamos comportarnos delante de los porteros que nos observan entrar a la recepción empapados, pero en cuanto entramos en el ascensor, no puedo evitar empotrarla contra la pared y coger sus piernas para rodearme. Pasamos los 26 pisos hasta mi apartamento enrollándonos contra el metal del elevador. Ninguno de los dos puede esperar.

45.

rompiendo barreras

Todo mi plan ha fracasado en cuestión de horas. Me he pasado el vuelo completo repitiéndome que es posible ser amigos que ocasionalmente follan. Sin ataduras. Él dormiría en su casa y yo en mi hotel.

He intentado sabotear nuestra cita incesantemente para volver al terreno seguro del sexo casual. Me he autoengañado pensando que, si no dormía con él y conservaba mi espacio, sería más sencillo no sentir nada, pero nada de eso funciona.

No, porque en el taxi hoy nuestras manos entrelazadas me han hecho imaginar por un segundo que éramos dos idiotas enamorados en Nueva York... y me ha dolido esa idea.

Yo sé que no lo somos. De verdad, sé que no. Pero si he venido aquí es porque deseo estar con Luke. Es algo que no puedo negarme más a mí misma. Haga lo que haga, sé que voy a sufrir... pero no quiero perderme la otra cara de la moneda. Quiero disfrutar. Y tenemos poco tiempo juntos. Por una vez en mi vida, voy a dejar de negarme lo que quiero a mí misma. Voy a aprovechar cada minuto que esté aquí.

No sé ni cómo hemos llegado a su apartamento. Luke cierra la puerta con el pie, pero nuestras manos están demasiado ocupadas para tener tiempo de encender la luz. La luna y la ciudad iluminan lo suficientemente para poder vernos. Vamos besándonos, desnudándonos y topándonos con varios objetos que no puedo reconocer de camino a su cama. Estamos completamente empapados.

Yo empiezo desabrochando su camisa. Nunca había podido desnudarle hasta ahora. Llevo deseando hacerlo desde el minuto en el que le he visto aparecer por la puerta de mi hotel, con su mirada traviesa, su ramo de flores y ese olor a crema de afeitado que me roba toda capacidad de tener pensamientos racionales.

Mientras yo lucho con sus botones, él busca la cremallera de mi vestido a ciegas palpando mi espalda. Adoro sus manos sobre mi piel. Necesito desnudarle cuanto antes. Me siento febril por tocarlo. Esta ha sido la semana más larga de toda mi vida.

Llegamos a la habitación los dos en ropa interior. Su cama es grande e incluso sin luz puedo ver que su colcha es blanca. Demasiado blanca para ser mi último día de regla. *Mierda*.

Le invito a estirarse y me deshago de sus calzoncillos. Me acerco a su pene y lo empiezo a lamer. Adoro su sabor salado. Mi boca no quiere perderse nada. Me gusta sentir su mano en mi pelo. No tengo prisa porque quiero recrearme en su placer, pero Luke me aparta e inspira, como si estuviera haciendo un esfuerzo por contenerse.

—No voy a poder aguantar mucho si sigues jugando a ese juego, *baby*.

—Luke, es mi último día de regla —confieso—. No quiero manchar nada.

—¡Que le jodan a las sábanas, Annie! Llevo una semana esperando esto.

Carlos no quería ni tocarme con un palo en esos días del mes, a pesar de que yo siempre me siento lasciva cuando tengo la regla. *¿Me excita que a Luke no le importe? Definitivamente, sí.*

Me tiende sobre el colchón suavemente y empezamos a besarnos cada vez con más deseo. Y más. Él acaricia mi clítoris por encima de mi ropa interior. Adoro como sabe encenderme a su antojo con su mano. Incluso con mis braguitas aún puestas. Me deshago de ellas rápidamente. Parezco una adolescente, pero no puedo evitarlo, me da corte que vea mi *salvaslip*. A mi edad con tanta tontería, sí.

Afortunadamente, se me olvida rápido todo eso cuando Luke empieza a besar mi cuello y baja poco a poco para ganar acceso a mi pecho. Mis tetas están especialmente sensibles. Él las succiona con tanta intensidad que pienso que no voy a aguantar el placer. Una parte de mí quiere que pare porque es demasiado, pero otra no quiere que se detenga jamás.

Necesito cerrar los ojos por un instante porque las emociones me superan. Todos mis receptores sensoriales están concentrados en disfrutar de los trucos de magia que él hace con su boca.

—Joder, los he echado de menos —confiesa Luke mirando mis pezones con deseo.

Instintivamente, mis manos, que estaban estrujando a placer su delicioso culo, pasan a buscar su pene. Está aún húmedo por mi saliva. Yo lo acaricio y él me responde con su mano entre mis piernas.

Nuestra piel está mojada por la lluvia. Nuestros cuerpos se deslizan sin dificultad por la humedad. Se coloca encima de mí y empieza a restregar su polla contra mi entrepierna. Quiero tenerle dentro. Lo necesito. A él y a su piel. Quiero más.

—Luke, no aguanto así… —confieso.

Su erección se resbala sin dificultad entre mis labios que están completamente empapados e hinchados por la fricción. Nos masturbamos uno al otro, piel contra piel. Mi última capacidad de ser racional se pierde en ese momento.

—Te quiero dentro —suplico.

—Voy a por un condón.

—No —susurro y agarro su cuerpo para retenerle junto a mí.

—Tengo un DIU. Estoy sana.

—Yo también, pero… ¿estás segura? —me mira.

—Completamente —asiento e inspiro a la vez porque sigue rozándome con su polla y no controlo ni mi respiración cada vez que la mueve.

Estoy tan excitada que me podría correr solo con su roce contra mi entrada, pero lo necesito dentro de mí y sin barreras. Una parte visceral de mí anhela el roce de su piel y hasta su semen invadiéndome. Quiero sexo animal. Lo deseo tanto que no entiendo otra forma.

Necesito estar tan juntos que lo pueda sentir sin límites. Aunque sea un solo instante. Es primitivo, irracional y probablemente estúpido, pero ahora mismo con Luke es todo o nada. Cualquier otra cosa no será suficiente. Tengo siete días para disfrutar de él y no quiero perderme absolutamente nada.

Basta con un simple cambio de ángulo para que su polla pase de resbalarse entre mis labios a penetrarme con una intensidad dolorosa. Aspiro profundo y expiro gimiendo. Me recreo en esa sensación de ardor entre mis piernas.

Así somos Luke y yo. Una parte de nosotros siempre va a ser sufrimiento, pero es una dulce tortura. Y hasta eso quiero de él esta noche. No consigo no desear que me dé tormento.

Luke produce un gruñido de placer al estar finalmente en mi interior. La primera embestida es lenta, pero pronto la segunda y la tercera van acelerando el ritmo. Araño su espalda de puro placer. Con los ojos en blanco, él alcanza a decirme "*Oh my… fucking… God*, Annie". Creo que es incapaz de pensar en español en este momento.

—¿Lo estás sintiendo? —me pregunta y yo asiento.

—Por favor, no pares... Nunca —rebufo entre gemidos, con la respiración entrecortada.

Puedo ver como mis palabras le afectan porque de pronto lo veo enloquecer y yo con él. Nuestros cuerpos no aguantan seguir el ritmo desenfrenado que ambos marcamos. El choque de nuestra piel es lo único que compite con el sonido de nuestros jadeos. Luke me empotra contra su cama con tal fuerza que siento que no me podré despegar nunca de ella. No me importa. No voy a resistirme. Al contrario, mi cadera se alza buscándole y retándole. Nada es suficiente.

Mis manos se agarran a su espalda y forman una garra para contener el orgasmo que está cada vez más cerca. Quiero estar así toda la noche, con él dentro de mí. Pero las sensaciones ganan y no puedo evitar dejarme ir con ellas. La intensidad con la que llego a correrme es demoledora.

Adoro liberarme entre los brazos de Luke a cada lado de mi cuerpo. Forman una jaula maravillosa de la que no quiero salir. Puedo sentirle conteniéndose. Quiere seguir. No quiere que acabe. Sus embestidas siguen y es una tortura para mi pobre vagina, que aún está recibiendo coletazos de placer.

—Córrete —suplico acariciando su cara.

La única respuesta a eso es un jadeo gutural, profundo y enloquecido. Enseguida lo veo exhalando placer mientras se deja ir en mi interior. Sus ojos vidriosos por el esfuerzo se encuentran con los míos y entonces se relaja con un soplo final. Me sonríe incrédulo.

Coge mi cara y me besa, aún con sus piernas temblorosas, mientras yo siento el calor de su semen dispararse una y otra vez dentro de mí. La mezcla de mis propias oleadas de placer con sus propias explosiones es lo más erótico que he sentido en mi vida.

Luego, solo somos respiraciones acompasadas. Él rueda ligeramente para no desplomarse encima de mí, pero enseguida me abraza, como si no quisiera que me escapara de aquí.

He vivido el orgasmo más intenso de mi vida y creo que para mi cuerpo deben ser las seis de la mañana. No recuerdo más allá de eso porque caigo rendida, rodeada por sus brazos. Estoy exactamente donde quiero en el mundo y esa sensación de paz se apodera de mí.

46.

el lado oscuro

No sé qué hora es cuando vuelvo a abrir los ojos. Es de noche, pero hay mucha luz. *Debe ser difícil vivir sin persianas, sobre todo si tu ventana la ilumina así la ciudad* —pienso. Imperativamente, necesito ir al baño.

Siempre me resulta extraño estar en casa de otra persona durmiendo. Localizo el baño y, al encender la luz, la claridad me ciega. Cierro la puerta rápidamente. Sí, estoy pidiendo una cistitis por no haber venido aquí antes. En mi defensa, quedarme dormida sobre el pecho de Luke era demasiado tentador. Claramente, ha sido culpa suya.

Milagrosamente, no parece que haya un escenario propio de una *Matanza de Texas* en su cama. Por una vez, mi regla no parece querer existir para joderme la vida. La suerte me viene de cara. Algo extraño en mí.

Este baño parece sacado del futuro. La realidad de donde estoy me cruza la mente por un segundo. Quizás por eso no quiero ni mirarme al espejo. Decido que es mejor volver a la cama. No quiero quedarme sola en este momento. Eso me invita a pensar y ahora mismo eso es una muy mala idea.

Cuando vuelvo a estirarme, no puedo evitar girarme para mirar a Luke, que sigue dormido. Querría meterme de nuevo bajo sus brazos, pero si lo hago, voy a despertarlo. También deseo pasar un dedo por esas estrías en su bíceps que me parecen tan encantadoras. Es su único defecto visible, pero en él resulta jodidamente sexi. Pongo mi cara sobre la almohada y me recreo al recibir una bocanada de su olor.

Cuánto me gusta mirarle así, sin que él me vea. Este momento parece imposible.

Quiero memorizar su piel, con cada poro y cada principio de arruga. Me gusta algo tan tonto como verlo respirar. Me recuerda que es real. Que esto es real. Despojado de sus ojos aguamarina, sus facciones son aún más masculinas. Su barba tiene la medida perfecta para ser suave al tacto. Me estremezco al recordar el cosquilleo que he sentido hace unas horas al acariciar mi cara contra la suya. Su pelo está más despeinado que de costumbre. Mi mano va a colocárselo, pero me detengo haciendo un puño. No, no quiero despertarlo aún.

Tampoco quiero preguntarme a mí misma cómo podré volver en seis días a España y retomar una vida normal en una realidad donde él no está. Regresar a un cartel de 'Se Vende' como única muestra de que esto ha pasado. Estoy en un maldito metaverso. Creo que por fin los entiendo.

Me va a costar bloquear a mi Pepito el Grillo particular, pero estoy decidida a disfrutar cada día mientras esté aquí. Esta semana será la memoria a la que mire atrás un día y sienta que he hecho exactamente lo que deseaba.

En sueños, Luke me abraza y de pronto me veo a un centímetro de sus labios. Su olor es ya tan familiar y a la vez conozco tan poco de él... Me parece increíble sentirme así de conectada a él, pero mi cuerpo conoce su aroma y reacciona a él sin necesidad de saber más.

Desde tan cerca, no puedo evitar regodearme en disfrutar de su olor. Creo que mi nariz lo roza sin querer y él se despierta. Mi corazón se encoge por un segundo al ver su cara de sueño transformarse en una sonrisa al verme.

—No te has escapado —acaricia mi mejilla. Estamos cara a cara, a escasos centímetros el uno del otro, abrazados.

—Pensaba saltar por la ventana, pero tenías que vivir en un rascacielos, ¿eh? —respondo, mordiéndome el labio para no reírme y él me responde sonriendo también—. ¿Te he despertado?

—No quiero dormir en los próximos seis días —me besa suavemente en la boca—. Además, te he prometido sexo toda la noche.

De pronto recuerdo el momento que hemos vivido antes de dormirnos.

—Perdón, creo que antes… tendríamos que haberlo hablado —me disculpo.

—Ha sido increíble, Annie.

Su dedo pasa a jugar con mi pezón, mientras él está callado, pensativo. "Te explico una cosa si no te ríes de mí…", dice de pronto. No puedo evitar sonreír, a pesar de que aún no me ha contado nada.

—Es la primera vez que no uso protección.

—¿La primera? Siento haberte llevado al lado oscuro —respondo en voz baja. Estamos hablando los dos entre susurros.

—Me voy a dejar llevar las veces que tú quieras, *baby*.

Empezamos a besarnos y él baja por mi cuello y escote, dejando un camino de besos que llega a mi barriga. Y yo me siento mal… Luke me ha traído hasta aquí. Ha organizado una cita que yo he saboteado. Y ahora me ha dado una primera vez que yo no le puedo devolver. Tengo que ofrecerle algo.

—Luke, yo solo he estado con otra persona sin protección antes de ti… No me gusta hablar de esto, pero estuve con alguien durante mucho tiempo. Tú y él. Nadie más.

Sonríe satisfecho con lo que le acabo de contar, pero yo no estoy tan segura de si he confesado demasiado.

—¿Ese otro alguien… no será el tío que estaba en el bar el otro día?

—¿Qué son, las tres de la mañana? ¿Ni a estas horas va a parar el interrogatorio? Me voy a negar a responder preguntas, Luke. Si quieres información, tendrás que ofrecerme algo a cambio.

—En realidad, son las doce —aclara mirando el reloj de su mesilla— ¿Y quieres que te cuente algo a cambio? —piensa por un segundo antes de seguir hablando—. No he estado con nadie desde que nos acostamos por primera vez, Annie.

—No tienes por qué mentirme. —Chasqueo la lengua para dejar claro que no me lo creo.

—Puedes preguntárselo a Brian. No para de meterse conmigo. Cree que me tienes embrujado y empiezo a pensar que no le falta razón.

Esta vez soy yo la que estoy satisfecha con la respuesta. Me parece increíble, aunque a mí me ha pasado lo mismo. No es fácil explicar lo que me pasa con Luke. Un embrujo ahora mismo suena como una explicación plausible, aunque no tengo claro quién de los dos lo ha hecho.

—El del bar... era mi ex, sí —confieso—. Acabamos de firmar lo más parecido a un divorcio: el cierre de nuestra hipoteca. Me hizo mucho daño... ¿Podemos cambiar de tema, por favor? —suplico.

—...y no te querías acostar con él el otro día... —añade, queriendo saber más.

—Ni con él ni con nadie. Me has destrozado el sexo con otros, ¿contento? Eres el único que sabe cabrearme hasta ponerme cachonda.

Luke gruñe de placer al escuchar eso.

—¡Lo sabía!

—Una pregunta: ¿en este edificio hay escalera de incendios? —planteo cambiando de tema—. Estoy muy despierta y no me estás haciendo el amor como me has prometido. Necesito planificar mi huida urgentemente —lo reto.

—¡*Grrrr!* —se lanza sobre mí.

—Luke… ¿decías en serio lo de dejarte llevar al lado oscuro? —digo casi susurrando de nuevo y acaricio su mejilla.

—¿Qué estás pensando, mala mujer?

—Se me ocurre algo que sí puedo hacer por primera vez contigo… —propongo pícara.

Yulea habla maravillas de algo que yo aún no he probado y, sinceramente, yo tengo mucha curiosidad. Como si leyera mi mente, me da la vuelta y empieza a besarme la espalda en sentido descendente, pero antes de eso me susurra en el oído: "Pensaba que no me lo pedirías nunca, *red*".

—Ve con cuidado, Luke —le advierto—. No me hagas daño, por favor.

No puedo evitar acordarme de que tiene un *Empire State* entre sus piernas.

—*Baby*, yo nunca te haría daño… Iré con mucho cuidado, pero vas a ser tú quien me pida que vaya más fuerte.

No puedo evitar bufar al oír eso. Sigo sin tener claro qué hora es, pero no puede importarme menos. Haría cualquier cosa por detener el tiempo en ese mismo momento. En su cama, entre sus brazos y explorando el lado oscuro con él.

47.

de película

Lo poco que vi ayer del apartamento de Luke parece sacado de un catálogo de pisos amueblados para ejecutivos. Paredes blancas, muebles de madera oscuros, metal y cuero… todo al más puro estilo *mid century modern*. Hasta mi habitación de hotel que solo tiene una cama y una mesilla de noche es más personal que este apartamento.

Luke sigue plácidamente dormido. El descanso del guerrero, después de las batallas que hemos librado toda la noche, supongo.

Creo que yo tengo *jet lag*, porque cuando me he despertado y he ido al baño, he visto en un reloj del espejo que solo son las seis de la mañana. Aquí amanece más temprano porque hubiera jurado, por la luz que entra por las ventanas, que eran las diez de la mañana.

Al mirarme en el espejo, lo primero que veo es el reflejo que su barba corta me ha dejado por todo el cuerpo. Heridas de batalla. No puedo evitar sonreír al pensar que, al menos, esta vez no me ha hecho un chupetón.

Me gusta ver en la ventana de su salón cómo amanece en Nueva York. Las vistas desde el piso 26 son impresionantes. Mi cámara va a estallar esta semana. No puedo olvidar nada de esto.

Veo la camisa de Luke y voy a cogerla. En parte porque quiero olerla, pero también para vestirme con algo. Ni cortinas ni persianas. Esto parece una pecera. Al menos, hay unos estores, pero no sé cómo voy a hacer para cerrarlos desnuda.

Toda nuestra ropa sigue empapada y tirada por el suelo del salón. En medio de la armonía de ese piso, nuestras prendas son lo único fuera de lugar. Las recojo, pero no puedo ponerme nada de eso encima.

También quiero hacerme un café, pero no encuentro una cafetera a la vista. *Por favor, que tenga algo que no sea té matcha*. No quiero abrir armarios sin preguntarle, así que cojo un vaso que encuentro en la encimera y me conformo con agua del grifo.

Tapándome como puedo con la pared, bajo un estor de lamas colocándolo para poder ver las vistas sin enseñar nada. Me siento cerca de la ventana —mi nuevo rincón favorito— a mirar los edificios. Apenas puedo ver la gente pasar desde tan alto.

Luke aparece al rato en el comedor, completamente desnudo. Su cuerpo, bañado con los rayos de sol, es el motivo por el que los escultores hacen sus estatuas. *¿Quién no querría capturar esa belleza?*

—Buenos días, exhibicionista… —me saluda con un beso en la sien, acercándose conmigo a la ventana.

Me restriego contra él, buscando su olor.

—Mi ropa está mojada.

—Perfecto. Así no vas a poder irte de aquí. —Sonríe y me abraza.

—Te recuerdo que ya me he ido antes de tu casa desnuda. No me retes…

Retiene una carcajada al oír eso y me besa el hombro. De pronto, parece que recuerda algo y va a su habitación. "Tengo algo que te puedes poner", dice cuando vuelve. Lleva mi camisón en la mano. El mismo que yo me había quitado en su casa hace una semana. Se lo ha quedado. *Qué tramposo es…*

—¿¡Luke, por qué tienes mi camisón!?

—Lo tomé prestado… huele a ti —confiesa y me lo da para que me lo ponga.

—Ahora tendré que robarte un pijama para estar en paces, ladrón…

—Coge lo que quieras porque no creo que encuentres ni un pijama.

—¿Lo que quiera? —Arqueo una ceja.

Miro a mi alrededor, pero no hay nada que me recuerde a él en su salón.

—Tienes un piso muy bonito, Luke, pero es un poco… ¿impersonal? —apunto haciendo una mueca. No quiero ofenderle, pero no puedo evitar que me extrañe—. ¿Qué voy a coger, el mando de la tele? —digo poniéndolo en mi mano—. No tienes ni decoración.

—No me quites el mando, Annie —me advierte.

Sonrío y me muerdo el labio porque no puedo negarlo: me encanta pelearme con él. Empiezo a apartarme con mi rehén con botones.

—Compraré flores para decorar —asegura acercándose a mí—. Elige la camiseta que quieras y llévatela, pero deja aquí el mando, Annie. —Me alcanza y me coge por la cintura, pero yo alejo mis brazos. No se lo voy a devolver tan fácilmente.

—¡Este piso necesita algo más que flores, Luke! —Forcejeamos y estiro mis brazos todo lo que puedo, pero los de Luke son más largos y fuertes.

—¿Para qué voy a decorarlo si yo solo quiero mirarte a ti? —una de sus manos alcanza la mía y finalmente me quita el mando y me deja ir, no sin antes darme un beso juguetón en la nariz al ver que estoy enfadada por haber perdido.

No puede apagar su encanto. Es un jugador. Tengo que recordarlo. Incluso después de la noche de ayer, sigue siendo capaz de derretir mis braguitas con solo una frase… y lo hace sin piedad.

De pronto, se aparta con el mando en la mano y lo vuelve a dejar en su sitio de camino a la cocina. Allí descubre una cafetera exprés dentro de un armario de la cocina. Casi lloro de emoción cuando el olor a café llega a mi nariz. Enseguida, él empieza a preparar unas tostadas con aguacate, que ninguno de los dos puede esperar para probar.

Empezamos a dar bocados de fruta sin siquiera sentarnos. Cuando tomo el primer trago de café, mi boca me traiciona y pronuncia una frase que no debería.

—Si me das café, comida y una ducha, te juro que te voy a tratar muy bien hoy. Haré lo que me pidas —digo y me arrepiento en cuanto veo su cara al escucharme.

—¿Hasta desbloquearme de tu teléfono? —pregunta.

—Luke... hace una semana que lo hice —confieso.

—¡¿Y me has dejado creer que sigo sin poder hablar contigo todo este tiempo?!

Pongo mi mejor cara de inocente, pero él deja de preparar las tostadas. Me escapo de su mirada enfadada con la taza en mis manos, sonriendo sin que él lo vea.

—Annie, voy a querer que me cuentes cosas a cambio de ese café.

—Y si no te las cuento, ¿qué vas a hacer? —pregunto tomando un trago que me devuelve al mundo de los seres con capacidad de pensar racionalmente. Necesito estar despierta a su lado. No puedo bajar la guardia.

—¿Estás pidiendo guerra, *baby*...? —me advierte.

—Siempre.

—Tú lo has pedido —se acerca a mí.

—¡Luke, pero tenemos que desayunar! —Dejo el café en una mesilla porque no quiero que se me caiga si empezamos a jugar de nuevo.

Entonces me coge literalmente como si fuera un saco de patatas y me lleva al cuarto de baño.

—¡Bájame, Luke! —le pido, pero no puedo evitar reír.

—¿Has dicho que me ibas a tratar muy bien si te daba una ducha, no? —me pregunta entrando conmigo en la suya y cerrando la puerta de la mampara tras él.

El baño es tan moderno como el resto del piso. Tonos grises, baldosas de mármol, techos altos y paredes blancas iluminadas por el sol de Nueva York... Este piso es irreal.

—¡Luke! —digo en cuanto oigo que abre el grifo de la ducha. Sigo con medio cuerpo boca abajo, pero soy capaz de ver lo que pasa desde el espejo del baño. Además, empiezo a notar como el agua empieza a subir por mi espalda y me hace cosquillas. Luke nos ha metido a los dos bajo una lluvia de agua. Me baja al suelo y me miro a mí misma. Ya es oficial: toda la ropa que tengo en este piso está mojada. Él nota como me enfado por segundos y se ríe.

—Cabreada y húmeda, *red*. Como a mí me gusta.

Sí, debería estar furiosa, pero no puedo. No cuando él me mira así. No puedo resistirme.

Luke hace buena la promesa que un día me hizo: todos los vecinos me oyen gritar desde su ducha... pero no he podido evitarlo. Sentirle haciéndome el amor contra esa mampara y vernos reflejados en el espejo del cuarto de baño ha sido como ver una película muy, muy caliente.

Una en la que la protagonista tiene el pecho apretado contra un cristal mojado, mientras él se agarra a lo alto de la mampara para poder penetrarla desde atrás con más intensidad. Creo que nunca me cansaría de ver nuestra película. Una y otra vez.

∞∞∞

Cuando salimos de la ducha, las tostadas están completamente frías. El café, por supuesto, también.

Sonará raro, pero aquí no tengo pánico a un desayuno con Luke. Viajar, para mí, es como ponerme un disfraz. Uno que me permite imaginar que soy otra persona. Yo me imagino aquí con Luke en una realidad donde España no existe; no tenemos edad y ninguno de los dos desconfía del otro.

Sé que es una mentira y que esto me va a explotar en la cara en seis días, pero no voy a dejar que pase ni un minuto antes. Quiero disfrutar de esta película, aunque sepa que es pura ficción.

48.

*"Nunca quise ser Marilyn,
simplemente sucedió.
Marilyn es como un velo que visto
sobre Norma Jeane"*

Marilyn Monroe

mal acostumbrada

Me encanta viajar. Mi padre y yo siempre soñamos con venir a Estados Unidos juntos y conocer su país. Él nunca vivió en Nueva York, pero estar aquí hace que me acuerde de él igualmente.

Como ya habrás deducido, yo soy el fruto de una familia que nunca debió ser tal. El azar quiso que mi padre ganara en un sorteo un viaje a España. Allí, se enamoró de mi madre. Ella, una bailaora de flamenco andaluza; él, un contable de Arizona. Sí, ni con cola pegaban.

Aún hoy me pregunto cómo él, armado únicamente con un diccionario de bolsillo y su sonrisa (porque el idioma no lo hablaba), conquistó a mi madre, que es la persona más seria que yo conozco.

Su historia es como una mala película de los sesenta de Paco Martínez Soria. En un giro de guion, aparecí yo por sorpresa unos meses más tarde, cuando él ya había vuelto a su país.

Y así nací yo: Anita Smith Cantero. Sí, mi nombre completo es puro chiste.

Yo llegué al mundo fastidiando vidas a pares.

Por supuesto, cuando le expliqué esto a Yul, lo primero que me preguntó es: "¿Quién es Paco Martínez Soria?". Mis referencias culturales para ella son del siglo pasado; para mí, las suyas son de una realidad paralela a la que no tengo acceso. Y aún así, lo nuestro es puro amor.

Yo pensaba que Carlos y yo estaríamos siempre juntos porque había aprendido la lección de mis padres. Él y yo teníamos mucho más en común que ellos. Para empezar, vivíamos en el mismo país. *Eso es importante, ¿no?*

Pero también estudiamos en la misma universidad. Teníamos los mismos amigos (bueno, los suyos). Por él, incluso me esforcé en intentar entender el fútbol, a pesar de que mi mente ve plasma verde en el césped y hace un vacío. Simplemente, aprendí a fingir que veía algo.

Igual que aprendí a fingir mis orgasmos. A fingir que me gustaba el jodido vino y la cerveza no me sentaba mal. A fingir que las parejas de los amigos de Carlos no me parecían unas chismosas soporíferas. A fingir que confiaba en que sus aventuras habían acabado. Me engañé tan bien que hasta yo me acabé creyendo que era feliz a su lado.

No. Ahora lo veo claro. Con Carlos simplemente me acostumbré. Y ese verbo es extremadamente peligroso. Hace que temas huir de lo que te hace infeliz y que te niegues a ti misma lo que realmente deseas.

Sé que es una maldita locura, pero creo que la felicidad se tiene que parecer más a esto. A mi presente.

No se me olvida que Luke vive en otro país y que, de los dos, solo yo llevo el título de milenial geriátrica —gracias mundo por llamar así a mi generación. Sin embargo, ahora estamos los dos aquí y esta semana me estoy dejando disfrutar de un espejismo. Uno que me hace feliz, aunque sepa que no durará.

Los ratos que tenemos son solo nuestros. No ha querido que vaya a buscarle a su oficina, a pesar de que ha tenido reuniones toda la semana. No sé aún ni cómo se gana la vida exactamente. Me dijo que trabaja con varias revistas, pero su título suena a otro de esos puestos *fluidos* que yo no comprendo.

Imagino, por su coche, el tamaño de su piso y la cantidad de trajes que hay en su armario, que debe ganarse bien la vida… aunque me ha contado que su familia tiene dinero. Ser un niño rico le pega. No puedo evitar que eso me haga gracia. Desde que me lo contó, es una nueva arma para meterme con él.

—¿Tienes ya alguna arruga, abuelo? A los treinta empiezan —bromeo con Luke, que está mirándose en un espejo. Está preparándose para ir a otra reunión y está, como siempre, condenadamente sexi.

Debería sentirme mal porque mi aspecto nunca es tan impresionante como el suyo, pero la forma en la que él me mira me hace sentir atractiva sin importar lo que lleve puesto o lo alocado que mi pelo esté.

—Muy graciosa... —apunta sin dejar de ojear su propio reflejo.

—Lo vas a romper —me pongo a su lado y saco la lengua, para estropear su imagen seria—. ¿Has contado alguna vez cuántos trajes tienes?

—Los uso para ganarme la vida, ¿sabes? —sonríe y me coge en sus brazos—, pero si me distraes otra vez me voy a quedar sin trabajo —me explica mientras yo le coloco la corbata.

—La mayoría se apaña con cinco o seis trajes. No con cincuenta.

—Tengo que mantener una imagen.

—Sí, de niño rico —bromeo y le pincho con un dedo.

—¡Qué pesada! No tendría que habértelo contado —me suelta y va a coger su teléfono a la mesilla.

—Claro, porque ahora sé que eres rico y voy a querer pegar un braguetazo contigo —me estiro en la cama y lo miro. Solo llevo una camiseta suya.

—No hagas esa broma, Annie, por favor. No me hace gracia —se pone serio de repente.

—Luke, sé que a tu ego le va a doler esto, pero no tengo intención de casarme contigo. Solo quiero provocarte todo lo que pueda el tiempo que estemos juntos... que es —miro un reloj imaginario desde mi posición horizontal, estirada en su cama— dos días más.

Al oír eso, resopla y viene a besarme a la cama para despedirse, pero se rezaga.

—¿Seguro que no te quieres casar conmigo, eh?

—*Nah*, yo me casaré en Las Vegas. Disfrazada de Marilyn —le explico mientras él está estirado sobre mí, jugando con su nariz en mi cuello—. Y mi marido será Elvis, por supuesto. ¡Por favor, dime que te suenan! —reacciono preocupada.

—Son personajes históricos, ¿no? —Luke contiene la risa mientras me besa el cuello.

—Vete ya. No me caes bien cuando no tienes mi edad.

—Sí que te caigo bien. Estás loquita por mí, aunque no me lo quieres admitir.

—Lo siento, pero no tenemos futuro. No podría casarme contigo porque seguro que no te pondrías jamás un disfraz de Elvis —sonrío malvada—. Te gustan demasiado tus trajes.

—Eres demasiado mala conmigo, *baby...* —me besa y se levanta de la cama para irse— y te ríes de mis trajes, pero voy a tener que venderlos si no consigo sacar adelante mi proyecto.

—Lo siento. Me cuesta parar de ser cruel. Llevo días sin luchar contra tu amigo, el Lunático Agilipollado 93. No puedo perder la práctica. Sino cuando vuelva, va a pensar que me estoy ablandando.

Me mira como si eso que he dicho le hubiera llamado la atención.

—Vive en Nueva York, ¿sabes? ¿No querrías conocerlo?

—¿Perder un minuto de mis vacaciones para reunirme con Lechuguino Agriado 93? No, gracias.

—¿De qué tienes miedo? Quizás te caiga bien en directo —me reta.

—¡*Ja*! No. Lo mejor de mis vacaciones es no tener que aguantarlo a diario. Créeme, no lo estoy echando de menos.

Luke mira su reloj y me vuelve a besar. Llevamos unos quince besos de despedida, pero no se va en ninguno de ellos. Supongo que volverá a llegar tarde… otra vez. ¡*Ups!*

—Luke… —pienso de pronto— ¿El piso de tu tía sigue sin comprador? Quizás podrías sacar fondos para tu proyecto si lo vendes.

—No he tenido más que una oferta seria, pero el comprador se echó atrás.

—Me pregunto por qué será, con el trabajo tan profesional de decoración que hiciste como agente inmobiliario —no puedo evitar sonreír al decirle eso —. Si quieres, puedo echarte una mano. He trabajado en revistas de decoración.

—¿Harías eso por mí?

—Por supuesto. ¿Quién sabe si el siguiente vecino que se mude es mi futuro Elvis? —bromeo.

Su única respuesta a eso es un gruñido, mientras se aleja por la puerta. Y yo no puedo evitar partirme de risa, pero antes de irse, él recoge su ropa interior del suelo y la mete en el cesto de la colada. *¿Estoy loca por pensar que ese gesto es lo más sexi que he visto en mi vida?* Por un segundo, no puedo evitar preguntarme cómo le quedaría un traje de Elvis. *Oh, no.*

49.

la mejor receta

Estoy esforzándome en crear una lista de defectos de Luke para no echarlo de menos cuando vuelva. De momento, está así:

1. No cocina.

Ahí se acaba mi lista.

Me ha comprado flores. Sin motivo alguno. No ha llegado tarde ni una sola vez a verme después del trabajo. Cuando vemos juntos la televisión, a veces me coge los pies para masajearlos. Y no, no le gusta ver deporte. Le gustan más las series… como a mí. Además, ayer le pillé doblando su propia colada. Claramente, quiere estropearme al resto de los hombres de la humanidad para siempre. Ese debe ser su nuevo juego. Y yo tengo claro que estoy perdiendo.

Desde que estoy empezando a conocerlo mejor no dejo de descubrir que Luke es demasiado bueno para ser real. Todo aquí lo es. ¿Sabes lo único que me recuerda que esto no es un sueño? Que mi estómago está en huelga. Tenía que ser un váter el que me devuelve a la realidad. *Qué maravilla.*

Llevo aquí cinco días y, además de unas tostadas frías con aguacate, no hemos cocinado nada. Hemos ido de cita —sus particulares interrogatorios— y hemos encargado mucha comida a domicilio, pero creo que la cocina de Luke se usa menos aún que la de Yulea.

Ella usa sus armarios de cocina para guardar los bolsos que ya no le caben en la habitación que usa de vestidor. Suena raro, pero en el fondo tiene sentido, porque el 90% de lo que come cuando no está en eventos es en batido. A mí me dan arcadas de verlos, pero ella dice que lo hace por depurarse y así se ahorra ese espacio para ollas.

Sin embargo, yo, después de cinco días aquí, necesito comer algo de comida casera. Cuando se lo he dicho a Luke, me ha propuesto coger un *kit* de comida para cocinar *online*.

Modernidades.

Me niego a hacer eso, así que hemos ido a hacer la compra. Ver a Luke con ropa casual bajando al súper es una estampa de lo más irreal. Casi suelto una carcajada al verlo en *shorts* y zapatillas de deporte. No le sale natural relajarse. Cuando volvemos a su piso, empiezo a hacer unas croquetas con un poco de pollo que sobró anoche.

—¿Seguro que no prefieres pedir algo? —me pregunta Luke, claramente abrumado por el despliegue que ve a mi alrededor en la cocina.

—Te va a sorprender, pero cocinar tiene este aspecto. ¿Habías usado esta cocina alguna vez? No tienes casi utensilios.

—No sé cocinar, pero me gusta que tú lo hagas porque puedo entretenerme haciendo esto —se pone detrás de mí y me besa el cuello. Mis manos están llenas de masa de croquetas. Sabe que no me voy a escapar de aquí y aprovecha para recrearse con sus caricias.

—Luke, no vamos a cenar si sigues haciendo eso… ¿Sabes? No me extraña que necesites todas esas bebidas verdes para purgarte si comes siempre de restaurante —argumento mientras hago bolitas con la masa.

Se ríe.

—Me gusta que me cocines, *baby* —me dice poniéndose a mi lado y probando la masa con un dedo.

Le doy un manotazo para que no siga cogiendo masa.

—No TE cocino. Solo cocino.

—… para mí —insiste.

—No. Si quisiera cocinar para ti, hubiera elegido mi mejor receta. Esto es para aprovechar el pollo.

—¡¿De verdad no estás haciéndome tu mejor receta?! ¿Por qué? —pregunta claramente dolido.

—Porque no estoy haciendo esto para impresionarte. Lo hago para darnos de comer —me río.

—¿Cuál es ese plato estrella que no me vas a preparar? —pregunta.

—Tortilla de patatas. Llorarías si la probaras.

—Justamente es eso lo que me apetece cenar.

No respondo. Ni siquiera lo miro. Pero no puedo evitarlo, se me escapa una sonrisa. Sé que no va a parar hasta que se la cocine. Siempre acabamos peleando por tonterías así. Y de repente, sin mediar palabra, coge un poco de la masa de las croquetas y me la pone en la nariz.

—¡Luke! —me quejo. Mis manos siguen sucias de masa y le devuelvo su ataque en una mejilla.

Entonces agarra un puñado del pan rallado que hay en la encimera y me lo tira, retándome.

—¿Por qué me estás atacando con pan rallado y masa de croquetas...? —digo cogiendo el paquete como rehén.

Me da miedo que vengan hormigas si tiramos tantas migas al suelo, aunque no creo que ningún bicho vaya a trepar 26 pisos. Nunca se sabe.

—Quiero cabrearte hasta que me des lo que quiero: una tortilla —anuncia orgulloso su plan—. Creo que tenemos todos los ingredientes. Solo me falta una cocinera.

—Luke, vamos a cenar croquetas.

Niega con la cabeza.

—Ahora me has hablado de tu tortilla. Necesito probarla.

—Yo no te he hablado de ella. ¡Me has preguntado tú! —exclamo.

—Ya no quiero croquetas... —dice cogiendo un poco más de masa con su dedo e intentando ponerla en mi mejilla.

—¡Luke, no me manches más! —digo escapándome.

Cuando se acerca a mí y me va a poner el dedo sucio en la mejilla, yo me adelanto y le pongo un puñado de pan rallado en el pelo. No puedo evitar reírme al ver su cara de sorpresa. Él me quita el paquete de las manos y vacía media bolsa más en mi cabeza.

Seguimos jugando como críos hasta que no queda nada del pan rallado.

—¡Luke, necesitábamos esa bolsa para empanar las croquetas! —me quejo.

—¡Oh, no...! —dice con falsa pena, cubriéndose la boca para hacerlo más dramático—. Tendremos que cocinar las croquetas mañana. Me pregunto qué podríamos cenar hoy... Solo tengo huevos y patatas.

—Eres tan idiota... —digo sin poder evitar reírme.

Me coge en sus brazos y me besa. Los dos soltamos pan rallado a nuestro alrededor.

—*Baby*, estoy deseando probar tu mejor receta. ¿La harías para mí? —me pide eso con su mejor sonrisa pícara.

Joder, ya no puedo ni fingir que me enfado con él cuando me mira así.

50.

clark kent en el empire state

Una parte de mí entiende perfectamente por qué Annie reservó su propia habitación de hotel. Probablemente, yo hubiera hecho lo mismo en su lugar... Demasiadas cosas podrían haber salido mal esta semana. Por eso, ella ha insistido en no traer sus cosas a mi piso. Así que cada mañana tiene que salir de casa con mi ropa.

Verla desfilando con sus sandalias, mis *shorts* y una camiseta mía anudada a su cintura por la calle es mi nuevo pasatiempo favorito. Ella se maldice en el espejo cada día por tener que salir así. Dice que va hecha un fantoche, pero yo la veo muy sexi con mi ropa. Siempre se cabrea cuando le digo eso y no puedo evitar que eso me guste aún más.

Han pasado seis días y nuestro problema no parece ser que nos cansemos el uno del otro. Más bien, el contrario. Su nuevo juego es conseguir que pierda mi trabajo, por lo visto. He llegado tarde a todas y cada una de mis reuniones esta semana porque soy incapaz de separarme de ella.

Por eso me fastidió tanto que no quisiera hacerme ayer una jodida tortilla de patatas. No quiero ser un segundo mejor plato para ella. Constantemente me recuerda que tenemos una fecha de caducidad, que esto no es real y que cuando vuelva a España, esto solo será un recuerdo.

Sí, acordamos que lo nuestro duraría solo siete días... pero quise creer que ella lo olvidaría. Que entendería que eso no tiene sentido. Al menos, no para mí.

Yo he tenido novias antes, pero todas mis relaciones han acabado porque, o bien yo me aburro, o ellas esperan un compromiso por mi parte que yo no quiero ofrecer. Con Annie me pasa todo lo contrario. Cada vez quiero pasar más tiempo a su lado y ella parece ser la menos interesada en formalizar nada.

Esta tarde me ha pedido que venga a buscarla al salir de la oficina. Quiere que vayamos caminando juntos hasta *Times Square* y yo he accedido a regañadientes. Me encanta pasar tiempo con ella. Incluso haciendo turismo, aunque no me guste exponerme tanto... pero mis pies no pisan *midtown* desde hace, por lo menos, diez años. Todo el mundo sabe que los auténticos *newyorkers* evitamos esta zona como si fuera la peste.

La encuentro donde hemos quedado, cerca del *Empire State Building*. Está mirando su cámara a la sombra de un cerezo en flor. El viento hace que los pétalos caigan a su alrededor como una lluvia rosa. Al verla no puedo evitar pensar que nunca el final de la primavera en Nueva York me había parecido tan espectacular.

Me ve y sonríe, pero yo estoy nervioso. Siento que estoy a punto de hacer algo más dramático que tirarme del edificio que hemos venido a ver.

Annie lleva un vestido blanco corto con volantes en el pecho y los tirantes son tan finos que apenas son hilos. A pesar de que hemos pasado los últimos seis días juntos haciendo el amor más veces de las que puedo contar, no puedo evitar seguir deseándola cada vez que la veo.

Por fin, ella ha aceptado que no puede llevar sandalias para explorar Manhattan, así que lleva unas zapatillas deportivas que le hacen parecer una auténtica *newyorker;* aún así, con su cámara en la mano y su mirada permanentemente sorprendida por la ciudad, no puede ocultar que es una turista.

Estar en un sitio tan transitado es complicado para mí. No soy exactamente famoso, pero soy conocido, sobre todo para algunas revistas. Llevo gafas de sol, ropa deportiva, gorra y hace poco que me he dejado la barba. Espero que todo eso ayude a pasar desapercibido, a pesar de que Annie ha insistido en encontrarnos en el punto más turístico de Manhattan.

En cuanto me ve aparecer con mi "disfraz", se ríe de mí.

—Hola Clark Kent. ¿Has visto a Superman? He quedado con él aquí... —bromea.

Subimos juntos al piso 103. He tenido que pedir algunos favores para conseguir que nos abran una terraza exclusiva en el observatorio. Cuando veo su cara al entrar en el pequeño balcón solo reservado para unos pocos afortunados, sé que ha valido la pena.

—No puedo creerme que esté contigo en el *Empire State Building* —me dice como si eso fuera muy gracioso para ella—. No quería irme sin verlo. He visitado muchos edificios bonitos, pero creo que este es mi preferido —me dice mirando la ciudad bañada de rosa por el atardecer—. ¿No te alucinan estas vistas? —me pregunta.

—Si querías que mirase edificios, no deberías haberte puesto ese vestido, *baby*. No puedo contenerme... —digo agarrándola y aprieto con ganas su culo.

No me puede importar menos lo que piensen el centenar de turistas que están dentro del observatorio y probablemente puedan vernos desde la ventana. Hace siete horas que no tengo a Annie entre mis brazos y la he echado de menos cada minuto que he pasado en reuniones innecesarias, que podrían haberse resumido en un correo electrónico.

—¿Y si te digo que he ido a *Agent Provocateur* mientras tú estabas de reuniones y llevo algo muy divertido debajo del vestido? —añade juguetona—. Aún no te había comprado nada por tu cumpleaños.

—Sigue provocándome así y no vas a ver nunca *Times Square*, Annie...

La beso con ganas. Incluso con el calor de primeros de junio que castiga Manhattan, no puedo apartarme de ella. Al menos, la temperatura empieza a calmarse con la puesta de sol.

Ver el atardecer desde arriba de la ciudad es imponente. Hacerlo con ella entre mis brazos se siente trascendental. Suena cursi, pero el sol me recuerda que otro día se nos va y se acaba nuestro tiempo juntos. Siete días.

Detenemos nuestros besos para mirar los últimos rayos desaparecer. Annie está de espaldas entre mis brazos, apoyando su cabeza sobre mi pecho. Beso suavemente su oreja y sin cambiar de postura, le susurro al oído: "Annie, tengo que contarte una cosa... y te vas a cabrear".

Se gira para mirarme y sonríe. Piensa que estoy jugando. Cree que voy a enfadarla para que acabemos teniendo sexo, pero en realidad, estoy a punto de provocar su furia. Y lo sé.

—Aún no te he dicho mi apellido...

Ella frunce sus cejas y me mira sospechosa.

—¿Y qué vas a querer a cambio de contármelo?

—Que me perdones.

Me mira extrañada. La terraza es muy pequeña. Casi da vértigo estar tan alto y tan cerca del límite del edificio. Un paso en falso y sería una tragedia. Cojo sus manos. Me estoy lanzando a dar un salto de fe.

—Me llamo Luke Ayamonte.

—Vale —le resta importancia porque aún no lo ha relacionado con mis siglas.

—... y nací en 1993.

Se hace el silencio. La cara de Annie no es de ira, como esperaba. Es de *shock*. Su boca se abre y no la vuelve a cerrar ni pronuncia palabra.

∞∞∞∞

—Yo no sabía que trabajabas para *AM* cuando te conocí. Te lo juro, Annie. Me enteré después de acostarnos por primera vez. Entonces tú desapareciste. No te lo podía explicar.

—¡Pero has tenido semanas y no se te ha ocurrido mencionarlo hasta ahora! Era más divertido jugar conmigo, ¿no? —se aparta de mí, con ojos vidriosos.

—Lo siento, Annie. No podía decírtelo. He sido un cobarde, pero esta semana contigo ha sido increíble y si te lo hubiese dicho, nos la hubiésemos perdido. No quería dejar pasar esto. Aún no quiero.

—¡Eres el maldito LA93! —me reprocha llevándose sus manos a la frente— ¡Luke, me has torturado durante meses! ¡¿Cómo quieres que te perdone?!

—Al principio yo tampoco sabía quién eras tú. Annie, tú también te ocultas. ¿Cómo iba yo a saber que eras KryptAnita?

Expulsa aire por la nariz indignada y se da la vuelta. Me pongo delante de ella de nuevo.

—Annie, soy LA93, de Locamente Arrepentido. —La miro con tristeza, esperando que entienda cuánto me está doliendo esto.

—Eres mi jefe, Luke —me dice con lágrimas en sus mejillas. Quiero abrazarla, pero sé que no me dejará.

—Lo sé... —El tramposo que hay en mí necesita entrar en juego—. ¿Sabes lo que me ha costado no pedirte favores sexuales estos días? —bromeo porque sé lidiar mejor con una Annie cabreada que con una triste.

—¡No es gracioso, Luke! Te dije que me importa mi trabajo.

—Y a mí me importa AM. Más de lo que crees... y también me importas tú, aunque tampoco me creas. Annie, si no consigo que triunfe la revista, puedo perderlo todo, pero si mi empresa se entera de que he lanzado un proyecto en secreto puedo meterme en problemas muy serios.

—¿Sabes lo que me ha costado adaptarme a *AM*? No quiero dejarlo, pero tampoco quiero trabajar para ti. ¡Joder, me has tendido una trampa!

—Yo no quiero que te vayas de la revista.

—Luke, ¿sabes qué fue lo más duro de romper con mi ex? Que trabajábamos en la misma oficina. Cuando él me dejó por su jodida secretaria, ¿a quién crees que todo el mundo miraba cada día con cara de pena? No voy a volver a exponerme a algo así. No puedo.

No sabía nada de eso. Annie no me lo había contado hasta ahora. Me mata pensar en hacerle daño. Es lo último que quiero hacer. Yo jamás le haría algo así.

—Yo no soy tu ex... *Baby*, tú y yo llevamos meses trabajando sin que nadie sepa lo nuestro. Nadie tiene que enterarse. Los dos sabemos ocultarnos bien.

—Luke, ¿cómo vamos a trabajar juntos cada día después de lo que hemos pasado esta semana? ¡Es un plan horrible!

—No lo es si seguimos juntos.

—Luke, no. Hablamos de siete días. Ni uno más —dice enfadada. Sus ojos llenos de lágrimas evitan mirarme—. Todo esto no tiene sentido. ¡Ni siquiera vivimos en el mismo país!

—Annie, por favor. No puedo seguir jugando a esto. No quiero seguir fingiendo que hoy es nuestro último día juntos. Esto no puede acabar aquí. ¿Acaso quieres eso tú?

—Luke... —me mira por un segundo, pero aparta la mirada hacia los edificios.

Por un momento, creo que va a volver a hablar, pero la detengo.

—Shh... —le pido poniendo un dedo en sus labios—. Annie, yo necesito saber que voy a volver a verte.

Ella intenta hablar de nuevo, pero me adelanto.

—Quiero que te pongas tus pijamas sexis para mí. Y que me digas mentiras y nos peleemos muchas más veces —cojo su cara por las mejillas y ella no se aparta, así que decido seguir hablando—. Necesito saber que me vas a cocinar más tortillas y brindaremos con tequila y Old Fashioned en muchas otras citas. *Baby*, yo ya no puedo dejar de tener guerras contigo... o no hacerte el amor cada noche que tenga la suerte de pasar contigo.

En ese momento de mi declaración, las lágrimas de Annie se funden con una sonrisa y ya no parece enfadada, sino dolida. Creo que le fastidia tanto como a mí lo difícil que es todo entre nosotros.

—No puedo ofrecerte un plan fácil. Nos vamos a tener que saltar algunas normas, pero yo no quiero acabar aquí lo nuestro. Por favor, dime que tú tampoco...

Entre lágrimas, niega con la cabeza.

—Entonces, ¿qué quieres? ¿Que seamos pareja, además de jefe y empleada? Te recuerdo que estuviste CUATRO MESES sin aparecer en diciembre. ¿Me estás pidiendo en serio que te espere? —me mira.

—Annie, entonces solo iba a España por la revista. Ahora tengo muchos más motivos para ir —la miro y ella resopla porque no me cree.

Soy perfectamente consciente de que le estoy pidiendo algo injusto, pero no puedo dejar de intentarlo.

—Sé que no tengo derecho a pedirte esto, pero me gustaría que me esperes, sí. Y que estés cabreada cuando llegue porque he tardado demasiado tiempo en venir a verte. Y hasta quiero que me mientas diciendo que no me has echado de menos.

—Luke... —se queja.

—¿Qué? ¿No vas a echarme de menos? Yo creo que sí, *baby*. Y yo también te voy a echar de menos a ti cuando te vayas mañana.

Annie chasquea la lengua.

—Tenemos demasiadas cosas en contra. No puedes pedirme esto.

—*Baby*, tú tampoco puedes pedirme a mí que no quiera hacerte el amor cuando esté cerca de ti... y me lo estás pidiendo.

Se gira y mira hacia los edificios de nuevo. La vuelvo a perseguir. Ahora mismo lo único que no quiero es que deje de hablarme.

—Annie, por favor, mírame —le pido y cojo sus mejillas para que me preste toda su atención—. Si existe una forma en la que podemos estar juntos, por difícil que sea, yo quiero intentarla. La única pregunta es si tú también quieres.

No responde. Solo me mira.

—¿De verdad no vas a querer ya más guerras conmigo, *baby*?

Suspira, pero no responde.

—Además de todas las cosas que ya teníamos en contra... ¿tenías que ser mi jefe también? —se queja.

—Annie... —No sé cómo más demostrarle que lo siento, así que le cojo las manos y se las beso. Volver a tocar su piel y no poder hacerlo como me gustaría es un castigo— por favor, danos una oportunidad. Soy tu jefe, sí... pero tú tampoco me haces mucho caso de lo que te pido.

—¡Luke...! —responde indignada, aún con lágrimas en sus ojos.

—*Baby*, puede que yo te mande de nueve a cinco en la oficina, pero te aseguro que tú me tienes a tus pies las 24 horas del día.—Me arrodillo para que entienda que es verdad y eso le provoca una pequeña sonrisa, pero enseguida vuelve su expresión de enfado.

—No pienses que voy a empezar a hacer cambios en mis videos sin rechistar. —Me muerdo el labio al oír eso para que no vea que estoy sonriendo.

—Voy a seguir pidiéndotelos. Puede que incluso más.

Una sonrisa se le escapa de nuevo, pero enseguida vuelve a poner una cara enfadada que me resulta adorable.

—¿Quieres ser mi chica secreta, Annie?

—¡No! —niega con la cabeza—. Pero no creo que tenga otra opción.

Inspiro fuerte al escuchar eso. Creo que me estaba faltando el aire. Me incorporo rápidamente y la beso aliviado. No sabía si nuestros labios iban a encontrarse de nuevo y quiero saborear este momento, incluso con el sabor salado de las lágrimas.

Los turistas, supongo, creen que le he pedido matrimonio porque empiezan a aplaudir desde el observatorio. Algunos hasta graban nuestro momento. No podemos evitar reírnos. Del absurdo y de la felicidad.

Como si fuera famosa, Annie saluda a los testigos de nuestra no-pedida de mano. No puedo evitar que me haga gracia eso.

—Deben pensar que soy el novio más cutre del mundo, declarándome sin anillo.

Si ellos supieran lo que he hecho esta tarde al salir del trabajo...

—Cuando lleguemos a tu casa voy a buscar *#pedidademanocutre* para ver si nos hemos hecho virales —me chincha.

—Muy graciosa.

—Con o sin anillo, me vas a tener que acompañar a *Times Square* —me recuerda besándome de nuevo—. No te vas a librar de pisar *midtown* tan rápido, LA93.

—¿Después de declararme sin darte un anillo? Es lo mínimo que puedo hacer por ti, *baby*... pero después quiero mi regalo. —Aún no me ha enseñado su nueva ropa interior y no pienso dejar que se olvide de ello.

Esa noche no solamente vamos a *Times Square*. Annie me convence de hacerme fotos con el maldito *cowboy* desnudo, como un maldito turista. Y hasta sonrío cuando me pongo al lado de mi chica secreta para hacernos un selfie con él.

Lo que hace el jodido amor.

51.

solo yulea. por yulea

Yulea

Veo a Annie salir de la puerta del aeropuerto y me parece que es otra persona. No, no es la misma que yo conocí hace unos meses. Me ve y viene corriendo sonriente, como quien ve al amor de su vida. Creo que sabe que ella es el mío también.

—A ti te han dado muchas alegrías en Nueva York, *love* —digo sin siquiera saludarla.

Se ríe y me abraza.

—Serás tonta… ¿¡Has venido a buscarme!? —por su cara, no se cree que esté aquí por ella.

Si me llegas a jurar hace medio año que la persona que más quiero en el mundo iba a ser mi vecina pirada que llevaba tres días escuchando —y cantando — en repetición constante a Lola Flores, te pregunto qué te has tomado... porque yo quiero probarlo.

Sí, a mí me gusta divertirme con drogas. Supongo que en eso he salido a mi padre, pero quién sabe.

Mi madre solía decir que yo no me parezco a él, sino a ella. Mi abuela fue quien me hizo de padre con su bastón. En mi casa, los hombres solo estaban de paso. Eso sí, tuve muchos *papaítos* de medio año. Al final ya ni me molestaba en aprenderme sus nombres.

Sin importar cómo de roto estuviera aún su corazón, mi madre siempre buscaba el amor. A mí nunca me afectó nuestra puerta rotatoria, pero ella tenía los ojos tan cansados de llorar cada vez que alguno se iba que cuando veo a alguien con un corrector de ojos cuarteado, no puedo evitar acordarme de ella. No había forma de disimular su pena y su falta de sueño. O su falta de tiempo para soñar, yo qué sé.

Cuando no había un hombre de paso en casa, su trabajo de cuidadora y la pensión ridícula de mi abuela era lo que nos daba de comer. Cuando mi *yaya* murió, las cosas se pusieron aún peor.

Recuerdo a mi madre con su maldita libreta haciendo listas de nuestros muchos gastos y sus pocos ingresos. Siempre estaba buscando más trabajo y sumando horas sin dormir. Me quiero morir cada vez que pienso que yo le pedía que me subiera la paga cada semana... y ella lo hacía.

Un día cruzó una calle sin mirar porque iba mirando su jodida libreta, apuntando el dinero que había ganado limpiando la casa de una vecina. A mí me faltaban dos meses para cumplir los 18 y me quedé sola en el mundo. Heredé ese día una inseguridad económica que me persigue, una caja de libros de autoayuda y poco más.

Bueno, en realidad, yo entonces pensé que estaba sola. Un palito en el baño de casa de los padres de mi novio me anunció que íbamos a ser uno más. Cuando se lo conté a él, se alegró. No por el embarazo, no; sino por poder abortar con los pocos ahorros que me había dejado mi madre y sin pedir permiso a nadie por ser casi mayor de edad.

Estaba tan asqueada de la mierda de cartas que la vida me había dado. Estaba repitiendo la historia de mi madre, pero tenía claro que no quería acabar como ella. Sus jodidos libros de autoayuda no me dieron la respuesta que necesitaba. Ella los siguió y así le fue. Yo tenía claro que no podía seguir esos consejos. Al menos, no sin hacer algunos cambios.

No fue fácil tomar una decisión, pero mentiría si digo que me arrepiento. Yo me elegí a mí. Sola. Y desde entonces, no he dejado de hacerlo... hasta que conocí a Annie. Quizá fue porque, cuando fui a buscarla a su piso, sus ojos llorosos me recordaron a los de mi madre. No podía dejarla hundirse así. Lo había visto demasiadas veces.

Me ha costado mucho construir mi vida. No tengo muchos estudios, pero he aprendido muchas cosas por el camino. ¿La primera? La regla de oro de toda *influencer*: no importa quién eres, sino lo que muestras al mundo. Así hacemos todos en mi entorno. Sin embargo, Annie no era así. Ella había escondido tanto durante quince años que se mostró ante mí sin filtros.

Por eso, yo quise ayudarla a construirse un disfraz que le hiciera de escudo. Uno de cazadora para que nadie volviera a hacerle daño.

Ella y yo no vamos a acabar como mi madre. No llevamos el corazón en la mano para que el primero que venga nos lo destroce. Nosotras somos las que ponemos la puerta rotatoria para que no nos duela verla girar.

Lo que yo nunca pensé es que somos un jodido Yin y Yang. Yo la enseñé a ser fuerte y ahora ella es mi debilidad. Desde que la conocí tengo a alguien que me importa en este jodido mundo. Annie se ha colado por una rendija en un corazón que yo cerré bajo llave.

Desde que lo conocí, Brian está intentando entrar también. Cada día me demuestra con gestos que lo está intentando. Lamentablemente, a él no puedo dejarle pasar. Aprendí de mi madre lo peligroso que es vivir dispuesta a que te pisoteen el corazón.

52.

de vibradores y óvulos congelados

Yulea y yo acabamos de llegar del aeropuerto. Me ha venido a buscar con el coche de Brian. Ella insiste en que no son pareja. Si me preguntas a mí, no existe mayor declaración de amor que un hombre que te deja su deportivo.

No puedo evitar sonreír al pensar en si Luke me dejaría llevar el suyo. *No sabría ni por dónde arrancarlo, pero sería tan divertido apretar el acelerador solo por ver su cara...*

Cuando me paso unos días sin ver a Yul, se me olvida lo joven que es. Su cara sigue siendo de niña, a pesar del maquillaje y esa fortaleza que casi nunca deja de lado. Viéndola, me parece que está más serena y feliz últimamente. No puedo evitar alegrarme por ella.

—¿No había un bolso más grande? —me dice ella al ir a cogérmelo para que yo pueda llevar mi maleta y subir el escalón que hay en nuestro portal. Ella lleva un saquito de mano donde dudo que quepa ni su móvil. Aunque, como siempre, lo lleva en la mano. Me sorprende que lo haya dejado de lado para coger el volante antes.

—Tengo demasiadas necesidades, Yul. Yo no podría escoger nunca entre el bolso y la vida. Si mi vida no me cabe en el bolso, no es para mí.

Por un momento, me aterra pensar que me estoy convirtiendo en mi madre. *¿Estoy filosofando sobre complementos? ¿Es Luke un bolso donde cabe mi vida? Basta.*

Antes de subir al ascensor, voy a recoger mi correo. Por una vez, mi cartero no se ha equivocado. Las cartas son mías, pero maldigo que lo sean.

—¿Estoy en un registro de mujeres de casi cuarenta años con su vida sin resolver y no me he enterado? ¡Tres! ¡Tres cartas de publicidad de congelación de óvulos! Qué exageración. ¿Cómo saben que vive una soltera rozando la cuarentena en el 8B?

—¿Te has comprado algún consolador y te lo has enviado a casa? —me pregunta seriamente Yul—. A lo mejor por ahí te han encontrado…

—¿Te crees de verdad que solo las solteras tienen juguetes? ¿O que estas clínicas —digo enseñando mis tres folletos— están conectadas con las empresas de vibradores?

—Nunca sabes… Por algún sitio te han tenido que encontrar. Además, a las mujeres casadas los juguetes se los regalan sus maridos.

No puedo evitar reírme con eso. *Santa inocencia…*

—No sé dónde están esos maridos. Yo estaba prácticamente casada con Carlos y te aseguro que entonces se los escondía.

—Annie, ¿estuviste quince años con un hombre al que le tenías que ocultar tus vibradores? ¿Cómo no te diste cuenta antes de que era un muermo? —me pregunta, llamando al ascensor—. ¡¿Cómo?!

La respuesta no es fácil. Yo quería respetar sus sentimientos. A él le intimidaba experimentar en la cama. No quería ni hablar de ello, pero ahora me pregunto si él alguna vez se preocupaba por lo que yo quería. En los últimos años nuestra vida sexual era más bien una *muerte en vida* sexual.

Sin darme cuenta, empezó a convertirse en una obligación más que en un deseo. Sospecho que para los dos. Recuerdo con amargura cada vez que tenía que decirle un "¿No hace mucho que…?" para que se acordara de que dormir no es lo único que puedes hacer en una cama.

Querer a alguien que no te desea es una agonía. Con Carlos, sin darme apenas cuenta, me convertí en una fotocopia sin color de mí misma. Alguien que seguía siendo yo, pero le faltaba algo.

En fin.

Cuando llegamos a casa, dejo el correo en la encimera. Se me hace raro volver a estar aquí. Luke y yo hemos decidido darnos una oportunidad de ser pareja. Sé que es una locura. Parecía tener más sentido en Nueva York que aquí...

Yo empiezo a abrir mi maleta y oigo el timbre de la puerta. Es Yul quien va a abrir. Es un repartidor y trae unas flores. Ella las deja sobre la encimera y yo corro a leer la tarjeta.

> "La Gran Manzana está gris desde que tú no estás aquí, *Pink Lady*.
>
> Firmado: Locamente Adicto-a-ti 93
>
> PD: ¿Te has llevado mi mando de la tele? *¡Grrr!*"

Me río yo sola con eso último. ¿No creería que me iba a robar un camisón y no se la iba a devolver, no? En realidad, solo lo he escondido, pero pienso torturarle un poquito antes de decirle donde está.

—Parece que *Lucky Luke* no ha tenido suficiente con siete días…

No respondo. Solo sonrío. Por supuesto, ella sabe que no estoy siguiendo nuestras normas con Luke, pero no me lo está echando en cara y se lo agradezco.

—¿Y tú? ¿Ya te has cansado de tanto *hate sex*… o ya no estás jugando a ese juego? —me pregunta Yul con aspecto serio.

De nuevo, evito responder. Tengo muchas cosas que contarle de este viaje, pero no quiero hacerlo aún. Sé que no le va a gustar que Luke me haya engañado… y quiero darle la oportunidad a Brian de que se lo cuente él. Así me lo pidieron los dos.

—Annie, ten cuidado, ¿vale? Todos los hombres parecen muy majos hasta que dejan de parecerlo. Acuérdate. Tú y yo, *love*. Antes que nadie más.

La escucho y asiento, pero enseguida finjo estar ocupada reciclando mi correo. No puedo evitar volver a ver los malditos folletos de congelación de óvulos.

Ahora mismo todo es muy fluido en mi futuro. Lo mío con Luke no puede durar. *¿Verdad?* Por un segundo me imagino teniendo una familia con él algún día, pero sé que es una locura pensar así.

Yul tiene razón: tengo que tener cuidado con lo que pienso. Aunque no puedo evitar volver a ver mis flores en la encimera y sonreír. Quizás por eso decido que no es mala idea quedarme esos folletos. Solo por si acaso.

53.

anunciante y entrevistada

Un mes más tarde. Viernes, 1 de julio

He tenido las videollamadas más calientes de mi vida en el último mes. Sí, un mes entero. ¿Por qué? Por los turistas. Los odio.

Mi plan era venir a España antes, pero alguno de los espectadores con cámaras en el *Empire State Building* decidió enviar un video a la prensa y ahora todo el mundo se pregunta quién es mi "misteriosa prometida sin anillo".

Fue mi madre quien me avisó de la noticia. Me llamó hecha una furia. Intenté explicarle que no fue realmente una declaración de matrimonio, pero no me creyó.

—Luke, es una mujer mayor que tú y ni siquiera es americana o de clase alta. ¿Qué crees que está pensando? Te lo digo yo: un visado para los Estados Unidos, matrimonio e hijos. Quiere cazarte, *darling*.

—Mamá, tú no conoces a Annie.

—Conozco a las mujeres. Son muy listas. Huelen el dinero. Esa va a intentar engañarte. No caigas, hijo. ¡Y por lo que más quieras no se te ocurra no usar protección!

Después de eso colgué tan rápido como pude. Me niego a hablar de sexo con mi madre. Y su consejo llega un poco tarde igualmente.

Ha pasado casi un mes y la prensa no sabe quién es Annie aún, afortunadamente. Ella no me lo perdonaría si se sabe lo nuestro en la oficina y yo podría perderlo todo. Por fin parece que los medios se han relajado y ya no me investigan más, pero tenemos que ser muy discretos.

No puedo esperar a aterrizar y verla de nuevo. La aerolínea ha retrasado mi vuelo y en lugar de poder llegar a las ocho de la mañana (con tiempo para ir a verla a su casa y hacerle el amor como el adicto a su piel que soy), llegaré a las doce. A esa hora empieza mi reunión con un nuevo anunciante que quiere apostar por nuestra revista como aliado clave en su lanzamiento.

Si la reunión de hoy sale bien, recibiremos unos ingresos estables para *AM* que realmente necesitamos —la revista y yo.

Llego a la oficina y la veo sentada en su mesa. Lleva un vestido largo con volantes en el pecho. Es verde como la kriptonita. Ella me mira y sonríe, pero no puede decirme nada. Está en medio de una entrevista que lleva tratando de conseguir hace semanas.

Está hablando con la autora Lucila Mendoza. La ha convencido de que anuncie en nuestra revista su nuevo libro. Si tiene el mismo éxito que su última novela, vamos a tener tanto tráfico en la web que vamos a romper el servidor.

No puedo ir a saludarla, pero no puedo evitar enviarle un mensaje.

Luke: Buenos días, *red*. Ese vestido te queda fatal. Voy a tener que quitártelo urgentemente.

Ella sonríe y me mira enfadada por desconcentrarla.

Luke: Si me miras cabreada otra vez, no me voy a poder controlar.

Sonríe de nuevo y me mira directa, retándome. *Tan provocadora como siempre.* Lamentablemente, no puedo seguir jugando con ella porque llego tarde a mi reunión.

Trabajar con Annie a distancia estas semanas ha sido incluso más divertido que cuando ella no sabía quién era yo. Me alegro de no tener aún un equipo de Recursos Humanos contratado porque nos echarían a los dos si leyeran nuestros correos electrónicos de las últimas semanas.

Al menos, los reportajes de *AM* están batiendo récords. Todo el equipo está haciendo un trabajo espectacular. Por eso, esta tarde Brian vendrá para empezar a planificar la presentación en sociedad de *AM*. Nos jugamos mucho ese día. Necesitamos hacer ruido. Mi amigo ha insistido en contratar a una agencia que, según él, es la mejor de la ciudad.

Cuando llego a la mesa de Sebastián, él está hablando ya con Alberto Robles, el responsable de una *app* de inversiones en criptomonedas que quiere anunciarse en nuestra revista. Nos eligieron a nosotros porque necesitaban llegar a gente interesada en tendencias. Somos un encaje perfecto para su producto.

He hablado antes con Alberto. Es un hombre de pocas palabras. A mi manera, yo soy reservado también, así que nos entendemos bien. A falta de una sala de reuniones, nos sentamos en una mesa grande al fondo de la oficina.

En menos de media hora, decide que le gusta el estilo de nuestra revista. Agradezco que Sebastián haya liderado la reunión porque Annie no deja de provocarme mientras hace su entrevista. Me quiere poner enfermo. Le envío otro mensaje.

Luke: En cuanto acabes, nos vemos en el ascensor.

Annie lo lee con el bolígrafo en su boca y sutilmente puedo ver como juega con él con la punta de su lengua y me mira sonriendo. *¿Quiere que pierda los papeles?* No me cabe duda.

Cuando por fin se acaba su entrevista, el anunciante y la escritora se van juntos. Annie y yo nos despedimos de ellos en la puerta del ascensor. Es un gran día para *AM*. Cuando las puertas se cierran, nos miramos, esperando nuestro turno para entrar en cuanto vuelvan a abrirse... pero el tiempo pasa demasiado lento. Aprieto el botón unas quince veces esperando que nadie decida montarse con nosotros.

Finalmente, el agente de seguridad del edificio viene a avisarnos de que el ascensor ha quedado fuera de servicio. Parece que se ha quedado parado con Alberto y Lucila dentro. Ver para creer.

No conozco al personal del edificio personalmente, pero cada vez que los veo, me fastidian el día.

54.

relaciones laborales

Anita

En cuanto el guardia de seguridad se va, Luke me escribe un mensaje. Solo pone "Escalera de incendios. Ahora".

¿Me cabrea que me dé órdenes? Definitivamente. Aunque reconozco que también me excita porque sé que está retándome. Es un juego. ¿Y voy a hacerle caso? Por supuesto que no.

Lo miro y niego con la cabeza sonriendo. Es una locura. Cualquiera podría vernos.

—No era una sugerencia. No puedes desobedecerme aquí, ¿sabes? —me susurra en el oído disimuladamente para que nadie nos oiga. Se aparta y me mira retándome de nuevo.

Resoplo y me dirijo a donde me pide, pero tengo un plan. Él no es el único que sabe hacer trampas.

Llego yo primero, él aparece un segundo después. El ruido metálico de la puerta resuena en el rellano al cerrarse tras él. Él irrumpe en el espacio y me busca como un león en busca de comida. No puedo evitar sonreír. *Joder, quiero que me coma.*

Tarda un segundo en cogerme de las caderas y arrastrarme contra la puerta para bloquearla. Sus manos no me tocan, me agarran con deseo. Luke inspira fuerte con frustración. Sabe que no puede besarme aquí como desearía. Cualquiera podría entrar. Estamos exponiéndonos demasiado. Los dos.

Exhala antes de besarme suavemente. Solo es un roce entre labios, poniendo una mano en mi cuello y dejando la otra en la cintura. Las mías, se apoyan en su pecho apartándonos y no llegan a tocarle. No me fío de poder pararme a mí misma si me dejo llevar.

—Sebastián me estará buscando. Tengo que volver, Luke —le advierto, cuando abandona mi boca y pasa a besarme el cuello. Sus manos han pasado a mi culo y lo aprietan con fuerza.

—Ignórale. Yo soy tu jefe. Quédate aquí conmigo. —Puedo notar como inspira mi olor en el cuello. Su respiración tan cerca mío me tienta demasiado, pero no puedo olvidarme de dónde estamos.

—Aquí no eres mi jefe —le recuerdo con mi mejor intento de chulería.

—Annie, dijimos de nueve de la mañana a cinco de la tarde, de lunes a viernes —me recuerda y sigue lamiendo mi cuello.

—En la oficina, sí; pero técnicamente aquí estamos fuera. —No puedo aguantarlo más y mis manos se lanzan a explorarle. Pego mi cuerpo contra el suyo y descubro que ya está excitado. Él me para con un gruñido de frustración. Se pasa las manos por el pelo con rabia por no poder seguir el juego.

—En cuanto seamos rentables, voy a alquilar todo el edificio. Incluida la escalera de incendios. —Se apoya en una pared y me da ligeramente la espalda.

Creo que no puede ni mirarme. Es ridículo. Y yo no puedo evitar sonreír por la tontería que acaba de decir.

—Ni así vas a conseguir que te obedezca cuando me pides cambios ridículos —lo reto.

—Son todos necesarios. Se los pediría a cualquiera. —Se gira para mirarme de nuevo.

—¿Seguro? ¿A todos les preguntas por qué te está poniendo cachondo su voz en los vídeos?

—A todos. Te lo aseguro. Estoy enfermo. ¿No me ves? —Señala su erección y no puedo evitar sonreír. Mi entrepierna también está sufriendo.

—Esta noche —le animo a esperar—. Tengo muchas ideas para llevarte al lado oscuro...

—Si no quieres que te haga el amor aquí mismo, Annie, más te vale que me digas lo que estás pensando. Estás jugando con fuego. Llevo un mes sin verte, *baby,* y no paras de provocarme. —No puedo evitar reírme al escucharle decir eso—. Dame un adelanto.

—¿Un adelanto? —Arqueo una ceja—. Te daría mis braguitas, pero para eso necesitaría llevar unas.

Su cara paralizada me deja claro que la idea le perturba. Me aparto, sonriendo, de camino a la puerta

—Tengo que irme. Buena suerte concentrándote en tus reuniones esta tarde, jefe. —Le saco la lengua antes de cruzar la puerta.

Le oigo gruñir y creo que como siga mordiéndose así el labio por la frustración, se va a hacer una herida.

∞∞∞∞

Unas horas más tarde

Luke

La reunión con la agencia de *marketing* empieza y, en principio, solo nos reunimos Brian, Sebastián y yo con ellos. Estamos charlando en la mesa grande de nuevo. Discutimos posibles formas de promoción de *AM*.

En un momento, Annie se acerca a nosotros porque quiere compartir una idea. Ese es el motivo por el que no quería salas de reuniones. A puerta cerrada, las ideas no fluyen.

—¿Y si hiciéramos una revista en papel exclusiva para el evento? Podemos reservarnos contenido exclusivo, como una parte de la entrevista que he hecho hoy. Tenemos material para dos artículos.

—La idea de *AM* es huir del papel. De lo tradicional — justifico.

—Lo sé, pero no sería una revista normal. Para empezar, no se vendería. Sería algo que solo puedes tener si vienes al evento. A veces, no poder acceder a algo, te hace desearlo más... ¿no te parece? —Me mira cuando dice eso último y pierdo la concentración por un segundo.

Me está hablando en código. *Descarada*.

¿De qué estábamos hablando? Ah, sí, de una revista...

—En realidad, hacer una pequeña revista exclusiva para el evento puede ser algo muy interesante —explica Álex, la responsable de la agencia de *marketing*—. Las campañas que mejor funcionan son las más inesperadas, lo poco convencional.

—Una revista en papel es, precisamente, demasiado convencional —discuto.

—Sí, pero nadie espera que una revista digital de tendencias como *AM* apueste por algo tradicional. Además, a la gente le encanta llevarse algo físico a casa después de una fiesta. Especialmente si es exclusivo. Si lo enfocamos bien, puede estar ligada con la web y las redes sociales de la revista, e incluso puede ser la clave para descubrir experiencias digitales.

—Podría ser como una tarjeta de presentación de *AM*. Una conexión del mundo físico al digital —añade Brian.

Con los tres en contra, miro a Sebastian para pedir su opinión. Él sabe mi plan. Mi intención es hacer crecer *AM* como un modelo completamente digital, para poder justificar una transformación del modelo de Ayamonte, eminentemente en papel.

—Sabes que me gusta mucho más lo digital... pero no suena del todo mal. Podemos usar papel reciclado y hacer un número muy limitado de ejemplares para hacerlo sostenible. Sería algo más responsable que las tiradas enormes que hacen algunas revistas. Puede ser una forma de reivindicación.

—Puede que también haya anunciantes interesados en pagar por formar parte de algo tan exclusivo —explica Annie y me mira como si quisiera recordarme que este proyecto necesita fondos.

—No puedo contra todos. Si lo véis claro, lo haremos. Annie y Sebastián, quedáis al mando —resuelvo.

—¿Podemos contar con la ayuda de Yulea como colaboradora? —pregunta ella—. Creo que tendría muy buenas ideas para animar a la gente a que comparta el contenido en redes sociales.

Asiento. No es mi persona favorita, pero no puedo negar que tiene talento. La sonrisa de mi amigo al ver mi respuesta me deja claro que está loco por ella. Supongo que tendré que esforzarme por llevarme darle una oportunidad. Al fin y al cabo, aunque nos odiemos, es la mejor amiga de mi chica. Parece que los dos estamos condenados a llevarnos bien.

O eso creía yo entonces.

55.

la azotea

L a planificación con la agencia de *marketing* se ha alargado más de lo previsto. Annie me ha estado provocando todo el día. Saber que no tiene nada debajo de ese vestido no ha ayudado a mi concentración.

Lo único que he podido pensar en la última hora es en cuanto me gustaría ponerla encima de la mesa donde estábamos reunidos y disfrutarla de todas las formas posibles. Llevo todo el día con un calentón inhumano y no creo que pueda aguantar hasta llegar a casa. Necesito tocar de nuevo su piel.

Todas las personas del mundo tienen piel. La de Annie es solo una entre millones. Sin embargo, es la única en el mundo que tiene este efecto en mí. Cada vez que la rozo, me invade una sensación de haber llegado a donde siempre he deseado estar.

Disimuladamente, espero a Annie para irnos juntos y, cuando estamos en la escalera de incendios a punto de bajar —porque el ascensor sigue roto—, se me ocurre algo. La cojo del brazo y la animo a seguirme al piso de arriba... a la azotea del edificio.

Me la enseñaron el día que alquilamos las oficinas. No es gran cosa. Suelos de cemento y ningún mueble. Quizás por eso nadie sube aquí, pero yo me enamoré de las vistas. Quiero enseñárselas a Annie y, a decir verdad, también necesito besarla de nuevo antes de irnos a casa juntos.

—¿Qué hacemos subiendo? —pregunta ella antes de llegar, pero al abrirle la puerta metálica, deja de hablar. Solo abre la boca impresionada—. Esto... es... precioso.

—No. Tú eres preciosa, *baby*... —La cojo entre mis brazos y la beso con ganas hasta que acabamos pegados contra la puerta por la que hemos entrado.

—¿Me estás regalando un piropo, Luke Ayamonte? Voy a pensar que ya no te quieres pelear conmigo.

—Me gusta escuchar mi nombre de tu boca. —Acaricio entre sus piernas para excitarla, como yo también estoy. Ella responde moviendo las caderas.

—Luke —susurra en mi oído—... No puedo esperar más. Vámonos a casa.

—Me has estado torturando todo el día. Es mi hora de castigarte un poco yo a ti. —Me arrodillo y cuelo mi cabeza entre sus piernas desnudas cubiertas por su vestido largo. He echado de menos el olor a ella. *Joder, creo que hasta lo he soñado...*

Por un segundo veo cómo me mira y piensa que no lo iba a hacer. Se equivoca.

Me gustaría decir que soy delicado con ella, pero no es verdad. La devoro salvaje, como el hombre hambriento de ella que soy. Su sabor es tan delicioso como lo recordaba. No he podido olvidarlo.

Ella se agarra a mi pelo por encima de su vestido y lo estruja. Oírla repetir mi nombre en su boca primero con incredulidad, luego con deseo y por último entre gemidos solo hace que disfrute más de todo esto. Me encanta llevarla al límite. Quiero comérmela, pero solo alcanzo a mordisquear sus labios. Mi lengua no puede parar de buscar nuevos sitios donde darle placer. Apoyo una de sus piernas sobre mi hombro para tener acceso completo. Me ayudo de mi mano porque adoro que pierda el control y sé encontrar el ritmo que le gusta. Es jodidamente sexi verla así.

Sus caderas se mueven para facilitarme el acceso total. Estamos en una azotea rodeada de los tejados de otros edificios. No es exactamente un buen escondite, pero no puede importarme menos. Y a Annie tampoco parece que le preocupe. Está completamente entregada a disfrutar de este momento.

—Te he echado tanto de menos —admite—. No puedes acostumbrarme a esto y luego quitármelo un mes entero… —dice con la respiración entrecortada.

Sonrío al escucharlo, pero no puedo parar. Quiero que se corra en mi boca más de lo que quiero nada en esta vida. Y cuando por fin se deja ir, su cara me deja claro que le ha gustado la idea de venir aquí.

Mi boca se resiste a abandonar la sonrisa. Me encanta tener este poder sobre ella. *Mi chica ingobernable.*

Me levanto para besarla de nuevo y enseguida noto la mano de ella acercarse a mi polla.

—No, *baby*, una paja ahora mismo no es lo que quiero.

—¿Quién dice que estaba pensando en eso…? —Su mirada provocadora acompaña esas palabras.

—Vamos a casa, Annie —le pido acercándome a besar la piel de su cuello—. Quiero estar dentro de ti, *baby* —susurro a su oído.

En vez de hacerme caso —sería la primera vez—, se quita su vestido. Solo dice "¡*Ups!*" y me mira retándome traviesa. Hace calor, pero la brisa menea su melena que brilla roja con los últimos rayos de sol. Esta es la Annie salvaje que me tiene completamente embrujado.

—*Red*, ¿a qué estás jugando? —digo sin poder apartar la mirada de su cuerpo completamente desnudo. Apoyo mis manos en sus caderas por puro instinto. No tocarla es imposible.

Con delicadeza, ella me quita la chaqueta del traje y la estira en el suelo junto a su vestido, antes de echarse sobre ellos. Me coge de la mano para que la siga. Está completamente desnuda en la jodida azotea. Annie me asusta a veces... Bueno, siempre.

Me recuesto sobre ella. En parte para taparla, pero sobre todo porque necesito morder esos pezones con urgencia. Ella se pelea con mi corbata y abre mi camisa mientras yo atiendo sus pechos con toda la atención que les querría haber dado el último mes. No puedo evitar restregar mi polla contra ella.

—*Fuck*, Annie... no puedes hacer estas cosas. Me vas a volver loco... No puedo esperar más.

—No esperes.

Me aparto los pantalones y calzoncillos en un movimiento rápido y ella se estira para dejarme decidir cómo abordarla. Sabe que me encanta tenerla así. Toco su clítoris aún sensible por el último orgasmo. Está tan húmeda y caliente por dentro que se me hace la boca agua de pensarlo.

Entro en ella lentamente y me recreo en el momento de sentirme dentro de ella de nuevo. El sol se está poniendo y la luz rojiza brilla sobre su piel desnuda. No he conseguido dejar de pensar en ella y en volver a estar así. Este instante es demasiado bueno para no querer detenerse a apreciarlo.

Empiezo a moverme y me restriego contra su piel. Todo mi cuerpo la ha echado de menos. Necesito tenerla cerca. Desearía llegar a cada rincón de su cuerpo. Nunca antes había necesitado a nadie, pero con Annie lo necesito todo. Nada más me parece suficiente.

El aire corre cálido y empezamos a sudar, pero no puede importarme menos. Su boca abierta y la mía no pueden besarse porque nos falta el aire a los dos, aunque nos resistimos a separarlas demasiado. Nuestros alientos se mezclan cuando nos liberamos. Primero ella y luego yo al notar como su vagina me reclama con fuerza. Es una locura estar aquí así... ¿pero desde cuando mi vida con Annie no lo es?

Sin importarnos ya nada nos quedamos abrazados y estirados bajo el cielo que oscurece demasiado rápido. No puedo evitar sentir miedo por un instante. Sé que Annie y yo existimos en una especie de burbuja. Algo tan fino como una aguja podría hacernos explotar. Todo podría irse al traste demasiado fácil.

—¿Es una locura todo esto, Luke? —me pregunta ella de pronto. Puedo ver como sus ojos vidriosos me miran.

La abrazo más fuerte.

—Un poco sí, *baby*, pero te juro que voy a encontrar la manera de que deje de serlo —se lo prometo, pero sé que es más un deseo que un plan.

56.

recta final

Casi tres meses después. Jueves, 25 de agosto

Ocho días es poco tiempo. Es mucho menos del que me gustaría quedarme. Otra vez...

Las relaciones a distancia son una tortura. Sin embargo, cuando estoy aquí, consigo que se me olvide la espera y solo me concentro en disfrutar cada minuto que tengo al lado de Annie.

Los números de *AM* por fin empiezan a tener buen aspecto. Tenemos cada vez más anunciantes y el tráfico no deja de subir. También hemos conseguido tener suscriptores fieles que nos recomiendan a sus contactos.

La semana que viene por fin anunciaré en la junta de Ayamonte los resultados que —espero— cambien el futuro de la compañía que lanzó mi abuelo.

—Va a salir todo bien —me dice Annie. Nota que estoy nervioso.

Es de mañana y estamos en su cama, a punto de empezar el día. Siento que vivo aquí cuando vengo a España. Me siento más en mi hogar aquí que en cualquier otro sitio en el mundo. Annie se separa de mí para prepararnos para ir a trabajar. Como siempre, volveremos a escondernos en cuanto lleguemos a la oficina.

—Cinco minutos más —le suplico, cogiéndola en mis brazos. Quiero robar cada minuto que pueda.

Vivir en distintos países y pasarnos el poco tiempo que tenemos juntos disimulando en la oficina es como vivir de migajas, pero aún así, no lo cambiaría. Lola Flores lo llamaría "Limosna de amores". Por favor, no me preguntes si soy tan patético que he empezado a escuchar canciones de la Faraona cuando echo de menos a Annie. No quieres saber la respuesta. Y yo no quiero admitirla.

Hace ya dos meses que Annie terminó de decorar el piso de mi tía. Ha hecho fotografías y son mucho mejores de lo que yo tenía anunciado. Parece otro apartamento. Ha pintado muebles, paredes, ha redistribuido los elementos y ahora parece una casa distinta. Una en la que no me importaría vivir con ella algún día. Por eso llevo semanas ignorando las llamadas de la inmobiliaria.

Necesito el dinero, pero no quiero dejar de tener un piso a su lado; y no sé si lo quiero mantener para los dos. Su estudio es demasiado pequeño. Aunque yo no siempre estoy aquí.

La próxima semana me reuniré con la junta de Ayamonte tras la fiesta de presentación de *AM* en sociedad. Brian ha estado trabajando con la agencia de *marketing*, con Sebastian, Annie y Yulea.

Nunca había tenido que confiar en tantas personas. Todos ellos tienen en sus manos el éxito de la presentación de *AM*. Y mi futuro.

—Les va a gustar la revista, Luke. Y van a dejar que transformes tu grupo, ya verás —me reafirma, abrazándose a mi pecho.

Sé que tiene razón. Especialmente después de los últimos resultados que mi padre ha presentado, confío en que la junta me apoyará. Sin embargo, no es eso lo que me preocupa.

—Es solo que... hasta ahora era un plan. Una teoría —le explico—, pero voy a tener que despedir a muchos trabajadores, Annie. Va a ser muy duro. Nunca deberíamos haberlos contratado desde un principio, pero son personas y tienen familias. Voy a ser yo quien tome la decisión. Me van a odiar por algo que yo no he provocado. Aún así, no puedo dejar que las cosas sigan como están. Le debo a mi abuelo luchar por nuestra empresa.

—No vas a poder salvar a todos, Luke, pero los que se queden van a agradecer que hayas intentado mantener su trabajo. Tu abuelo estaría muy orgulloso de ti por luchar por tu empresa.

—Él siempre sacaba tiempo para mí. Me llevó a todas las galas de la revista desde que era un mocoso. Siempre me presentaba a todo el mundo. Sin importar lo famoso o importante que fuera. Y le decía a todos que yo iba a ser el siguiente director de Ayamonte. Por eso quería enseñarme este trabajo desde pequeño.

—Le querías mucho, ¿verdad? —Asiento—. ¿Cómo se llamaba?

—Luque Ayamonte. Era español. Un día decidió irse a Estados Unidos con sus ahorros para crear una revista en su idioma. Siempre decía que hizo eso porque era lo único que sabía hacer —no puedo evitar sonreír al recordarlo—.

Pronto tuvieron tanto éxito que abrió una segunda, una tercera... y creó toda una corporación con mucho esfuerzo.

—Se llamaba Luque... ¿eh? ¡Así que te llamé bien desde el principio! —sonríe como si hubiera ganado una batalla.

—No, no, yo me llamo Luke. Aunque supongo que es una costumbre familiar. Mi bisabuelo, mi abuelo y mi padre se llaman Luque... Yo, Luke.

—¿Y tú querrás seguir la costumbre... algún día? —me pregunta—. ¿Tener un *mini Luke*?

La miro sospechoso. Esa es una pregunta trampa.

—¿Me estás preguntando si quiero tener hijos? ¿Quieres tenerlos tú, Annie?

—He preguntado yo primero —insiste.

—Creo que eres tú quien tiene que responder, *baby*. —Acaricio su espalda con el brazo con el que la rodeo—. Pero si pudiese elegir, no me importaría tener una *mini Annie*, si tú también quieres.

Su sonrisa me deja claro que le ha gustado mi respuesta. Y yo no puedo evitar imaginarnos como una familia algún día, viviendo en el piso de mi tía. Siendo tan felices como yo fui aquí cuando venía cada verano. Pero sé que eso significaría renunciar a mi empresa. Dejar que se hunda el legado de mi abuelo.

Sé que ella aprecia su vida aquí y no quiere mudarse. Solo llevamos unos meses juntos. Entiendo que no puedo pedirle eso. Especialmente cuando apenas hemos podido pasar tiempo sin escondernos.

A pesar de eso, nuestra conversación en la azotea no se me va de la cabeza. Si queremos que esto funcione, necesitamos un plan de futuro, pero no tengo ni idea de cómo resolverlo.

Por más vueltas que le doy, lo único que tengo claro es que, con Annie, no puedo ganar sin que uno de los dos pierda.

57.

despedida perfecta

Viernes, 26 de agosto

L uke me está distrayendo y al final voy a perder mi vuelo. Tengo un viaje este fin de semana con Yul. Las dos nos vamos a Ibiza para un reportaje de *AM* que usaremos en la revista del evento. "Los *influencers* también lloran", se llamará el artículo. Se le ocurrió a ella. Pensó que si hablábamos de ellos, seguro que lo compartirían en sus redes y eso nos daría una gran difusión. *¿He dicho ya que mi amiga es un genio?*

Va a ser un artículo duro. De denuncia. Pero me está costando que me afecte porque ahora mismo soy ridículamente feliz.

En las últimas semanas, algo ha cambiado entre Luke y yo. Estamos trabajando juntos en un proyecto que parecía una locura y cada vez es más real. Somos un equipo. Hemos aprendido a ser una pareja, a pesar de la distancia y ahora hasta hablamos de futuro.

Honestamente, me daba miedo preguntar a Luke sobre hijos. Temía que quisiéramos algo distinto, a pesar de que yo solo sé que no los quiero aún, pero puede que sí algún día. Y él, como siempre, me dio la respuesta perfecta. Sí, porque así es como funciona nuestra loca relación. Cuando yo empiezo a dudar de que lo nuestro pueda funcionar, Luke me demuestra una y otra vez que nuestro encaje puede ser perfecto.

Quiero confiar en él. En nosotros. Aunque seguimos sin saber cómo vamos a hacer que lo nuestro funcione cuando él asuma el liderazgo de su corporación...

Este fin de semana es importante para mí. Va a ser solo un día, pero Luke vendrá a buscarme a Ibiza el domingo. Pasaremos un día sin escondernos de nadie, como una pareja normal. Sin secretos ni normas. Es ridículo lo feliz que me hace solo pensarlo.

Después de eso, él volverá a Nueva York para presentar a la junta de Ayamonte los números de la revista. Tendrán una semana para tomar una decisión.

Hemos trabajado mucho en los últimos meses para que esté todo listo para la fiesta de presentación. Será en dos semanas, justo antes de que la junta decida si acepta que él asuma la Dirección del grupo.

Tengo vértigo, pero a la vez es increíblemente inspirador verlo luchar por algo en lo que cree con todo su corazón. Lo tiene todo pensado... excepto qué va a ser de nosotros.

Sé que si Luke asume el liderazgo de su empresa en Estados Unidos va a poder venir aún menos.

Después de mi historia con Carlos, yo no puedo mudarme por un hombre y perder todo lo que he construido aquí. Me juré a mí misma que no volvería a perderme a mí misma por mi pareja. Además, sería una locura. Solo llevamos unos meses juntos y la mitad del tiempo nos ocultamos.

Yul me manda un mensaje. En un minuto hemos quedado en el rellano. Vamos a perder el avión si no espabilo. Tengo que dejar de soñar tan a menudo en nuestro futuro imposible, pero sobre todo necesito conseguir unas bragas que meter en mi maleta antes de irme.

—Luke, tengo que irme ya. Dámelas, por favor —le pido.

Ha decidido retener todo el contenido de mi cajón de ropa interior para que no me vaya. Está loco… y me encanta que lo esté.

Empezamos a jugar forcejeando porque él no quiere que las alcance. Acerco mi mano a ese punto en su costado donde hace semanas descubrí que tiene mucha sensibilidad. Mi sonrisa le deja claro que voy a hacerle cosquillas. Le ataco sin piedad y empezamos a partirnos de risa los dos, intentando ganar una nueva batalla; pero cuando Luke baja sus brazos para protegerse de mis manos traviesas, todas mis bragas acaban en el suelo.

Él se agacha a recogerlas, pero yo me escapo con unas en la mano rápidamente. *Victoria.* Luke chasquea la lengua en cuanto se da cuenta, deja tirada mi ropa interior y me alcanza antes de llegar a la puerta.

—¿Te vas a llevar solo unas? —pregunta cogiéndome por la cadera e ignorando toda mi pobre ropa interior por los suelos.

—En cuanto tú aterrices, no voy a necesitar otras —aseguro con picardía.

—¿Qué voy a hacer aquí un día entero sin ti? —Me alcanza con sus brazos y rodea mi cintura.

—¡Es la primera vez que estás aquí sin mí! Es verdad. Tienes una copia de la llave en el cajón de la entrada. Cógela o te quedarás encerrado.

—¿Me estás dando tu llave, Annie? —Su mirada de esperanza me hace reír inevitablemente.

Aún no nos hemos dicho que nos queremos. Yo no tengo dudas. No puedo negar mis sentimientos hacia él. Solo tengo miedo de ponerlos en palabras y empiezo a pensar que a él le pasa lo mismo. Sospecho, además, que estamos en otro de nuestros pulsos. Una batalla más.

Darle una llave puede significar muchas cosas… o ninguna.

—Te la estaba prestando —aclaro— para que no te quedes encerrado… pero supongo que, si quieres, puedes quedártela.

—¿Si quiero…? —sonríe al repetir esa parte de mi frase.

—Luke, es solo una llave. —Rodeo su cuello con mis brazos.

—No, es un permiso para venir a hacerte el amor sin tener que llamar a la puerta antes —bromea.

—Es solo una llave —repito sonriendo.

—... y podré mirar todos tus cajones y averiguar todo lo que nunca me cuentas.

—Es. Solo. Una. Llave —aclaro de nuevo—. Y es de la puerta, no de mis cajones.

—Solo una llave —repite, pero sonriendo, como si quisiera dejarme claro que lo considera una victoria —. Yo también voy a darte la mía, *baby* —me susurra al oído—... la quieras o no.

Joder, claro que la quiero. Incluso aunque no pueda usarla.

Aún me cuesta creer que la prensa publicara fotos mías de cuando visité Nueva York. Desde entonces, no quisimos volver a arriesgarnos a que yo fuera y nos descubriesen.

De pronto, Yul llama a mi timbre y sé que es mi hora de salir si no quiero que tire la puerta abajo.

—Te voy a echar de menos esta noche... —Luke me da un último beso contra la puerta.

—Seguro que Brian consigue que no te aburras —bromeo—. No tardes en llegar —le pido y me muerdo el labio para no volver a besarle.

En ese momento, puedo escuchar a Yul imitando el ruido de una arcada al otro lado de la puerta. Nos ha escuchado. Los dos nos reímos.

—Cuida bien de Bohemia —le pido antes de despedirme.

—Voy a ganármela en cuanto esté a solas con ella. No se va a poder resistir a mis encantos —bromea.

Y nos volvemos a despedir con un beso apasionado contra la puerta mientras Yul grita que vamos a perder el avión.

58.

las sombras

Sábado, 27 de agosto

Probablemente este sea el mejor reportaje que he hecho para *AM*. El más real, al menos. Estoy mostrando una realidad que no siempre se ve en las redes sociales.Hemos venido a Ibiza, con un hotel pagado, con ropa de lujo y hemos ido a una fiesta increíble. Esta es la vida que muestran las *influencers*. Sin embargo, al hablar con ellas, descubres que su realidad es mucho más cruda.

Muchas han cobrado hoy en forma de regalos. Y eso no es digno, por más *glamouroso* que pueda parecer.

Este viaje a Ibiza lo ha organizado una marca de equipajes. Todas las invitadas, que suman millones de seguidores, han recibido un juego de maletas y una estancia en hotel a cambio de venir, pero económicamente apenas van a cubrir sus dietas.

Estoy deseando enseñarle a Luke todo esto. Hace días que estoy ansiosa. Sé que pronto presentará los resultados de su revista a la empresa. Existe la posibilidad de que lo pierda todo, pero eso no me da miedo. Lo que me aterra es pensar que va a conseguir su sueño y va a tener demasiado trabajo en Nueva York para seguir viniendo aquí. Y yo no voy a poder ir allí sin que nos descubran tarde o temprano.

A pesar de todo, no puedo evitar estar eufórica. No puedo esperar a que él llegue. Estoy viviendo un sueño a su lado y me niego a despertar hasta que sea absolutamente necesario. Solo necesito no pensar demasiado. Me he acostumbrado a hacerlo estos meses.

Desde que volvimos de Nueva York estoy ignorando al maldito Pepito el Grillo. Se me da tan bien que casi ni lo oigo.

∞∞∞∞

Unas horas más tarde

Luke no ha respondido a mis mensajes y no me coge el teléfono y hace horas que tendría que haber llegado.

¿Es un juego? ¿Un pulso de atención? Pero ahora somos pareja, ¿no? ¿No deberíamos dejarnos ya de juegos? Es cruel que no aparezca así.

Me hacía tanta ilusión nuestro día juntos en la isla. Me he levantado más ansiosa que una niña en navidades, pero ahora siento que he llegado al árbol y no hay nada para mí.

No puedo evitar revivir todas esas veces que Carlos me cambiaba de planes a última hora o me hacía esperarlo. No soportaba que lo hiciera. Era la prueba más evidente de que yo nunca fui su prioridad.

Yul ha salido hace horas de vuelta a casa. Estoy sola aquí, en un hotel maravilloso al lado de la playa. Pero sola. ¿Y sabes que es imposible dejar de hacer cuando estás sola delante del mar? Pensar. Justo lo que llevo evitando hacer durante meses.

Me doy cuenta de que estoy llorando porque una lágrima, como diría Peret, se me cae en la arena.

¿Qué la provoca? Un pensamiento muy simple:

¿Qué coño hago a punto de cumplir 39 metida en una relación internacional con un chico más joven que yo, que podría ser modelo de revista y además es mi jefe?

Luego la cosa empeora.

¿Qué tengo yo de especial para que él se haya fijado en mí? Él podría estar con cualquier modelo...

¿Por qué voy a creer que lo nuestro va a funcionar? ¿No era demasiado bueno para ser real? ¿Se habrá cansado de mí?

¿Estoy degradándome a mí misma al aceptar una relación secreta?

¡¿TIENE ALGO DE ESTO EL MÁS MÍNIMO SENTIDO?!

Decido escribir un mensaje a Yulea para ver si sabe algo de Luke o de Brian. Si alguien va a saber localizarlo, ese es su amigo.

> **Yulea**: Brian dice que Luke no va a venir.

> **Yulea:** No entiendo qué está pasando, pero te aseguro que le voy a cortar las pelotas como me lo encuentre en el rellano.

¡¿No va a venir y ni me llama para decírmelo?!

Una parte de mí siente que es increíblemente inmaduro enfadarse sin decir nada. De crío.

"Quizás —me susurra Pepito el Grillo al oído— ese sea el problema".

"Amarga mucho intentar verse bien con algo que no pega contigo, hija, creéme", me dijo mi madre cuando le hablé de Luke.

Amargura. Como en el flamenco. Te desgarra en una espiral que no deja de consumirte. Pepito el Grillo va echando leña al fuego y mostrándome a la vez que estaba viviendo un espejismo. Un sinsentido. Sí, yo siempre supe que nuestra relación nació con un asterisco. Con normas. Con condiciones. Con secretos. He podido ignorarlo porque me hacía demasiado feliz, pero el asterisco sigue ahí.

En parte, me siento como las *influencers* a las que he venido a conocer. Teníamos un amor tan bonito que me empeñé en mostrarme a mí misma solo la parte buena, pero cuando las luces se apagan, las sombras te alcanzan y ya no las puedes ignorar.

Así es la amargura. Una vez la pruebas, ya nada puede esconder ese sabor.

59.

decepción

Domingo, 28 de agosto

Cuando llego a casa, Bohemia es la única que me recibe viniendo a mi pierna a saludarme con un ronroneo. El amor de mi gata es selectivo, pero ella siempre sabe reconocer cuando la necesito.

Estoy agotada. Un viaje y un corazón roto son demasiadas emociones.

Cuando todo tu historial sentimental es una colección de decepciones, vivir una más no es sumar una a la lista; es revivirlas todas a la vez. El corazón me duele. Físicamente. Pero duele casi más la decepción. Conmigo misma. Por haber vuelto a confiar. Por abrirle a Luke una puerta que juré que cerraría después de Carlos.

Sin embargo, lo que más me molesta es que algo no me encaja. *¿Qué ha pasado entre nosotros?*

La respuesta la encuentro en mi mesa del comedor.

¡¿En serio?!

60.

el motivo

48 horas antes. Viernes, 26 de agosto

Cierro la puerta al despedirme de Annie con una cara de idiota enamorado. No me cabe duda de que lo estoy. El éxito de *AM* está superando todas mis expectativas, pero por primera vez en mi vida me siento feliz, independientemente de mi trabajo. Y es por ella.

Anoche al hablar con su madre, en lugar de evitar hablar de mí como hace siempre, le dijo que nos vamos juntos de fin de semana.

Son señales. Está confiando poco a poco más en mí. En nosotros. Entiendo por qué tiene que ocultarse. Cualquiera que tenga la suerte de tener una familia difícil sabe que a veces es imposible sobrevivir de otro modo.

Por eso yo no quiero ocultarle nada a Annie. Algún día quiero que seamos una familia. Ella, yo y un mocoso, si ella lo quiere también. Pensar en eso me hace jodidamente feliz. Annie planteándose un futuro conmigo. Uno real. Parece mentira.

Saber que ella está a mi lado significa más para mí de lo que ella cree. Yo siempre he estado solo. Raramente me he permitido confiar. Brian y quizás Sebastián son mi excepción. Abrirme a ella así es un salto de fe, pero ya no tengo miedo.

De pronto, veo las bragas que se nos han caído al suelo en nuestra pelea. Me agacho para recogerlas y tengo que pestañear para procesar lo que ven mis ojos debajo de la cama.

∞∞∞∞∞

He venido a ver a Brian. No puedo estar solo ahora mismo. No entiendo nada. *¿Cómo no lo he visto antes? ¿Tan ciego he estado?*

—¿Pero cómo no nos hemos dado cuenta? —le pregunto.

—Habla por ti. Yo estoy seguro de que es todo un malentendido.

—No sé qué más necesitas ver que esto.

Le muestro el libro. "Las reglas para conquistar el corazón del hombre perfecto" con anotaciones de Yulea y Anita.

—¡Tienen un club de lectura sobre cómo cazar maridos! ¿Nunca te ha parecido raro que Yulea se viniera contigo a Londres con tan solo conocerte? Y desde entonces, no se ha separado de ti.

—Yo la invité a Londres. Y no se ha separado de mí porque le pido que no se vaya. Ni siquiera quiere aceptar que es mi chica. Dudo que quiera que le pida matrimonio. Pero si es lo que quiere, a lo mejor se lo pido.

—Al menos, Yulea no tiene un vestido de novia ya comprado. Aunque yo de ti, miraría debajo de su cama.

Sí, encontré una caja de Pronovias. Y no soy un capullo. La ignoré. Pensé que sería un traje de invitada a una boda. No quise indagar más. Pero al abrir el cajón de la mesita de noche para guardar la ropa interior que se había caído, encontré el maldito libro y también unos folletos de congelación de óvulos... y no pude evitar acordarme de mi madre. Y empezar a dudar.

Había sacado la conversación sobre tener hijos unos días antes. De pronto me acordé de cómo fue ella quien insistió en que dejáramos de usar protección. Entonces, miré la jodida caja de debajo de la cama y encontré un vestido de novia. Sé perfectamente que Annie no se ha casado con su ex.

Es una *cazamaridos*. ¿Acaso mi madre no me había advertido suficientes veces?

—Luke, tú sabrás lo que haces, pero yo no te había visto nunca con nadie como te he visto con Anita estos meses. Al menos, deberías dejarle contar su versión. Me está escribiendo Yulea. ¿Quieres que le diga algo?

—No puedo ir. No sé ni qué decirle. Necesito pensar.

—Sabes que te quiero, hermano, pero a veces puedes ser muy idiota —me dice Brian enviando un mensaje.

Joder, ¿cómo me ha podido pasar justamente esto? Con la de veces que me había advertido mi madre. Brian tiene razón: soy idiota.

61.

las dos letras más poderosas

Una semana más tarde. Viernes, 2 de septiembre

No sé ni por qué vuelvo a comprobar la mirilla. No quiero sus estúpidas flores que no arreglan absolutamente nada. Porque no hay regalo en el mundo que pueda arreglar algo que estaba condenado a acabar mal sin remedio.

Por eso le pedí que se fuera hace ya una semana. Aunque no me imaginaba que iba a doler tanto estar aquí sin él.

Después de encontrarme con la tapa arrancada del libro de Yul sobre mi mesa del comedor, Luke vino a mi puerta. Con el resto del libro en la mano. Quería hablar, pero el mal ya estaba hecho.

Sin siquiera saludarme, me pidió que me explicara. Parecía dolido. *Él, sí, a pesar de que fui yo quien le esperó sola en la isla.* Mi respuesta estaba clara. Solo una palabra serviría: "No".

—Un libro. ¿Ese es el motivo por el que me has dejado tirada sin decirme absolutamente nada? —le pregunté con una calma que me sorprendió, porque la rabia me consumía por dentro. Las lágrimas me ardían en los ojos a punto de desparramarse, pero no las quise dejar salir.

—No cualquier libro, Annie. Me has estado engañando.

—¿Yo…a ti, LA93? ¿YO te he engañado? —Cogí el libro de sus manos—. Porque tú nunca has jugado sucio, ¿verdad? Podemos preguntárselo a todas tus novias —Chasqueé la lengua—. Este libro existe por culpa de gente como tú, Luke. Puede que las normas estén equivocadas, pero es un manual de autodefensa. Porque el mundo está lleno de cazadores, aunque todos no busquen matrimonio precisamente.

Luke quiere hablar, pero le interrumpo.

—¿Creías de verdad que yo estaba engañándote para que fueras mi marido? Yo nunca he querido casarme contigo. Te lo he dicho muchas veces, pero tu ego es incapaz de entenderlo. Si aún lo dudas, dime cuál de estas normas he seguido yo contigo. —Le invité a mirar el libro de nuevo poniéndolo en sus manos abierto en la primera página—. Aquí el único que ha jugado siempre con trampas eres tú.

Pude ver en su cara la duda al ojearlo. En ese momento se dio cuenta de que la había cagado. Luke aún pensaba que el maldito libro era nuestro problema. Desgraciadamente, la raíz era más profunda. Y el daño ya estaba hecho.

—... pero tienes un vestido de novia, Annie... Entiéndelo. Es raro descubrir que tu chica está haciendo esa clase de planes sin ti. Por no hablar de los folletos de congelación de óvulos... —añadió, como quien echa más leña al fuego—. ¿Por qué tienes todo eso?

—¡No voy a explicártelo! —niego con la cabeza para reafirmarme—. Yo no tengo nada que justificar.

En ese momento cogí a Bohemia porque necesitaba abrazarme a ella. No me importaba ya que él me viera llorar, pero no quería seguir mirando su cara. Dolía demasiado.

¿Por qué tengo aún mi vestido de novia? Lo iba a llevar en mi boda con Carlos. Faltaban dos meses para nuestro enlace cuando descubrí sus mensajes con Susana. *¿Debí haberlo quemado?* Probablemente sí, pero sinceramente ya ni me acordaba de él. Y no tengo por qué justificarme ante nadie. Yul me ha enseñado bien.

—Annie... yo... —Me cogió del brazo para acercarme a él, pero me aparté.

—No. Tú y yo nunca hemos tenido futuro. Y los dos lo sabemos. Quizás esto sea lo mejor.

—¡¿Qué?! No digas eso. No es verdad. Annie, vamos a hablarlo. Tienes razón. Debería haberte preguntado. No es excusa, pero me cuesta confiar en tantas personas como lo estoy haciendo estos días...

—A mí también me cuesta confiar. Especialmente cuando me traicionan. —Lo miré sin apartar la vista. Necesitaba que entendiera el daño que me había hecho.

—Annie, tienes que perdonarme. Lo siento.

La desconfianza, desgraciadamente, no se arregla pidiendo perdón. Las palabras no son tiritas válidas para un corazón destrozado por la duda. Solamente el tiempo puede hacerlo. Y eso es justamente lo que él y yo no tenemos.

—No. Era la primera vez que te dejaba solo en mi casa y te has puesto a revolver entre mis cosas. Y en lugar de venir a preguntarme lo que te extrañaba, me has dejado plantada sin decirme absolutamente nada.

—No ha sido así. De verdad, ha sido una casualidad que lo haya encontrado. Y no quería dejarte plantada, pero necesitaba tiempo para pensar, Annie. Tienes que creerme.

—¡Qué coincidencia! A mí también me has dado tiempo para pensar, ¿sabes? Y ahora veo algunas cosas más claras.

Ver su cara me dolió en lo más profundo del pecho, pero no podía parar. Ardía de rabia. Por él, por Carlos y por todos los demás que jugaron conmigo y traicionaron mi confianza y me hicieron dudar de mí misma. NO. Nunca más.

—Siempre has querido saber más sobre mí, ¿no? Ahí tienes lo que querías saber, detective. —Señalé a la mesa donde la tapa de mi libro seguía arrancada—. Siempre he sabido que tenía motivos para no confiar en ti. Ahora veo que tenía razón.

Luke intentó hablar, pero lo interrumpí de nuevo. No podía escucharle.

—No. Luke. No te esfuerces. No tiene sentido.

—No digas eso. ¡Annie, por favor! —Él busca mis ojos con los suyos. Nunca antes lo había visto llorar.

Sabía que él estaba sufriendo. Hasta supe que sentía haberme fallado... pero también sabía que no podría volver a confiar en él. Me han hecho demasiado daño demasiadas veces ya. Esto no es nuevo. Desgraciadamente, yo ya sé cuándo no tiene sentido seguir intentándolo. Tenía que acabar con lo nuestro. Y así lo hice.

—En un mes cumplo 39 años, Luke. Me niego a empezar mi último año antes de los cuarenta en una relación secreta con mi amante *playboy* que vive en la otra punta del mundo y tiene pánico al compromiso. Me quiero respetar a mí misma más que eso. Lo siento, pero ya estoy muy mayor para tus juegos de crío.

Sabía que esa palabra le iba a doler, pero necesitaba cortar por lo sano. Por él y por mí. Lo sano, en este caso, era escogerme a mí misma y volver a la soledad que un día me hizo feliz antes de conocerlo.

Al día siguiente, Luke volvió a Nueva York. Y sé seguro que se fue porque no pude evitar poner mi ojo en la mirilla en cuanto escuché cerrarse la puerta del ascensor. Ese ruido metálico fue el golpe final que le faltaba a mi corazón para declararse en ruinas.

Simplemente se fue.

Y yo lo sentí como nuestra peor batalla perdida. Ninguno de los dos se ha llevado una victoria con nuestros juegos, pero fue él quien abandonó la partida.

Ha pasado casi una semana de nuestra despedida y este sabor amargo se niega a irse de mi boca. *La maldita amargura.*

mensajes enviados / mensajes no enviados

Viernes, 8 de septiembre. Día de la presentación de AM

Once de la noche

> **Luke**: Me gustaría que hubieras venido, Annie. Te he echado de menos esta noche.

> **Annie**: Me alegro de que la presentación haya sido un éxito. Te lo mereces, Luke.

Tres de la madrugada.

> ~~**Annie**: No soporto pensar que hoy te irás y no voy a volver a verte.~~

Cinco de la madrugada.

> ~~**Luke**: No solo te he echado de menos esta noche. Te echo de menos cada noche.~~

> ~~**Luke:** Lo siento, *baby*. No sé cómo hacer para que me perdones.~~

62.

pídemelo con un vibrador

Lunes, 12 de septiembre

Yulea

—¿¿**E**n serio?! ¿Y qué le has dicho? —me pregunta Annie sentada en su sofá frente a mí.

Tiene peor aspecto que cuando la conocí. Y eso es decir mucho. No llora delante de mí, pero sé que lo hace cuando no la veo. No hay suficientes porros y tequila en el mundo para que abandone esa cara de pena. Créeme, lo he intentado.

Al menos no se ha puesto a escuchar canciones de Lola Flores esta vez. Ha elegido a Camila Cabello, como le dije, pero ha optado por "Never be the same".

El maldito Luke me prometió que la iba a tratar como a una reina y el muy imbécil la dejó plantada. En una isla. Sola en la playa, llorando y esperando a un hombre. Cada vez que lo pienso, me dan ganas de ir a Nueva York a quemarle todos sus jodidos trajes, romperle los relojes uno a uno y hasta tirarle por la ventana todos los calzoncillos.

Sí, le ha mandado media floristería con notas de amor eterno y arrepentimiento que Annie no quiere ni ver. También quiso venir a tocar su puerta el día de la presentación de *AM*. Me lo contó Brian. Por suerte, yo me la había llevado fuera de casa ese día para entretenerla. Me alegro de que ella no tuviera que verlo.

El amor no es enviarte unas flores después de pisotearte el corazón o venir de paso a decirte un "lo siento" que llega demasiado tarde.

—¿Qué te parece que le iba a decir, Annie? Que no. ¡Por supuesto!

Estamos hablando de Brian, por cierto. Él me llevó este fin de semana a Londres de nuevo. Yo no quería ir, pero Annie insistió en que su historia y la mía no tienen por qué acabar a la vez.

Así que sí, fuimos juntos a la ciudad donde pasamos la semana más increíble de nuestras vidas... pero allí Brian me pidió matrimonio subidos en lo más alto del London Eye. Fue tan empalagosamente tierno que no pude evitar enfadarme con él.

Él. El amigo de Satanás. Mi enemigo mortal: Luke Hill o Ayamonte, o como quiera que se llame ese hijo del demonio que dejó plantada a mi amiga y ha intentado hacer creer a Brian que yo quiero matrimonio... ¡y ahora no deja de pedírmelo!

Estoy tan enfadada por sus declaraciones de amor eterno que me han dado ganas de tirar el anillo que me ha comprado al Támesis. Y todo esto es por culpa de Luke. Si lo veo de nuevo por aquí molestando a Annie, lo convierto en *Unlucky Luke*, aunque me pase la noche en el cuartelillo.

Esa rata que ha hecho sentirse mal a mi amiga y no merece ni una sola de sus lágrimas. No diría que lo odio con la fuerza de mil soles porque eso se queda corto. Lo odio con la fuerza de la gravedad universal, que es inevitable y nunca descansa. Así lo odio.

Y no solo por Annie. También por mí. Porque Brian y yo nos entendíamos perfectamente hasta que Luke le metió ideas que no son mías en la cabeza. Y me obligó a hacerle daño sin motivo.

Por su maldita culpa tuve que romperle el corazón al primer hombre al que no quería hacerlo. Puede que yo no crea en el amor para siempre, pero también creo que Brian no se merecía sufrir por mí.

Sin embargo, yo no lo puedo cambiar quien soy. Ni aceptar lo que no quiero.

∞∞∞∞∞

Para que me entiendas, necesito explicarte cómo pasó todo.

En lo alto de la noria, con mi canción favorita de Rosalía sonando, Brian me dijo que está enamorado de mi "espíritu rebelde". Y propuso celebrarlo convirtiéndome en su "esposa". ¡*Ja*! Si esa palabra no te quita la libertad, la policía no usaría unas para retener a los ladrones.

Para rematarlo, me dijo que está perdidamente enamorado de mí, como si eso fuera algo bueno.

Enamorada está Annie y así le va.

¿Sabes quién vivía siempre enamorada? Mi madre. Llevaba el corazón en la mano pidiendo que se lo aplastaran sin piedad. Cada. Vez. Si una lección aprendí de ella es que si das tu corazón a alguien, tarde o temprano, te decepciona. Y vivir así, te acaba matando.

Annie es la única persona que sé que no lo hará.

—Yo alucino contigo, Yul. Luke le dijo que tú querías cazar a un marido y él te pide matrimonio. ¿No es eso una prueba más que suficiente de que está loquito por ti? Y tú, aunque lo niegues, también lo estás por él —asegura.

Eso es una verdad a medias. Por lo tanto, casi mentira.

—El amor de mi vida eres tú, *love*. Los demás vienen y van. Lo nuestro es para siempre.

—Sabes que pienso lo mismo —admite—, pero empiezo a sospechar que Brian es de los buenos, Yul. No dejes pasar algo bueno por miedo.

—¿Miedo yo? *Bah*.

—Ojalá yo tuviera tus problemas. Cuando yo menciono la palabra matrimonio, los hombres huyen despavoridos.

—¿Quieres que te regale yo un anillo, *love*? Y te casas conmigo.

—¿Tú te casarías conmigo, Yul? —pregunta ella con la cara más triste que yo le haya visto. Suspiro porque me duele más de lo que ella cree verla así.

—Yo aún no me puedo creer que haya alguien en el mundo que no quiera. —La abrazo y me siento con ella en el sofá—. Te daría ahora mismo el anillo que me dio Brian, pero era jodidamente aburrido. Tú te mereces uno más bonito.

Annie se ríe al escucharme decir eso.

—¡¿Tú me imaginas a mí con un anillo de diamantes y estas uñas?! —Le muestro mi última manicura con estampados distintos en cada dedo.

De nuevo, otra pequeña sonrisa. Echaba de menos verla contenta.

—Por favor, dime que no le dijiste a Brian que no te gustaba el anillo —me cuestiona Annie.

—No, pero le pedí que la próxima vez que me quiera regalar algo, me compre un vibrador. Me gustan más.

Annie suelta una carcajada con eso.

—¡Pobrecito! Yul, me está dando pena —apunta ella con gesto serio de nuevo.

—Después de tu historia con Carlos, ¿de verdad tú aceptarías una proposición de matrimonio de alguien que no te ha regalado nunca un juguete para la cama?

Ella cree que estoy bromeando aún y se parte de risa, pero yo hablo completamente en serio.

Al menos Brian sí pareció entenderme. Quizás por eso, la segunda vez que me pidió que le dijera que "sí", lo hizo mucho mejor.

63.

adiós al 8c

Dos semanas más tarde. Viernes, 1 de octubre

Tiene que ser una jodida broma. Sin embargo, él no parece contrariado al verme. Más bien satisfecho. Y eso no me gusta.

Estoy en la inmobiliaria. No me puedo creer que por fin voy a firmar la venta del piso de mi tía. En realidad, los trámites han empezado *online*, pero hoy vamos a formalizarlos.

La fiesta de lanzamiento de *AM* hace unas semanas fue un éxito. Salimos en tantos medios y redes sociales que nadie hablaba de otra cosa en el sector. Fuimos virales gracias a la revista que Annie y Yulea prepararon; y yo me sentí el imbécil más grande del mundo porque ella se lo estuviera perdiendo. Por mi culpa. *Sí, fui un idiota con ella y aún no sé cómo solucionarlo.*

Créeme, no es que haya dejado de pensar en ello. El desasosiego me persigue a todas horas y soy incapaz de dormir sabiendo que ella no estará a mi lado otro día más cuando me despierte. El problema es que realmente no veo una forma de arreglarlo.

Los planes imposibles son mi especialidad, pero no logro pensar en uno que me haga ganarme su confianza de nuevo. Me costó mucho conseguirla... y ella no me lo va a poner fácil. Eso lo tengo muy claro.

Por si eso fuera poco, tampoco he podido volver a España. Y no es fácil arreglar las cosas desde la otra punta del mundo.

Tras el éxito del evento y con los buenos resultados de los últimos meses de *AM*, no me costó convencer a la junta. Por fin he asumido el control sobre la empresa de mi abuelo. Las cuentas están peor de lo que yo me temía, así que he tenido que tomar medidas de urgencia. He empezado por reducir la plantilla y quitar cualquier gasto prescindible. Entre ellos, mi sueldo hasta que tengamos beneficios.

Uno no puede despedir a decenas de personas y desaparecer unas semanas. Además, puedes imaginar lo bien que me está acogiendo el equipo que queda. Soy su nuevo jefe, que empieza recortando personal.

Mi vida es un jodido infierno ahora mismo y ni siquiera estoy cobrando por esta tortura. Por eso necesito vender esta casa cuanto antes. Voy a necesitar fondos los próximos meses. Pero voy a matar a alguien en esta agencia hoy.

—¿Tú eres Carlos... Roldán? —le pregunto dudando. Sé su nombre por los papeles que me ha enviado la inmobiliaria. Es el comprador del piso de mi tía. Y el maldito ex de Annie. Coincidimos en el *Amarcord* hace meses y no he podido olvidarlo, por desgracia.

—Sí y tú debes ser Luke Ayamonte. Nos conocimos hace un tiempo. Eres amigo de mi mujer, ¿no?

Hace semanas que Annie no me coge el teléfono. Dejó la revista el mismo día de nuestra pelea y desde entonces no he sabido más de ella. Solo sé lo que pone en redes sociales, pero ella nunca muestra su cara. Me respondió un mensaje el día de la presentación de la revista. Es lo único que he sabido de ella.

A Yulea no puedo ni acercarme a preguntarle cómo está. Sería muy mala idea. Coincidimos en la fiesta de lanzamiento de *AM* y me tiró una copa de vino tinto encima cuando se me ocurrió saludarla. No creo que ella quiera verme en bastante tiempo...

Antes de eso, yo fui a la puerta de Annie, pero ese día ella no estaba en casa o no quiso abrirme. No lo sé y no la culpo. Yo tampoco querría verme después de cómo me porté con ella.

Sin embargo, esta vez no pienso irme de aquí sin ver a Annie. Haré lo que sea, pero un mes sin saber de ella es una tortura que no puedo soportar más. Necesito verla.

Por eso he ido a su casa en cuanto he aterrizado. Pero ella no estaba. Otra vez. Y tener ahora a su ex delante de mí sabiendo que va a vivir en mi piso es demasiado cruel. Porque sé que él podrá verla cada día y puede que yo me vaya de aquí de nuevo sin saber ni dónde está.

—¿Tu mujer? —repito para comprobar que es un error. No puedo evitar que me moleste que Carlos haya llamado así a Annie. Sé que no estaban casados... *¿pero quizá han vuelto a estar juntos?*

—Bueno, para mí ella es mi mujer.

—Tu ex —le aclaro.

—Espero que no por mucho tiempo. Especialmente ahora que viviremos tan cerca.

Se me atragantó el día que lo conocí en el *Amarcord*, pero ahora está jugando con fuego con sus palabras. Annie y él no pueden estar juntos. No tan pronto, ¿no? Ella estaba tan guapa el día que quedó con él… *¿Se había arreglado para él? ¿Estaría intentando arreglarlo?* No éramos aún pareja, pero habíamos pasado esa noche juntos. Necesito soltarme la corbata porque noto como el aire me falta.

No soporto la idea de ellos dos peleando en el rellano, como lo hacíamos Annie y yo. Esto no puede estar pasando.

—¿Sabe Annie que te vas a mudar a su lado? —Necesito asegurarme.

—¿Annie? Qué confianzas, ¿no?

No tengo fuerzas para molestarme en darle explicaciones. Insisto:

—¿Lo sabe o no?

—Por supuesto que sí. Le ha gustado mucho mi sorpresa, de hecho. Te agradezco que te preocupes por ella, pero a partir de ahora me encargo yo de mis asuntos con mi mujer.

—Exnovia —insisto.

—En todo caso, ella no quiere verte de nuevo. Me lo ha dicho ella misma esta mañana. Así que… ¿por qué no nos dejas en paz? Yo puedo ofrecerle lo que tú no puedes.

—¿Perdona?

—Anita y yo vamos a volver a estar juntos. Te guste a ti o no. Nosotros tenemos una historia y tú no has sido más que un capricho. Su crisis de los cuarenta, supongo. ¿O creías que tenías algo serio con ella?

No puedo responder a eso. Tiene razón. Sé que Annie y yo nunca hemos tenido un plan de futuro concreto, *¿pero de verdad va a volver con su ex?* Si eso la va a hacer feliz, sé que debería apartarme, pero algo me dice que ella no quiere eso. Merece más que un imbécil que no supo apreciarla cuando tuvo la oportunidad. Lamentablemente, en esa jodida categoría también me incluyo yo.

Por un instante me enervo al pensar que el ex de Annie me ha tendido una trampa y yo he caído en ella.

Si realmente ella sabe que le he vendido el piso debe estar odiándome ahora mismo. *Aún más, joder...*

Antes de venir aquí, he ido a verla a su casa y no estaba.

Por fin tengo un plan que creo que podría funcionar, o eso espero, pero necesito encontrarla. No sé si me ha vuelto a bloquear, pero su teléfono no da señal. No sé dónde podría estar.

Si realmente quiero arreglar las cosas con Annie, solo me queda una puerta a la que llamar... y sé que no voy a ser bien recibido. Dependo de Yulea.

FUCK!

64.

vecinos

Cinco horas antes

Abro la puerta de mi piso y me lo encuentro de frente.

—¡¿Carlos?! ¿Qué haces aquí?

—Quería darte una sorpresa.

—Pues lo has conseguido —digo arrastrando mi maleta. Estoy a punto de salir y no quiero llegar tarde—. Otro día, por favor, llámame antes de venir por aquí. O no vengas… mejor envía un mensaje— sugiero.

—No estoy de visita. Vengo al piso de al lado. Voy a comprarlo. Me han dejado las llaves en la inmobiliaria para tomar medidas.

—¡¿Qué?! ¿Estás de broma? Carlos, estoy a punto de salir. Tengo un taxi abajo esperándome. Dime que estás tomándome el pelo, por favor.

—¿No te hace ilusión que vayamos a ser vecinos? —me pregunta.

—De todos los pisos del mundo, ¿me dices en serio que quieres comprarte justo el que está a mi lado?

—Siempre decías que no tengo gestos románticos. Quiero demostrarte que he cambiado, pollito —asegura. Siempre odié que me llamara así.

—Carlos, yo también he cambiado. Te aseguro que no soy la misma. Desde luego, no soy tu *pollito*. Y lo siento, pero no quiero tenerte al lado.

Jamás podría volver con él. No me cabe ninguna duda. A simple vista, él sería una solución perfecta para mí. Sería un camino relativamente fácil. Sin embargo, después de conocer lo que la felicidad podría haber sido con Luke, Carlos me parece una mala imitación. Un bolso que no te quieres poner porque tú sabes que es falso, a pesar de que otros puedan pensar que vale mucho.

¿¡Por qué no me saco a mi madre de la cabeza!?

—¿Esto es por tu vecino, el de las fiestas del rellano? —plantea.

—No. Eso se acabó… —admitirlo me duele, pero es la verdad—. Luke se fue ya y no voy a volver a verlo, pero a ti tampoco.

—Aún podemos arreglarlo, Anita. —Se acerca a mí y yo aprieto de nuevo el botón del ascensor para bajar rápidamente—. Si nos esforzamos podemos volver a estar como antes —me explica y yo siento que me está hablando en otro idioma mientras lo hace—. No hace falta que vivamos juntos al principio. Si las cosas nos van bien podemos tirar la pared y juntar los pisos, pero podemos ir poco a poco por ahora, pollito mío —dice acariciando mi pelo de repente.

¿Estamos en un mundo paralelo en el que yo no me he enterado de nada? Ese posesivo acompañando al "pollito" me está dando repelús.

Sí, he visto a Carlos estas semanas. Su madre murió y quise ir a apoyarlo al entierro. Sentía que se lo debía porque él estuvo ahí cuando mi padre falleció, pero no ha pasado nada entre nosotros. Últimamente me ha enviado bastantes mensajes que yo he respondido con monosílabos por falta de interés. *¡¿De eso ha entendido él que quiero volver a estar juntos?!*

—¡¿Qué?! ¡No! —exclamo, apartando su mano—. ¡Ni quiero esto ni soy tu pollito! Deja de llamarme así. ¡Yo nunca he sido un pollito, yo soy... una zorra! Y lo siento, pero no voy a dejar de serlo.

Sí, entiendo que gritar algo así en el rellano no es muy normal. Quizás por eso su cara ahora mismo es de sorpresa. Después de quince años, aún no me conoce... Y yo no puedo evitar pensar en que Luke me hubiera retado si yo le dijera algo así. Aquí. En nuestro particular campo de batalla.

—Espera... Carlos, ¿te ha vendido el piso Luke? —Noto como mi estómago se encoge mientras formulo esa pregunta.

—Sí, esta tarde serán las firmas definitivas en la inmobiliaria. Tardará un tiempo en ser efectivo, pero ya es irrevocable. Seremos vecinos, Anita. Danos una oportunidad, por favor.

¿¡LUKE NI SIQUIERA ME HA CONSULTADO ANTES DE VENDER EL PISO A MI EX!?

Necesito pausar el mundo. No me lo puedo creer. Sospechaba que había pasado página, pero saberlo tan claramente es demoledor. Han pasado semanas desde la última vez que nos vimos. Y fui yo quien le pedí que se fuera, pero una pequeña parte de mí aún guardaba esperanzas.

Esta es la confirmación de que no las hay. De que nuestro embrujo se ha roto. ¿Por qué sino iba a venderle el piso a mi ex? Claramente, Luke no cree más en que un "nosotros" tiene sentido. Y con *AM* formando parte de su corporación en Nueva York ya no tiene más motivos para volver. Yo ya no formo parte de sus planes.

Ahora más que nunca necesito coger el taxi que me está esperando abajo y alejarme de todo esto. Por nada del mundo voy a perder hoy mi vuelo.

65.

mi mejor jugada

Un día más tarde. Sábado, 2 de octubre

Los juegos de azar son los que menos les gustan a los tramposos. Es difícil engañar a la suerte. Sin embargo, incluso a un fullero como yo, el destino a veces le sonríe.

Annie está justamente en el único sitio donde mi plan puede funcionar. En el momento perfecto. Además, seguramente está cabreada conmigo ahora mismo. Y eso, por extraño que suene, suele jugar en mi ventaja.

Para ser sinceros, yo nunca he creído en el destino. Soy más de estrategias, planes y algunas trampas; pero tampoco pensaba que solo había una mujer para mí en el mundo. Y resulta que sí.

Mi plan tiene dos puntos imposibles de resolver. El primero acabo de superarlo. No sé ni cómo lo he conseguido.

Ahora solo me queda confiar en mi suerte y apostarlo todo por Annie.

66.

arizona, baby

En el taxi llegando al aeropuerto sonaba "Tú me dejaste de querer" de C. Tangana. No he podido dejar de repetirla en todo el camino hasta aquí.

Odié como Carlos me echó de mi vida al dejarme, pero nunca imaginé que Luke iba a hacer algo mucho peor. Él se ha ido sin dejar rastro.

Aún así, a mí todo me habla de él: mi piso, mi trabajo, su maldita puerta, las cartas del buzón, el bar de la esquina, mis llaves, el mando de la tele, toda la ropa interior que compré pensando en él… ¡hasta las jodidas manzanas del súper tienen su cara!

Nuestro juego se ha acabado, pero solo él se ha levantado de la mesa. Por eso tuve que dejar *AM*. No podía seguir allí. Mi orgullo me lo impedía. Y al menos ese paso sí pude darlo yo.

Me repito una y otra vez nuestra última conversación. Estaba dolida y le dije que era un crío por pura venganza. Ahora me duele haberlo hecho. Sé mejor que nadie que no es verdad. A veces, nuestras referencias culturales me recordaban que nos llevamos ocho años, pero la realidad es que, cada día, él me demostró que es un hombre en todos los sentidos que yo considero importantes.

Luke se ha arriesgado a arruinarse por crear *AM*. Y ahora está intentando salvar el negocio de su familia. Por amor a su abuelo. Cada vez que lo pienso es como una daga en mi corazón. Me mata pensar que nunca le dije lo ridículamente orgullosa que estaba de él. O acordarme de cómo me avergoncé de estar a su lado delante de Carlos. *Joder.*

Sí, lo escondí de mi ex, que a sus 45 años no es ningún crío; pero lleva casi veinte con la única ocupación de ser la sombra del señor Rovira (mi asqueroso exjefe). Ese es su gran proyecto vital.

Las comparativas son odiosas. En todos y cada uno de los sentidos. Ahora tengo claro de quién debería haberme avergonzado aquel día en el bar *Amarcord*.

Supongo que mi madre diría que me he acostumbrado a llevar un bolso bonito y ahora ningún otro estará a la altura. Me maldigo a mí misma por pensar así, pero siguiendo con su analogía estúpida, necesitaba este viaje para dejar de pensar en que ya nunca podré llevar el mejor complemento que jamás el mundo puso en mi camino.

Si hubo una *cría* en nuestra relación, esa fui yo, porque nunca supe apreciarlo cuando lo tuve a mi lado. Al principio, estaba dolida porque me abandonó en Ibiza, pero ahora estoy más enfadada conmigo misma. Mis inseguridades son las que han acabado con nosotros.

¿Sabes lo más triste? Que con él nunca fingí ser alguien que no soy. Nunca traté de adaptarme a él o de gustarle. Fui ferozmente yo misma, sin esconder mis deseos y mis miedos. Sin perderme a mí misma por estar con él.

No fue él, fui yo quien dudaba de los dos... aunque creo que sobre todo dudaba de mí misma.

Yul tiene razón. Soy demasiado *cuadriculadita*. Quise esperar ponernos etiquetas y dibujar un futuro concreto para lanzarme a confiar. Detestaba pensar que era su "novia secreta" o que alguien supiera de nuestra diferencia de edad. Lo llamé crío, sí, pero soy yo la que aún tiene demasiado por aprender.

Yo, que no dudé en llamar a Carlos "marido" durante años. Hablando de etiquetas absurdas…

Luke y yo nunca nos dijimos lo que sentíamos el uno por el otro, pero con él las palabras nunca me hicieron falta. Mil gestos suyos me confesaron su amor, aunque fuera en medio de nuestras guerras. Nuestros cuerpos se contaban lo que nosotros no nos atrevimos a decir. Y yo no puedo negar lo que veía escrito en cada mirada suya.

Ahora me pregunto si él también veía que yo lo amaba y que me daba auténtico pánico ponerlo en palabras y romper así nuestro hechizo. Ese embrujo incomprensible que nos unió y que ya no existe. Esa magia que ha dejado solo vacío al terminar. *Y joder cómo la echo de menos…*

No, no sé si él sabe que le quise. Que aún le quiero. Creo que siempre le querré.

Por desgracia, los dos últimos tiempos verbales solo me van a doler ya a mí.

Porque Luke y yo nos conjugamos un día en un pasado perfecto, pero ahora solo somos un extraño futuro imposible. Él se ha ido y yo no he sabido ver hasta ahora que él era perfecto para mí.

Pero yo he perdido ya quince años con Carlos. Me debo a mí misma aprovechar el tiempo. Por eso he llegado hasta aquí: a Arizona. Mi padre y yo siempre quisimos venir juntos a su tierra. Necesitaba hacerlo. Que me paguen el viaje es, además, la guinda del pastel.

Sí, porque hace unas semanas, contacté a mi antiguo jefe en mi revista de viajes y le mostré mis vídeos en Nueva York e Ibiza. Me ha vuelto a contratar y he empezado a hacer mis primeros reportajes. Nunca debí abandonar este trabajo por Carlos.

Además, he empezado a mostrar mi cara al mundo. KryptAnita ya no se esconde. Llevo 39 años haciéndolo. Bueno, casi 39 porque mi cumpleaños es mañana. Mi última vuelta al Sol antes de los cuarenta va a empezar aquí. Me gustaría tener a Yul a mi lado, pero me acaba de enviar un mensaje prometiendo que pronto lo celebraremos juntas.

Ella es la única que hace soportable esta soledad. Quizás nuestro tiempo de cazadoras ha llegado a su fin, pero nuestro amor es para siempre. Ojalá hubiera podido decir lo mismo de Luke.

67.

buscando a lola

Ayer (¿fue ayer?) aterricé en España desde Nueva York y seis horas más tarde me volví a subir a un avión. Dieciséis horas y dos escalas más tarde he llegado al aeropuerto de Phoenix, en Arizona. Después, me esperaban cuatro horas en coche, con tanto *jet lag* que dudo de qué zona horaria tiene mi cabeza. He conducido por las carreteras más interminables para llegar al hotel más recóndito de la historia y de todo el mapa de Estados Unidos.

Reconquistar a Annie está siendo mi propia penitencia. La merezco y lo sé. Nunca debí haberla dejado sola en Ibiza. Debí imaginar que ella, incluso sin saber que estaba viniendo, no iba a ponérmelo fácil.

Este último mes sin ella ha sido una tortura. Solo tengo un as bajo la manga, pero necesito pensar que va a funcionar. Aún sigo sin creerme que Yulea me haya dado su dirección. Ella me odia probablemente más que Annie; pero he llegado hasta aquí y es hora de poner en marcha nuestro plan. Sí, el que he acordado con ella. Sin su bendición, no estaría aquí ahora mismo.

Antes de encender el botón de *play*, me deseo suerte a mí mismo. La voy a necesitar.

Empieza a sonar "Espinita" de Lola Flores. Sí, en Arizona. En un pasillo lleno de puertas de un hotel de carretera. Yulea no sabía el número de habitación de Annie, solo su dirección. He tenido que pagar una noche de estancia aquí para poder acceder a esta zona. La moqueta granate del suelo, el papel rugoso de las paredes, las lámparas pasadas de moda... Todo aquí grita escenario de asesinato.

Si Annie no sale de una de las puertas al escuchar la canción y todo esto es una broma de Yulea, la voy a matar. Siempre que un criminal no salga antes de alguna de las habitaciones y me mate a mí primero. Estoy poniendo música folclórica en un altavoz al lado de las habitaciones de un hotel que debería anunciarse por horas. Son las once de la noche. Claramente, estoy pidiendo que alguien venga a partirme la cara.

Pasa más de un minuto. Uno muy largo, pero por fin Annie sale por una de las puertas con cara alucinada y apago la música enseguida. No quiero morir tan joven.

—¿¡Luke!? —me dice sin aún creerse que estoy aquí—. ¿Eso era Lola Flores? —pregunta sin poder evitar reírse.

—Joder, Annie, menos mal que has salido. —Me acerco a su puerta.

Sabía que algún día mi trampa de ponerle música para hacerla salir a buscarme iba a funcionar. *Joder, ya era hora*. Solo ha funcionado con Lola Flores. Debí imaginarlo.

—Pensaba que no te gustaba la Faraona.

—¿Cuando he dicho yo eso? Si no me gustara, no estaría aquí, Lola.

—¿Y qué haces aquí? —Aún no me ha dejado pasar.

—Hacer el viaje más largo del mundo para venir a buscarte. ¿Dónde te estás quedando a dormir? Este sitio es horrible. Te podría haber pasado algo, Annie.

—¿Tanto te preocupa?

—¡Claro que sí! ¿Cómo no me voy a preocupar por ti?

—Pensaba que yo ya no te importaba... —su voz tiembla al decir eso— por eso le has vendido tu piso a Carlos, ¿no? —Su expresión de pena y duda me parte el alma.

Yo también he sufrido este mes sin ella. Pensar que podría haber vuelto con su ex me enferma, pero he necesitado un tiempo para pensar una manera de recuperarla. Ahora que estoy aquí no pienso volver a dejarla escapar. Nunca he dudado de que ese fuera mi plan.

—Annie, ¿crees eso de verdad? —Cojo su cara por las mejillas porque necesito que vea en mi cara que no miento —. Te juro que yo no sabía quién era Carlos hasta hace unas horas. Yo solo sabía su nombre. Cuando me he enterado, he intentado pararlo, pero ya era tarde. Nunca le hubiese vendido el piso de haberlo sabido. —Busco sus ojos para que entienda que digo la verdad.

—Tú y yo y los nombres. —Niega con la cabeza y pone sus manos sobre las mías—. Parece una broma...

Suspiro aliviado porque creo que sabe que no estoy mintiendo. Aunque sigo tenso porque este motel es un escenario de película de terror.

—¿Me dejas pasar, Annie? Por favor —suplico y ella se aparta para dejarme un hueco. Es una pequeña batalla ganada. Queda mucha guerra.

—Luke, ¿por qué has venido? —Me mira y me duele ver que sus ojos no me retan como siempre.

—He atravesado medio mundo, dos veces, para suplicarte que nos des otra oportunidad —Intento que mi cara muestre arrepentimiento. Creo que no haber dormido en más de dos días para llegar aquí juega en mi favor. Ella abre la boca para hablar, pero no la dejo—. ¡*Shhh*! —Cubro sus labios con un dedo—. Annie, la última vez hablaste tú. Déjame hacerlo a mí, por favor.

Ella no dice nada y yo lo tomo como un permiso para seguir.

—Hace meses que debí hacer algo y me arrepiento cada día de no haberlo hecho. No voy a cometer ese error de nuevo. —Me arrodillo y saco una pequeña caja negra de terciopelo que llevo en un bolsillo.

Annie inspira fuerte y deja la boca abierta por un segundo.

—Luke, ¡¿estás loco?! No podemos casarnos.

—Compré este anillo la semana que estuvimos juntos en Nueva York, el mismo día que subimos al *Empire State Building*. Entonces ya sabía que eras la mujer de mi vida, Annie. Nada va a cambiar eso.

—Luke, pero...

—Déjame terminar —insisto—. Nunca debí dejarte sola en Ibiza. Si tú quisieras casarte conmigo o tener hijos mañana mismo, yo sería el hombre cazado más afortunado de la jodida Tierra, *baby*; pero tendría que haber sabido que tú nunca me lo hubieses puesto tan fácil.

Ella resopla, pero sonríe levemente al oír eso.

—Luke... tengo un nuevo trabajo. Voy a viajar más. Va a ser todo mucho más difícil —lamenta.

—Lo sé —no puedo evitar carraspear antes de seguir
—. Estás trabajando para mi competencia, Annie.

Ella no puede evitar reírse al oírlo. A mí no me hizo
tanta gracia descubrirlo.

—Mi proposición no tiene condiciones. Quiero que
estemos juntos, no me importa dónde. Me gustaría poder
decirte que tengo un plan para que lo nuestro funcione,
pero no es cierto. Y la verdad es que ya no quiero hacer
planes sin ti... Quiero hacerlos contigo. Juntos. Si tú lo que
quieres es viajar, pues... iré a buscarte por el mundo para
hacerte el amor a donde sea que tú estés. —Ofrezco y
levanto los hombros para que entienda que me resigno—.
He llegado hasta aquí, ¿no?

Ella sonríe de nuevo, aunque aún con cierta tristeza.
Me duele saber que soy yo quien la ha causado, pero estoy
aquí para poner fin a todo eso.

—No tengas prisa en responder, Annie —le recuerdo.

—¿A qué? —duda.

Le muestro la caja que sostengo entre mis manos y
señalo a mis piernas. Sigo de rodillas.

—¡Pero si no me has preguntado nada! ¡Ni siquiera has
abierto la caja! —se queja, pero sonríe.

—¿Necesitas que te lo diga?

Ella asiente y yo no puedo evitar negar con la cabeza
para que no vea que me río. Esta es la Annie que más me
gusta. La que me pone las cosas difíciles. Abro la caja.
Dentro hay una sortija con una esmeralda de color verde
kryptonita y un rubí rojo enlazados. Me recordó a ella al
verlo y tuve que comprarlo.

—Cuando lo vi en el escaparate, supe que tenía que ser
para ti, *baby*. ¿Quieres casarte conmigo?

—Luke... —resopla.

—Te quiero, Annie. Tardé menos de una semana en saber que no quiero vivir el resto de mi vida sin ti. Nada va a cambiar eso.

—Luke, yo también te quiero… —Una lágrima se le escapa de los ojos y cae por su mejilla— pero ese nunca ha sido nuestro problema.

—Entonces dime *kesi kesi kesi* —Empiezo a bailar, aún de rodillas, para hacerla reír. Ella se arrodilla conmigo, pero no me responde—. Te juro que vamos a hacerlo funcionar. Sabes que podemos hacerlo, *baby*. —Cojo sus manos y las beso—. ¿Tú crees en mí?

Ella asiente.

—Nunca he dejado de hacerlo, Luke.

No puedo evitar dejar la caja con el anillo en el suelo. Necesito usar las manos para acercarla a mí y besarla. Mi cuerpo lucha contra unas ganas que nunca antes supe que podía tener. Ella acaricia mi pelo, mientras yo la agarro por la cintura.

—¿Por qué has tardado tanto en venir a buscarme? —se queja.

—No creía que me fueras a perdonar… y no he tenido el mes más fácil de mi vida. Pero no podía dejar de pensar en ti. ¿Me has echado de menos, *baby*? —Ella asiente con la cabeza en respuesta.

—He tenido que irme del país para no verte en cada rincón —confiesa—. Pero lo que me pides es una locura, Luke. Otra más.

—*Red*, yo me iba a volver loco si hubiera tenido que pasar otro día más sin ti —la beso de nuevo, pero me detengo para seguir hablando—. Te necesito. —Cojo su cara entre mis manos—. Y nunca antes había necesitado a nadie. Quiero pasar el resto de mi vida contigo.

—… pero no necesitamos casarnos para eso —asegura ella mientras acaricia mi pelo.

—Annie, vamos a casarnos. Es inútil que te resistas. —La provoco porque he echado casi tanto de menos besarla como cabrearla.

—Solo para que quede claro: aún no he aceptado —dice eso, pero se deshace de mi camisa, mientras yo sigo con mi camino de besos.

—Aún —recalco y ella no puede evitar sonreír—. Voy a necesitar un sí de verdad, *baby*. —Le quito el camisón mientras ella pelea con mi cinturón. Los dos estamos demasiado impacientes.

Nos volvemos a besar de camino a su cama dejando atrás la ropa. Necesito tocarla de nuevo, besar cada rincón de su piel que he echado demasiado de menos. Antes de estirarse en la cama y tirar de mí con ella, me advierte:

—Tenemos que pensar bien las cosas, Luke. Y tengo normas.

—No esperaba otra cosa, *red*. Pero yo también tengo una: vas a decirme que sí. Esta misma noche. Y solo se me ocurre una forma de conseguir que me lo digas muchas veces.

Ella sonríe y niega con la cabeza. Caemos en la cama juntos. Empieza una nueva batalla, pero por primera vez desde que la conozco, Annie me deja ganar.

Soy un tramposo, sí, pero uno con mucha suerte.

68.

'all in'

Volver a estar en sus brazos es mejor de lo que me permitía recordarme a mí misma. Incluso en esta cama que debe tener chinches. Antes de que Luke apareciera, maldije mi suerte por haber acabado aquí, pero ahora no cambiaría este sitio por ningún otro.

Luke sigue dormido. Y no me extraña. Si es verdad lo que dijo anoche, llevaba dos días sin dormir. Está completamente loco, pero no puedo creer que haya venido hasta aquí a buscarme. Nadie había hecho algo así por mí. Y lo adoro por ello.

Veo como abre un ojo y lo vuelve a cerrar antes de abrazarme más fuerte.

—Buenos días, cariño —le saludo restregándome contra él. He echado tanto de menos despertar a su lado.

—¿Cariño? ¿Solo tenía que ponerte un anillo en el dedo para que empezaras a tratarme bien?

—No te acostumbres —bromeo—. Además, no me has puesto ningún anillo.

Ayer se nos cayó al suelo la caja. Con una especie de gruñido, él se levanta y va a buscarla, pero enseguida vuelve a mi lado y me abraza de nuevo, estirado sobre la cama. Yo lo miro curiosa sin moverme.

—¿Voy a tener que convencerte de nuevo, *baby*? —pregunta y nos sonreímos, supongo que recordando las muchas veces que le dije que sí anoche.

Extiendo la mano en el aire, por encima de su pecho para que pueda poner la sortija en mi dedo anular. Aún no me creo la locura a la que acabo de acceder, pero tengo claro que me hace muy feliz.

—Te compraré otro anillo. Este es solo temporal —apunta antes de ponérmelo.

Mi madre diría que es un anillo difícil de llevar, pero yo no puedo evitar pensar que es justamente lo único que puede ir conmigo. Luke sabe ver mis colores.

—¡¿Por qué?! A mí me encanta. No quiero otro —insisto extendiendo la mano.

—Es poca cosa, *baby*. El anillo de prometida debería costar dos meses de sueldo. Es la norma. Al menos, en Estados Unidos —me explica aún antes de colocarlo.

—Puede, pero tú y yo vamos contra las normas. —Muevo mi mano para insistir en que me lo ponga, pero cuando está a punto de ponérmelo, no puedo evitar cerrarla. Necesito asegurarme de algo—. Luke Ayamonte, ¿te das cuenta de que has venido aquí a cazarme? ¡Tú a mí! Voy a tener toda la vida para recordarte este momento —le advierto sonriendo.

—He tenido que hacerlo para que volvieras conmigo —explico.

—No necesitas un anillo para eso. De hecho, si no quieres...

—Oh, no, no, no. Ahora no te vas a echar atrás —dice agarrando mi mano para ponerme el anillo.

—¡Luke! —me quejo.

—Si no querías esto, *baby*, no haber aceptado —me advierte y yo no puedo evitar reír. Acabamos forcejeando y cuando acabo debajo de él me rindo mostrándole mi mano abierta.

—¿Con todas las veces que te dije que sí anoche y aún crees que quiero ser tu mujer? —lo miro retándolo y él me responde poniendo la sortija en mi dedo anular. Nos sonreímos como dos idiotas enamorados. Puede que este no sea el escenario ni el anillo ni las palabras ni las formas adecuadas, pero para nosotros es un momento perfecto. Quizás porque pelear se nos ha dado siempre mejor que ponernos de acuerdo.

—Te queda jodidamente bien, *red* —apunta Luke después de besarme.

—Luke, tengo una pregunta: ¿Cómo has sabido dónde encontrarme?

—Te lo creas o no, mi buena amiga Yulea me ha dado tu dirección.

—No. —Tiene que ser mentira. Yul lo odia. Lleva un mes maldiciéndolo por haberme abandonado en Ibiza.

Me aparto hacia un lado y consigo ponerme encima de su pecho desnudo.

—Hubiese pedido tu mano en matrimonio a tu padre —dice apartándome un mechón de pelo y colocándolo tras mi oreja—, pero Yulea es lo más parecido que he encontrado. Ella me ha dado su bendición y hasta tu dirección. Y déjame decirte algo: no ha sido fácil convencerla.

Me parto de risa. Pedir la mano en matrimonio. A veces Luke es más antiguo que yo, pero hubiese pagado por verlo enfrentándose a mi amiga.

—Ganársela a ella no es cualquier cosa —reconozco—. Enhorabuena.

—¡Oh! Créeme, me ha hecho sufrir. Y tuve que jurarle que no tengo problemas con los vibradores. —No puedo evitar reírme de nuevo con eso. *Solo se le ocurre a Yul.*

—Y te ha dejado venir, ¿eh?

—No solo me ha "dejado" —dice creando comillas en el aire—. Ella lo ha organizado todo. Con Brian. De hecho, deberíamos ir saliendo.

—Luke, yo tengo que ir hoy a la presa Hoover para la revista. ¿A dónde quieres ir tú?

—Está bien. Podemos ir. En realidad, nos pilla de camino.

—¿Camino a dónde, exactamente?

—A Las Vegas, *baby*. Nos están esperando allí. Esta noche nos casamos.

—¡¿QUÉ?!

—He venido a cazarte y no pienso dejar que te me escapes, Annie. —Me rodea entre sus brazos aún en la cama y me regala esa sonrisa ganadora que tanto me gusta y odio a la vez—. Me has dicho que sí muchas veces. No pienso dejar que se te olviden. Además, está todo preparado. —Me enseña la pantalla de su móvil con un mensaje—. Mira.

> **Brian**: ¡Va a ser una boda épica, hermano! Os esperamos en *The Little White Chapel* esta noche.

¿Estamos todos completamente locos? Definitivamente sí. Y no puedo evitar sonreír pensando que voy a casarme el día de mi cumpleaños con el hombre de mi vida en el sitio que yo hubiese elegido. No se me ocurre una forma mejor o más disparatada de celebrar este amor ingobernable nuestro.

Los 39, por lo visto, van a ser mi año de tener una mente menos *cuadriculadita* y escoger ser feliz. Y ahora mismo lo soy, a pesar de que no sé cómo será mi futuro. Solo sé que quiero que Luke esté en él.

∞∞∞∞

Luke

Unas horas más tarde

Brian está a mi lado ayudándome a calmar los nervios. Es raro estar en el altar en una sala vacía, pero estar con mi amigo me tranquiliza. Aún me cuesta creer que llevara a Yulea a Londres y ella rechazara su petición de matrimonio.

—Al final, te vas a casar tú antes que yo, hermano —bromea con su eterna sonrisa.

—Siento que las cosas no funcionaran con Yulea.

—Puede que me haya dicho que no, pero he aprendido del maestro. No dejaré de intentarlo.

—Ten ciudado con ella —le advierto, pero él se ríe—. ¿Qué te hace tanta gracia?

—Creo que tengo una idea para que me diga que sí... pero me va a costar bastante.

—No puedes estar hablando en serio —apunto incrédulo.

—Me temo que es la mujer de mi vida, aunque ella no quiera serlo.

—Entonces solo puedo desearte buena suerte. La vas a necesitar.

Brian está perdidamente enamorado. Me lo deja claro la cara con la que mira a Yulea en cuanto ella por fin entra en la sala con un vestido de lentejuelas de colores. Tarda un segundo en abandonarme para ir a su lado. *Ten amigos para esto...*

Me relajo al verla sentarse. No descarto que haya intentado convencer a Annie de que se fuguen las dos. Creo que son los nervios, pero el gesto amenazante que me ella dedica desde la primera fila consigue hacerme sonreír. Mi polla está en peligro como la cague. *Mensaje recibido*. Voy a echar de menos tenerla como vecina. Le deseo mucha suerte a Carlos viviendo a su lado.

Solo seremos cuatro personas aquí, en el sitio donde Annie quería casarse. No necesitábamos invitar a nadie más. Este día es solo para nosotros dos. Y tenemos aquí a quienes más nos importan. Nuestra particular familia.

Empieza a sonar *"Can't help falling in love"* de Elvis Presley cuando veo a Annie aparecer. ¿Quién lo iba a decir? La Marilyn Monroe más preciosa que he visto en toda mi vida es pelirroja.

Ella, con su melena echada a un lado mostrando su piercing y un vestido blanco con un escote jodidamente sexi es la novia más espectacular que yo podría imaginar.

Quizás no sepa cómo será nuestro futuro, pero tengo claro desde hace mucho tiempo que solo puedo imaginarlo con ella a mi lado.

En cuanto me ve, Annie no puede contener la sonrisa. Me lo había dicho varias veces. Su plan era casarse en Las Vegas vestida de Marilyn y su novio, de Elvis. Hoy es su cumpleaños y supongo que estoy cumpliendo su deseo. Estoy intentando defender con dignidad mi *look*, pero este disfraz blanco con pedrería está claramente fuera de mi zona de confort. *No, ella no podía querer un novio con traje...*

—Estás demasiado guapa, *red* —susurro en su oído en cuanto se acerca a mi lado.

—No me puedo creer que te hayas vestido de Elvis de verdad —responde, antes de partirse de risa delante del oficiante.

—Esto es lo más parecido que me he puesto en mi vida a un pijama. Espero que te guste.

—Me encanta —responde sonriente.

Cuando llega la hora de recitar nuestros votos, Annie insiste en que nos juremos amarnos y cabrearnos por el resto de nuestras vidas. Es una promesa que tengo claro que vamos a cumplir.

69.

tramposos para siempre

El día no ha podido salir mejor. Las Vegas ha sido el escenario perfecto. Brian nunca decepciona cuando organiza una fiesta, incluso cuando solo somos cuatro asistentes. Aún no puedo dejar de reír al recordar cómo Yulea ha huido de Annie cuando ella la ha buscado para lanzar el ramo.

Por fin hemos llegado a la habitación del hotel. Me he asegurado de escoger una bastante mejor que la de anoche. Es nuestra noche de bodas; merecemos una suite nupcial. Nos reciben una cama enorme, *jacuzzi*, vistas a la ciudad, champán, bombones y pétalos de flores en la cama. Tan solo cerrar la puerta, cojo a mi mujer entre mis brazos por la espalda. *Qué jodidamente bien suena eso.*

—¿Le gusta la suite nupcial, señora Ayamonte? —Beso su cuello antes de seguir—. Tienes que reconocer que suena muy bien.

—¿¡Señora!? ¿Y quién ha dicho que voy a perder mi apellido? —pregunta dándose la vuelta.

—Nos hemos casado en Estados Unidos. Es la norma —explico.

—Siento anunciar que te has casado con una española. Y pienso seguir llamándome Annie Smith Cantero.

No puedo evitar reírme con su nombre. Tarde o temprano espero convencerla de que Ayamonte le pega mucho más.

—Si no quieres mi apellido, al menos volverás a trabajar para mí, ¿no? —pregunto. Cuando la prensa se entere de que me he casado con alguien de la competencia va a ser bastante ridículo.

—Me temo que no puedo hacer eso. Tengo compromisos adquiridos con mi nueva revista.

—Por si te has olvidado ya, también tienes un compromiso conmigo. —Enseño mi alianza para recordárselo.

—He prometido amarte y cabrearte, no trabajar para ti, cariño —aclara sin amilanarse.

No puedo evitar morderme el labio. Me encanta pensar que voy a pasar el resto de mi vida peleando con ella.

—Tengo formas de convencerte. Es cuestión de tiempo que vuelvas a trabajar para mí. Y que vengas a vivir conmigo.

—Sabes que yo disfruto haciendo exactamente lo que no quieres que haga. Ahora ya sé que no te gusta donde trabajo, no voy a poder dejarlo. Además, a ti te gusta España, no puedes negar eso.

Chasqueo la lengua porque en eso último tiene razón. Tengo claro que vivir con ella sería mi elección si no fuera por mi empresa.

—Bueno... tengo toda la vida para convencerte, *señora Ayamonte.* —La envuelvo en mis brazos y ella empieza a jugar con el cuello de mi disfraz de Elvis.

—¿Toda la vida? Más bien hasta que Yul y yo vayamos a una residencia de ancianos, en realidad. Le he prometido que iremos juntas y solteras. ¿No te creerías que me iba a dejar cazar para siempre... *señor Smith*? —Sonríe con malicia—. Eso suena bien. No lo puedes negar. Luke Smith... O Luque Smith *Gggggggil*. Vas a necesitar dos apellidos cuando vivas en España, cariño.

Usa la "g" que me vuelve loco... Maldita.

—Annie, no funciona así. Y con mi apellido o sin él, eres mi mujer. Y esto es para siempre.

—Está claro que este matrimonio va a necesitar muuuuuchas normas —exagera la "u" para dejarme claro que tiene muchas ideas para torturarme. Me acaricia el cuello y sigue hablando con voz melosa—. Por ejemplo, esta es nuestra noche de bodas. ¿No se supone que tendríamos que estar haciendo el amor ahora mismo? —pregunta con una mirada peligrosa. Está retándome.

—*Red*, quieres empezar este matrimonio imponiendo tus normas. Tú no estás pidiendo amor. Tú quieres guerra.

—¿Contigo? Siempre.

—Por fin estamos de acuerdo en algo, *baby*.

Ella no lo sabe, pero estoy a punto de verla húmeda y muy cabreada en ese *jacuzzi*.

Luke y Annie no comieron perdices,
pero sí muchas tortillas.
Y vivieron felices (y un poco cabreados) para siempre.

~~FIN.~~

PRINCIPIO.

EPÍLOGO 1

La trampa de Annie

Ocho meses después

Luke

Este ha sido el viaje más largo que Annie ha hecho desde que nos casamos. Dos semanas. Primero fue a España y después a México. Yulea y ella estaban muy contentas porque han podido ir juntas, pero yo la he echado de menos y no puedo dejar de sospechar que algo raro están tramando las dos.

En estos meses, he conseguido que Annie se venga a vivir a Nueva York. Para mi sorpresa, tener a Carlos de vecino me ha ayudado a convencerla de que no quiere seguir viviendo en su estudio.

Yulea ha tomado como su misión vital hacer la vida un infierno a su nuevo vecino. Le corta el agua cuando se ducha, pone "Mamiii" de Becky G en sus altavoces repetidamente, envía Testigos de Jehová a su casa… *¿De dónde sacará esas ideas? Ni idea.*

Hace un par de meses, Annie y yo usamos nuestros ahorros conjuntos para dar la entrada para un apartamento de los dos. Tiene una habitación extra que aún está completamente vacía. Cuando vi la expresión de Annie mirando el espacio ilusionada tuve claro que habíamos encontrado nuestro apartamento.

—Bohemia y yo te hemos echado de menos, ¿sabes? Dos semanas es mucho tiempo… —mientras yo digo eso, ella se pone a horcajadas sobre mí y empieza a besarme en el costado. Ese punto al que sabe que no me puedo resistir… Provocadora—. Atacarme en mi punto débil para despistarme no te va a funcionar. Es trampa. Y quiero hablar de esto, *baby*.

Acaricio sus caderas porque la he echado de menos, especialmente estos últimos días. Porque sí, vivimos juntos, pero Annie viaja cada día más. Además, sigue trabajando para la competencia de una de mis principales revistas. *Grrr…* Ellos están beneficiándose de su talento y de lo que ella aprendió en *AM*.

Entenderás por qué tengo que tenderle una trampa. Necesito convencerla de que vuelva a trabajar para mí.

—Tú sabías dónde te metías cuando me pediste matrimonio, Luke —me advierte—. ¿Qué pasa? ¿Te aburres sin mí en la oficina? Pensaba que teniendo a Yul en *AM* estabas muy entretenido.

Oh, sí. "Entretenido" estoy. Annie tuvo la brillante idea de que su amiga abriera un consultorio sentimental en la revista. Nunca habíamos tenido tanto tráfico en la web, pero yo temo recibir una demanda cada vez que Yulea abre la boca.

En realidad, fue idea mía contratarla. Todo forma parte de mi plan. Poco a poco estoy integrando *AM* en el grupo Ayamonte. Sebastián ha venido a vivir a Nueva York para ayudarme a hacerlo. Pau vendrá la semana que viene y estará tres meses trabajando aquí.

Eso va a hacer más fácil convencer a Annie esta noche.

Pero mi plan para Yulea no solo es por Annie. Es por Brian. Llevo años intentando convencer a mi amigo de mudarse a Nueva York. Él tiene clientes aquí y yo necesito que alguien organice las galas de la revista.

Si propongo a Yulea que empiece a trabajar temporadas en Manhattan, Brian vendrá detrás de ella. Estoy seguro. Es una trampa perfecta.

¿El único problema? Me va costar un infarto antes de los 32 tener a Yulea en mi plantilla. *No, Annie no podía tener una mejor amiga que se llevara bien conmigo.*

—Te aseguro que no me aburro, *baby*. Tengo una agenda muy ocupada y muchos planes pendientes, pero te dije que conseguiría que volvieses a trabajar para mí. Y tengo una propuesta —anuncio.

—No quiero que vuelvas a ser mi jefe. Ya te lo he dicho muchas veces —me recuerda.

—Tú también serías jefa. Editora, de hecho. Y te aseguro que no me voy a meter en esa revista. Es una parte de mi empresa donde yo no voy poner un pie.

Me mira extrañada.

—El editor de mi revista de viajes ha renunciado a su puesto. Nunca me ha perdonado los despidos que tuve que hacer. Me ha escrito una carta diciendo que no quiere trabajar más para mí.

—¿Y quieres que yo haga de editora? ¿Crees que se me daría bien? —duda ella.

—Sebastián cree que sí. Y yo también. De hecho, creo que tú eres la única que puede hacer ese trabajo.

A ti te encantan las revistas de viajes y se te dan bien; pero no es solo por eso. Es por el equipo que tendrías que dirigir: la mayoría no usa redes sociales, no están al día de las tendencias, no entienden los programas de edición de videos... —La cara de horror cómica que ella pone al escuchar eso me hace reír—. No quieren adaptarse y me odian. *Baby*, creo que solo tú puedes enseñarles a quererme, a pesar de que me detesten.

Puedo ver que Annie contiene una sonrisa al escuchar eso.

Últimamente Annie no para de escuchar "Agüita y Coco" de Keny García. Creo que es su nueva canción favorita. Para mí, tiene un mensaje claro: voy a poder convencerla. Creo que por fin estoy ganando esta batalla.

Annie apoya su cabeza en mí y juega con los dedos en mi pecho.

—No sé, Luke —empieza a decir—. Supongamos que acepto... Sería con normas. Quiero vacaciones para que vayamos a hacer viajes juntos. Y tener un despacho sería divertido... —empieza a pedir.

Conozco a Annie y su mente pervertida que me vuelve loco. Sé exactamente por qué pide eso último. El principal beneficiado de eso voy a ser yo. ¿Y viajar con ella? ¡*Pff*! Si está poniendo esas condiciones, se está dejando ganar.

—Acepto lo que pidas, *baby*.

—En ese caso, creo que podemos llegar a un acuerdo —anuncia sonriente tirándose encima de mí.

La beso aún sin creerme que es real y adoro ver a Annie tan feliz como yo. No me puedo creer que haya aceptado tan fácilmente. *Demasiado fácilmente...*

—Soy muy feliz. Te quiero mucho, cariño —sonríe.

—Yo también te quiero, *baby*. —La beso aliviado, pero necesito comprobar que no me engaña—. ¿Seguro que aceptas?

Conozco a Annie. Estaba preparado para pelear más. Algo no encaja.

—¡Claro que sí! No puedo esperar a empezar. ¿Puedo ir mañana a conocer al equipo y ponerme al día?

—¿No quieres dar un tiempo de aviso en tu revista?

—¡Oh! ¿No te lo he dicho? Hace dos semanas que lo dejé —anuncia sin darle importancia.

—¡¿Qué?! ¿Y no me lo habías contado?

Annie no responde. Solo me mira con cara de culpabilidad.

—Annie... —empiezo a decir.

—La culpa no es mía. Ha sido tu editor, el que se ha ido de la revista de viajes —asegura ella, pero yo solo la miro esperando que se explique mejor—. ¿Te acuerdas del congreso al que asistí hace un mes...? Quizás coincidí allí con él.

—¿Y...? —la interrogo.

—Él dejó su trabajo ese mismo día, Luke —me recrimina—. Has tardado mucho en ofrecerme su puesto... ¿No estarías planeando una de tus trampas e intentando convencerme de que acepte su puesto usando tus trucos, no?

¿Por qué tengo la sensación de que estoy cayendo en una trampa? Ni hablar, no voy a caer.

—¿*Baby*, has dejado tu puesto porque querías volver a trabajar conmigo? —sonrío.

—No —responde esquiva.

—Reconócelo, mentirosa —susurro en su oído.

—Lo siento, pero no fue así. —Se aparta un poco —. La culpa, insisto, fue suya. Cuando lo conocí, me explicó que su nuevo jefe era un "niñato capullo". —Hace comillas en el aire con sus manos—. Un tal Luke Ayamonte. A lo mejor te suena el nombre… —sonríe con malicia.

—Y tú me defendiste… ¿verdad? —pregunto serio.

—*Mmmm*… Más o menos. Estuvimos hablando mucho rato. Nos reímos mucho. Y no sé cómo le convencí de que dejara su trabajo. Hasta escribimos juntos su carta de renuncia. Me aseguré de que la enviara ese mismo día —explica orgullosa—. Supongo que mi nombre y apellido no le hicieron pensar que yo era tu mujer…

—¡¿QUÉ?! ¡Annie, no puedes hacer eso!

—¡Tampoco podía dejar que critique a mi marido! —se justifica ante mis ojos de asombro—. Lo siento, cariño, a veces puedo ser un poco vengativa…

—¿De verdad? Es la primera noticia que tengo de eso. —No puedo evitar sonreír. En el fondo, no puedo negarlo: me ha hecho un favor.

—Él no sabía apreciarte, cariño. Y su puesto es perfecto para mí. Lo has dicho tú —me mira con ojos pícaros. *Bruja…*

—¿...y tú sí vas a saber apreciarme? —Me recuesto sobre ella recuperando una posición superior, al menos físicamente en la cama. Juego con mi nariz a rozar su cara—. Vas a tener que seguir órdenes mías, *red…* al menos, de vez en cuando. Lo sabes, ¿no? Y venir a mi despacho cuando te llame. Y voy a querer que vengas muuuuuchas veces.

—Eso aún necesitamos discutirlo. Te recuerdo que has dicho que aceptabas todas mis condiciones. Tenemos aún bastantes cosas que negociar. Yo no he firmado nada. —Sonríe y me besa juguetona envolviéndome con sus brazos.

¡Grrrr! Provocadora.

Estamos empezando una nueva batalla. Si algo nos enciende a los dos es una guerra ganada, aunque esta vez no tengo claro quién está perdiendo de los dos.

De pronto, recuerdo algo.

—*Baby*, si no has estado trabajando… ¿qué has estado haciendo este tiempo con Yulea en México?

—¡Oh! Hemos celebrado una despedida de solteras muy épica. —Se ríe—. Nos la debíamos.

—¡Pero si ella no se quiere casar! —me quejo.

Increíble. Annie lo tenía todo tan bien planeado que hasta había hablado ya con Pau para que sea su mano derecha en la revista. Me parece demasiada casualidad que vaya a aprovechar su estancia aquí para familiarizarse con la publicación de la que ella será editora.

Aunque me lo ha negado, sospecho que hasta Sebastián estaba en el ajo. Y Yulea también lo sabe, por supuesto. Al menos, Brian tampoco se había enterado. O eso creo.

Me gusta pensar que mi cabeza idea los planes, pero empiezo a pensar que Annie es el cuello que los dirige a donde ella quiere.

Ahora mismo dudo de que haya sido realmente una ocurrencia mía que Yulea y mi mujer trabajen para mí. Está claro que me casé con una tramposa. Por suerte, tengo toda la vida para intentar devolvérsela.

EPÍLOGO 2

La no-boda más épica
Un mes más tarde

Brian

T engo mucha suerte. Conocí al amor de mi vida antes de haberla visto en persona. La primera vez que me topé con el perfil de Yulea en *TikTok* tuve un flechazo. *¡Y afortunado de mí, me la encontré en persona en un rellano!*

En nuestra primera noche juntos, ella me contó que estaba durmiendo en el estudio de su amiga porque no tenía dinero para pagar su alquiler. Por eso la invité a quedarse conmigo unos días, pero se negó.

Y yo no podía dejar de pensar en que los turistas que se estaban quedando en su piso esa semana me habían explicado que esa casa no tenía agua caliente. Sabía que necesitaba ayuda, pero no podía ofrecerle dinero. No lo hubiese aceptado.

Luke es el tramposo. Ese no es mi estilo. Pero sabía que por Yulea valía la pena saltarse algunas normas. Tuve que buscar la manera de ganar más tiempo con ella.

Por eso le pedí que me acompañara a una fiesta exclusiva llena de *influencers* en Londres. Lo que no le he contado nunca es que fui yo quien la organizó, únicamente para que se viniera conmigo.

Cuando tu trabajo es conocer a las personas, aprendes a reconocer cuando una es especial, y créeme, Yulea es única.

Con el tiempo he aprendido que para convencer a alguien solo tienes que darles exactamente lo que les motiva. En el caso de Yulea, es una fiesta. Es una parte fundamental de su trabajo asistir a eventos. A ella le encantan. Y, casualmente, organizarlos es mi especialidad.

Me ha costado casi un año convencerla de que me diga que "no". No, ella no quiere casarse conmigo (ni con nadie). Al menos, a veces me admite que es feliz a mi lado. Y ha aceptado que pasemos unos meses viviendo juntos en Nueva York.

Son solo unos meses, pero me hace feliz empezar una vida con ella a mi lado. Le planteé organizar una fiesta para celebrarlo. Y a eso sí me dijo que sí... aunque las cosas con Yulea nunca son tan fáciles.

Y yo por ella estoy dispuesto a tomar el camino difícil.

∞∞∞∞

—¡Brian, esta es la no-boda más épica de la historia! —me dice Anita con una sonrisa.

Hay aquí más cámaras que en algunas películas de Hollywood. No hay *influencer* que se haya querido perder esta fiesta.

Yulea me coge de la mano y sonríe. Está espectacular con un traje de no-novia de color amarillo. *Solo se le ocurre a ella.*

Cuando el DJ pone "Las Solteras" de Lola Índigo, ella mira a Annie al instante sonriendo.

—Vamos a enseñarle al mundo como se hace, ¿no? —le dice a su amiga, que la sigue sin decir absolutamente nada.

La conexión entre ellas dos es especial. Juntas irradian una fuerza magnética. Ese poderío es el que, supongo, nos tiene locos a Luke y a mí.

—¡Annie, tú eres una mujer casada! —le recuerda Luke al verla irse hacia la pista de baile, pero no parece que a ella le importe en absoluto.

Nunca he visto a mi amigo más feliz. Creo que los dos sabemos que somos afortunados por tener a dos mujeres ingobernables en nuestras vidas.

—Lo siento —le responde Anita ya bailando—, nosotras estábamos comprometidas antes de conoceros.

Luke y yo las seguimos. Ellas empiezan a bailar con Max y se divierten sacándole los colores a mi pobre hermano.

—No os preocupéis por ellas, que yo las cuido como se merecen —bromea Max, que no ha parado de intentar ligar en toda la noche. Entonces, Yulea, tú sigues soltera, ¿no? —le pregunta, pero me mira para provocarme. *Ten hermanos para esto…*

—Yo moriré soltera, Max —aclara.

—Sigo sin entender por qué necesitábais celebrar una no-boda —se queja Luke.

—Al menos, a la mía sí ha venido alguien, *Lucky Luke* —bromea Yulea, que en este tiempo ha aprendido a llevarse un poco mejor con mi mejor amigo. Un poco—. Esta es la promoción perfecta para mi consultorio sentimental.

—¿Y por eso tiene que pagar *AM* por todo esto? Tienes un no-marido rico, lo sabes, ¿no? —la provoca y me mira divertido.

—Ríete si quieres, pero recuerda que tu *mujercita* tiene fecha de caducidad, *Luque* —advierte Yulea en respuesta. Puedo ver a mi amigo sufriendo al escuchar ese nombre de nuevo.

—¿A ti te explicó ya Recursos Humanos que soy yo el que firma la nómina que te llega cada mes? Ten cuidado —la reta Luke.

—Elvis, sabes perfectamente que ganas tú más conmigo que yo contigo. No te olvides. Además, tenemos un trato. Te lo dije cuando viniste a pedir la dirección de Annie. Te acuerdas, ¿no? Ella y yo vamos antes que ningún hombre.

Luke mira a su mujer buscando complicidad, pero ella le sonríe y niega con la cabeza.

—Lo siento, Yul y yo tenemos grandes planes pendientes. Necesitamos llegar solteras a la residencia —explica Anita conteniendo la risa.

—*Baby*, sabes que nos vais a pedir que vayamos con vosotras. —Luke la abraza en la pista y yo aprovecho para hacer lo mismo con mi chica.

Max decide rendirse, pero se va persiguiendo a una camarera.

—Vas a tener que convencerme muuuuuucho para que te deje entrar a nuestra residencia. A mí y a Yul. Y ella no te lo va a poner nada fácil —le advierte Anita negando de nuevo con la cabeza, pero su mirada la delata.

No sé cuál de los dos está más enamorado de ese par.

—No sería la primera vez que te convenzo de que hagas lo que quiero, *baby*.

—Eso es lo que tú te crees, cariño —responde ella sonriendo pícara

Miro a mi chica, que está más sonriente de lo que jamás la había visto. Me encanta verla tan feliz y pensar que pronto viviremos juntos, aunque solo sea una temporada.

—No se lo digas a nadie, pero puede que a ti te deje entrar a nuestra residencia —me susurra al oído—. Y haremos las mejores fiestas con viagras y pastillas para la tensión. Todo el mundo va a querer jubilarse para poder entrar —bromea.

—¡Eso sí que va a ser épico, preciosa!

No puedo evitar pensar que tengo la chica más completamente loca de la Tierra y me siento ridículamente afortunado por ello.

MUCHAS GRACIAS

Imagino que nadie se leerá estos agradecimientos, así que el primero va para alguien que seguro no verá esto: Camila Cabello. Aunque también a Lola Índigo, Taylor Swift, Bebe, Dua Lipa... Son muchas las compositoras que me inspiran. Sin ellas en mis cascos, mi vida sería mucho más aburrida y mis historias no existirían.

Gracias por animarme a bailar cada día en mi coche como si realmente tuviera cristales tintados. Vuestras letras son poderosas para mí. Ojalá las mías también lo sean para alguien.

Siguiendo con gente que no conozco en la vida real, necesito dar las gracias a mi comunidad de Instagram. Yo no sabía hace tres meses qué era una veleta y un mapa; cómo conseguir hablar con un 'bookstagrammer' o cómo promocionar en redes sociales mi libro. Sigo sin tener muy claro todo eso, pero he encontrado a mi gente virtual y ellos me aguantan mientras yo intento aclararme con todo eso.

No tenía ni idea de que necesitaba una comunidad para escribir, pero ya no me imagino haciéndolo sola. En estos meses he conocido personas que, sin conocerme de nada, se han animado a regalarme su tiempo y su cariño. A mí y a mi libro. ¿Cómo tengo tanta suerte? Ni idea. Si tú lo sabes, por favor, mándame un mensaje en Instagram. Ahora me paso el día allí intentando devolver parte de todo lo bueno que recibo.

Gracias, Anna Martín (@annadriel), Bea Peidró (@beapeidro) y Maria Vilmont (@vilmont_books) por enseñarme que una lectora 0 puede ayudarte tanto que no se mide con números. Pero siguiendo con las cifras, me pido ser vuestra fan #1.

Además de mi gente virtual, con este libro he encontrado mi espacio: *Wattpad*. Me abrió las puertas mi madrina, Dayán (@wattpad_drachbooks). Y 'shippearon' mi historia y ayudaron a crear más 'hype' de lo que Anita podría entender Patricia Nuñez (@patricianunezautora), Carolina Perez (@chichita_1308) y Richelle de Nobrega (@richelledenobrega). Me dejo a muchxs, pero no quiero llegar a las 500 páginas en este libro. GRACIAS A TODXS.

No se me ocurre mejor regalo para alguien que ama escribir que poder comentar su libro con los que disfrutan leyéndolo. Me lo he pasado tan bien que no me extrañaría que *Wattpad* empiece a cobrarme por publicar.

De hecho, si no hubiera compartido este libro online, le faltaría un *cachito* que lo hace más especial. Gracias, Thais Gilabert (@_giilabert21) por ayudarme a crear un momento mágico y por muchas cosas más.

Por todo eso, para mí, la fecha de publicación de esta historia siempre será el 23 de mayo de 2022 en *Wattpad*. Gracias Tamara (@pilasdelibros), por ayudarme a anunciarlo ese día. Solo tú podías apoyarme en esa locura.

También quiero agradecer a quienes han leído mi primer libro *Un 'meet-cute' para Lucila* y se han animado a enviarme un mensaje o dejar una reseña. Me habéis recordado durante meses por qué toda esta locura de escribir tiene sentido. Vuestras palabras son el viento bajo mis teclas.

Por último, agradezco la paciencia a mi familia y amigos no virtuales, que me han visto tener despiste tras despiste los últimos meses porque mi mente estaba con Anita y Luke. Gracias por perdonarme que la mayoría del tiempo lo pase en las nubes o haciendo 'reels'. Os quiero.

SOBRE LA AUTORA

@ADRIANA_FREIXA

No quiero aburrirte con datos como cuándo nací. Prefiero decir que tengo la edad de Gal Gadot (*Wonderwoman*).

Dudo que te interese saber dónde me gradué de Periodismo. Mejor te cuento que me lo pasé muy bien en el bar de la facultad y que aún tengo que ir a recoger el título.

Supongo que a estas alturas del libro ya sabrás que soy española. No hay forma de disimular el acento. Lo sé bien porque llevo diez años viviendo en Estados Unidos y aún no paso por americana nativa.

Me mudé por amor a Nueva York y vivo en un decorado de película. Cada día espero que salgan los cámaras como si esto fuese *El Show de Truman*. Al fin y al cabo, nací el mismo día que Jim Carrey y no creo en las casualidades.

Supongo que me dejo algo importante. Tienes permiso para imaginarte lo que esperabas leer y no he contado. Eso sí, por favor, en tu cabeza no olvides ponerme una familia maravillosa. La tengo de verdad y son mi mayor tesoro.

.

ÍNDICE